Hunting Game

KINGS OF DIABOLO

KRISTIN GLIMMER

Für Pia

BLACK EDITION

Die Bücher von Kristin Glimmer bei *Black Edition*:

Kings of Diabolo Reihe

1. Bloody Pledge
2. Sweet Damnation
3. Hunting Game

KRISTIN GLIMMER

HUNTING GAME

STELLA & SILVER

Black Edition

Black Edition by Versum Verlagsgruppe GmbH

Coverdesign: Jaqueline Kropmanns
Umschlaggestaltung: Jaqueline Kropmanns und Caroline Keller
Bildmaterial: ©Kristin Glimmer, freepik.com
Lektorat: Alexandra Schönlein
Satz: Christelle Zaurrini
Druck und Verarbeitung:
FINIDR, s.r.o. Lípová
Printed in EU
ISBN 978-3-68908-007-5

Weitere Informationen unter:
www.black-ed.de
TikTok: black.edition.verlag
Instagram: black.edition.verlag

„Wir sind alle die Bösewichte
in irgendjemandes Geschichte.“

Triggerwarnung

Offenbar scheinen dich weder meine Brüder,
noch das düstere Cover abgeschreckt zu haben.
Deshalb spare ich mir die Warnungen.
Du weißt längst, was dich erwartet.
Und wenn ich dich richtig einschätze, dann bist du weder abgeneigt noch naiv genug zu glauben, dass das hier für jeden von uns gut enden wird.
Auch wenn ich kein Freund der vielen Worte bin, kann ich dir eines versprechen, meine Schöne:
Ich werde am Ende nicht in einem Grab im Wald verrotten.
Was die anderen angeht …

- Silver

(Eine explizite Liste findest du am Ende des Buches)

Prolog

Emotionen können stark sein.

Sie können dich antreiben, motivieren oder zerstören.

Wut kann so eine Emotion sein. Sie wird dich leiten. Vielleicht reitet sie dich tiefer in die Scheiße. Vielleicht befreit sie dich aber auch. Aber Wut ist kein guter Motivator.

Sie wird irgendwann verrauchen und das, was übrigbleibt, ist ein Scherbenhaufen. Aus diesem Grund habe ich mich für etwas anderes entschieden.

Denn am Ende dieser Geschichte werde ich nicht verlieren. Ich werde nicht scheitern, klein beigeben oder in einem Käfig enden. Ich werde über dir stehen.

Mit einem verfickten Grinsen auf den Lippen. Ich werde auf dich herabsehen und beobachten, wie du dich windest.

Denn ich habe mich entschieden.

Für das einzige Gefühl, welches in meiner Situation einen Sinn ergeben hat. Für das, was stärker ist als alles andere. Etwas, das von Schmerz und Verrat genährt wird. Das, was einen jahrelang beschäftigen kann, bis es irgendwann so präsent wird, dass man es nicht mehr ignorieren kann.

Rache.

KAPITEL 1

Stella

Gedankenversunken hebe ich meinen Hintern leicht an und versuche ein paar der Steinchen darunter wegzuschieben. Nicht unbedingt leicht, wenn man auf einem Felsen sitzt.

Seufzend wische ich mir die Haare aus dem Gesicht. Dabei starre ich über den See. Normalerweise kann man von hier aus bis nach Schlehdorf sehen.

Heute nicht.

Dichter Nebel hüllt den See ein. Wie eine Wolke aus Zuckerwatte, die in einem hübschen Restaurant auf dem Sektglas liegt. Nicht, dass ich jemals in einem davon gewesen wäre. Aber ich habe Videos davon gesehen.

Aber genau wie auf den Videos, wird auch diese Wolke sich bald auflösen.

Dann werden die Touristen aus ihren Löchern kriechen, die Eltern ihren nervigen Kindern hinterherrennen und die selbsternannten Spitzensportler ihre peinlichen Trikots aus dem Schrank zerren. Bei dem Gedanken rutscht mir ein leises Stöhnen heraus.

Ich hasse Menschen.

Das ist nicht nur eine Floskel.

Nein, ich mag sie schlichtweg nicht.

Wenn es nach mir gehen würde, wäre ich vollkommen bereit, in eine virtuelle Welt zu wechseln. Oder zumindest ins Home Office. Bedauerlicherweise scheint die Information, dass man durchaus aus der Ferne arbeiten kann, meinen Chef noch nicht erreicht zu haben.

Ehemaligen Chef, korrigiere ich mich selbst.

Ein wehmütiges Gefühl breitet sich in meinem Magen aus. Zugegebenermaßen war nicht alles daran schlecht. Den Garten, der zu dem Architekturbüro gehört hat, habe ich immer gern besucht. Die frischen Zutaten in der Mittagspause zum Kochen zu verwenden, war ein absoluter Luxus.

Das ist mir bewusst.

Auf die Kollegen hätte ich verzichten können.

Falsche Schlangen, die sich das Maul zerreißen, sobald man sich herumdreht. Einen Sohn vom Chef, der jünger ist als ich und regelmäßig in einer Art Bademantel erscheint – wir sind ja so weltoffen. Oder der dicke Typ aus Etage drei, der mir jeden Morgen auf den Arsch glotzt.

Wie gesagt, ich könnte darauf verzichten. Aber sind wir einmal realistisch. Ich hätte nie gekündigt. Nicht nur, weil ich ein fürstliches Gehalt bekomme und den halben Tag auf Pinterest verbringen kann. Genau genommen bin ich schlichtweg zu faul, mir etwas Neues zu suchen.

Wäre zu faul gewesen.

Ich atme die kühle Morgenluft tief ein. Dann reibe ich mit den eisigen Fingern über mein Gesicht. Letzten Endes war es keiner der Punkte, die dafür gesorgt haben, dass ich nicht mehr bei ›Kotterböck – Architekturbüro‹ arbeite. Vielleicht haben sie mich aus Finanzgründen hinausgeworfen. Oder sie wollten mir die Möglichkeit geben, mich weiterzuentwickeln.

Wäre möglich.

Vielleicht lag es aber auch daran, dass sie keine Geisteskranke angestellt haben wollten.

Ich zucke angespannt mit den Schultern. *Wer weiß das schon?*

Man könnte meinen, ich. Allerdings gab es weder ein Abschiedsgespräch noch ein Telefonat noch eine Begründung. Lediglich ein formelles Schreiben, welches mir einen Tag vor meinem Geburtstag zugestellt wurde.

Dieser Arsch.

Er weiß, wie man die Festtagsstimmung vermiesen kann. Nicht, dass ich mit jemandem gefeiert hätte. Dafür bräuchte man Freunde, die freiwillig mit einem Zeit verbringen wollen. Oder eine Familie, die zwangsweise dazu verdonnert ist.

Und wenn auch nur, um den guten Ton zu wahren.

»Hey.«

Ich ignoriere die Stimme. Stattdessen kralle ich die Finger in den Felsen. Es war eine miese Aktion. Und sein ›Kündigung zum nächstmöglichen Zeitpunkt, hilfsweise zum 31.12.‹ kann er sich sonst wohin schmieren. Was war dabei seine Erwartungshaltung? Dass ich eine Antwort zurückschreibe? Etwas in Richtung: ›Vielen Dank für die freundliche Zusendung meiner Kündigung. Gern verzichte ich auf die letzten drei Gehälter und bin stattdessen lieber arbeitslos. Liebste Grüße Stella Hardin.‹

»Ich bin Aiden.« Die erneute Ansprache lässt mich tief einatmen. *Wo war ich? Ach ja, letzten Endes war ich einfach zu cool für diese Idioten.*

»Und du?«

Missmutig hebe ich eine Augenbraue. Im Augenwinkel fällt mir ein leichter Schatten auf, der von der untergehenden Sonne in die Länge gezogen wird.

»Will meine Ruhe«, antworte ich schließlich genervt. Was man sich durchaus aufgrund meines Desinteresses hätte denken können.

»Schön.« Der Typ klingt amüsiert. Ein paar Zweige knirschen, als er scheinbar näherkommt. Sofort geht mein Herzschlag schneller. Wer auch immer das ist, ich will ihn nicht kennenlernen. Ich will ihn nicht sprechen und ich will ihn auch nicht ansehen.

Okay, ansehen will ich ihn.

Am liebsten aus der Ferne und heimlich.

Schließlich hasse ich es, nicht zu wissen, wie ein Gesprächspartner aussieht.

Andererseits möchte ich mit dem Typen nicht einmal ein Gespräch führen. *Also was soll´s.*

Inzwischen hat er sich neben mich auf den Felsen gesetzt. Ich starre währenddessen weiter auf den dichten Nebel und die dunklen Wolken, welche immer weiter in meine Richtung ziehen. Vermutlich wäre dies der perfekte Zeitpunkt, um aufzustehen, bevor ich von dem mit Sicherheit bald aufziehendem Regenguss nass werde. Allerdings will ich nicht, dass der Typ denkt, ich wäre seinetwegen gegangen.

»Ich mag den Nebel.« Wieder so ein sinnloser, ins Nichts gesagter Spruch. *Was denkt er sich dabei?*

»Und ich mag die Stille«, erwidere ich deshalb abweisend.

»Ich nicht. Ist mir zu still.« Seine Stimme klingt heiter und aufgeweckt. Trotzdem hat sie diesen gewissen dunklen Klang an sich, der hart an meinem Entschluss, mich nicht zu ihm umzudrehen, kratzt. Er erinnert mich an etwas, auch wenn ich nicht zuordnen kann, woran. Dieser Gedanke treibt mich beinah in den Wahnsinn. *Kenne ich ihn? Ja? Aber woher?*

Oder ist er einer der Menschen, die in der Masse untergehen, bei denen man aber immer denkt, sie schon einmal gesehen zu haben? *Wobei ich ihn noch nicht einmal angesehen habe. Lediglich seine Stimme ...*

»Ich wüsste gern, warum Koalas so dumm sind.«

Mein Kopf zuckt. Zugegeben, er hätte mich beinah erwischt. Mit seinen sinnlosen Themen hat er mich tatsächlich für einen Moment aus meiner Starre gerissen. Als Zeichen meiner Anerkennung erweise ich mich gnädig und antworte ihm. »Sie brauchen vier Mägen und hatten deshalb kein Platz mehr fürs Gehirn und ich bin nicht interessiert.« Den letzten Teil schiebe ich hinterher, um endgültige Zweifel zu beseitigen.

»An Koalas?«

Ich seufze leise. »An dir.« Inzwischen fällt es mir immer schwerer ihn nicht anzustarren.

»Hm. Interessant, dass du darüber nachdenkst, aber ich weiß nicht, was ich davon halten soll.«

»Was?«, frage ich überrumpelt.

»Davon, dass eine völlig Fremde, sich neben mich setzt und darüber nachdenkt, wie interessiert sie an mir ist.«

Sprachlos drehe ich ihm das Gesicht zu. Es geht nicht anders. »Gott ... Ist das dein verdammter Ernst?«

»Kein Gott. Aiden reicht.« Zum ersten Mal seit einigen Minuten sehe ich den Mann an. Eins steht fest. Ich habe ihn noch nie in meinem Leben gesehen. Aber er ist mit Sicherheit keiner, der in der Masse untergeht. Stumm schließe ich meinen geöffneten Mund und versuche ihn nicht anzustarren. *Er ist ein ganz normaler Mann.* Trotzdem lässt mich etwas an seinem Gesicht neugierig werden.

Vielleicht sind es die süßen Grübchen, die selbst bei seinem neutralen Gesichtsausdruck zu sehen sind. Oder es ist dieser offene Gesichtsausdruck, der mich dazu bringen will, ihm all meine Geheimnisse anzuvertrauen.

Oder es sind die wuscheligen, hellbraunen Haare, welche in mir das Bedürfnis wecken, meine Finger hineinzuschieben.

Er sieht hübsch aus, wie ich mir selbst eingestehe.

»Fangen wir nochmal von vorn an. Ich bin Aiden.« Er streckt mir die Hand entgegen. Überrumpelt ergreife ich sie. Wie jeder normale Mensch will ich meine Finger binnen weniger Sekunden wieder aus seinen lösen. Aiden hält meine Hand fest, streicht mit dem Daumen darüber und sieht mich aus strahlend grünen Augen an. »Anständige Menschen würden sich nun ebenfalls vorstellen.«

»Ich bin nicht anständig.« Beinah unmittelbar nach meinen Worten erröte ich. Noch ehe ich zurückrudern kann, schmunzelt er.

Tiefe Grübchen erscheinen auf seinen Wangen. Er spielt kurz mit seiner Lippe. Dann beugt er sich mir entgegen. »Mit unanständigen Menschen hat man sowieso mehr Spaß.« Dabei zwinkert er mir zu. Und dieses Zwinkern ... Verdammt. Irgendwie gibt er mir damit das Gefühl, als würden wir einander ewig kennen. Was dafür sorgt, dass mein Kopf vermutlich zu einem Rauchmelder wird. Dem roten – nicht dem weißen. Nur, um das klarzustellen.

»Ähm«, gebe ich wenig intelligent von mir. Dann löse ich meine Finger endlich aus seinen und lehne mich ein paar Millimeter zurück. *Das wäre im Übrigen der Einsatz für etwas Schlagfertiges, meinetwegen auch Lustiges gewesen.* »Brauchst du etwas?« *Und nicht für eine dumme, absolut unpassende Frage wie diese.*

»Was hast du denn anzubieten?« Er spiegelt meine Bewegung und lehnt sich zurück. Kurz legt er den Kopf in den Nacken, sodass die Sonne seine Haare karamellfarben wirken lässt.

Wie gern würde ich hindurchwuscheln.

Ich erstarre bei dem Gedanken.

Bin ich völlig durchgedreht?

Antworten, erinnere ich mich selbst. *Ich muss antworten.* »Nichts«, sage ich verzögert.

Aiden richtet sich ein Stück weit auf. Er schiebt sich die Ärmel seines dicken Pullovers zurück.

Etwas, das ich nicht verstehen kann. Schließlich ist es schweinekalt und allein, dass ich auf dem Felsen sitze, wird mit 90-prozentiger Sicherheit dafür sorgen, dass ich eine Blasenentzündung bekomme.

»Dann werde ich mir wohl nehmen müssen, was ich möchte.«

Ich runzle die Stirn. »Das war etwas zu viel des Guten, findest du nicht?«

»Findest du? Naja, aus Misserfolgen lernt man. Bitte bleib doch gern im Anschluss an unser Gespräch in der Leitung und beantworte die kurze Umfrage.«

Mir entweicht ein entrüstetes Lachen. Diese Unterhaltung ist unfassbar unangenehm. »Klar. Werden mir dafür auch Treuepunkte angeboten oder bekomme ich dann nur wöchentlich nervige Mails?« *Warum gehe ich überhaupt auf diesen Typen ein?*

Sagte ich, ich wäre verrückt?

Er mit Sicherheit.

Leise schnalzt er mit der Zunge. »Ich tippe auf Letzteres. Aber nachdem du dich sechs bis acht Mal beschwert und den Newsletter abbestellt hast, wird sich mit Sicherheit jemand der Sache annehmen.«

Langsam sehe ich ihn wieder an. Ein herausfordernder Ausdruck liegt auf seinem Gesicht. *Was stimmt mit ihm nicht?*

»Wie nett. Der Service klingt super. Wo muss ich unterschreiben?«

»Ach, das Formelle regelt unsere Sekretärin im Nachhinein. Rechne mit weiteren Gesprächsbelästigungen.« Inzwischen frage ich mich, ob er das, was er sagt, ernst meint. Oder er hat einen sehr eigenartigen Humor.

Das einzige Problem ist eher, was es über mich aussagt, dass ich darauf weiterhin eingehe.

»Super, ich werde jede einzelne mit einer langweiligen Ausrede ablehnen«, sage ich lahm.

Aiden fährt sich über den hellen Bart. »Perfekt. Dann habe ich an der Stelle wohl getan, was ich kann.«

»Hast du«, bestätige ich mit einem Seufzen. *Verschwindet er jetzt? Ich hoffe es. Auch wenn ich zugeben muss ... nein. Kein Aber. Er soll verschwinden.*

»Kann ich sonst noch etwas für dich tun?«

Langsam sehe ich zurück auf den See. Erst jetzt fällt mir auf, wie nervös ich geworden bin. »Mich in Ruhe lassen«, antworte ich deshalb ein wenig atemlos. Ich weiß nicht, was ich von ihm halten soll. Um die Uhrzeit kommt normalerweise kaum jemand hierher. Und wenn, dann stellen sich die Menschen seufzend an den Wegrand und starren peinlich berührt in eine andere Richtung, um einem nicht das Gefühl zu geben, sie würden einen anstarren.

Allerdings würde ich das schräge Gespräch mit ihm sogar noch drei Peinlichkeitsstufen höher einstufen als vorbeikommende Wanderer.

»Wieso?«

»Was wieso?«, antworte ich beinah automatisch. *Bin ich etwa froh, dass er nicht gegangen ist? Nein, mit Sicherheit nicht.* Er hat mich überrumpelt. Seine ganze Anwesenheit ist etwas drüber. Das hat nichts mit mir zu tun.

»Wieso willst du deine Ruhe?« Weil ich niemanden

sehen will. Weil ich nicht will, dass mich jemand sieht, besser gesagt. Ich will nicht, dass mich jemand fragt, was ich arbeite, weil ich ihm dann erklären müsste, dass ich gefeuert wurde. Genauso wenig will ich, dass mich jemand fragt, wie es mir geht. Weil ich dann vermutlich anfangen würde zu weinen.

Fuck. Genau genommen bin ich bereits jetzt stark am Kämpfen. Und das von einem lächerlichen Gespräch über Koalas und die Stille.

Aber gut, halten wir das Thema neutral. Was ist, wenn jemand nach meinem letzten Urlaub fragt? Soll ich ihm dann erzählen, dass ich mich an die Hälfte meines Urlaubs nicht erinnern kann? Und davon, was danach passierte?

Und am allerwenigsten will ich, dass mich jemand auf die Narbe an meinem Hals anspricht, weil ich nicht erklären kann, wann ich sie mir selbst zugefügt habe.

Mein Atem geht schneller. Ich bin nervös, beinah hektisch. Aber ich kann mich beruhigen. Dieses Mal schaffe ich es. Dieses Mal werde ich nicht durchdrehen …

In dem Moment legt Aiden seine Hand auf meine Schulter. Blanke Panik befällt mich. Mir läuft es eiskalt über den Rücken. Dunkle Gedanken tauchen vor meinem inneren Auge auf. *Er wird mich packen. Festhalten. Stoßen. Er wird mir wehtun. Er wird mich verletzen oder dafür sorgen, dass ich selbst es tun werde. Er wird …*

»Hallo?«

»Was?«, fahre ich ihn an. »Kann man nicht einfach mal in Ruhe dasitzen und die verdammte Aussicht genießen?« Dieser Satz kostet mich alles an Selbstbeherrschung.

»An einer Klippe? Abseits der Wege und einige Meter über absolut unkuschlig aussehendem Gebüsch? Klar. Wenn man Lust hat zu springen, ist das optimal.«

»Was ist dein Problem?«, fahre ich ihn an. Die Vene an

meinem Hals beginnt zu pochen und mit einem Mal ist mir alles andere als kalt. »Und wenn ich springen wollte? Inwiefern wäre das dein Problem?«

Für einige wohltuende Sekunden ist er tatsächlich still. Dafür schnaufe ich, als wäre ich gerannt.

»Schlechte Idee.« Er wiegt den Kopf, sieht über die Kante und zuckt dann mit den Schultern. »Das sind vielleicht 15 Meter. Mit den ganzen Büschen zerkratzt du dir maximal dein hübsches Gesicht.« Mein Herz schlägt wie verrückt. Ich atme flach und hektisch. Währenddessen kann ich nur an eins denken: *Ich hatte dieselbe Vermutung.*

»Man kann sich auch schon aus einem Meter Höhe das Genick brechen.« Wieso antworte ich ihm? Wieso bin ich überhaupt noch hier? Ich wollte in Ruhe nachdenken. Allein. Über mein Leben und darüber, ob es noch einen Sinn hat. Aber niemals wäre ich gesprungen. *Denke ich.*

Vielleicht ein kleiner Unfall. Ein wenig Schmerz.

Das hätte ich verdient.

Vielleicht würde ich mich dann ... ja, was? Lebendig fühlen? Nicht wie ein Stück Dreck?

»Bei einem Meter auf jeden Fall.«

»Das«, ich stocke. »Hast du mir gerade rechtgegeben?«

»Klar. Ein Meter ist gefährlich. Hier hingegen« Er deutet ausschweifend auf den See. »Hat der Körper genug Zeit sich zu drehen, sodass du auf deinen kleinen Füßchen landest und dir lediglich die Beine zertrümmerst.«

»Welch tolle Aussicht.«

»Die Aussicht finde ich auch gut. Den Teil mit den zertrümmerten Beinen eher nicht.«

»Okay, weißt du was?« Ich rapple mich langsam auf und drehe mich zu ihm. »Du gehst mir gehörig auf die Nerven. Dabei entwickelt man tatsächlich den Wunsch zu springen.« Meine Worte sind voll von Verbitterung. Eine, die er nur zusätzlich befeuert hat. »Also danke für die verschwendete Zeit und es hat mich nicht gefreut dich kennenzulernen.«

Ich drehe mich in Richtung der Klippe. Mein Herz pocht, als ich herabblicke.

Würde ich es tun?

Aiden springt schneller auf die Beine, als ich es erwartet habe. Er streckt die Arme nach hinten durch um sich zu dehnen. Dann reicht er mir erneut die Hand. Ich spiele mit meiner Lippe. Schließlich ergreife ich sie zögernd. Wie erwartet – oder eher befürchtet – lässt er nicht los, weshalb ich die Augen verdrehe. »Entweder du verpisst dich oder du kannst mich auch selbst die Klippe herunterwerfen. Wäre vermutlich die bessere Wahl als dich noch länger ...«

Mir entweicht ein spitzer Schrei. Mit einem Achselzucken hat er mich gepackt und nach hinten gestoßen. Mein Herz bleibt stehen, als mein Körper über die Kante kippt und ich mich für wenige Sekunden im freien Fall befinde. Ein harter Ruck geht durch meinen Arm, den er weiterhin festhält. Meine Seite kracht hart gegen den Felsen. Meine Füße hängen in der Luft. Dreck fällt in mein Gesicht. Überrumpelt schließe ich die Augen, während ich mich panisch an seinen Arm kralle.

»Bist du völlig durchgedreht?«, schreie ich hysterisch. Mit den Füßen versuche ich Halt zu finden, während mein Arm schmerzhaft nach oben gerissen wird.

Aiden zieht mich mit einem Schnaufen zurück über den Rand. Kaum, dass ich wieder festen Boden unter meinem Arsch habe, mache ich mich von ihm los und krieche hektisch zurück. Ich stoße gegen einen Baum, drücke den Rücken dagegen und kann geradeso dem Drang widerstehen, mich daran festzukrallen. *Dieser Typ hat mich von einer klippe gestoßen. Er hat mich festgehalten und wiederhoch gezogen, aber er hat mich auch heruntergeschubst. Fuck. Was wäre, wenn er mich nicht festgehalten hätte?*

Wäre ich dann tot?

»Gern geschehen«, sagt er lediglich. Dabei putzt er sich die Hände an der Hose ab und lässt den Arm kurz kreisen.

»Gern geschehen? Was? Dass du mich beinah umgebracht hast?«, kreische ich hysterisch. Etwas raschelt hinter mir. Vermutlich ein aufgeschrecktes Eichhörnchen. Ich kann ihm nur raten zu flüchten, bevor der Typ sich Stiefel daraus macht.

»Du warst dir unsicher, ob du springen willst. Jetzt weißt du es.« Er kommt auf mich zu, weshalb ich abwehrend die Hände hebe. Achselzuckend lehnt er sich an einen anderen Baum und zündet sich eine Zigarette an.

Fassungslos sehe ich ihn an. »Ich wollte nicht springen«, knurre ich leise. »Im Gegensatz zu dir bin ich immerhin kein völliger Psychopath!«

Er seufzt leise und bläst den Rauch in die Dämmerung. »Dann weißt du jetzt immerhin, dass du – nach eigener Aussage – kein Psychopath bist. Auch ein Gewinn. Nicht dass das eine etwas mit dem anderen zu tun hat.«

»Das wusste ich vorher schon.« Mein Atem beruhigt sich langsam. Die Anspannung in meinem Körper lässt nach. Trotzdem bleibe ich wachsam, während ich es nicht schaffe, einen klaren Gedanken zu fassen.

»Dann verstehe ich die Aufregung nicht.«

»Du bist unfassbar …«

»Den Satz kannst du gern fortführen, nachdem wir miteinander im Bett waren.« Er nimmt einen weiteren Zug und lehnt sich beim Ausatmen zufrieden zurück.

»Mit Sicherheit nicht.«

»Keine Gespräche nach dem Sex?« Er zuckt die Achseln. »Auch okay.«

»Kein Sex«, knurre ich leise.

»Das wiederrum ist bedauerlich.«

»Los«, kommandiert er. Dabei schnippt er die frische Zigarette weg. Ich folge ihr mit meinem Blick und sehe ihn dann voll Missfallen an.

»So entstehen Waldbrände.«

Ohne den Blick von mir zu lösen, geht er zu der qualmenden Zigarette und tritt sie auf dem Stein aus. »Zufrieden?« Und schon kehren die süßen Grübchen – die er absolut nicht verdient hat – zurück auf sein Gesicht. Ich starre ihn an. Während er auf mich zugeht, sich bückt, meinen Oberarm packt und mich in die Höhe zieht. Während der ganzen Zeit kann ich mich nicht rühren. Das Adrenalin hat nachgelassen und inzwischen bin ich in meinem Gedankenchaos gefangen.

»Kommst du mit oder muss ich dich tragen?« Der Blick aus seinen stechend grünen Augen wird fordernder. Er zieht die Mundwinkel leicht in die Höhe, ohne dabei zu lächeln.

»Ich schlafe nicht mit dir«, stottere ich zögernd. Das ist alles an Widerstand, was ich aufbringen kann. Ich fühle mich erschöpft und kraftlos. Als wäre ich schon einmal in einer ähnlichen Situation gewesen. Nein, ich war bereits in ähnlichen Situationen. Jede Nacht, jede freie Minute, verbringe ich mit Tagträumen. *Albträumen,* genauer gesagt. Dort werde ich misshandelt, entführt, geschlagen und bedroht. Man tut mir weh, zwingt mich zu Dingen, die ich nicht will.

Und ich stehe da. Genau wie jetzt. Ich bin erstarrt und schaffe es nicht, mich zu rühren. Mein Gehirn ist eingefroren und meine Glieder fühlen sich taub an.

»Die korrekte Zeitform wäre, ich werde nicht mit dir Schlafen.« Aiden klingt ... belustigt?

»Ich gehe nicht mit einem Fremden mit«, stottere ich.

Wieso klinge ich so schwach? Weder bin ich eine Prinzessin, noch ist er mein Ritter, vor dem ich zittrige Knie bekomme. Ich bin eine starke, unabhängige Frau ... die völlig irre ist.

»Gerade eben wolltest du noch von einer Klippe springen, da sollte es dir vollkommen egal sein, ob du mir folgst.«

Schließlich deutet er über die Schulter. »Mitkommen.«

Er lässt mich los. Ironischerweise wird mir erst in diesem Moment bewusst, dass er mich noch festgehalten hat. Ich schwanke und muss mich an den Baum lehnen. Währenddessen geht Aiden davon. Er verschwindet zwischen den Zweigen, seine Schritte werden leiser.

Nicht ein Mal sieht er sich um.

Ich bekomme Panik. Davor, was er mir tun könnte. Wer er ist und warum er einen so großen Einfluss auf mich hat. Ich schaffe es nicht, mich zu konzentrieren oder damit zu beschäftigen, warum ich bei jedem seiner Worte derart in Panik ausgebrochen bin.

Ich fühle mich schlecht, verlassen und einsam.

Gleichzeitig bin ich froh, dass er weg ist.

Und dann mache ich das mit Abstand Dümmste, was ich tun könnte:

Ich laufe ihm hinterher.

KAPITEL 2

Stella

Saßt ihr schonmal auf dem Beifahrersitz im Auto eines völlig Fremden, habt aus dem Fenster gestarrt, keine Ahnung gehabt, wo ihr seid und euch gefragt, wie zur Hölle ihr hier landen konntet?

Vermutlich nicht.

Ich schon.

Wenn ich mich kurz vorstellen darf – erneut – Ich bin Stella Hardin. Demnächst arbeitslose Verrückte.

Das *demnächst* bezieht ausschließlich auf das arbeitslos.

»Wow, in geschlossenen Räumen bist du noch stiller als mit einer frischen Brise unter der Nase.«

Ich schenke dem Fahrer und meinem potenziellen Entführer, Aiden, einen kurzen Blick. Inzwischen hat er den dicken Pullover ausgezogen und ich habe freien Blick auf ein enges schwarzes Hemd. Ein absolut knitterfreies, wohlbemerkt. *Wie zur Hölle hat er das gemacht?* Ich schaffe es nicht einmal, meine Kleidung knitterfrei vom Schrank bis ins Badezimmer zu bringen.

»Hat dich meine erstaunliche Anwesenheit derart eingeschüchtert?«

Bei diesen Worten wedelt er kurz mit der Hand vor meinem Gesicht herum. Ich mache eine wegwerfende Handbewegung, bei der ich ihn nur zu gern erwischt hätte.

Habe ich allerdings nicht.

»Das ist eher mein Prä-Entführungsgesicht.« Ich deute auf mich selbst.

»Wenn das hier eine Entführung werden sollte, wären wir doch schon mittendrin.«

»Gut. Das ist der Punkt, an dem ich beschließe, dich für den Rest meiner Entführung zu ignorieren.«

Aiden tritt lachend aufs Gas, was mir einen überraschten Aufschrei entlockt. Er brettert eine enge Straße entlang, die für diese Geschwindigkeit alles andere als geeignet ist.

Noch etwas, dass mich an ihm stört: Ich hasse es, wie schnell er fährt. Es macht mir Angst und sorgt für ein Kribbeln in meinem Bauch.

Ich erröte bei dem Gedanken. *Ein böses Kribbeln*, wie ich mich selbst korrigiere.

»Wo bleibt denn da der Spaß«, fragt er nach einer weiteren spitzen Kurve, die mich nach Luft schnappen lässt.

»Ich glaube, den lieferst du mit deinem Fahrstil bereits ausreichend«, antworte ich gepresst.

Wie zur Bestätigung meiner Worte lässt er den Motor seines – was auch immer definitiv viel zu großen – Autos aufheulen. »Es freut mich, dir damit eine Freude machen zu können.«

Darauf erwidere ich nichts. Alles, was ich sage, dreht mir der Typ im Mund um. Er gibt mir keine klare Antwort, wohin er fährt oder warum er mich mitgenommen hat.

Und ich? Bin zu erschöpft um weiter zu fragen.

Deshalb schweige ich die restliche Fahrt über.

Eine leise Stimme in meinem Hinterkopf sagt mir, dass ich es beinah genieße. Die Überraschung, die Nervosität, der Nervenkitzel. Vielleicht tötet er mich. Was solls. Im Moment hänge ich sowieso nicht übermäßig an meinem Leben.

Bis es soweit ist, beschäftigt sich mein Hirn mit einem Szenario nach dem nächsten. Nicht wenige davon beginnen damit, dass wir einen Unfall bauen. In einem spektakulären Salto rollen wir einen Abhang hinunter und landen in dem auf dem Dach liegenden Auto.

Bei diesem Gedanken beginnen meine Fingerspitzen zu kribbeln.

Allerdings nicht aus Furcht.

Fuck, vermutlich bin ich verrückt – *Nein*, korrigiere ich mich. Ich bin auf jeden Fall verrückt, aber beinah wünsche ich mir, dass etwas dergleichen passiert.

Meine Wangen erhitzen sich bei dieser Überlegung. *Wieso sollte ich mir so etwas wünschen?*

Ablenkend sehe ich aus dem Fenster und versuche mich auf die Realität zu konzentrieren.

Inzwischen haben wir die Dörfer hinter uns gelassen.

Nachdem wir uns im Stadtverkehr eingereiht haben und seine gewagten Fahrmanöver von den anderen Menschen – beziehungsweise deren Autos – ausgebremst werden, beruhige ich mich zunehmend.

Weder habe ich ein Auto, noch verspüre ich den Drang danach, jemals eins zu fahren. Da nehme ich lieber einen Stehplatz in der Bahn und die Menschenmengen in Kauf.

Binnen weniger Sekunden driften meine Gedanken aufs Neue ab. Versunken starre ich aus dem Fenster und mein Verstand beginnt wie von selbst, weitere verrückte Szenarien zusammen zu spinnen.

Ich bin erneut an der Klippe. Mit Aiden. Er stößt mich, aber schafft es nicht rechtzeitig, mich wieder hinaufzuziehen. Deshalb schrammt mein Körper an den spitzen Felsen entlang. Ein Ast kracht gegen meine linke Schulter und mein Körper wird von dem heftigen Aufprall erschüttert.

Ich schrecke zusammen, als Aiden scharf bremst. Überrascht sehe ich mich um. Mein Herz klopft, während ich versuche zu begreifen, was passiert ist.

»Wir danken Ihnen, dass Sie mit uns gefahren sind. Bitte beehren Sie uns gern wieder.« Mit diesen Worten stoppt der Wagen in einer Parklücke, die ich für viel zu schmal gehalten hätte. Noch völlig in Gedanken starre ich nach draußen. Ich merke, wie sich Aiden aus seinem Sitz erhebt.

Mit ein paar gemurmelten Flüchen steige ich ebenfalls aus dem Auto.

Ich schüttle meine Beine kurz aus und sehe mich dann um. *Immerhin hat er mich nicht in eine Waldhütte mitten im Nirgendwo verschleppt.* Was ich definitiv als Erfolg verbuche. Wer will schon mit einem fremden, attraktiven ... Ich stoppe in meiner Überlegung, verdrehe die Augen und korrigiere mich schließlich selbst. Keiner will mit einem Fremden in einer Hütte landen.

Seufzend reibe ich mit den Fingern über meine Schläfen. Es fällt mir schwer, meine Gedanken zu sortieren. Dafür sind sie zu durcheinander.

»Wenn ich frage, was in deinem Köpfchen vor sich geht, werde ich wieder eine Abfuhr erhalten, oder?«

Ich schnaube, drehe mich herum und betrachte ihn kritisch. »Versuch es doch gern.« Dabei verziehe ich das Gesicht. *Köpfchen? Ernsthaft?* Wenigstens hat er damit den Bann gebrochen.

Zu meiner Überraschung kommt Aiden zu mir, legt den Arm auf meine Schulter und dirigiert mich in Richtung eines Hinterhofs. »Mal sehen. Vielleicht spare ich mir die Ablehnung für später auf. Auch mein Ego ist nicht unfehlbar.« Er zwinkert mir zu. Ich gebe ein teils amüsiertes Geräusch von mir. Mit seinem Ego stimmt so einiges nicht. Das kann ich ihm auf jeden Fall sagen.

Als wir die belebte Straße hinter uns lassen und in den Schatten des Hinterhofs einbiegen, sträubt sich mein ganzer Körper dagegen, weiterzulaufen. Warum ich es trotzdem mache, weiß ich nicht. Vielleicht, weil ich den Fremden inzwischen schon ein bisschen kenne. Ganze 62 Minuten. Und bisher hat er mich nicht entführt. Außerdem ist er hübsch, was bedeutet, dass er kein Serienkiller sein kann.

In Gedanken muss ich schmunzeln.

Wie von selbst setzen sich die Bilder vor meinem inneren Auge zusammen. *Was würde ich tun, wenn er mich packt und zurück zu seinem Auto schleift? Oder wenn er mich in dem dunklen Hof an die Wand presst?*

Mein Herz schlägt automatisch einige Takte schneller. *Was wäre, wenn er Interesse an mir hätte?*

Hat er natürlich nicht.

Da brauche ich mir keine Hoffnungen zu machen.

Aber …

»Gib mir deine Jacke.« Überrascht heb ich den Kopf. Mit geweiteten Augen sehe ich mich um, stolpere zwei Schritte nach vorn durch eine offene Tür und starre dann auf eine gemütlich beleuchtete Bar. Staunend gehe ich ein paar Meter weiter, an Stühlen vorbei und ins Innere hinein. Rechts von mir befindet sich ein runder Tresen, an welchem ein paar Barkeeper lehnen. Sie schenken mir ein schiefes Grinsen und nicken dann in meine Richtung.

»Hast du dich verlaufen?« Ein dunkelhaariger, recht

kleiner Mann springt von dem Barhocker und kommt auf mich zu.

In dem Moment spüre ich einen Lufthauch in meinem Nacken. Dann liegen zwei Hände auf meinen Schultern. »Du hast dich verlaufen, wenn du meinst, bei ihr landen zu können.« Aiden klingt angespannt. Überrumpelt sehe ich über die Schulter, bemerke dann aber das Grinsen auf seinen Lippen. Der andere beginnt zu lachen, holt mit der Hand aus und bewegt sich weiter in meine Richtung. Schockiert zucke ich zusammen. Zu meiner Überraschung schlägt er mich nicht, sondern ergreift lediglich Aidens Hand, die er kurz von mir löst.

Natürlich wollte er mich nicht schlagen, rüge ich mich selbst. Für die meisten wäre genau das eine Überraschung. Nicht, dass er jemandem die Hand gibt.

»Du bist spät«, ruft jemand, den ich nicht sehen kann, von hinter dem Tresen.

»Er ist nicht mal im Dienst. Dafür hat er uns jemanden mitgebracht«, antwortet der Kleine eine Spur zu schnell. Ich mag ihn nicht. Was nicht an mir liegt.

Schließlich bin ich recht tolerant.

Okay, ich verziehe das Gesicht.

Nicht besonders tolerant, aber ich habe nicht mit jedem ein Problem.

Ihn mag ich trotzdem nicht.

Er bewegt sich zu hektisch, wirkt übereifrig, obwohl es nichts zu tun gibt und geht mir mit seinem merkwürdigen Lächeln auf die Nerven.

»Die Kleine redet wohl nicht sonderlich viel, oder?« Er schwankt von einem Fuß auf den anderen und streicht dabei nervös die Hände an den Beinen ab. *Sagte ich schon, dass ich ihn nicht mag?*

»Muss an dir liegen«, antwortet Aiden. Im Stillen kann ich ihm dabei nur zustimmen.

Eine der Barkeeperinnen kichert leise. Sie ist auf dem Hocker sitzen geblieben, spielt an einer Strähne ihrer Haare herum und nickt mir lediglich freundlich zu. »Sie mag ich«, sage ich aus einem Impuls heraus und deute auf die Brünette. Ihr Lächeln wird noch eine Spur breiter, als ich mich von Aiden losmache und mich neben sie setze.

Ich weiß nicht, was wir hier machen. Keine Ahnung, wer Aiden überhaupt ist. Von der Frau kenne ich nicht einmal den Namen, aber ich bin hier. Also sollte ich das Beste daraus machen.

Und das hier könnte mein erster Schritt in Richtung Freunde sein. Oder zu einem neuen Job. Scheinbar arbeiten alle hier, also wieso nicht?

»Ich bin Kim«, sagt die Brünette – offenbar Kim.

»Stella«, stelle ich mich ebenfalls vor. Dabei kann ich es mir nicht verkneifen, Aiden einen kurzen, wissenden Blick zuzuwerfen. Er wirkt amüsiert, deutet mit der Hand auf mich und verzieht die Lippen dann zu einer kurzen Grimasse.

»Siehst du, lag an dir«, sagt er dann zu dem Kleinen.

»Und es liegt an euch, wenn ihr alle bald keinen Job mehr habt.« Das ist wieder die Stimme aus dem Nichts. Sekunden später taucht dazu die passende Frau auf. Eine Blondine mit strengem Dutt, einer hohen Nase und einem Körper, auf den ich zugegebenermaßen neidisch bin. »Ihr«, sie deutet auf Kim, den Kleinen und zwei weitere schwarz gekleidete Männer im Hintergrund. »Hinter die Bar.«

Kim wirft mir einen kurzen, bedauernden Blick zu. » Ich muss zurück in die Mienen. Man sieht sich.«

Da mir keine gute Erwiderung einfällt, grinse ich lediglich.

Sie rafft sich auf.

Erzählend verschwinden die vier in dem Durchgang, aus welchem ich gekommen bin. Bevor die Blonde ebenfalls geht, schenkt sie Aiden noch ein kurzes, aufreizendes Lächeln. »Hi, Aiden.«

Er winkt ihr mit den Fingern zu, ohne den Blick von mir zu heben. »Hi, Britta.«

Sie verschwindet und zurück bleiben Aiden und ich. Der mir zu meiner Unsicherheit bereits wieder verdammt nah gekommen ist.

Nach Ablenkung suchend sehe ich mich in der Bar um.

Es gibt einige runde Tische, einen weiteren Tresen und unzählige Pflanzen. Wirklich – unzählige. *Wer gießt die alle?* Eine eigens dafür Angestellte? Etwa wie eine Putzfrau, die zwei Mal die Woche die Klos reinigt? Oder steht einer der Mitarbeiter auf Pflanzen?

In diesem Moment wird mir bewusst, dass Aiden mich anstarrt. In einem seltenen Anflug von Übermut drehe ich mich auf dem Barhocker herum und sehe ihn ebenfalls auffordernd an. »Was?«, frage ich. »War es das oder steht nach versuchtem Mord und Entführung noch etwas anderes auf deinem Plan?«

Aidens Grübchen erscheinen aufs Neue. »Wenn ich dich hätte tot sehen wollen, wärst du es.«

Ich verdrehe die Augen. »Für diesen Spruch bekommst du eine langweilige drei von zehn.«

Er zieht einen Hocker zu mir herüber und lässt sich darauf nieder. Wieder viel zu nah, wenn ich das betonen darf.

Viel zu nah, weil mein Herz bereits wieder schneller schlägt und ich befürchte, dass man mir meine Nervosität an der Nasenspitze ablesen kann.

»Eine drei? Wieso das? Ich verdiene mindestens eine sieben.«

Ich gebe ein kurzes »tz« von mir. »Derjenige, der sich den Spruch ausgedacht hat, hat bestimmt sogar eine neun bekommen. Aber nach unzähligen Wiederholungen wird er doch langsam dünn.«

Aiden zuckt die Achseln. »Das Ergebnis bleibt das gleiche. Dank mir bist du noch am Leben.«

Mit gerunzelter Stirn sehe ich ihn an. Ein kurzes Scheppern im Hintergrund lässt mich den Kopf drehen. Diesem folgt ein gemurmelter Fluch. Dann drehe ich mich zurück zu Aiden. »Diese Auslegung ist im besten Fall merkwürdig.«

»Ich verbuche das einfach mal als Zeichen deiner Dankbarkeit.« Er nickt wohlwollend.

»Sag, wandelt dein Hirn meine Worte automatisch in etwas anderes um oder ist das eher eine bewusste Entscheidung absolut alles zu ignorieren?«

»Wohl eher ersteres. Immerhin ignoriere ich dich nicht.« Aiden stößt mit der Schulter leicht an meine, was für eine sofortige Schnappatmung meinerseits sorgt. Wohlgemerkt nicht seinetwegen. Also nicht seinetwegen als Person. Nur leider denkt mein Körper, dass jedes Mal, wenn mir jemand zu nah kommt, derjenige mich automatisch mag. Und an dieser Stelle schaltet sich mein Hirn ein. Aber nicht, um das Ganze zu unterbinden. Nein, dann setzen meine Fantasien ein. Tagträume darüber, wie unsere Zukunft aussehen kann.

Nach wenigen Sekunden Aufmerksamkeit sehe ich uns als beste Freunde. Nach zehn Minuten als Paar. Nach einer Stunde habe ich schon die Hochzeitstorte gedanklich ausgesucht und nach drei Tagen die Namen für unsere potenziellen Kinder festgelegt.

Sagte ich schon, dass ich verrückt bin?

»Ich glaube, ich muss etwas dagegen unternehmen, wie schnell ich deine Aufmerksamkeit verliere.« Bei seinen Worten erröte ich. Schließlich dreht sich meine ganze verdammte Aufmerksamkeit um ihn. Okay, und meine mögliche neue, beste Freundin Kim, die von ihrem Glück noch nichts ahnt. Mein Absturz, der sich in meinen Gedanken in einen Beinahe-Tod verwandelt und diverse andere Szenarien, die drei ganze Bücher füllen würden.

Seine Aufmerksamkeit überfordert mich. Ich weiß nicht, wie ich damit umgehen soll. Außerdem kenne ich noch immer nicht seine Intensionen. »Ja, ich denke, die Tour war bisher ganz nett«, antworte ich ausweichend. »Aber ich denke, wir sollten es dabei belassen.«

»Belassen? Du hast mir gerade erst deinen Namen verraten, Stella. Ich denke, es gibt noch eine Menge über dich zu wissen.«

»Genau genommen hast du dir meinen Namen erschlichen.«

Er macht eine wegwerfende Handbewegung. »Haarspalterei. Trotzdem muss ich zugeben, dass ein paar kurze Stunden mit dir durchaus unterhaltsam sind. Also, Mädchen an der Klippe, was gibt es über dich zu wissen?«

Hitze steigt mir in die Wangen. »Eine Stunde. Und nicht viel«, antworte ich knapp. Eine laute Stimme in meinem Hinterkopf reagiert auf meine Antwort mit einem Lachen.

»Da bin ich anderer Meinung. Du kommentierst mit keiner Silbe, dass ich dich von einer Klippe gestoßen habe.«

»Immerhin hast du mich festgehalten«, unterbreche ich ihn, ohne zu überlegen. Nur um mich im nächsten Moment dafür zu hassen. Die richtige Antwort auf seine Aussage wäre vermutlich Schock, Widerspruch oder ein schlichtes:

Ich bin überfordert gewesen. »Außerdem habe ich es mehr als kommentiert.«

»Und trotzdem bist du mit mir gekommen.«

Aiden schenkt mir lediglich einen kurzen aufmerksamen Blick. Dann spricht er weiter. »Andere Dinge, wie wenn ich dir ein Kompliment mache, scheinen dich hingegen schnell in Verlegenheit zu bringen.«

»Vielleicht machst du schlechte Komplimente«, erwidere ich atemlos. Was sogleich die Frage aufwirft, warum ich außer Atem bin. Mein Körper ist ein Wrack, aber im Sitzen sprechen sollte selbst für mich drin sein.

»Weißt du, was ich eher glaube?« Ich werfe einen Blick auf die ersten Gäste, die die Bar betreten. Es ist eine Gruppe junger Frauen. Aufgestylt und herausgeputzt. Im Gegensatz zu mir, wie mir in dem Moment auffällt.

Ich blicke an mir herab. Auf meine schwarze Jeans, an der noch einige Dreckkrümel kleben und meine beige Winterjacke, die ich geöffnet habe. Kurzgesagt: mein absolut unpassendes Outfit.

Deshalb ziehe ich die Jacke aus und lege sie mir über den Schoß. Aidens Versuch sie mir abzunehmen übergehe ich gekonnt. *Warum auch immer.* Aiden legt die Hand auf mein Bein. Ich erstarre und bemerke erst in dem Moment, dass ich die ganze Zeit damit gewippt habe. Verlegen sehe ich auf. Zum ersten Mal seit langem treffe ich dabei direkt seinen Blick. Und seine himmlisch grünen Augen. Sagte ich himmlisch? Saftig grün, wie ein dunkler Märchenwald und ... Ach, ich würde darauf wetten, in meinen kitschig romantischen Büchern gäbe es dutzende Beschreibungen dafür. Allerdings würde keine von ihnen ausreichen.

Ich bin so eine Idiotin ... Seine Augen ziehen mich in einen eigenartigen Bann. Einen, der dafür sorgt, dass ich mich merkwürdig belebt fühle. *Absolut hoffnungslos.*

Aiden legt den Kopf schräg. »Also, interessantes Mädchen von der Klippe. Da du mich endlich ansiehst, erzählst du mir nun mehr über dich?«

Ich halte den Atem an. Gleichzeitig pumpt mein Herz wie wild. *Wie war das gleich nochmal mit dem Luftholen? Kann man das Googeln?* Bedauerlicherweise habe ich völlig vergessen, wie das funktioniert. Nur um das klarzustellen: Ich bin nicht sprachlos, weil er so ein umwerfender Mann ist. Ich bin schlicht weg von seiner Nähe, der Aufmerksamkeit und seinen Fragen überfordert.

Was, wenn er eine Frage zu mir stellt? Etwas konkretes?

Ich könnte weiterhin ausweichen.

Was, wenn er nicht locker lässt?

Einige Sekunden versuche ich meine Unruhe und blanke Überforderung zu verdrängen.

Angriff ist die beste Verteidigung.

Sagt man doch, oder?

Dann lehne ich mich zu Aiden, sehe ihn schief lächelnd an und versuche die Peinlichkeit zu ignorieren. Auch wenn ich mich sonst vielleicht nach seiner Aufmerksamkeit gesehnt hätte. Oder der, eines anderen Typen, ist sie in diesem Moment zu viel.

Ich kann nicht damit umgehen.

Deshalb versuche ich die Aufmerksamkeit von mir abzulenken und mich stattdessen wieder auf Sicheres Terrain zu begeben.

»Pass mal auf. Unser Ausflug war ganz nett. Wer steht schließlich nicht auf einen halben Herzinfarkt am Abend? Aber für ein betrunkenes Barmann-Gespräch – worauf das hier zweifelsohne hinauslaufen soll – bin ich leider nicht betrunken und du nicht Barmann-mäßig genug. Also sollten wir …«

Weiter komme ich nicht. Er hat meinen Stuhl an der

Lehne gepackt, und dreht mich zur Bar um. Ich starre noch auf Kim und einen der unbekannten Typen, die an der Seite lehnen und frage mich, wann diese zurückgekommen sind, als Aiden um den Tresen herumgeht. »Du hast recht. Das sollten wir ändern.« Bei diesen Worten nimmt er eine Havanna Flasche und wirft sie in die Höhe. Meine Augen weiten sich schockiert, als er sie geradeso hinter dem Rücken auffängt.

Diese stellt er dann schwungvoll auf den Tresen und sieht mich herausfordernd an. »Bereit für ein wenig Spaß, junge Frau?«

Seine Worte klingen amüsiert. Noch dazu irritieren sie mich, da meine Gedanken noch immer in einem einzigen Chaos verschwimmen.

Bei jedem anderen wäre ich spätestens bei der Anrede verschwunden. Aber bei ihm ...

Leise seufze ich. »Ich glaube, ich sollte keine Zeit mehr mit dir verbringen.«

»Du solltest erst mal anfangen, Zeit mit mir zu verbringen, Baby.« Aiden sieht mich verführerisch an.

Ich mache eine wegwerfende Handbewegung. »Nein, ganz sicher nicht. Du scheinst einer dieser Leute zu sein, mit denen man befreundet ist und die einen ständig in irgendeine andere Scheiße hineinreiten.« Die Worte kommen, ohne darüber nachzudenken, aus meinem Mund. Trotzdem meine ich sie so. Vielleicht ein wenig freundlicher als sie klingen.

Aiden klingt nach Spaß. Aber auch nach der Gefahr, etwas Dummes zu tun. Und auf jeden Fall klingt er danach, als würde er mir unter die Haut gehen können. Etwas, was ich auf jeden Fall vermeiden will.

»Okay, für dich würde ich eine Ausnahme machen.« Aiden nimmt einen metallenen Becher zur Hand und füllt diesen willkürlich mit Flüssigkeiten. Zumindest wirkt es so, da er dabei nicht einmal hinsieht. »Du dürftest auch meine Geliebte sein und nicht nur meine Freundin.«

Ich schüttle den Kopf. »Du bist unfassbar.«

»Das sagst du immer wieder«, erwidert Aiden schmunzelnd.

»Ich nehme einen Lillet Wild Berry, mein Schöner.« Überrascht von der plötzlich fremden Stimme sehe ich mich um. Eine Frau, ungefähr in meinem Alter, steht neben mir. Vielleicht ist sie auch erst Anfang 20. Sie schenkt mir einen knappen Blick, bei welchem sie mich nicht einmal ansieht. Dafür mein Outfit. Auch ich mustere sie kurz. Ihre hohen Schuhe, die dünnen Strumpfhosen, bei denen ich schon vom hinsehen eine Blasenentzündung bekomme, den kurzen Rock und die viel zu offene Bluse. *Im Ernst.* Viel zu offen.

Ich kann von meiner Position aus sagen, dass sie ein Nippelpiercing hat. Ein roséfarbener Ring – nur falls es jemanden interessiert.

»Was interessiert mich das?« Aidens Stimme klingt bei seiner Antwort völlig anders als zuvor. Beinah hätte ich ihn nicht einmal erkannt.

Überrascht sehe ich auf. Er stellt zwei Gläßer vor mich auf den Tresen und schenkt der anderen Frau keinen einzigen Blick. Diese gibt ein spitzes und durchaus beleidigt klingendes Geräusch von sich.

Nur eine Sekunde später taucht Kim mit einem breiten Grinsen auf. »Ein Lillet kommt sofort. Entschuldige unseren Praktikanten. Er wird die Probezeit vermutlich nicht überstehen«, fügt sie mit zu hoher Stimme hinzu. Dabei ist ihr Grinsen unübersehbar.

Trotz Aidens und Kims Reaktion sinke ich merklich in mich zusammen. Ich kann nicht einmal erklären, wieso.

Weil sie hübscher ist? Andere sich immer in den Mittelpunkt drängen wollen? Weil sie eine Fremde ist? Weil … Es gibt hundert Gründe, die mir dafür einfallen. Aber keiner ergibt Sinn.

»Nein, so funktioniert das nicht, Baby.« Aidens erneut freundliche, spielerische Stimme lässt mich aufsehen. Er hat sich über den Tresen gebeugt, ignoriert die Blicke der anderen Frau und schiebt mir beide Gläser entgegen. Es sind hohe. Gefüllt mit schaumig, weißlichem Inhalt.

Eine kleine Ananasscheibe klemmt am Rand.

Ich sehe auf. »Danke, aber ich möchte nichts trinken.«

»Alkohol.« Er schiebt das eine Glas noch einen Zentimeter auf mich zu. »Alkoholfrei.« Dabei deutet er auf das andere. »Und keins von beiden ist vergiftet.« Er zwinkert mir knapp zu, holt zwei Strohhalme und steckt sie in die Gläser. »Aber darum geht es nicht. Du ziehst dich bereits wieder zurück. Dabei war ich gerade gut dabei, deine knallharte Schale zu knacken.«

Ich bin sprachlos. Erneut.

Wie kann es sein, dass alles, was er sagt, mich völlig überfordert? Und dieses Gespräch derart ausartet? Mal im Ernst. Das ist doch keine klassische Begegnung. Oder läuft das heutzutage so ab, wenn man jemanden kennenlernt?

»Hier wird gar nichts geknackt, so viel schonmal vorab. Und danke für die nicht vergifteten Cocktails. Natürlich vertraue ich auf das Wort eines völlig Fremden, der hier nicht einmal arbeitet.«

Aiden lehnt sich lässig an den Tresen. »Ich arbeite hier. Nur nicht heute.«

»Gut zu wissen. Dann weiß ich immerhin, wo ich dich suchen muss.« *Fuck.* Mein Kopf läuft mit Sicherheit feuerrot an. Abwehrend hebe ich die Hand. »Das war anders gemeint.«

Aiden grinst triumphierend. »Du denkst noch während

du mir gegenübersitzt, darüber nach, mich zu suchen? Interessant.«

»Es war anders gemeint«, wiederhole ich lahm.

Kim wirft mir von der Seite einen vielsagenden Blick zu. »Und damit hast du ihn am Arsch kleben. Viel Glück, Süße. Den wirst du nicht mehr so schnell los.«

Aiden wirkt so selbstzufrieden, dass ich nicht anders kann. Ich lache, verdrehe die Augen und schüttle meine Haare aus. Es ist eine Geste, die ich mir von einer Kollegin abgeschaut habe. Bei ihr sah es cool aus. Ich hoffe einfach darauf, damit meine geröteten Wangen überdecken. »Träum weiter« murmle ich leise.

»Dafür muss ich nicht träumen, Baby. Du hast es mir ins Gesicht gesagt und Kim ist meine Zeugin.«

Kim sieht mich für einen Moment an. Während sie ein Bierglas füllt, zuckt sie schließlich mit den Schultern. »Ich habe überhaupt nichts gesehen.«

»Verräterin«, murmelt Aiden im selben Moment, in welchem ich aufatme. Es ist Blödsinn. Unser ganzes Gespräch ist ein großes, unangenehmes Ausweichen und ironisches Ablenken, aber ihre Unterstützung freut mich.

Vielleicht rutscht die neue Freundin nicht in eine unendliche Ferne.

Allerdings müsste sie mich dafür tatsächlich mögen. Und mir ihre Nummer geben. *Aber wie sollte ich sie danach fragen? Und dann? Schreibe ich ihr? Oder machen wir uns direkt ein neues Treffen aus?* Verdammt, ich bin so unsicher, dass ich nicht einmal weiß, wie man Freunde gewinnt. *Im Ernst, wie läuft so etwas? Der eine entscheidet, dass man ab jetzt befreundet ist und der andere macht mit?*

KAPITEL 3

Stella

Ich seufze leise. »Nein, du machst das falsch.« Während ich in meinen Gedanken versunken war, muss Aiden zurück an meine Seite gekommen sein. Zumindest sitzt er erneut auf dem Barhocker neben mir. »Spätestens nach dem dritten Seufzen musst du normalerweise anfangen zu erzählen.«

Zu meiner Überraschung stellt Kim ein gefülltes Glas schwungvoll auf den Tisch und sagt: »So ist die Bar-Regel.«

»Eine Bar-Regel?«

»Genau«, sagt Aiden. Er hebt die Hand unter mein Kinn. Überrascht weiten sich meine Augen, während ich die Luft anhalte. Er sieht mich für einen Moment an, dann dreht er meinen Kopf leicht zur Seite. »Schau ihn an.«

Zuerst weiß ich nicht, wen er meint. Dafür bin ich zu abgelenkt. Erst nach einigen Momenten realisiere ich den Mann einige Hocker weiter. Ich schätze ihn auf Mitte 40. Er hat den Kopf in eine Hand gestützt und rührt mit der anderen Hand mit dem Strohhalm in einem Getränk herum. Es ist rosa, wie ich mit einem Grinsen feststelle.

Darauf konzentrieren kann ich mich nicht.

Dafür lenkt mich Aidens Hand zu sehr ab.

Um die unangenehme Nähe zu unterbrechen, fahre ich mir mit den Fingern durch die Haare und befreie mich bei dieser Bewegung aus seinem Griff.

Schließlich sehe ich zurück zu dem Mann. Er hebt seufzend die Schultern und sieht sich dann suchend in der Bar um. Kim wirkt in diesem Moment sehr mit einem leeren Glas beschäftigt, während einer der fremden Barkeeper andere Kunden bedient.

»Er sucht bestimmt nicht nach jemandem, der ihm einen neuen ›süffigen Bastard‹ bestellt.«

»Äh?« Fragend drehe ich mich zu Aiden. Dabei rutsche ich automatisch ein paar Millimeter zurück. Jetzt, da mein Gesicht ihm zugewandt ist, kommt mir der Abstand zwischen uns viel zu klein vor. Noch kleiner als zuvor. »Einen was?«

»Der Cocktail«, antwortet Kim. Offenbar ist sie inzwischen ein fester Teil unserer Unterhaltung geworden. Was ich durchaus begrüße. Eine Person mehr bedeutet weniger Aufmerksamkeit für mich. Andererseits wünscht sich ein Teil von mir Aidens unangefochtene Aufmerksamkeit.

Uff ... da soll ein Mann die Frauen verstehen, wenn ich selbst es nicht einmal kann.

In einem Buch würde ich irgendwann gehen. Er würde mir folgen, mich an die Wand pressen, die Hand um meine Kehle legen und ...

Eine Hand legt sich auf meinen Arm. Überrascht zucke ich zusammen. Mich leise räuspernd sehe ich auf. Von der zarten Hand zu Kim, der sie gehört. Ausweichend greife ich zu meinem Cocktail, nehme den Strohhalm zwischen die Lippen und ziehe leicht daran. Dann sehe ich erneut zu Kim auf. Sie blickt mich verlockend an. »Das war heiß dir bei deiner geistigen Abwesenheit zuzusehen. Ich verzeihe dir deine Unaufmerksamkeit.«

Mit diesen Worten sorgt sie für eine erneute Welle der Unsicherheit in mir.

Danke dafür.

»Was ich eigentlich sagen wollte, ist, dass er sich nach jemandem zum Reden umsieht. Und was den kitschig pinken Cocktail angeht – einer von Kims Kreationen, wenn ich das erwähnen darf – trink ihn nicht. Er ist viel zu …«

»Viel zu gut für seinen Namensträger.«

Irritiert blinzle ich. »Okay, ich sehe nicht mehr durch. Worüber unterhalten wir uns?« Für gewöhnlich sorgen die wirren Gedanken in mir lediglich für Chaos in meinem Kopf. Die beiden schaffen es, dass ich auch ihnen nicht folgen kann.

Oder mein Wahnsinn ist weiter fortgeschritten.

Aiden nickt Kim wohlwollend zu, als diese dramatisch seufzt. Vermutlich wegen meiner erneuten Unaufmerksamkeit. Etwas, dass ich dringend verbessern sollte. »Keine Sorge. Sie kann nichts dafür. Mein Charme, gepaart mit meinen Fähigkeiten als Barkeeper ist für manche etwas zu viel.« *War das Aidens Versuch mich zu verteidigen?*

»Du bist allgemein etwas zu viel.« Kopfschüttelnd sehe ich zu Kim.

»Ich habe auf jeden Fall viel von allem«, kontert Aiden gelassen.

»Okay, stopp. Dich muss ich ab nächster Woche wieder jeden Tag sehen und das Bild will ich bis dahin aus dem Kopf haben.« Kim verzieht das Gesicht zu einer Grimasse. Dann prostet sie uns mit der Hand zu und verdrückt sich in eine andere Ecke der Bar.

»Du hast sie verjagt«, sage ich anklagend.

»Du meinst, ich habe es endlich geschafft, uns ein wenig

Zeit allein zu verschaffen.« Aiden gähnt gespielt und legt den Arm in einem großen Bogen über meine Schultern.

Verlegen befreie ich mich von seinem Gewicht. »Und das verkaufst du mir als Gewinn?«

»Klar.«

»Außerdem sind wir nicht allein«, weise ich ihn mit einer Bewegung in die inzwischen gut gefüllte Bar hin.

»Ich verstehe.« Aiden dreht meinen Hocker an der Lehne herum und legt die Füße zwischen meinen auf der Metallstange ab. Automatisch ziehe ich meine Beine zurück. »Du willst mehr Ruhe. Kein Problem. Zu mir oder dir?«

Es dauert einige Sekunden, bis ich seine Worte begreife. Meine Arme beginnen nervös zu kribbeln. *Das kann er nicht ernst meinen, oder?* Jemand wie er interessiert sich nicht für mich. Mit Sicherheit nicht. Andererseits unterhält er sich mit mir. Und er ist noch nicht abgehauen.

Was nicht bedeutet, dass das nicht noch passieren kann.

Oder er steht auf mittelmäßig aussehende Einzelgängerinnen.

Ich verziehe das Gesicht.

Mit einer harschen Bewegung unterbreche ich meine Gedanken. »Erklär mir lieber, was es mit der Cocktail-Sache auf sich hat.«

»Galant umgangen.« Aiden zwinkert mir zu. Eine Antwort spare ich mir. Er spricht sowieso direkt weiter. »Cocktails. Das sind Getränke, die Menschen in Bars zu sich nehmen ...«

»Okay«, unterbreche ich ihn. »Und du wunderst dich, dass du meine Aufmerksamkeit verlierst?«

Aiden verändert die Position seiner Beine und stößt dabei an mich heran. Wie erstarrt bleibe ich sitzen. *Das war Absicht.* Ganz sicher. Wenn es Absicht war, dann will er mich berühren. *Wenn er mich berühren will, scheint er mich zu mögen, oder?*

»Aus Kims Trauerphasen entstehen grundsätzlich neue Cocktails. Ab und an sogar gute.«

»Hey«, ruft es von der anderen Seite der Bar.

Aiden beugt sich mir noch ein Stück weiter entgegen. Währenddessen versuche ich mich nicht zu bewegen, um den Kontakt zu seinem Bein nicht zu verlieren. Und ja, mir ist bewusst, wie traurig das klingt.

Es selbst zu erleben ist sogar noch deprimierender.

Gleichzeitig will ich, dass er mich berührt, nur will ich es eben nicht wollen. Ist das irgendwie verständlich?

Vermutlich nicht.

»Ihre Trauerphasen?«, frage ich schließlich.

Wenn er mir gefällt, sollte ich ihn einfach ansprechen. Also nicht normal ansprechen. Schließlich unterhalten wir uns die ganze Zeit. Aber eben darauf hinweisen.

Aber worauf? Magst du mich? Ich mag dich nicht. Aber ich würde wollen, dass du mich magst, denn ich kann mir vorstellen dich zu mögen.

Genau genommen kenne ich ihn nicht einmal.

»Meine Trennungen«, sagt Kim nach einer längeren Ruhe. Sie greift im Vorbeigehen nach den Strohhalmen und verschwindet dann zurück zu ihrem Kunden. Einem recht hübschen, wenn ich das hinzufügen darf.

»Sie erfindet nach jeder Trennung einen Cocktail?«, frage ich und versuche mich auf die beiden zu konzentrieren. Dabei reibe ich mit den Fingern über meine Schläfe. Bei einem Thema zu bleiben, fällt mir schwer. Erst recht, längere Zeit jemandem zuzuhören. Ich bin schnell genervt, unterbreche die Menschen, obwohl ich es nicht will oder schweife, wie auch jetzt, ab.

»Ganz genau. Und ich übergehe an dieser Stelle, wie desinteressiert du wirkst.«

Ertappt nehme ich mein Glas und trinke einen großen Schluck. Zu gern würde ich mich rechtfertig. Aber dafür müsste ich ihm mehr von mir offenbaren. Darüber, dass es … nicht meine Schuld ist?

Aber ist es das überhaupt? Schließlich ist es trotzdem mein Kopf, der abschweift …

»Und welchen Ex habe ich bekommen?«, bringe ich meine Aufmerksamkeit zurück zu Aiden.

»Keinen«, erwidert Aiden. »Das ist ein ganz normaler Virgin Colada.«

»Ja, ganz normal«, betont Kim.

Aufgrund ihrer Worte sehe ich auf.

»Was ist da drin?«, frage ich skeptisch.

»Wolltest du nicht gehen? Du verschreckst meine Freundin.« Aiden stützt die Hand neben mir auf dem Tresen auf.

»Deine Freundin traut dir offenbar nicht.« Kim klingt amüsiert. Währenddessen scheint sie die Kunden erstaunlich gut im Griff zu haben. »Nichts«, fügt sie an mich gewandt hinzu. »Weder eine besonders aromatische Mischung noch Alkohol und worauf deine Frage vermutlich abzielt: Keine k.o. Tropfen. Würde mich zumindest wundern.«

Zweifelnd betrachte ich meinen Cocktail. »Und inwiefern ist das etwas Schlechtes?«

Kim wedelt lediglich mit der Hand in der Luft und lässt uns dann endgültig zurück.

»Sie steht auf ihre Kreationen. Wundert mich, dass sie dir noch keinen eingeredet hat.«

»Vermutlich weiß sie, dass der Versuch nicht besonders von Erfolg gekrönt sein wird.« Immerhin trinke ich seitdem wir hier sind an dem einen Glas. Eines, in welchem sich offenbar kein Alkohol befindet. Und schon allein, dass ich das nicht herausgeschmeckt habe, spricht für sich.

Aiden leert in diesem Moment das andere Glas. »Was ist nicht von Erfolg gekrönt?«

Spaßhaft verziehe ich das Gesicht. »Mich abzufüllen und abzuschleppen.«

Offenbar übergeht er meinen ironischen Tonfall völlig. Oder nimmt ihn nicht einmal wahr. »Falsche Reihenfolge. Erst habe ich dich abgeschleppt. Dann hast du selbst dich für den Cocktail entschieden und begonnen abzufüllen. Mit Sahne, Ananassaft und Kokossirup.« Seine Worte triefen vor Ironie.

»Wie schön, dass du einsiehst, dass du mich entführt hast, wenn ich das erwähnen darf«, kontere ich.

»Darfst du. Auch wenn deine Interpretation meines freundlichen Taxi Services absolut falsch ist.«

Ich seufze. Bevor er etwas sagen kann, hebe ich abwartend den Finger. »Ja, mir ist bewusst, dass das mein fünftes Seufzen war. Auch wenn wir völlig vom Thema abgeschwiffen sind und ich immer noch nicht weiß, was das überhaupt bedeutet.«

»Sie reden«, antwortet er in Gedanken.

»Wer?«, frage ich wenig intelligent und sehe mich knapp über die Schulter um.

»Die Gäste. Viele von ihnen kommen nur in eine Bar, um ihre Sorgen und Probleme abzuladen. Sie brauchen jemanden zum Reden. Was uns zu deiner Aufgabe bringt.«

»Meine Aufgabe als Gast oder dein Entführungsopfer?«

»Beides.«

»Aha«, antworte ich amüsiert. Dabei merke ich, wie ich mich langsam entspanne.

Leichte Unterhaltungen, voll von Ironie, da fühle ich

mich wohl. »Gut, fangen wir am Anfang an. Was machen Entführungsopfer denn so? Vor Angst zittern und brav: Ja, Sir, sagen?«

Aiden schmunzelt. »Endlich scheinst du zu verstehen, wie das hier läuft.« Er lehnt sich nach vorn und kommt mir dabei so nah, dass ich seinen Atem auf meiner Haut spüre. »Allerdings solltest du, wenn dann, vor Erregung zittern. Immerhin bin ich ein guter Entführer.« Für einen Moment sieht er mir tief in die Augen.

In meinem Kopf herrscht die blanke Eskalation. Ich kann an nichts anderes denken als die Feuchte, die immer mehr zwischen meinen Beinen entsteht.

Dann zieht er sich endlich ein Stück zurück und gibt mir die Möglichkeit, wieder zu atmen.

»Und als Gast?«, frage ich leise.

Aidens wissender Ausdruck spiegelt genau das wider, was ich unbedingt vermeiden will.

Er weiß es.

Er kann mir jeden Gedanken an der Nase ablesen.

Fuck.

Weiß er, was für eine Wirkung er auf mich hat?

Mit Sicherheit, beantworte ich mir selbst diese Frage.

»Als Gast trinkst du noch ein bis zwei Cocktails und dann verrätst du mir alle deine Geheimnisse«, unterbricht Aiden meine Gedanken.

»Aber was habe ich davon?«, antworte ich wie von selbst.

Aiden schiebt eine einzelne Strähne zurück hinter mein Ohr. »Mich. Wenn das keine Verlockung ist.«

Ich werfe einen knappen Blick auf die Uhr. Eine golden funkelnde, die aussieht wie eine Sonne. Interessiert sehe ich diese an. Es ist bereits halb zwei und ich frage mich wirklich, wann das passiert ist.

»Soll mir dieser müde Blick zur Uhr sagen, dass du genug von mir hast?«

»Eher, dass ich müde bin.«

Sofort erscheint ein triumphierendes Schmunzeln auf Aidens Lippen. »Aha …« setzt er an.

Gähnend winke ich ab. »Vermutlich kann ich mir einen Kommentar zur Richtigstellung sparen?«

»Kannst du. Deshalb überspringe ich das peinliche Schweigen vor unserem Abschied, erspare dir das nervöse Warten und frage dich gleich, wann wir uns wiedersehen.«

Meine Fingerspitzen beginnen nervös zu kribbeln. Ich kann es mir geradeso verkneifen, mit den Nägeln zu spielen. Schließlich will ich nicht, dass er merkt, wie unruhig mich seine Frage macht.

Ausweichend frage ich: »Darüber werde ich ein paar Nächte schlafen müssen. Also, wie sieht es aus? Darf ich als Entführungsopfer jetzt schlafen gehen?«

Aiden mustert mich aufmerksam. Währenddessen werfe ich einen schweifenden Blick durch die restliche Bar. Sie ist noch immer gut gefüllt. Vielleicht sogar voller als vor einer Stunde. *Müssten die Leute nicht schlafen?*

Immerhin haben wir Sonntag.

»Normalerweise nicht«, antwortet er schließlich. »Und wenn, dann nur in meinem Bett.« Aiden lehnt sich nach vorn und stützt die Hand neben mir auf dem Tresen ab. Es ist noch immer derselbe Platz. Von einer kurzen Klo-Pause einmal abgesehen, habe ich mich den ganzen Abend nicht von der Stelle gerührt. Verrückt, wenn man darüber nachdenkt. Ich weiß nicht, wann ich das letzte Mal so lange mit jemandem geredet habe. Einfach nur gesprochen. Nichts weiter.

»Und auch wenn ich das Gefühl habe, dass ich dich entweder langweile oder mit meiner Frage verschreckt habe ...«

»Hast du nicht«, werfe ich mit erhitzen Wangen ein.

»Umso besser. Dann ist die Überwindung, dich ein zweites Mal nach einem Treffen zu fragen, umso kleiner. Auch mein Ego ist nicht unendlich.«

Ich kann nicht anders, als zu lachen. »Um ehrlich zu sein, bezweifle ich das.«

»Das Treffen?«

»Dein begrenztes Ego«, erwidere ich.

Er wiegt den Kopf bedächtig hin und her. »Also, wie sieht es aus? Dienstag? Selber Ort, selbe Zeit? Die Klippe, nicht die Bar.«

»Schön, dass du das richtig stellst. Wer will denjenigen, der einen von dem Felsen werfen wollte, nicht am selben Ort wiedersehen?«

»Du hast meine Frage nicht beantwortet«, stellt er mit einem verschmitzten Ausdruck fest.

»Und du dich noch nicht entschuldigt«, erwidere ich.

»Wofür? Dafür, dass ich dir das lange Grübeln erspart habe? Du hängst am Leben. Erst recht, wenn es darin so ein Prachtexemplar von Mann wie mich gibt.« Gönnerhaft lehnt er sich zurück.

»Das war definitiv zu viel des Guten«, seufze ich leise. Trotzdem hat er recht. Der Moment, in dem er mich von der Klippe gestoßen hat und meine Füße den Halt verloren ... ich bin innerlich hundert Tode gestorben.

Aber ja, in dem Moment habe ich begriffen, dass ich nicht sterben will. Gut, ob ich leben will, weiß ich auch noch nicht. Geschweige denn wie. Aber darum kümmere ich mich später.

»Gut, weil du es bist, machen wir Donnerstag«, unterbricht Aiden meine Gedanken.

»Wartet man nicht normalerweise die pauschalen zwei Wochen, bevor man nach dem nächsten Date fragt?« Nervös kratze ich mich am Hals. Währenddessen kann ich meine Gedanken kaum beherrschen. *Donnerstag*. Was wird er an dem Tag wohl machen? Arbeiten? Freunde treffen? Ausschlafen?

Keine Ahnung. Die Frage ist eher, was ich an diesem Tag mache.

Ich schlucke schwer und versuche meine Unruhe zu beschwichtigen. In Gedanken zähle ich langsam bis 20, während Aiden den Kopf schüttelt.

»Wer macht so etwas?«

»Männer?«, rate ich.

»Du solltest den Unterschied zwischen Männern und Jungs lernen, Baby.« Aiden zwinkert mir zu.

Automatisch presse ich die Beine fest zusammen und atme scharf ein. »Und du solltest meinen Namen lernen.«

»Daran arbeiten wir beim nächsten Mal, Baby.« Er sieht für einen Moment zur Seite. Dann verzieht er das Gesicht zu einer Grimasse und rauft sich die Haare. »Nein, Moment. Donnerstag funktioniert nicht. Entschuldige. Passt bei dir Freitag?«

»Ich habe noch nicht einmal zu Donnerstag Ja gesagt.« Aus gutem Grund.

»Aber ich weiß, dass du es wolltest.«

»Wollte ich nicht«, gebe ich halb lachend, halb stöhnend von mir.

»Kein Grund zu stöhnen«, greift er dieses sofort auf.

»Du wirst schon noch einen Anlass dazu finden. Aber dann wird es ein besserer sein.«

»Was machst du denn Donnerstag?«, lenke ich hoffentlich von meinen roten Wangen und dem Prickeln zwischen meinen Beinen ab.

»So eifrig, mich wiederzusehen?«

»Ich hasse dich«, antworte ich, ohne darüber nachzudenken. Aiden scheint die Aussage nicht im Entferntesten zu interessieren. Er zuckt lediglich mit den Schultern und stützt die Arme auf dem Tresen auf.

»Krankenhaus.«

»Was?« Irritiert sehe ich ihn an.

»Am Donnerstag bin ich im Krankenhaus«, erwidert er ruhig.

»Oh«, ist das Einzige, was ich hervorbringe. Meine Gedanken arbeiten inzwischen wie verrückt. Er ist im Krankenhaus. *Einem normalen Krankenhaus? Ist er krank? Eine Op? Oder könnte es sein …*

»Auf die Gefahr hin nun jedem Aufreißer-Klischee zu entsprechen, aber ja. Ich bin Donnerstag im Krankenhaus. Freiwilligenarbeit. Ein paar Kids beraten, mit den Jüngeren spielen, vielleicht auch eine Jungfrau in Nöten retten.«

Bei den letzten Worten muss ich laut lachen. Ein paar der übrigen Gäste sehen sich zu mir um. Ich ignoriere sie. Mein Outfit ist unpassend, ich bin nicht geschminkt, wie die meisten hier. Außerdem hängt noch immer Dreck in meinem Pullover. Sollen sie starren. Für den Moment ist es mir egal.

»Eine Jungfrau in Nöten? Na dann, viel Erfolg.«

Er nickt wohlwollend. Dabei wirkt er beinah genauso von sich eingenommen wie sonst. *Beinah.*

Interessiert lege ich den Kopf schief.

Zum ersten Mal, seitdem ich ihn kenne, bleibt er ruhig.

Aiden sieht mich an. Etwas liegt in seinen Augen, das ich aber nicht deuten kann. Schließlich räuspere ich mich leise. »In welchem Krankenhaus bist du?«

Es dauert mehrere Sekunden, bis er antwortet. »Es gibt kein bestimmtes. Alle Freiwilligen werden nach Verfügbarkeit im Umkreis eingeteilt.«

»Okay«, antworte ich. Das plötzlich ernste Thema überfordert mich. In dem Moment wünsche ich mir beinah, er würde wieder Späße machen, keine Silbe von dem, was ich sage, ernst nehmen. *Oder mich Baby nennen.*

Bei diesem Gedanken beiße ich mir auf die Lippe. Ein Kribbeln schießt durch meinen Körper.

»Ich finde es schön, dass du so etwas machst.« Auf meine Aussage hin bleibt er still. Was mir zunehmend Bauchschmerzen bereitet. *Habe ich etwas Falsches gesagt? Ihn verschreckt?* »Bist du auch manchmal im Psychatriezentrum?« *Fuck.* Die Worte sind mir herausgerutscht. Ich habe nicht darüber nachgedacht und verdammt, was würde ich dafür geben, sie wieder zurücknehmen zu können.

»In der LMU?« Aiden sieht mich interessiert an.

»Ja«, antworte ich knapp. Meine Stimme klingt piepsig.

»Nein. Wieso?«

Nein. Das Wort wiederholt sich immer wieder in meinem Schädel. Einerseits liebe ich es. Es gibt mir Sicherheit. Außerdem war es genau das, was ich gehofft habe zu hören.

Andererseits …

Dieses Andererseits macht mir am meisten zu schaffen.

Irgendwann wird mir bewusst, dass er auf meine Antwort wartet. Zu meiner eigenen Überraschung fragt er nicht weiter nach, sondern sieht mich lediglich abwartend an. Ich schlucke. »Ähm«, beginne ich wenig intelligent. »Vor einer Weile habe ich von einer Freundin, die dort arbeitet, gehört, dass sie ebenfalls freiwillige Unterstützer haben. Und naja, weil ich sie kenne, meine Freundin, meine ich, dachte ich, kennst du sie vielleicht auch«, plappere ich darauf los. Bei jedem Wort werden meine Wangen wärmer und mein Puls schneller. »Aber ist eigentlich auch egal. Schließlich kann nicht jeder jeden kennen, oder nicht? Auch wenn München manchmal ein Dorf ist.« Ich schiebe noch ein unbeholfenes Lachen hinterher.

Panik. Ich bin panisch. Mein Kopf funktioniert nicht mehr. Lediglich mein Körper. Er läuft im Notlauf. Bis auf meinen Mund. Der schiebt Überstunden.

»Jedenfalls ist es inzwischen spät geworden. Deshalb sollte ich gehen.« Mit diesen Worten raffe ich mich von dem Hocker auf. Meine Jacke liegt noch immer auf meinem Schoß. Ungelenk werfe ich sie mir über die Schultern.

»Wow, nicht so schnell.« Aiden hat sich ebenfalls erhoben. Ich bin schon halb an ihm vorbei, als er meinen Arm packt. »Wie konnte ich dich derart schnell in die Flucht schlagen?« Ernst sieht er mich an. Eben dieser ernste Blick sorgt dafür, dass ich noch nervöser werde. Sein Gesicht verschwimmt vor meinen Augen. Mir wird übel. Es setzt sich neu zusammen. *Zu dem einer Frau. Eine, die mich packt und in die Enge drängt. Die mir ein Messer in den Hals jagt.*

Hektisch stoße ich Aiden von mir weg. Durch die Berührung gelange ich zurück in die Wirklichkeit. Er hat die Augen geweitet und seine Arme abwehrend gehoben. Unbeholfen drehe ich mich in die entgegengesetzte Richtung um.

»Stella!« Aidens laute Stimme lässt mich beinah erstarren. Knapp blicke ich zurück, nehme die Blicke der anderen wahr.

Während ich zurückstolpere, folgt er mir.

»Der Abend war nett.« Meine Stimme klingt kratzig.

»Wir sollten das wiederholen. Unbedingt«, füge ich hinzu. »Nächste Woche? Nächste Woche wäre perfekt. Oder irgendwann. Ich melde mich.« Mit diesen Worten drehe ich mich endgültig um. Beinah panisch dränge ich mich durch die Menschen, die um mich herum immer mehr zu werden scheinen. Es ist eng. Beengt, um genau zu sein. Mir ist heiß. Schweiß läuft an meinem Rücken herab. Ich stoße gegen jemanden, entschuldige mich flüchtig und dränge mich weiter. So lange, bis eine Welle der frischen Luft meine Lungen füllt.

Auch draußen halte ich nicht inne. Ich renne. Wohin weiß ich nicht. Um mich herum ist alles verschwommen. Mir ist übel. Meine Haare fliegen mir ins Gesicht. Mein ganzer Körper steht unter Strom und meine Beine fühlen sich taub an.

»Stella!« Ich halte nicht an. Nicht bei seinem ersten Ruf. Nicht bei seinem zweiten und auch nicht bei dem dritten, der bereits leiser klingt. Stattdessen renne ich. Vor ihm davon. Vor ihm und den Bildern, die umso brennender in meinem Kopf erschienen sind.

Es war ein Wunder, dass ich sie in den ganzen Stunden ausblenden konnte. Aber jetzt geht es nicht mehr. Jetzt, nachdem meine Tabletten nachgelassen haben und er mich bedrängt hat. Das war wie ein Schalter. Einer, der mich zurück in eine Welt aus düsteren Fantasien und Albträumen wirft. Mein Verstand funktioniert nur noch Bruchstückenhaft. Gesichter. Schmerz. Hass. Angst.

Ich drifte ab.

Irgendwann werde ich mir selbst wieder bewusst. Ich lehne an einer Wand. Es ist dunkel und still. Lediglich mein schnappender Atem ist in der Nacht zu hören.

Langsam richte ich mich auf und sehe mich um. Ich bin in einer kleinen Straße, vermutlich nicht weit von den gut gefüllten Promenaden. Mein Kopf schwirrt und meine Zunge fühlt sich eigenartig flaumig an. Ein Blick auf die Uhr sagt mir, dass lediglich wenige Minuten vergangen sind.

Mir ist schlecht.

Gleichzeitig fühle ich mich kraftlos und schwach.

Der Abend war schön. Aiden ist nett. Seine Bar-Freundin ebenfalls. Und trotzdem bin ich in Panik geraten. Aber warum? Wegen der Klinik? Warum habe ich ihn überhaupt darauf angesprochen? Wieso hat es die Erinnerungen ausgelöst?

Mit zittrigen Fingern reibe ich mir über die Wangen.

Ich weiß es nicht.

Genau genommen weiß ich gar nichts.

Aber ich hoffe, dass ich es bald herausfinde.

Was ist es, dass dich so besonders macht?
Die Art, wie du dich wehrst?
Oder wie du gleichzeitig um meine Aufmerksamkeit
bettelst?
Ich will der Gute sein. Für dich und für sie.
Das bin ich ihr schuldig.
Meiner Schwester.

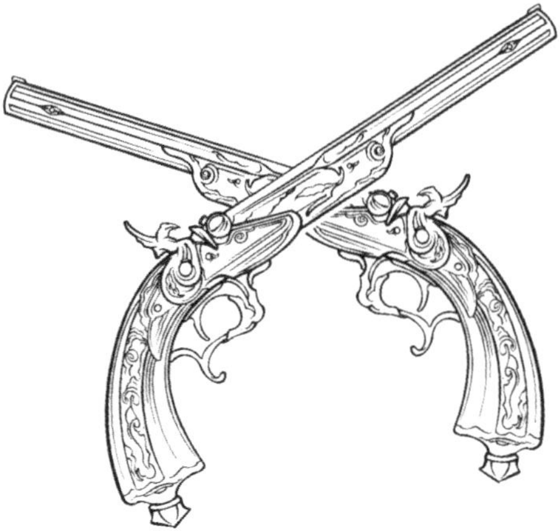

KAPITEL 4

Aiden

»Ist sie gerade vor dir davongelaufen?« Ich ignoriere die Frage, gehe hinter die Bar und schenke mir einen Shot ein. Worum es sich dabei handelt, ist mir vollkommen egal.

»Aiden?« Kim taucht mit bis an die Haarwurzeln hochgezogenen Augenbrauen vor mir auf. Fluchend will ich sie zur Seite schieben. Bedauerlicherweise bleibt sie hartnäckig. »Was sollte das? Von dir den ganzen Abend durchfüttern lassen und dann abhauen?«

»Sie hat etwas«, antworte ich in Gedanken.

Kim verdreht geräuschvoll die Augen. Ihr Seufzen klingt ungefähr so dramatisch, wie ich mich fühle. »Du hast sie den ganzen Abend über in Watte gepackt, es jedes Mal ignoriert, wenn sie nicht zugehört hat und wie eine verdammte Prinzessin behandelt. Was soll sie schon haben?«

»Ich weiß es nicht.« Ungefähr genauso wenig, wie warum ich ihr antworte. Kim ist nett. Eine wahre Freundin. Fremden gegenüber teils ein wenig voreingenommen. Auch wenn man das nicht unbedingt merkt.

»Die Kleine hat ein wenig Aufmerksamkeit und einen Cocktail bekommen. Was will sie noch?« Kim lehnt sich an den Tresen und erntet dafür einen strengen Blick von Britta. Ich schenke ihr ein kurzes, entschuldigendes Lächeln.

Warum auch immer, aber sie lässt mir erstaunlich viel durchgehen.

»Was sie will, ist vollkommen egal.«

Kim setzt einen wissenden Ausdruck auf. »Der Abend hat für dich tatsächlich recht abrupt geendet.«

»Du weißt, dass ich das so nicht meinte.«

Sie zuckt mit den Schultern. »Hübsche haben einfach viel zu viel Auswahl.«

Darauf erwidere ich nichts. Sie weiß auch ohne mich, dass sie mehr als durchschnittlich gut aussieht. »Was ich sagen wollte«, bringe ich das Gespräch zurück auf das eigentliche Thema. »Irgendwas muss passiert sein. Sie war so ... still.«

»Als sie vor dir davongerannt ist?« Kim schnaubt amüsiert. Wobei ich trotzdem die Verärgerung darin höre.

»Sie hat etwas an sich, dass dafür sorgt, dass ich ihr helfen will.«

Kim bleibt zu meiner eigenen Überraschung einige Momente still. Schließlich dreht sie sich herum, stützt die Arme auf dem Tresen auf und sieht mich von unten an. Sie öffnet ein paar Mal die Lippen, lächelt dann gekünstelt und presst den Mund fest zusammen.

»Los. Spuck es aus, bevor du daran erstickst«, sage ich schließlich.

Noch weitere Sekunden vergehen, bevor sie schließlich in Gedanken versunken gegen mein Glas tippt. »Nachdem Luna von einem Auto überfahren wurde, war es für mich eine Zeit lang echt hart ohne sie.« Kim verdreht die Augen. »Ich weiß, es war nur eine Katze. Trotzdem hat sie für mich zur Familie gehört. Wochenlang habe ich sie beinah überall gesehen.«

Fragend sehe ich sie an. Ihre Katze ist vor einigen Monaten gestorben, wenn ich mich recht erinnere. Warum erzählt sie mir davon? Vor allem jetzt.

»Sie war süß. Nichts Besonderes, aber trotzdem mein kleiner Liebling. Bei jeder gestreiften Katze, die ich dann gesehen habe, bin ich stehengeblieben und habe sie versucht anzulocken. Luna hat immer auf ein Pfeifen reagiert. Die meisten anderen nicht.«

»Okay?«, antworte ich fragend.

»Ich habe sie vermisst und das ist auch okay. Aber irgendwann musste ich mich an den Gedanken gewöhnen, dass Luna nicht mehr da ist. Und alle anderen Katzen entweder ein eigenes Leben haben oder eben Streuner sind. So oder so gehen sie mich nichts an.«

Langsam verstehe ich, was sie mir sagen will. »Bei deiner Geschichte geht es nicht um deine Katze.«

»Geht es nicht«, bestätigt sie. »Allerdings hättest du wenigstens für ein paar Sekunden Mitleid heucheln können.« Sie zieht eine Grimasse.

»Hätte ich nicht. Das Biest hat mich bei unserem ersten Treffen gekratzt. Seitdem verbindet uns eine lange Feindschaft.«

»Wer weiß, was du ihr angetan hast.« Kim wirft die Haare über die Schulter. Währenddessen richtet sie sich auf. »Trotzdem solltest du über das nachdenken, was ich dir gesagt habe.«

Sie hat recht.

Absolut. Ich habe mich in Stella hineingesteigert. Und wie Kim so schön sagen würde: Da hat lediglich mein

Helfersyndrom gekickt. Und mit Sicherheit stimmt das auch. Allerdings wird es einen Grund geben, warum ich ausgerechnet sie getroffen habe. Denn entgegen meiner lieben Kollegin glaube ich an das Schicksal.

Wobei mir etwas einfällt. »Warst du nicht vor wenigen Stunden noch ihre neue Freundin?«

»Ich bin freundlich. Außerdem bin ich deine Freundin. Und als diese sage ich dir: Lass die Finger von der kleinen Verrückten.«

Ich gebe ein dumpfes Grunzen von mir.

»Wo hast du die überhaupt aufgegabelt?« Kim legt den Kopf schräg. Mich wundert es, um ehrlich zu sein nicht, dass sie diese Frage stellt. Eher, dass sie nicht schon zuvor gefragt hat. Sie ist normalerweise für jeden Klatsch zu haben.

»Ist doch egal«, antworte ich ausweichend.

Sie seufzt. »Du warst schon immer verschlossen, Süßer. An der Stelle kann ich mich nur wiederholen: Lass die Finger von ihr.« Kim sieht mich für einige Momente an. Dann seufzt sie theatralisch. »Und damit habe ich sie nur umso interessanter für dich gemacht, oder?«

Ich kann das wissende Grinsen nicht verbergen. »Vielleicht.«

»Auch wenn ich weiß, dass es nicht das Geringste bringen wird, gebe ich dir ein letztes Mal einen gut gemeinten Rat: Wenn nicht um deinetwillen, dann um ihretwillen, lass es. Wenn du jemandem helfen willst, kannst du meine Tochter babysitten. Glaub mir, die hält dich auf Trab.«

Überlegend sehe ich sie an. Schließlich drücke ich ihr einen kurzen Kuss auf den Scheitel und umrunde den Tresen. »Gabrielle kann jederzeit zu mir kommen.«

»Sie ist zwei.«

»Dann fährt sie sogar kostenlos Bus. Sag Bescheid, wenn ich sie abholen soll.« Ich winke in die Runde und erhalte ein paar gemurmelte Verabschiedungen. Nach zwei Schritten drehe ich mich noch einmal um. »Von der Bushaltestelle, natürlich. In das Haus deiner Mutter bringen mich keine zehn Pferde.«

Mit diesen Worten verschwinde ich durch den Hinterausgang nach draußen, gehe zu meinem Auto und lasse mich auf den Fahrersitz sinken. Wie von allein drehe ich den Kopf zur Seite. Dorthin, wo die kleine Klippen-Prinzessin noch vor wenigen Stunden saß.

Sie war so widerspenstig, während gleichzeitig alles an ihr darum gebettelt hat, dass ich mich um sie kümmere.

Mit kümmern meine ich tatsächlich kümmern.

Und ja, vielleicht hat Kim recht. Vielleicht rede ich mir etwas ein. Steigere mich in die unerreichbare Frau oder die Erinnerung an meine tote Schwester hinein. Aber wer auch immer Stella ist, ich will sie kennenlernen.

Zwei Wochen sind vergangen und noch immer bekomme ich diesen wankelmütigen, ständig abwesenden dunkelhaarigen Zwerg nicht aus meinem Hirn heraus.

Sie war ignorant, nicht sonderlich freundlich und scheiße, man kann mich für diese Aussage hassen, aber sie war nicht unbedingt die schönste Frau der Welt. Hübsch, ja.

Aber davon gibt es viele.

Und trotzdem habe ich meine Tante inzwischen drei

Mal besucht. Öfter als in den letzten zehn Jahren zusammen. Und jedes Mal habe ich einen Ausflug an den Kochelsee unternommen. Zu einer ganz bestimmten Klippe.

Scheiße, ich habe sogar die Nachrichten gelesen.

Nachrichten.

Richtig in einer Zeitung.

Kopfschüttelnd wische ich mit dem Lappen über den Tresen.

Es ist beinah wie vor zwei Wochen.

Ich bin in der Bar. Die letzten Menschen machen sich inzwischen auf den Heimweg, während die Sonne schon bald aufgehen wird. Trotzdem ist dieses Mal alles anders. Nicht nur weil ich arbeiten muss. Auch, weil die Dunkelhaarige, die meinen Verstand seit zwei Wochen beherrscht, nicht abwesend in die Gegend starrt.

Gedankenversunken feuere ich den Lappen in die Spüle. Das beschert mir einen knappen Blick von meinem Kollegen. Ohne auf seine spitze Bemerkung zu warten, ziehe ich mich mit einer gemurmelten Entschuldigung zurück. Den ganzen Abend über sind mir einzelne Gesprächsfetzen wieder eingefallen.

Wie ich sie aufgezogen habe und sie so himmlisch rot angelaufen ist. Sie immer mehr aufgetaut ist und sich dann doch wieder verschlossen hat.

Scheiße, vermutlich ist es genau diese Wankelmütigkeit, die mich so an ihr anzieht.

Vielleicht sollte ich das irgendwann einmal ärztlich abklären lassen.

Was mich an etwas anderes erinnert.

Sie hat mich nach der LMU gefragt.

Mit gerunzelter Stirn lehne ich mich im Vorratsraum an

eines der Regal. Es gibt ein Stück nach. Allerdings nicht viel. Die Dinger sind stabiler als sie wirken. Das habe ich spätestens gemerkt, als ich hereinkam und Kim und ihren Typen dabei erwischt habe, wie sie es auf Stabilität getestet haben. Aus ihm wurde binnen weniger Stunden ein ›dirty surprise‹ – was auch immer das über ihre gemeinsame Zeit sagen soll.

Inzwischen habe ich in meinem Handy nach der Klinik gesucht. »Klinik für Psychiatrie und Psychotherapie«, lese ich leise. Stöhnend klicke ich auf ein paar der Hauptreiter. ›Gemeinsam. Fürsorglich. Wegweisend ist unser Anspruch und unser Auftrag.‹ Bei diesem bescheuerten Einleitungssatz kann ich nur die Augen verdrehen. Ich wüsste zu gern, wer sich so etwas immer ausdenkt. Und was man sich dabei überlegt hat.

Die ablenkenden Gedanken wische ich zur Seite.

Sie hat die Klinik von sich aus erwähnt.

Arbeitet sie dort? Oder ist als Freiwillige unterwegs?

Wenn nicht, warum fragt sie nach ausgerechnet dieser Klinik?

Hätte ich ein nicht ganz so ausgeprägtes Selbstbewusstsein, würde ich beinah vermuten, dass sie dort arbeitet und ein Treffen verhindern wollte. Da ich aber keine Lust auf zweifelnde Gedanken habe, verdränge ich diese.

Stella beschäftigt mich. Darüber lässt sich nicht streiten. Und so wie ich mich kenne, wird das noch eine ganze Weile anhalten. Allerdings habe ich schlichtweg kenne Lust, mir ewig den Kopf zu zermartern.

Aus diesem Grund treffe ich eine Entscheidung.

Mit wenigen Klicks gebe ich die Adresse bei Maps ein.

Die Klinik ist keine zehn Minuten von der Bar entfernt. Ein zufriedenes Grinsen erscheint auf meinen Lippen. Wenn das mal kein Zeichen ist.

Sechs Tage.

So lange hat es gedauert, einen Vorstellungstermin in der Klinik zu bekommen. Sechs Tage. Im Ernst? Haben diese Menschen keinen Personalmangel oder was ist los bei denen?

Ich könnte ein gut ausgebildeter Pfleger sein. Oder Arzt. Oder was auch immer die gerade suchen.

Oder ich gehöre nach der Aktion selbst in eine Geschlossene.

Diesen Gedanken schiebe ich weit in den Hintergrund.

Schließlich bin ich bereits drin. Wenn auch nur zu Besuch. Dabei muss ich schmunzeln. Mich zu einem Vorstellungsgespräch unter falschem Namen anmelden und kaum, dass mich die Assistentin allein gelassen hat, in Richtung der Klinik gehen, beschert mir ein kleines James Bond Feeling.

Schon allein deshalb hat sich die Aktion gelohnt. Also was solls. Hier kennt mich keiner und wenn ich die Kleine nicht wiedertreffe, dann kann ich zumindest mit der Sache abschließen.

Und habe eine Geschichte zu erzählen.

Ganz in meinem James Bond Modus gehe ich zum Anmeldetresen. Der älteren Dame schenke ich ein freundliches Lächeln, warte kurz, bis sie mich aufmerksam ansieht und fange dann erst an zu sprechen. »Guten Tag, ich kann mir vorstellen, dass sie viel zu tun haben. Dürfte ich Sie trotzdem für einen Moment stören?«

Mit jedem Wort weicht ihre strenge Miene mehr auf. Schlussendlich hat sie ein offenes Lächeln aufgesetzt und nickt mir zu. »Natürlich, junger Mann!«

»Danke. Ich bin auf der Suche nach jemandem.« Spätestens an dieser Stelle habe ich ein Problem, wie mir auffällt. Ich kenne ihren Nachnamen nicht. »Leider ist heute mein erster Tag und ich habe mir weder ihren Nachnamen noch das Zimmer gemerkt«, weiche ich deshalb aus.

»Hm.« Die Dame sieht mich entschuldigend an. Mit einem inneren Stöhnen sehe ich auf ihr Namenschild.

Dann versuche ich es noch einmal. Hoffentlich mit meinem überzeugendsten Alte-Menschen-Lächeln.

»Bitte, Sieglinde, helfen Sie mir.« *Was für ein bescheuerter Name,* füge ich in Gedanken hinzu.

Scheinbar war ich gut genug, denn sie nickt langsam. »Was wissen Sie denn über die Dame?«

»Sie heißt Stella.« Für einen Moment bin ich versucht sie zu beschreiben. Allerdings wäre das eine dumme Idee. Schließlich kenne ich sie angeblich nicht.

Sieglinde Hemmler, wie ihr Namensschild so schön sagt, überlegt einen Moment. Dann schüttelt sie entschuldigend den Kopf. »Ein eigenartiger Name. Den habe ich mit Sicherheit noch nie gehört.«

Ich lasse die Schultern sinken und blicke auf den Boden. Zu meiner Überraschung beginnt die Empfangsdame zu tippen. »Lassen Sie mich einen Moment im System nachschauen. Vielleicht finden wir etwas, das Ihnen weiterhilft.« Ein paar Tastenanschläge später gibt sie ein zufriedenes Grunzen von sich. »Aha, da haben wir etwas. Stella Hardin. D1.«

Verständnislos starre ich sie an. Währenddessen wiederhole ich in Gedanken immer wieder ihren Namen. *Stella Hardin.* Irgendwie passt er zusammen.

»Sie müssen die Treppe auf der rechten Seite nehmen. Von dort aus kommen Sie direkt zu D1. Ich kündige Sie schon an.«

Mit einem Zwinkern greift sie zum Telefon. Endlich erwache ich aus meiner Starre und schenke ihr ein dankbares Lächeln.

»Sie sind meine Heldin.«

Die Frau errötet leicht und macht eine wegwerfende Handbewegung.

Ich verabschiede mich knapp, da sie bereits mit jemandem am Telefon spricht. Während ich den Schildern zu D1 folge, wird das Lächeln auf meinen Lippen immer breiter.

»Herr Hagen?«

Im ersten Moment bin ich überrascht von der harschen Anrede. Erst recht, da ich mich nicht angesprochen fühle. Schließlich nehme ich die kleine, stämmige Schwester wahr.

Sie hat die Hände in die Seiten gestützt und sieht mich von oben bis unten an. »Sind Sie der Meinung, dass die Kleidung für Ihre Position geeignet ist?«

Kurz bin ich tatsächlich sprachlos. Schließlich gebe ich mir eine innere Ohrfeige und richte mich gerade auf. »Ich denke, dass ich das in meiner Position selbst entscheiden kann.« Keine Ahnung, wer die Frau ist. Geschweige denn, für wen sie mich hält. Aber offenbar ist Herr Hagen angemeldet und willkommen. Aiden Morgenstern eher nicht.

Förmlich spüre ich, wie ihr der Dampf aus den Ohren steigt. Ihr Kopf läuft rot an und ihre Lippen beginnen zu beben. Ich kann mein Grinsen nicht vollständig verbergen. »Führen Sie mich zu Stella Hardin?«

Etwas in Richtung: Ob das denn ihrer Position entspricht, spare ich mir. Es ist nicht meine Art, mich über andere zu stellen. Allerdings habe ich das Gefühl, mit dem Ausnutzen meiner geklauten Machtposition am Weitesten zu kommen.

»Mitkommen.« Mit diesem Wort dreht sie sich auf dem Absatz um. Trotz ihrer kurzen Beine stampft sie erstaunlich schnell den Gang entlang. Auch wenn ich keine Ahnung habe, wer Herr Hagen ist, hoffe sehr für ihn, dass er ein dickes Fell hat.

Und nicht in den nächsten Minuten hier auftaucht.

»Ich will am Ende den Bericht auf meinem Tisch liegen haben. Unverzüglich.«

»Natürlich«, erwidere ich wie von selbst. Was auch immer sie will, Herr Hagen wird es liefern.

Ich habe kaum einen Moment, um mich zu sammeln. Schon öffnet sie die Tür, deutet ins Innere und verschwindet mit harschem Schritt.

Um ehrlich zu sein, war die ganze Aktion ein absoluter Witz. Niemals hätte ich damit gerechnet, überhaupt in die Klinik hineinzukommen. Dass mich jemand direkt zu Stella – der richtigen Stella – führt, habe ich keinesfalls erwartet. Aber es gibt noch etwas anderes, mit dem ich nicht gerechnet habe. Und zwar, dass mir die junge, impulsive und unterhaltsame Frau nun in einem schlabbrigen Jogginganzug und mit gesenktem Blick gegenübersitzt. Die Füße in großen Schlappen und mit zerzausten Haaren.

Auch wenn ich noch keine Ahnung habe, wie ich überhaupt bis hierhin gekommen bin, stelle ich in dem Moment fest, dass ich keine Ahnung hatte, was mich erwartet. »Das erklärt einiges«, rutscht es mir heraus.

Stella starrt mich an.

Sie sitzt auf einem viel zu großen gepolsterten Stuhl, welcher sie verloren wirken lässt. Eine Hand hat sie in den Haaren, als würde sie diese richten wollen. Rührt sich allerdings nicht. Ich sehe, wie sie schluckt. »Dass ich verrückt bin?«

Zu gern würde ich ihr sagen, dass sie das nicht ist. Aber ganz offensichtlich ist sie in einer Psychiatrie. Und zwar nicht wie erwartet als Angestellte. »Du hast immer einen schlechten Geschmack für Mode. Nicht nur an Sonntagen«, erwidere ich matt.

Beinah erscheint ein Lächeln auf ihrem Gesicht. Dann senkt sie den Blick. »Und ist es ein Zufall, dass mein neuer Therapeut mein alter Barkeeper ist?«

»Entführer, wenn ich bitten darf.« Meine Worte klingen hölzern und eigenartig steif. Die ganze Situation fühlt sich unangenehm an.

Und trotzdem löst ihr Anblick etwas in mir aus. Auch wenn ich noch nicht genau weiß, was. »Außerdem ist ein Barkeeper beinah dasselbe wie ein Therapeut.«

Stella schweigt für einige Minuten. Schließlich nickt sie langsam. »Dann hätte ich mir den Weg in die Klapse sparen können?«

»Wir verwenden hier den Ausdruck Heilanstalt.« Ich nicke dumpf.

Stella schmunzelt. »Das habe ich noch nie jemanden sagen hören.«

»Dann hast du dich vermutlich mit den falschen Leuten umgeben.«

»Und du bist einer der Richtigen?« Sie hebt den Kopf. Ihre zarten, sonst weißen Wangen sind zauberhaft gerötet. Sie lässt die gehobene Hand endlich sinken und verknotet die Finger mit der anderen Hand.

»Eigentlich nicht. Um ehrlich zu sein, habe ich mich reingeschlichen und werde vermutlich innerhalb kürzester Zeit auffliegen.« Ich werfe ihr einen verschwörerischen Blick zu.

Stellas Augen weiten sich schockiert. »Nicht dein Ernst.«

»Nein. In Wahrheit bin ich ein schlecht angezogener Arzt und stalke meine künftigen Patienten vorab.«

Auf meine Aussage hin bleibt sie still. Einige Momente sieht sie mich an. Beinah so, als würde sie überlegen, ob ich die Wahrheit sage.

Deshalb räuspere ich mich leise. »Nur ein kleiner Scherz. Ich bin quasi als Freiwilliger hier.«

Stella schweigt für einige Sekunden. Schließlich seufzt sie. »Auf der Station für Psychosen und psychische Erkrankungen sind Witze über die Realität eher selten, aber okay. Übergehen wir einfach mal deine Aussage und die Tatsache, was genau du hier eigentlich machst. Als Freiwilliger.«

Stellas Worte sind trocken. Sie lacht nicht. Und trotzdem kommt es mir vor, als hätte sie soeben einen Witz gemacht. Einen, über den vermutlich Engländer gelacht hätten.

»Schön«, antworte ich schlicht. »Wie läuft das hier normalerweise ab? Frage ich dich, wie dein Tag war? Wie voll dein Glas ist?« Meine Worte klingen gepresst. Auch wenn es ein Witz sein sollte, ist es alles andere als das.

Das alles hier, kommt mir wie eine vage und durchaus witzlose Erinnerung vor. Eine, die ich zu gern verdrängen würde. Gemeinsam mit den Erinnerungen an meine Schwester, die ich jahrelang in exakt derselben Einrichtung besucht habe.

Ein bitteres Gefühl breitet sich in meinem Magen aus.

Das Haus, die Einrichtung, das abwesende Verhalten.

Selbst die verdammten Schlappen. Das alles kommt mir so fucking vertraut vor.

Aber eines schwöre ich mir in dem Moment: Wie auch immer ich zu Stella stehe, sie wird nicht mit aufgeschnittenen Armen am Boden enden.

Verbittert hebe ich den Blick.

Stella antwortet nicht. Wieder einmal. Sie starrt förmlich durch mich hindurch. Aus einem Moment der Überforderung heraus mache ich das wohl Dümmste von allem. Ich nehme die Unterlagen, die auf dem Tisch liegen, schlage die Mappe auf und starre auf die erste Seite.

Behandlung Psychose nach vermutlichem Trauma, suizidales Risiko, soziales Kompetenztraining. Borderline-Persönlichkeitsstörung. Krisenintervention von 4 Wochen empfohlen.

Weiter lese ich nicht. Ich klappe die Akte zu und zum ersten Mal seit ... überhaupt, erröte ich. »Genau genommen ist das nicht so wichtig.« Mein Atem geht schneller. *Suizidales Risiko.* Diese zwei Worte wiederholen sich endlos in meinem Schädel.

»Überrascht?« Stella verzieht keine Miene. »Abgeschreckt? Angewidert?«

Ihre Züge verschwimmen vor meinen Augen. Beinah kommt es mir vor, als säße mir meine Schwester Larissa gegenüber. Auch sie ist ständig mit ihrer Aufmerksamkeit abgeschwiffen und schien in einer Welt gefangen, in die ich nie hineintreten konnte. Sie hat gelacht, wirkte fröhlich. Und doch hat sie mit einer Dunkelheit gekämpft, die niemand von uns verstanden hat.

Es dauert viel zu lange, bis ich reagiere. Schließlich schüttle ich stoisch den Kopf. »Mit Sicherheit nicht.«

»Sicher«, gibt sie schwach zurück. Mir fällt auf, dass ihre

Hände leicht zittern. Und zum ersten Mal frage ich mich, was ihr Problem ist. Nicht im negativen. Ich will wissen, was sie bewegt.

Was ihr passiert ist.

Scheiße, ich will ihr nicht helfen. Aber ich muss.

KAPITEL 5
Stella

E*in Traum. Das hier muss ein Traum sein. Oder eine weitere Wahnvorstellung. Fantasien, wie mein eigentlicher Doc es so schön nennt.*

»Gut, neuer Therapieansatz.« Aiden schlägt die Akte – meine Akte – schwungvoll auf den Tisch. Ich schrecke zusammen, auch wenn ich versuche es mir, nicht anmerken zu lassen. Es gibt keinen Grund ihm zu antworten. Vermutlich bin ich inzwischen durchgedreht. Oder liege gefesselt in meinem Bett und schwafle im Traum dumme Sachen.

Wobei das eine das andere nicht ausschließt. Trotzdem fühlt es sich so echt an.

Der Stuhl, auf dem ich sitze. Die flackernde Neonröhre an der Decke, bei der ich mich wirklich frage, wie man deshalb nicht erneut psychische Probleme bekommen kann. Sogar er. Sein Aussehen, sein Duft, seine ganze Erscheinung. Und trotzdem kann es nicht real sein.

Dabei dachte ich, dass ich Fortschritte gemacht hätte.

Offenbar ein Irrtum.

Als Aiden nach meinen Händen greift, schrecke ich zusammen. Überrascht sehe ich zu ihm auf. Er sieht mir tief in die Augen und schüttelt dann leicht den Kopf. »Du hörst mir nicht zu. Aber dieses Mal schieben wir es mal auf deine Überraschung wegen meiner zauberhaften Anwesenheit.«

Ich starre ihn an. Ist das seine eigenartige Möglichkeit mit der Situation umzugehen? Oder meine? Eine Verdrängung der Realität?

Keine Ahnung.

Angemessen ist sie sicher nicht. Aber wenn er wirklich hier ist, macht seine humorvolle Art es mir wesentlich leichter, mit ihm zu sprechen.

»Gib mir einfach kurz Bescheid, wenn ich deine ungeteilte Aufmerksamkeit habe.« Er lässt meine Hand los und lehnt sich zurück. Und dabei wirkt er sogar noch mehr fehl am Platz als zuvor.

»Bist du wirklich hier?« Die Frage kann ich mir nicht verkneifen.

»Ja«, antwortet Aiden schlicht.

Ich beiße mir auf die Lippe. Gleichzeitig hasse und liebe ich ihn dafür. Am liebsten würde ich mir einreden, das hier wäre nur ein Traum. Andererseits bin ich froh, dass nicht alles in meiner Fantasie stattfindet. Möglicherweise. Ausgeschlossen ist es noch nicht vollständig.

Schon vor einer Weile habe ich entschieden, dass ich endlich wieder in der Wirklichkeit leben will. Ich will die Kontrolle über mich haben. Über meine Gedanken, meine Taten und meine Vergangenheit. Allein in den letzten Wochen habe ich gemerkt, dass ich mich immer sicherer fühle. In der Gegenwart und mit mir selbst. Meine Gedanken sind weniger verworren. Ich schweife zwar häufig ab, aber nicht mehr in Albträume, die mich panisch und völlig verzweifelt werden lassen.

Es ist ein Anfang. Etwas, woran ich ansetzen kann.

»Okay«, sage ich und sehe ihn fest an.

Er ist ein hübscher Mann. Ein Barkeeper. Vielleicht ein wenig verrückt. Aber jetzt gerade ist er hier. Und warum auch immer, ich spüre eine Verbundenheit zu ihm, die ich sonst nicht kenne. Deshalb beschließe ich das vermutlich Dümmste zu tun.

Ich vertraue ihm.

Als hätte er meinen Entschluss gespürt, beugt er sich wieder zu mir. Kurz wird mir heiß. Dann kalt. Meine Emotionen brauchen einen Moment, um sich zu sammeln.

Schließlich beginnt er zu sprechen: »Lass mich dir etwas sagen. Probleme zu haben, ist vollkommen okay. Dass du sie versuchst zu lösen und damit fertig zu werden, ist genau genommen das Wichtigste. Mit Sicherheit wirst du hin und wieder scheitern oder dich fragen, ob das alles hier noch Sinn macht. Macht es. Für die guten Momente, die auch wieder kommen werden.«

Sprachlos starre ich ihn an. »Vielleicht nehme ich dir ab, dass du hier arbeitest.«

Aiden grinst. Auch wenn die Freude seine Augen nicht erreicht. »Heißt das, dass du inzwischen bereit bist, mir ein wenig mehr zu verraten?«

»Ich soll mich einem Wildfremden anvertrauen? Meine Gedanken? Meine Geheimnisse? Alles, was ich fühle?«

»Vielleicht nicht alles. Aber ja, wieso nicht. Immerhin redest du hier auch mit Fremden.«

Seine Logik ist ... einnehmend. Anders kann ich es nicht zusammenfassen. Er schafft es, völlig absurde Dinge zu sagen, die gleichzeitig der Wahrheit entsprechen. *Irgendwie*.

Aiden spielt an dem Rand meiner Akte herum. Vermutlich denkt er ernsthaft darüber nach, sie zu lesen. *Noch einmal.* Aber darin wird er nicht viel finden. Außer, dass ich eine gute Patientin bin. Dass ich gute Fortschritte mache. Alles ist gut …

»Gut, Miss Hardin. Wollen Sie ihrem Therapeuten …« Er stockt für einen Moment in seinen Worten, sieht suchend auf die Akte und hebt dann mit gerunzelter Stirn den Kopf. »Wie auch immer er heißt, sagen, was Sie bewegt?«

Ich kann ein Grinsen nicht unterdrücken. »Du weißt, dass du jeden Moment auffliegen kannst?«

Aiden wirft der Tür nicht einen einzigen Blick zu. Ich an seiner Stelle wäre vor Nervosität gestorben. »Wie wäre es, wenn wir bei Ihren Problemen bleiben, Miss Hardin.« Verführerisch sieht er mich an.

Abwehrend schüttle ich den Kopf. Dabei fällt die Anspannung immer mehr von mir ab. »So funktioniert das hier nicht.«

»Wie dann?« Er öffnet bereits die Lippen, da hebe ich seufzend den Arm. »Wenn du mich nochmal mit Miss Hardin ansprichst, werde ich aus dem Fenster springen.«

»Aus dem vergitterten Fenster? Würde ich zu gern sehen.«

Fragend sehe ich ihn an. »Das war der völlig falsche Ansatz, als mein Therapeut.«

»Stimmt wohl«, lenkt er ein. »Gut, dann sag mir, wie das hier laufen muss. Du machst die Regeln.«

»Ich mache die Regeln?«, frage ich atemlos. Das klingt banal, doch in den letzten drei Wochen hatte ich nie die Kontrolle. Da war ich dem ausgeliefert, was auch immer im Plan stand. Verhaltenstherapie, Gruppensitzung, Einzelgespräche. Eins schlimmer als das andere. Und ja, auch wenn seine ganze Anwesenheit absurd ist, atme ich tief ein und nicke schließlich. »Okay, was hältst du von *eine Wahrheit für eine Wahrheit?*«

Nervös reibe ich meine Finger aneinander. Zum ersten Mal habe ich das Bedürfnis, mich jemandem anzuvertrauen. Bisher habe ich mich lediglich dazu gezwungen und nur das erzählt, was die anderen von mir hören wollten. Um ehrlich zu sein, war nicht einmal die Hälfte davon die Wahrheit. Trotzdem hat mir die Zeit geholfen. Ich bin ruhiger geworden.

Die Emotionen, die in mir getobt haben, lassen nach. Es gelingt mir, mich zu fokussieren. Nicht nur im Alltag. Auch auf meine Zukunft und mein Selbst. Und die Pillen sind ganz nett.

»Gut. Ich zuerst«, sagt Aiden zu meiner Überraschung. Er hält einen Moment inne und legt die Stirn nachdenklich in Falten. »Meine Kollegin Kim ist der Meinung, ich hätte ein Helfersyndrom. Vielleicht bin ich aber auch einfach nur stur und kann es nicht leiden, wenn ich etwas nicht bekomme.« Er zuckt die Achseln.

»Das ist ... interessant?« Meine Aussage klingt eher nach einer Frage.

»Keine Wertungen.« Er zwinkert mir zu.

»Schließlich wollen wir uns erst einmal mit der Ist-Situation beschäftigen.«

»Hast du das aus einem Ratgeber?«

»Klar der trug den Titel: Wie schleiche ich mich in eine Psychiatrie ein und helfe den hübschen Patientinnen.« Bei diesen Worten spüre ich seinen Blick auf mir. Auf meinem schlabbrigen Shirt und der weiten Jogginghose. In dem Moment fühle ich mich merkwürdig entblößt. Und absolut unpassend zu seiner Beschreibung.

»Dann solltest du vielleicht das Zimmer wechseln. Helen vorn im Gang sieht ganz gut aus.«

Aiden hebt mahnend den Finger und schüttelt diesen. »Das entscheidet immer noch der Arzt.«

»Nett, dass du mich daran erinnerst. Wo ist der noch gleich?«

Aiden schmunzelt. »Vielleicht lässt er sich blicken, sobald du deine Wahrheiten zu erzählen beginnst.«

Bei seinen Worten wird mir heiß. Ja, da war noch etwas. Dank unseres Geplänkels hatte ich nicht einmal die Möglichkeit, über das nachzudenken, was er gesagt hat.

Ein Helfersyndrom.

Das würde erklären, warum er so unbedingt auf eine Antwort drängt. *Schätze ich.* Ja, ich verspüre nicht das geringste Bedürfnis, anderen zu helfen. Von daher kann ich dieses Gefühl nicht unbedingt nachvollziehen.

Ich werfe einen schnellen Blick auf die Uhr. Aiden ist gerade einmal vier Minuten hier. Trotzdem könnte sich die Tür jeden Moment öffnen. Eben diese betrachte ich. Was würde dann passieren? Aiden würde Ärger bekommen. Mit Sicherheit. Und ganz sicher würde ich ihn nicht so schnell wiedersehen. Zumindest nicht hier.

Es fühlt sich gut an, mit ihm Zeit zu verbringen. Er bringt das Chaos in mir zum Stillstand und strahlt etwas aus, dass mich anzieht.

Klingt vermutlich lächerlich.

Wie eine Motte, die sich fragt, warum sie sich wieder die Füßchen an einer heißen Lampe verbrannt hat.

»Stella?«

Von Aidens plötzlicher Frage überrumpelt antworte ich: »Können sich Motten die Füße verbrennen?« Bei meinen Worten erröte ich.

Aiden sieht mich schräg an. »Ich glaube, ich verstehe inzwischen das Problem.«

Mit zusammengepressten Lippen sehe ich ihn an. Dass ich verrückt bin? Das haben inzwischen einige verstanden.

»Du bist unlustig.«

Auf seine trockene Aussage hin öffne ich im ersten Moment den Mund, um zu protestieren. Dann schließe ich ihn wieder und sehe Aiden mahnend an. »Das war urteilend«, weise ich ihn hin.

Er zuckt die Achseln. »Irgendwann muss es raus. Beim nächsten hast du einen frei. Perfekt, da du mir jetzt deine Wahrheit anvertrauen willst.«

Ich starre ihn für einen Moment an. Nicht zum ersten Mal frage ich mich, ob er ganz sauber im Schädel läuft. Vielleicht ist er sogar ebenfalls ein Patient? Der Gedanke fühlt sich falsch an. Auch wenn er irgendwie Sinn ergeben würde.

Die Frage ist nur: *Warum das alles? Wieso ist er hier? Wieso will er mehr über mich wissen?*

Eine eigenartige Besessenheit? Ist er verrückt? Muss ich mir Gedanken machen?

Okay gut, es war mehr als eine Frage.

Ironischerweise fühlt sich seine Aufmerksamkeit gut an. Und aus diesem Grund höre ich auf nachzudenken und fange an zu reden. »Mein Name ist Stella Hardin, wie du Stalker offenbar schon herausgefunden hast.«

»Danke.« Er grinst breit.

»Das war kein Kompliment«, weise ich ihn darauf hin.

»Hm«, erwidert er schlicht und macht eine Geste, dass ich weiterreden soll.

»Eigentlich war ich recht normal.« Bei diesen Worten verziehe ich das Gesicht. »Vielleicht ein Einzelgänger und ein wenig zurückgezogen, aber ich kam gut klar. Wer ist schließlich nicht gern allein?

Vor ein paar Monaten habe ich das erste Mal Urlaub gemacht.

In Amerika.

Vermutlich hätte mir jede Mutter geraten, nicht allein dorthin zu fliegen. Nur habe ich die nicht.

Nicht mehr.

Außerdem war ich lediglich an harmlosen Orten.

Dachte ich.

Bis ich im Roger Willams Park Zoo nicht nur mein Handy, sondern auch meinen Verstand verloren habe.« Ich will weitersprechen. Will ich wirklich. Aber ich kann nicht. Nicht, weil ich nicht will, sondern weil ich nicht weiß, was ich sagen soll.

»Versuch es.« Aiden klingt überraschend sanft. Eben diese sanfte, verständnisvolle Art sorgt dafür, dass ich Panik bekomme. Er kommt mir zu nah. Emotional gesehen. Mit dieser Freundlichkeit komme ich nicht zurecht. Es erdrückt mich, sorgt dafür, dass ich wieder nachdenke. Hektisch sehe ich mich um. Die Finger kralle ich in den weichen Stoff des Sessels. Meine Augen schießen zur Tür.

Aiden tippt mit den Fingern auf den Schreibtisch zwischen uns. Für einen Moment erregt er damit meine Aufmerksamkeit. Dann nehmen die wilden Gedanken in meinem Schädel mich wieder voll in Beschlag.

Was ist, wenn er mir wichtig wird? Er ist nett. Viel zu nett. *Was ist, wenn ich mich in ihn verliebe? Wenn ich mich in die Sache hineinverrenne und nicht mehr rauskomme?*

»Wovor hast du Angst?« Aiden versucht meinen Blick aufzufangen. Die Frage löst zusätzliche Panik in mir aus. *Was ist, wenn er mich durchschaut? Wenn wer merkt, wie verrückt ich wirklich bin? Wenn er es jemandem sagt? Oder mich ausliefert? Wenn er mir wehtun will?*

Meine Hände beginnen nervös zu zucken. *Scheiße, warum wird mir bei dem letzten Gedanken nicht schlecht? Ist dieses Kribbeln in meinem Körper nicht etwas Gutes? Sind es Schmetterlinge im Bauch? Oder Unruhe?*

Aiden erhebt sich. »Vor mir?« Ich antworte nicht.

Inzwischen bin ich zu sehr in meinem eigenen Chaos gefangen. *Wie stehe ich zu ihm? Mag ich ihn? Hasse ich ihn? Warum rede ich mit ihm? Noch dazu über mich? Über wichtige Dinge?* Das ist völlig irrational. *Denke ich.*

Im Augenwinkel nehme ich wahr, wie Aiden näherkommt. »Habe ich etwas Falsches gesagt? Oder hast du Angst, dass ich dir etwas antue?« Seine Stimme. Ich will nicht, dass er weiterspricht. Er soll nicht weiterraten. Er soll gehen. Mich in Ruhe lassen. Vielleicht dachte ich, dass ich so weit bin.

Bin ich nicht.

Als er hier aufgetaucht ist, hat er mich überrumpelt. Dann waren da diese Späße. Es war ein Spaß.

Und binnen weniger Sekunden wurde daraus ernst.

Aber ich bin noch nicht bereit, eine ernsthafte Unterhaltung über mich zu führen. Nicht, wenn ich mich jemandem anvertrauen muss.

Aiden schnalzt leise mit der Zunge. Inzwischen ist er hinter mir angekommen. Ein Schauer nach dem anderen jagt über meinen Rücken. Ich bin wie erstarrt und wage es nicht, mich umzudrehen. Ein paar Mal schlucke ich verkrampft. Dann spüre ich seinen Atem in meinem Nacken. »Du hast keine Angst vor mir. Das weißt du schon seit der ersten Sekunde. Aber soll ich dir noch etwas verraten?«

Ich nicke. *Verdammt, warum nicke ich?*

»Das wird dich eine weitere Wahrheit kosten«, raunt er leise. Bei diesen Worten halte ich die Luft an. Seine Nähe, sein Duft, seine ganze Anwesenheit sind zu viel. Sie erschlagen mich. Und trotzdem kann ich mich nicht rühren. Ich erschaudere, als er seine Hand plötzlich auf meine Schulter legt. Es ist eine leichte Berührung, doch sie scheint mit jeder Sekunde, die vergeht, intensiver zu werden.

»Auch wenn du darüber nachgedacht hast, dein Leben zu beenden, bist du noch immer hier. Du willst nicht sterben, weil du tief in deinem Herzen weißt, dass es für dich etwas gibt, wofür sich das Leben lohnt. Alles an dir schreit danach, dass du kämpfen willst. Und deshalb hast du auch keine Angst vor mir. Im Gegenteil.

Du fühlst die Sicherheit, die ich dir geben kann. Und vielleicht den Nervenkitzel.« Sein Gesicht ist dicht an meinem Hinterkopf. Ich spüre, wie er die Lippen zu einem Lächeln verzieht. »Und deshalb wirst du das hier durchziehen. Du wirst hierherauskommen und dann zeige ich dir, was es bedeutet zu leben.« Aiden beugt sich nach vorn. Damit thront er über mir. Ich kann nicht anders, als den Kopf zu heben und treffe den Blick seiner grünen Augen. Seine Arme hat er inzwischen rechts und links neben mich auf die Lehne gestützt. Für einige Sekunden starrt er mich einfach an. Dann senkt er den Blick, hebt die Hand an meine Wange und streicht darüber. Ich schnappe nach Luft, als er mein Kinn packt. »Sorg dafür, dass es etwas gibt, worauf wir beide uns freuen können. Nekrophilie ist nichts für mich.« Aiden zwinkert mir zu. Dann gibt er mein Kinn frei und schiebt die Hand stattdessen von der Seite in die Tasche meiner Jogginghose. Beherzt drückt er mein Fleisch zusammen. Schließlich zieht er sich zurück.

Zwei Stunden später zweifle ich noch immer an mir selbst.

Was heißt Zweifeln. Ich mir sicher, dass ich inzwischen

völlig übergeschnappt bin. Wie sonst sollte ich mir diese wenigen Minuten vor meinem Gespräch mit meinem neuen Therapeuten – meinem echten Therapeuten – sonst erklären?

Ein völlig Fremder gabelt mich durch Zufall an einem See auf. Er stößt mich beinah von einer Klippe und trotzdem folge ich ihm in eine Bar. Gut, das würde mehr über mich aussagen als über ihn, aber ignorieren wir das.

Anschließend lasse ich ihn völlig panisch sitzen, weil ich meinen Mund nicht halten konnte und verraten habe, dass ich die nächsten Wochen sabbernd in der Klapse verbringe.

Okay, ganz so schlimm wie erwartet wurde es nicht, aber trotzdem.

Und dann taucht er hier auf und stellt mir Fragen zu meinen Problemen. Was uns zu dem verworrensten und gleichzeitig frustrierenden Punkt bringt: Dann geht er. Ohne eine Antwort von mir zu erhalten.

Das, meine Freunde, kann nur eine nette Halluzination sein. Wäre da nicht der Zettel, den ich in meiner Jogginghose gefunden habe. Ein Zettel, den ich seit geschlagenen neun Minuten anstarre.

Was ich mir davon erhoffe, weiß ich selbst nicht. Schließlich ist die Notiz darauf eindeutig. Es ist eine Telefonnummer. Nur weiß ich nicht, was ich damit anfangen soll. In Gedanken werfe ich einen kurzen Blick zu meinem Handy. Seit drei Wochen liegt es an derselben Stelle. Wofür hätte ich es gebrauchen sollen? Früher war mein Handy meine Flucht aus der echten Welt. Auf TikTok kann man schnell mehrere Stunden verbringen und sich mit den Problemen anderer Menschen beschäftigen. Und genauso schnell vergisst man alles um sich herum. Wenn ich stumpfsinnig auf mein Handy gestarrt habe, hatte mein Hirn keine Zeit, um über meine Probleme nachzudenken.

Seit einer Weile haben das meine Tabletten übernommen. Ganz ehrlich, ich hätte nicht damit gerechnet. Aber es gelingt mir schlichtweg nicht mehr, mich dermaßen in eine Situation hineinzusteigern. Nicht so wie früher. Nicht bis zum Blackout und zu einem kompletten Kontrollverlust.

Mein Körper beginnt leicht zu beben, während ich daran denke. Besser gesagt, als ich versuche daran zu denken. Vor drei Monaten bin ich nach Amerika geflogen. Ich war in diesem Park und dann ... nichts. Danach ist alles schwarz.

Ich erschaudere. Nicht alles. Es gibt einzelne Fetzen, die einem Horrorfilm gleichen. Blut. Mord. Gewalt. Eine einzelne Frau, die in meinem Gesichtsfeld auftaucht.

Ich merke bereits, wie meine Atmung schneller wird. Aber wie erwartet bleibt mein Puls ruhig. Kein Herzrasen. Keine Anfälle.

Vielleicht liegt es an Aiden, vielleicht schreitet meine geistige Heilung auch tatsächlich voran. Aber zum ersten Mal greife ich nach meinem Handy.

Leise stöhne ich, als der Akku leer ist. *Natürlich*.

Es dauert ein Stück, bis ich das Ladekabel gefunden habe. Noch länger, bis das Handy endlich angeht. Nachdem der schwarze Hintergrund mit dem Marmormuster erscheint, öffne ich Google.

Zuerst bin ich unsicher, wonach ich suchen soll. Schließlich tippe ich einfach darauf los, ohne groß darüber nachzudenken.

Überfall Roger Willams Park. Verbrechen Providence.

Ich versuche endlos viele Kombinationen. Immer wieder tippe ich auf weitere Artikel und ähnliche Bilder.

Was ich feststellen kann, ist eines:

In der Stadt ist einiges los.

Ein Stück später – und ich kann nicht genau sagen, wie viel Zeit inzwischen vergangen ist – stoße ich in einem Forum auf einen Namen. *Diabolo*. Verschwommene Bilder tauchen vor meinen Augen auf. Eine Person. Ein Gesicht, dass ich nicht zuordnen kann. Wut. Hass. Ich erinnere mich an Schmerz.

Die Tür wird aufgestoßen.

Überrascht zucke ich zusammen, hebe den Kopf und lasse dann die Schultern sinken. Was habe ich auch erwartet? Dass Aiden zurückkommt? Und dann? Flieht er mit mir auf seinem weißen Ross?

Ich bin schließlich keine Gefangene. Ganz im Gegenteil.

Schließlich neigt sich mein Aufenthalt hier dem Ende zu, um es mit den Worten von dem Spinner von vorhin zu sagen.

Nicht Aiden. Dem tatsächlichen Doc, der sich verspätet hat, weil er eine Neuaufnahme betreuen musste und der einzige Vertretungsarzt ist.

Während eine meiner Zimmernachbarinnen den Raum betritt und zu ihrem Bett geht, schüttle ich den Kopf. Vermutlich habe ich über den Typen mehr in dem einen Gespräch erfahren als er über mich.

Was es braucht, um mein Interesse zu wecken?
Sehr viel.
Bei dir werde ich eine Ausnahme machen müssen, denn du bist unbedeutend für mich.
Etwas, das mir absolut nicht passt. Rechne also damit, dass meine Laune dementsprechend ist.

KAPITEL 6
Silver

»Was ist es, dass euch an Heimat erinnert? Nicht den Ort, an dem ihr aufgewachsen seid. Auch nicht das, was ihr ein Zuhause nennt. Ein Dach über dem Kopf. Sondern das tatsächliche Gefühl von Heimat?« Auf meine Frage hin erhalte ich keine Antwort. Lediglich stumpfsinniges Gemurmel, Gelächter oder andere Arten von niederer Reaktion. Ich runzle die Stirn. Einzelne brüllen nach Alkohol, Sex, Nutten oder Drogen. Etwas anderes habe ich nicht erwartet.

Ich erhebe mich und breite die Arme aus. Auf meinen Lippen liegt ein verführerisches Lächeln. »Also muss ich euch nicht erst mit meinen Dämonen locken. Ihr habt sie bereits willkommen geheißen.« Mir antwortet ein wildes Brüllen. Weitere Ausrufe. Schalkhaftes Gespött und Gepöbel.

»Sie sind gut drauf«, raunt mir Damien leise zu. Ich schenke ihm keinen Blick. Stattdessen sorge ich mit einem Fingerschnippen dafür, dass sich die Frauen, die ich dafür ausgewählt habe, nähern.

Wir befinden uns im *Lumiel*.

Einem Club, der seinesgleichen sucht. Er ist der Ort der Sünde. Eine dunkle Hölle, die, wenn sie einen einmal vereinnahmt hat, einen nicht mehr gehen lässt. Ein Tempel der ungezügelten Lust, des Verlangens und der bedingungslosen Freiheit.

So etwas aufzubauen, gelingt den wenigsten.

Mann kann gute Möbel auswählen. Das Licht dimmen. Teure Eskorts und billige Schlampen anschleppen. Aber dieses Gefühl. Dieses Feeling, etwas Verbotenes zu tun und es in vollem Bewusstsein zu genießen, das ist etwas Besonderes.

»Was ist es für dich? Das Gefühl von Heimat?« Ich starre in die Dunkelheit. Dabei sehe ich niemanden Bestimmtes an. Trotzdem weiß Damien auch so, dass er gemeint ist.

»Ist es ein Gefühl?« Ich lege den Kopf schief und lasse den Blick schweifen. Über Tänzerinnen, Alkohol und Zurschaustellung von Lust. »Ist es ein Mensch?« Langsam drehe ich mich herum. »Ein Vater? Ein Freund? Ein Bruder?«

Damien hat sich gut im Griff. Ich sehe lediglich die Muskeln seines Kiefers zucken. Langsam nicke ich. »Für mich war es immer ein Freund. Ein Halt, in all der schweren Zeit.« Ich beobachte, wie ein Schauer über seine Arme fährt. »So jemanden würde ich nicht verlieren wollen. Jemanden, der immer an meiner Seite ist. Beinah, wie ein Teil von mir. Jemanden, der mich wahrhaftig versteht. Der weiß, was ich erlebt habe. Der es nicht nur weiß, nein, jemanden der es begreifen kann. Der sich in mich einfühlen kann. Jemanden, der wie ein Bruder für mich ist.

Eine Verbindung, die dicker ist als Blut.

Wenn ich so jemanden finden würde, den würde ich nie gehen lassen.« Abwägend fahre ich mit dem Finger über die

Narbe in meinem Gesicht. Dann hebe ich den Blick und sehe Damien Diabolo direkt in die verlogenen, schwarzen Augen. »Und jemanden, der mir diesen Menschen nimmt, den würde ich nicht davonkommen lassen.«

Mit diesen Worten drehe ich mich um und verlasse den Hauptbereich des Clubs. Ich stoppe kurz an der Bar und werfe der knapp bekleideten Tänzerin davor einen eindringlichen Blick zu. Dabei senke ich leicht das Kinn, öffne die Augen und habe ein wissendes Grinsen auf den Lippen.

Ihre Aufmerksamkeit gehört beinah sofort mir. Ich atme langsam ein und aus. Währenddessen sehe ich sie an, kremple die Ärmel meines Hemdes nach oben und fahre mit den Fingern knapp über meinen Bart.

Die ganze Zeit über sieht sie mich an. Sie folgt jeder noch so kleinen Bewegung mit den Augen. »Meine Liebe«, raune ich leise. Die Tänzerin muss sich zu mir beugen, um mich zu verstehen. Wie selbstverständlich lege ich die Hand auf ihren unteren, nackten Rücken. Sie erschaudert, drückt sich allerdings näher an mich heran. Mit meiner Berührung halte ich sie gleichzeitig auf respektvollem Abstand, während ich meinen Kopf näher an ihr Ohr bringe. »Würdest du die Großzügigkeit besitzen, mir einen Bourbon in das Separé zu bringen?«

Bereits bei den ersten Worten beginnt sie zu kichern. Ich gehe nicht darauf ein, sondern sehe sie weiter fordernd und gleichzeitig freundlich an. In meinen Blick lege ich Aufrichtigkeit. Binnen weniger Sekunden fällt das falsche Lächeln auf ihrem Gesicht in sich zusammen. Ihr Ausdruck wird ehrlicher, weshalb ich belohnend über ihren Rücken streiche. »Danke, meine Liebe.«

Ein letztes Mal drücke ich ihre Haut leicht zusammen. Dann löse ich mich höflich von ihr und beobachte sie, wie sie unsicher stehen bleibt. Nach weiteren Sekunden des Wartens setzt sie sich endlich in Bewegung.

Zufrieden gehe ich zu meinem eigentlichen Ziel. Einem kleinen privaten Zimmer. Es liegt am Ende des Clubbereichs, welcher in dichten Nebel gehüllt ist.

Ich öffne die Tür, atme tief ein und gehe dann ins Innere des Zimmers. Darin befinden sich mehrere Sessel, ein Sofa und ein schwarzer Tisch mit vergoldeten Kanten.

Ich schließe für einen Moment die Augen. Verschiedene Bilder tauchen in meinem Gehirn auf. Erinnerungen an das, was vor nicht allzu langer Zeit passiert ist.

Mein Freund, mein Vertrauter, ist genau hier verblutet. Getötet, von seinem eigenen Bruder.

Damien Diabolo.

Und anstatt, dass er dafür zur Rechenschaft gezogen wurde, läuft alles weiter, wie bisher. Ich bin unsicher, wie ich dazu stehe. Der Verlust tangiert mich emotional nicht. Er beschneidet meine Machtansprüche und könnte meine Situation instabiler gestalten. Gleichzeitig gibt es eine Person weniger, die mir meinen erarbeiteten Stand in dieser Organisation durch einen Erbanspruch streitig machen kann.

In Gedanken lasse ich mich auf das Sofa nieder. An den gleichen Platz, wie vor einigen Monaten.

Ich mag es, wenn Dinge ihre Struktur haben. Was ich nicht nicht mag, ist, wenn unkontrollierte Änderungen eintreten. Aus diesem Grund bin ich unzufrieden mit dem Ableben von Lucien. *Meinem Freund.*

Ich bin ein rationaler Mensch. Dinge müssen einer Logik und einem System folgen. Dann sind sie berechenbar und kontrollierbar. Lucien und Damien Diabolo haben den Mafia Clan der Diabolos übernommen. Vorübergehend. Sie waren nie die Richtigen für diese Machtposition.

Dafür wurden sie zu sehr von ihrer Mutter verweichlicht. Mein Vater, Gott habe ihn selig, hat dies rechtzeitig erkannt und unsere Familie in die richtige Stellung gebracht, um ihnen … unter die Arme zu greifen.

»Silver.« Begleitet von der sich öffnenden Tür tritt Snake ins Zimmer. Binnen weniger Sekunden nehme ich seine Situation wahr. Er wirkt gestresst. Seine Augen sind geweitet und sein Puls vermutlich erhöht. Es ist etwas geschehen, was er für nicht gut erachtet.

»Snake«, begrüße ich ihn freundlich, aber distanziert. Bei dieser Anrede verzieht er das Gesicht, was meine Aufmerksamkeit erregt. Er ist nicht konzentriert genug, um seine Emotionen zu verbergen.

Vermutlich betrifft ihn das Thema persönlich. »Du wirkst aufgewühlt. Wie kann ich dir helfen?« Er mag mich nicht. Das spüre ich in jeder seiner Bewegungen. Langsam kommt er näher. Blac Carter hasst es, wenn ich ihn Snake nenne. Es ist ein Überbleibsel aus der Zeit seines Ziehvaters, den er wohl nicht sonderlich mochte. Und trotzdem drückt es aus, dass er noch immer ein Teil unserer Gemeinschaft ist. Daran erinnere ich ihn gern wieder.

»Jemand hat nach Diabolo gesucht.«

Ah, daher weht der Wind. »In welchem Sinne gesucht?« Diabolo – eben benannter Ziehvater – hat vor einer Weile das Zeitliche gesegnet. Eine Zeit lang haben seine Söhne Lucien und Damien sich unter demselben Namen bewegt. Inzwischen ist Damien dazu übergegangen, seinen richtigen Namen zu benutzen. Ein Fehler, wenn mich jemand fragt.

»Eine Internetrecherche. Die IP führt auf eine Stella Hardin in Deutschland zurück. Wir haben 231 Pings auf relevante Wortgruppen. Sie sucht gezielt nach einem bestimmten Datum. Der 02.07.« Bei diesem Datum horche ich auf. Ich schenke Snake einen ernsten Blick und sehe gedankenversunken in die Höhe. Interessanterweise ist ein besorgtes Verhalten sehr leicht nachzuahmen, wenn man weiß, worauf man achten muss.

»Zusätzlich sucht sie nach der Personenbeschreibung einer jungen Frau. Anfang zwanzig. Braune Haare, braune Augen, eine Narbe am Schlüsselbein und ein Vogeltattoo auf dem Oberarm.«

Mir reichen wenige Sekunden, um zu verstehen, worum es hier eigentlich geht.

Ich stehe auf, gehe auf Snake zu und lege Betroffenheit in meinen Gesichtsausdruck. »Wieso zur Hölle sucht jemand nach deiner Frau?« Ein kurzes Zucken erscheint in seinem Gesicht.

Schließlich wirft er die Irritation über meine gute Auffassungsgabe über den Haufen und nickt. »Keine Ahnung. Sie ist 25 Jahre alt, hat keine lebende Familie mehr und war vor vier Monaten – eben zu diesem Zeitpunkt – allein in Amerika. Sie hat in einem Bed & Breakfest in Providence sechs Nächte verbracht. Danach verliert sich ihre Spur.

Nach Deutschland zurückgeflogen ist sie erst drei Wochen später. Ihr Arbeitgeber hat ihr gekündigt und aktuell hält sie sich in einer psychiatrischen Klinik auf.«

Ich könnte vor Zufriedenheit seufzen. Nicht wegen der Frau. Wegen Snake. Seine akribische Art weiß ich durchaus zu schätzen. »Denkst du, dass sie eine Bedrohung sein könnte?«, gehe ich auf seine Sorge ein.

»Scheiße, ja! Sie sucht viel zu genau, als dass es sich nur um Gerüchte handeln könnte. Woher kennt sie die Details und woher Diabolos Namen?«

Ich lege die Hand versöhnlich auf seine Schulter. Die Tür hinter ihm öffnet sich knapp. Der Frau mit meinem

Drink gebe ich ein Zeichen, sodass sie direkt nach dem Abstellen verschwindet.

Nach einer kurzen Pause fahre ich fort: »Das weiß ich nicht, mein Freund. Aber ich werde es herausfinden.« Beinah sofort merke ich, wie Snake sich entspannt. Seine Schultern sinken herab. Auch wenn die Unruhe weiterhin in seinem Blick liegt. Seine Frau hat objektiv betrachtet eine Menge durchgemacht. Seine Sorge ist rational begründet. Auch wenn eine offenbar psychisch angeschlagene, unbedeutende Frau aus Deutschland mein Interesse nur mäßig erregt, drücke ich meine unaufrichtige Anteilnahme aus.

»Geh nach Hause, kümmere dich um deine Frau und überlasse mir die dunklen Abgründe der Menschen. Wer auch immer sich in eure Nähe wagt, wird keinen Tag länger leben.

Außerdem werde ich sichergehen, dass wir alle Informationen erhalten, die die Frau in ihrem wirren Kopf versteckt. Du kannst dich auf mich verlassen.« Die Frau interessiert mich nicht. Genauso wenig Maria – seine Freundin. Was mich interessiert, ist Snake. Ein verlässlicher Mann aus meinem engsten Kreis. Er ist unter dem alten Diabolo aufgewachsen und steckt in allen Prozessen drin. Noch dazu ist er ein guter Freund von Damien Diabolo. Sein Wohlwollen mir gegenüber kann mir nur von Nutzen sein.

»Danke. Ich schicke dir die Unterlagen zu«, murmelt er leise und zieht sich damit zurück.

Er hasst es, dass er mir etwas schuldet. Außerdem hasst er es, noch immer Teil unserer Gemeinschaft zu sein. Und gleichzeitig weiß er, dass er uns braucht.

Leider ist es mir zu wenig, nur gebraucht zu werden. Ich will ihn emotional an mich binden. Er soll mir nicht nur aus den Vorteilen heraus folgen, sondern weil er es tatsächlich will.

Nachdenklich nehme ich mein Handy zur Hand und öffne die neue Mail von ihm.

Mein Vater ist seitdem ich denken kann, in diesem Business. Schießen habe ich gelernt, bevor ich geradeaus laufen konnte. Sinnbildlich gesprochen.

Ich wusste eher, wie ein sterbender Mensch aussieht, als dass ich im Zoo war. Im Gegensatz zu Lucien und Damien bin ich nicht weit weg von dem aufgewachsen.

Entgegen Snake hat mich mein Vater nicht zurückgehalten.

Er wollte, dass ich der Beste bin. Schlau, gerissen, manipulativ und gefühllos. Das hat er erreicht. Nur irgendwann ist es ihm selbst zum Verhängnis geworden.

Der alte Mann war nicht mehr dazu in der Lage, sein Imperium weiter zu schützen. Er hat sich zu sehr auf Wachstum konzentriert, den falschen Menschen vertraut und wurde nachlässig.

Deshalb habe ich ihn in den ewigen Ruhestand versetzt.

Es war eine geschäftliche Entscheidung, die im Interesse des Unternehmens war. Nichts Persönliches. Ich mochte den Mann. Aber irgendwann wird es Zeit, dass die nächste Generation übernimmt.

Als Diabolo verstarb, hing eben dieses Imperium eine Zeit lang in der Luft. Lucien und Damien hatten nicht den Hintergrund und erst recht nicht den Charakter, den unser Business erfordert. Deshalb habe ich übernommen.

Es war ein kalkulierter Schachzug, der mir eine unermessliche Macht gegeben hat. Das Risiko war überschaubar.

Aber da ich die Fehler der Vergangenheit nicht wiederholen werde, versuche ich meine Führung durch Stärke und eine Gemeinschaft aufzubauen. Jeder weiß, dass ich das Sagen habe. Jeder weiß, wem ihre Treue gehört. Ich muss sie mir nicht verdienen und mich nicht beweisen. Und trotzdem mache ich es jeden Tag aufs Neue.

Ich gehe auf ihre Bedenken ein. Nehme ihre Wünsche wahr und kümmere mich um ihre Anliegen. Nur so schaffe ich es, mir ihren Respekt zu verdienen.

Lediglich Snake und Damien pflegen eine gewisse Distanz zu mir. Und aus diesem Grund kommt mir die kleine Dunkelhaarige, deren Ausweisfoto ich soeben betrachte, gelegen.

Sie wird mir den Weg zu Snake ebnen.

Um ihn dauerhaft an mich zu binden, ist mir jedes Mittel recht.

KAPITEL 7

Stella

»Wie geht es dir?« Diese Frage wurde mir in den letzten Wochen immer und immer wieder gestellt. Ich habe sie so oft gehört, dass ich sie inzwischen in jeder Tonlage in meinem Kopf hören kann. Vier Worte. 12 Buchstaben absoluten Desinteresses. Das Klinikpersonal interessiert es nicht, wie ich mich fühle. Für sie bin ich eine Nummer im System. Patienten-ID 31849-D1. Ich kam, war eine Weile da und jetzt bin ich wieder verschwunden.

»An deiner Kommunikationsfähigkeit müssen wir also immer noch arbeiten. Aber keine Sorge, dein Arzt kümmert sich intensiv um dich.« Aiden schenkt mir einen auffordernden Blick. Diesen Versuch wehre ich mit einem Augenrollen ab.

»Es ist auch schön dich zu sehen.«

»Wie gut, dass du das wenigstens einsiehst.« Aiden schiebt mich energisch zur Seite, nimmt meinen Schlüssel, den ich die ganze Zeit in der Hand halte und angestarrt habe. Dann schließt er die Wohnungstür auf und öffnet diese, als wäre er hier zuhause.

»Danke, schätze ich«, sage ich auf seine einladende

Geste hin. Schließlich hat er mich extra von de Klinik abgeholt.

»Ich weise dich gern jederzeit in die Grundzüge guten Benehmens ein und nehme dankend das Glas Wasser an, was du mir gleich anbieten wirst.«

Seufzend gehe ich ins Innere meiner Wohnung, stelle den Rucksack mit meinen alten Klamotten im Flur ab und gehe direkt zum Wohnzimmer. Dort öffne ich ein Fenster, um die muffige Luft herauszulassen. Dann komme ich zurück zu Aiden und lehne mich seitlich an den Türrahmen. »Ich bin verwirrt. Der Schritt, mir Manieren beizubringen, ist Teil des Entführungs- oder des Therapiekonzeptes?«

Aiden lässt meine andere Tasche, die er mir großzügig abgenommen hat, fallen, kommt zu mir herüber und stützt den Arm über mir ab. »Dir Manieren beizubringen, verschieben wir auf später, Baby. So weit sind wir noch nicht.« Ich erröte unter seinem Blick, halte diesem aber stand und rühre mich nicht.

Scheinbar zufrieden mit meiner Reaktion beginnt Aiden durch meine Wohnung zu laufen. Im Gehen öffnet er die erste Tür, an der er vorbeikommt und schaut in mein Badezimmer. Zügig laufe ich hinterher. »Was genau wird das?«

»Inspektion.«

Ich seufze dramatisch und dränge ihn von meinem Spiegelschrank zurück. Wenig gefühlvoll dirigiere ich Aiden zurück in den Flur. »Inspektion beendet«, verkünde ich.

»Das entscheidet wohl der Inspekteur.«

Aiden zuckt die Achseln, schiebt mich zur Seite, als wäre ich lediglich ein kleines Hindernis und geht auf direktem Weg weiter durch meine Wohnung.

»Okay, hör auf herumzuschnüffeln und sag mir lieber,

was das hier werden soll.« Ich seufze. *Aiden ist seit wie lange hier? Drei Minuten?* Und meine soziale Dosis ist bereits wieder knapp an der Grenze. Wobei ich zugeben muss, dass es gleichzeitig erstaunlich schön ist, ihn zu sehen.

Nicht allein zu sein.

Davor hatte ich eine ordentliche Angst.

Schließlich war ich fast vier Wochen in der Klinik.

Immer in Gesellschaft. Nie allein. Die plötzliche Ruhe, die mich in meiner Wohnung erwarten würde, habe ich mehr als einmal gefürchtet.

»Inspektion, habe ich doch gesagt.« Mit diesen Worten bringt Aiden meinen Entschluss, dass es eine gute Entscheidung war, ihn direkt nach meinem Auschecken anzurufen, stark ins Wanken.

»Und warum?« Stöhnend gehe ich ihm ins Wohnzimmer hinterher und bin froh, dass er nicht den direkten Weg zu meinem Schlafzimmer eingeschlagen hat. Ich räuspere mich leise. Warum bereitet mir der Gedanke von ihm in meinem Schlafzimmer solch merkwürdiges Gefühl?

»Ich will schauen, was auf mich zukommt und womit ich arbeiten muss.«

Binnen weniger Sekunden gebe ich auf. Oder anders gesagt: Spiele mit.

Seine Verrücktheit akzeptierend lasse ich mich auf mein kleines Sofa fallen. Mittig, wohlbemerkt, um ihm deutlich zu zeigen, dass hier nur eine Person Platz hat. Trotzdem frage ich nach. »Immer noch die Therapeuten Schrägstrich Arzt-Sache?« Amüsiert sehe ich zu ihm auf. Was bleibt mir auch anderes übrig, als die Sache – ihn, genau genommen – mit Humor zu sehen?

Aiden packt meine Beine, was mir einen überraschten Laut entlockt. Dann schiebt er seinen Körper unter meine Beine, setzt sich auf das Sofa und sieht mich schräg von der

Seite an. »Weißt du eigentlich, wie introvertierte Menschen Freunde finden?« Noch überrumpelt von seiner plötzlichen Nähe starre ich ihn lediglich an.

»Ich sag es dir«, meint er überheblich.

»Wie großzügig«, murmle ich leise. Dabei bin ich mir jeder noch so kleinen Stelle bewusst, an der sein Körper meinen berührt.

»Jemand Extrovertiertes entscheidet ihn zu adoptieren.« Aiden lehnt sich bei diesen Worten zur Seite, sodass seine Schulter noch stärker gegen meine drückt. Ich halte die Luft an, während ich meine Beine gleichzeitig versuche hochzuhalten und nur leicht auf seinem Schoß abzulegen. Es ist mir unangenehm sie einfach fallen zu lassen. Auch wenn er sich darunter geschoben hat.

Irgendwann merke ich, dass ich etwas sagen sollte. Deshalb wiederhole ich das einzige Wort, das bei mir hängengeblieben ist. »Adoptieren?«

»Sinnbildlich gesprochen.« Aiden stützt den Ellenbogen auf der Lehne auf. Dadurch nehme ich eine Welle seines Duftes wahr. Ich kann ihn nicht beschreiben. Er ist ... einzigartig. Er erinnert mich an Zuhause. Nicht an einen Ort, eine Person oder etwas Bestimmtes. Einfach an das Gefühl, die Tür zu schließen, sich auf das Sofa fallenzulassen und tief einzuatmen.

Im Versuch mich zu sammeln, ziehe ich die Beine näher an meinen Körper. »Okay, ich finde es schön, dass du da bist. Irgendwie.« Das letzte Wort setze ich zögernd hinzu.

»Das Irgendwie überhöre ich einfach mal«, erwidert er gleich.

Und ich überhöre seinen Einwand. »Aber kannst du mir bitte endlich erklären, was zur Hölle das hier werden soll?«

Aiden lehnt sich ein Stück nach vorn, sodass er mir direkt in die Augen sieht. Auch wenn es mir unangenehm ist, halte ich den Kopf krampfhaft gerade. »Es ist frustrierend, oder?«

»Was? Du?«, rate ich mit einem Schnauben.

»Keine Antwort auf das zu bekommen, was man wissen will.«

Ich schüttle irritiert den Kopf. Aiden lehnt sich wieder zurück. Dabei nimmt er meine Beine wie selbstverständlich und legt sie zurück auf seinen Schoß. Den Arm hält er obendrauf. »Okay, machen wir einen Deal. Genau genommen denselben, wie zuvor. Eine Wahrheit für eine Wahrheit.«

»Das wäre der gleiche Deal«, korrigiere ich ihn.

Zu meiner Überraschung packt Aiden meine Beine fester, dreht mich halb zur Seite und schlägt mir auf den Hintern. Überrumpelt stoße ich einen spitzen Ausruf aus. »Hey.«

»Hey«, erwidert er grinsend. Er macht keine Anstalten, mich erneut zu schlagen. Wobei schlagen ein wenig überdramatisiert klingt. Es tat nicht einmal weh. »Lass das«, weise ich ihn zurecht.

»Keiner mag Klugscheißer. Und irgendwann ist auch meine erstaunliche Geduld zu Ende.«

»Du hast keine Geduld«, stelle ich fest.

»Siehst du. Umso besser solltest du aufpassen.«

Ich gebe auf. Mit ihm zu diskutieren ist absolute Zeitverschwendung.

»Gut«, stimme ich schließlich zu. »Wo soll ich anfangen?«

»Auf die Gefahr hin, gleich wieder eine schlechte Bewertung für meine Kreativität zu bekommen: Wie wäre es am Anfang?«

Ich muss schmunzeln. »Das hast du dir natürlich gemerkt.«

»Klar. Ich bin aufmerksam.«

Dem kann ich nicht widersprechen. Auch wenn er seine Aufmerksamkeit teils auf eigenartige Dinge konzentriert. Und dazu zähle ich auch mich selbst. »Ich war in Amerika.« Beinah erwarte ich, dass er mich darauf hinweist, dass ich auch das bereits erwähnt habe. Macht er aber nicht. Stattdessen beginnt er leicht über mein Bein zu streichen. Etwas, das mich mehr als ein wenig ablenkt. Trotzdem versuche ich mich auf das Wesentliche zu konzentrieren und rede weiter. »Ich war spazieren und danach fehlen drei Wochen meiner Erinnerung. Weder weiß ich, wo ich in der Zeit gewesen bin, noch was ich getan habe.«

»Was ist das Erste, an das du dich wieder erinnern kannst?« Aiden klingt zum ersten Mal ernst.

Dieser Umstand sorgt dafür, dass ich erneut nervös werde. »Ein Krankenhaus.« Bilder der spärlichen Krankenhauseinrichtung tauchen vor meinen Augen auf. Ich muss ein paar Mal schlucken, um das flauschige Gefühl auf meiner Zunge loszuwerden.

»Warst du verletzt?« Bei dieser Frage stocken Aidens Bewegungen für einen Moment. Ich sehe auf seine großen Hände. Merke, wie die Sehnen auf seinen Handrücken zucken.

»Ja«, antworte ich schlicht. Auch wenn ich weiß, dass er weiter nachfragen wird und ich trotzdem darüber reden muss. Das habe ich in den letzten Wochen dauerhaft gehört. Vielleicht muss ich darüber reden. Um sie zu verarbeiten.

Meine Wahnvorstellungen.

Bei diesem Gedanken wird mir übel.

»Wie geht es dir damit?« Überrascht sehe ich Aiden an. Ich hatte damit gerechnet, dass seine nächste Frage darauf abzielen würde, was passiert ist. Vielleicht, weil ich es erwartet habe, vielleicht auch, weil ich es in dem Moment sagen will, fange ich an zu reden. »Ich hatte einen tiefen Schnitt an meinem Hals.« Wie von allein hebe ich die Finger daran. Noch immer ist dort diese dicke Wulst. »An meinem Hals und meinen Armen. Die Ärzte sagen, es war wohl ein gescheiterter Selbstmord.« Beim Schlucken habe ich das Gefühl, meine Narbe zu spüren. Zumindest jetzt, wo ich darüber nachdenke. »Vermutlich ist das das Einzige, bei dem man jemandem gratuliert, wenn es missglückt.«

Missmutig verziehe ich das Gesicht. Aiden hat sich keinen Millimeter bewegt. Als ich den Blick hebe, sieht er mich weiterhin an. Mich, nicht die Narben, von denen ich erzählt habe.

»Denkst du, dass du es getan hast?«

»Die Tatsachen sprechen dafür«, erwidere ich stoisch.

»Wenn du nicht glaubst, dass du selbst es warst, was denkst du dann, das passiert ist?« Sein Satz klingt verwirrend. Ich muss ein paar Sekunden darüber nachdenken, bis ich verstehe, was er damit sagen will.

»Du glaubst also nicht, dass ich es war?«

»Du glaubst nicht, dass du es warst«, korrigiert er mich betont. »Und das ist das einzig Interessante für mich.«

»Weil du nicht damit umgehen könntest, wenn ich noch kaputter im Kopf wäre?« Diese Frage hätte ich mir verdrücken sollen. Das ist mir bewusst. Nur leider erst in dem Moment, als sie schon heraus ist.

Aiden seufzt. Er bleibt eine Weile still. Schließlich beginnt er wieder über mein Bein zu streichen. »Meine Schwester hat sich vor einigen Jahren das Leben genommen.« Überrascht schnappe ich nach Luft. »Es hat sehr lange gedauert, darüber hinwegzukommen. Erst recht, weil wir noch immer keinen Grund dafür haben.« Meine Hand schießt zu seinem Arm. Ich klammere mich daran fest und sehe ihn mit großen Augen an.

»Sie hat oft gelacht. Sie war fröhlich, vermutlich ganz hübsch, intelligent, vielleicht ein wenig nervig.« Er lächelt verbissen. »Aber auch wenn ein Mensch zufrieden wirkt, kann es in seinem Inneren ganz anders aussehen.« Aidens Stimme nimmt einen verbitterten Ton an.

»Wie lange ist es her?« Ich traue mich kaum etwas zu sagen. Verdammt, ich heule ihm von meinen Problemen etwas vor, während er selbst ebenfalls mit Dingen zu kämpfen hat. Traurigerweise habe ich in den letzten Monaten vergessen, dass es auch andere Menschen gibt. Andere Probleme und andere schlimme Dinge, die geschehen.

»Drei Jahre. Damals habe ich die Anzeichen übersehen und es zu leicht abgetan.« Ich hole Luft, doch er unterbricht mich mit einer knappen Handbewegung. »Habe ich. Und ich weiß, dass das, was passiert ist, nicht meine Schuld war. Trotzdem hätte ich es vielleicht verhindern können.« Aiden hebt den Kopf. »Und deshalb lasse ich mich nicht mehr so einfach abwimmeln, wenn mir jemand wichtig ist.«

Mit geöffneten Lippen starre ich ihn an. Er schmunzelt verbissen. »Keine Ahnung.« Mit dieser Antwort scheint er auf die Frage zu reagieren, die mir durch den Kopf geistert.

Wieso ich?

»Ich habe dich gesehen und du hattest etwas an dir, wofür es sich meiner Meinung nach zu kämpfen lohnt. Vermutlich bin ich genauso verrückt wie du, aber jetzt gerade hast du mich an der Backe.«

»Hast du mich gerade eben verrückt genannt?« Ich muss lachen. Trotz dessen, was wir gerade eben besprochen haben, muss ich ernsthaft lachen. Aufrichtig, laut und mit einigen kurzen Grunzern zwischendrin.

Aiden zieht mich an der Schulter zu sich heran. »Vielleicht. Aber du weißt, ich habe dich adoptiert.«

Darauf erwidere ich nichts. Was sagt man auch zu einem beinah Fremden, dem man seine tiefsten Geheimnisse anvertraut? Und das beim zweiten Treffen. Genau genommen ist es sogar das Erste, wenn man unsere zuvor recht eigenartigen Aufeinandertreffen bedenkt.

»Ich stelle mir eine Freundschaft immer in Bilderrahmen vor«, sage ich in die Stille hinein. Dann deute ich auf die leere Wand neben meinem Fernseher. »Dort würden meine besten Freunde hängen. Ein gemeinsames Bild. Ein verrückter Ausflug. Eine besondere Erinnerung. Etwas, das uns verbindet.« Während meiner Worte lasse ich den Finger immer ein paar Millimeter weiter wandern. »Dort, genau in der Mitte, würde ein Insider hängen. Etwas, das nur wir zwei verstehen. Und direkt daneben wäre der Platz für unser erstes Treffen.«

»Du willst mir sagen, wir hätten mehr Bilder machen sollen?«

»Auch«, antworte ich schmunzelnd. »Aber eigentlich, dass unser Kennenlernen bisher recht speziell war. Und die Fotowand unserer Freundschaft …« Ich seufze leise.

»Würde alle anderen in den Schatten stellen?«

Mit gerunzelter Stirn drehe ich mich zu ihm um. »Eigentlich wollte ich sagen, dass wir alle Bilder davon vernichten müssten.«

Aiden lehnt den Kopf gegen meinen. Dabei sieht er mir aus wenigen Millimeter Entfernung tief in die Augen. »Quatsch, du solltest nur gut auswählen, wen du in deine Wohnung lässt.«

Ich schlucke langsam. Mein Nacken prickelt, mein Bauch überschlägt sich beinah und mein Hintern fühlt sich an, als würde er in der eigenartig verdrehten Position einschlafen.

Einerseits hoffe ich darauf, dass Aiden mir noch näherkommt. Darauf, dass er mein Gesicht in die Hände nimmt, mir ein letztes Mal tief in die Augen schaut und mich dann küsst.

Ich fahre mit der Zunge über meine Lippen.

Andererseits macht mir der Gedanke gehörige Angst.

Vermutlich denkt er nicht ansatzweise so über mich. Vermutlich interpretiere ich zu viel hinein. Vermutlich …

»Okay, also Freunde. Wie läuft das eigentlich? Brauche ich dafür eine App?« Mich räuspernd lehne ich mich zurück, nehme mein Handy. Willkürliche tippe ich darauf herum, ohne überhaupt auf das Display zu schauen. Alles, was ich will, ist, meine Gedanken sortieren. Und nicht aus Verzweiflung zu heulen. Das wäre ein Anfang.

»Lass uns erstmal die wichtigen Dinge des Lebens klären.« Aiden wirft mir und meiner zurückgezogenen Haltung ein kurzes Grinsen zu. »Morgenmensch oder Ausschläfer?«

»Ausschlafen. Auf jeden Fall.«

Er nickt zufrieden. »Erst Müsli oder erst die Milch?«

»Erst die Milch.«

Aiden war bereits am Nicken. Dann schließt er den geöffneten Mund uns sieht mich gespielt fassungslos an. »Und die haben dich schon aus der Psychiatrie entlassen?«

»Hey!«, rufe ich entrüstet.

»Noch zu früh für Witze?«

»Viel zu früh«, weise ich ihn zurecht.

Zu meiner Überraschung wird er nach meiner Antwort ernst. Er sieht mich ein paar Sekunden an und fährt sich dann mit den Händen durch seine wuscheligen, braunen Haare. »Willst du darüber reden? Wie es dir geht und so?«

Für einen Moment bin ich versucht, spaßhaft zu reagieren. Dann schüttle ich den Kopf und senke den Blick. »Auch dafür ist es noch etwas früh«, antworte ich schließlich. »Ich muss die Zeit und das, was ich erlebt habe, selbst erst einmal verarbeiten. Wobei ich bisher noch nicht einmal weiß, was genau passiert ist. Meine Internetrecherche hat nicht viel ergeben. Ein paar Geschichten über Gangs, Drogen und dergleichen. Aber nichts, was Hand und Fuß hat. Als ich in dem Krankenhaus zu mir gekommen bin, hat man mir gesagt, dass ich regungslos im Fluss gefunden wurde.

Vermutlich war es ein Wunder, dass ich nicht ertrunken bin. Die Ärzte vermuteten, dass genau das meine Absicht war. Nachdem ich mir die Pulsadern und den Hals aufgeschnitten habe.«

Ich verziehe das Gesicht. »Deine Recherchen?«

Beinah zucke ich zusammen. Gefangen in meinen Gedanken habe ich Aiden für einen Moment vergessen. »Naja, du hast recht mit dem, was du gesagt hast. Ich kann das, was die Ärzte gesagt haben, nicht wirklich glauben.«

»Was haben sie denn gesagt?«

»Das ich mich umbringen wollte.« Diese Worte fallen mir verdammt schwer. Wie auch nicht. So etwas sagt sich nicht einfach so.

»Und das war´s?«

»Was meinst du?« Fragend sehe ich ihn an.

Aiden schnaubt leise. Er wirkt verärgert, was dafür sorgt, dass sich mein Magen zusammenzieht. »Sonst haben sie nichts gesagt? Keine Ermittlungen, keine Untersuchungen?«

»Ich war eine Touristin. Ohne dass sie wussten, ob ich überhaupt krankenversichert bin, haben die überhaupt nichts gemacht. Ich weiß weder, wer mich von der Straße gekratzt hat noch, was meine Bluttests ergeben haben.«

Aiden sieht mich mit gerunzelter Stirn an. »Was genau haben die dort überhaupt gemacht?«

»Desinfiziert, genäht mir ein wenig Blut gegeben und ein Pflaster drüber geklebt.«

»Das war´s?«

»Das war´s«, bestätige ich. »Wieder in Deutschland lag ich mehrere Wochen wegen einer Infektion flach und bin von einem Arzt zum anderen geschickt worden. Zuerst wegen den Wunden, irgendwann wegen meiner Psyche.«

»Weißt du, was ich mir wünschen würde?« Aiden spricht aufgebracht weiter, ohne dass ich etwas sagen kann. »Dass solche Untersuchungen nur einmal so laufen, wie in den ganzen Serien.«

»Kommt darauf an. Meinst du die, in denen ein Arzt auf einmal drei Fachrichtungen beherrscht und absurde Operationen mit einer Stecknadel durchführt?«

»Nein«, erwidert er schmunzelnd. »Die, in denen ein komplettes Ärzteteam nur dafür arbeitet, die Hintergründe der Erkrankung oder Verletzung aufzuklären.«

Ich muss lachen. Allein die Vorstellung, dass es in der Wirklichkeit so läuft, ist völlig absurd. »Ja, das wird wohl eher nicht passieren.«

»Dann müssen wir die Sache wohl selbst in die Hand nehmen.« Aiden wirft mir einen vielsagenden Blick zu. Dann nimmt er meine Hand und platziert sie auf seinem Oberschenkel. Seine eigene legt er obendrauf.

Irritiert sehe ich ihn an. »Wir werden keine Doktorspielchen spielen.«

Mit meiner Aussage entlocke ich Aiden ein lautes Lachen. Ein angenehmes Geräusch, wie ich in diesem

Moment feststelle. »Wie schaffst du es, alles, was ich sage, in etwas Zweideutiges zu verwandeln?«

»Ich überlege bei meiner Antwort etwas zwischen: Ist ein Talent und dem stillen Vorwurf, dass du genau solche Vorlagen lieferst, zu verwenden.«

»Nimm das erste. Vorwürfe erst wieder zu den Geschäftszeiten.«

Ergeben hebe ich die Hände. »Gut, wenn die Doktorspielchen abgewählt sind, was machen wir dann?«

»Du sagst mir, wo du einen Laptop hast. Den hole ich dann und in der Zwischenzeit gebe ich dir ein paar Momente, um dich von meinem Charme zu erholen.«

Automatisch erhebe ich mich. »Ich hole meinen Laptop. Und wenn ich wieder da bin, du dein Ego um 300 Prozent zurückgeschraubt und mir gesagt hast, was wir mit meinem Laptop machen wollen, bekommst du ihn vielleicht.«

»Zehn Prozent. Das ist mein letztes Angebot«, fügt er sofort hinzu. »Wo bleibt denn sonst der Spaß?«

Keine Ahnung, was ich darauf antworten soll. Vor allem, wenn mein Kopf die ganze Zeit über merkwürdige Dinge denkt. Abwegige, völlig absurde Dinge. Etwas wie: den Spaß haben wir, wenn du mir in mein Schlafzimmer folgst.

Völlig absurd, wie gesagt.

Stunden später falle ich in mein Bett. Mein ganzer Körper kribbelt nervös vor Anspannung. In Gedanken gehe ich jede einzelne Minute unserer gemeinsamen Zeit noch einmal durch. Bis hin zu unserer Verabschiedung. »Tut mir leid, dass wir den ganzen Tag mit meinem Mist verbracht haben.«

»Es ist kein Mist. Entweder finden wir heraus, was passiert ist. Oder wir erfahren mehr über die kriminelle Unterwelt in Amerika.«

Danach habe ich ihn nur angestarrt. Wir standen in meiner Tür.

Es war der Filmmoment.

Das Ereignis in Büchern.

Und es ist nichts passiert.

Ich habe mich zurückgelehnt, stand ein paar Meter entfernt im Flur und habe ihm zum Abschied gewunken.

Und jetzt? Jetzt fühle ich mich elendig. Ich frage mich, was ich hätte anders machen sollen. Den ganzen Tag über hat sich alles so ... echt angefühlt. Als wären wir schon Jahre befreundet.

Oder mehr.

Wir haben erzählt, gelacht und Witze gemacht. Und trotzdem ist er kein einziges Mal nähergekommen.

Mag er mich nicht?

Findet er mich nicht attraktiv?

Verdammt, ich weiß nicht einmal, ob ich ihn will.

Stöhnend vergrabe ich das Gesicht in meinem Kissen. Es ist lange her, dass ich etwas mit einem Mann hatte. Nicht, dass das letzte Mal mit einer Frau weniger weit zurückliegt.

Mit einem Schnauben verziehe ich die Lippen. Ironischerweise fallen beide Ereignisse auf einen Tag. Mein Ex hatte mich dazu überredet, einen Dreier zu machen. Mit seiner ›sie ist nur eine Freundin-Freundin‹. Jeder kann sich denken, wie die Sache geendet hat. Zu der Zeit war er übrigens noch nicht mein Ex. Nur um das zu erwähnen. Als ich die beiden dann wenig später zusammen in meinem Bett erwischt habe, schon.

Mich schüttelt es leicht bei der Erinnerung. Das fällt ganz klar unter die Kategorie: lass uns nicht darüber reden.

Aber Aiden … es ist eigenartig mit ihm. Ironischerweise hatte ich noch nie einen Kumpel. Einen, mit dem auf lange Zeit nichts lief. Eigentlich traurig, wenn man so darüber nachdenkt. Wie beim Thema Sex, sind auch meine Freundschaften mit Frauen genauso wenig erfolgreich wie mit Männern.

Man könnte behaupten, ich habe wenigstens eine klare Linie. Nicht, dass ich so etwas bräuchte.

Weder Sex, noch Freunde. Ich komme prima allein zurecht.

Nur warum mache ich mir dann dauerhaft Gedanken über Aiden? Wir kennen uns wie lange? Drei Tage aufsummiert? In Stunden gerechnet nicht einmal einen.

Während ich die Augen schließe, taucht er immer wieder in meinen Gedanken auf. Nur dieses Mal bleiben wir nicht auf dem Sofa sitzen. Er kommt mir näher. Packt mich und zieht mich zu sich.

Er wäre mit Sicherheit selbstbewusst. Bestimmt. Vielleicht auch ein wenig dominant.

Zwischen meinen Beinen zieht es sich zusammen. Stöhnend öffne ich die Augen und starre an die Decke. Wie kann es sein, dass ich dermaßen scharf auf ihn bin? Ist das eine Nebenwirkung der Tabletten? Oder meiner langen Abstinenz?

Für eine Sekunde denke ich darüber nach, es mir selbst zu machen. Anderseits frustriert mich der Gedanke. Ich will nicht kommen. Okay, das auch. Aber ich will wilden Sex. Ich will, dass er mich hochhebt und gegen die Wand presst. Dass er meine Beine zum Zittern bringt und mir dunkle Worte in die Ohren raunt. Er soll mich packen, grob oder sanft sein.

Das alles ist nichts, was ich allein könnte.

Diese Gedanken gehen endlos weiter. Stunde um Stunde zieht vorbei, in der ich an nichts anderes denken kann als Aiden. Aiden und ich auf dem Küchentisch. Aiden nackt. Aiden unter der Dusche. Ein verdammter Teufelskreis.

Fluchend werfe ich die Decke zur Seite. Ich springe auf die Beine und tapse im Schlafanzug in die Küche. Dort stehen noch immer meine gepackten Taschen. Mit zittrigen Fingern ziehe ich das vordere Fach auf. Daraus nehme ich eine Box mit Tabletten. Meine Hände fühlen sich kalt und taub an, als ich die Beruhigungstablette nehme. ›Für den Notfall‹, hat der Arzt gesagt. Vor Besessenheit von einem beinah Fremden, der sich vermutlich nicht im Geringsten für mich interessiert, zu fantasieren, ist auf jeden Fall ein Notfall.

Fröstelnd husche ich zurück zu meinem Bett und unter die warme Decke. Ich erschaudere leicht. Dann schließe ich die Augen und hoffe darauf, dass die Tablette dafür sorgt, dass ich zügig einschlafe. Andernfalls werde ich dem Therapeuten morgen in der Tagesklinik nichts über meinen Zustand erzählen müssen. Das werden meine Augenringe übernehmen.

Ich beobachte dich, kleines Reh.
Sag, wirst du dich von mir aufschrecken lassen?
Wirst du die Nerven verlieren?
Dein Herz?
Oder deinen Verstand?
Ich hoffe sehr auf alles davon. Aber wir werden sehen, wozu
ich dich bringen kann.

KAPITEL 8
Silver

Ruhig greife ich zu der dampfenden Tasse Kaffee, welche vor mir steht. Den Blick habe ich auf das große Fenster gerichtet. Ich sehe auf meine Uhr. Kurz vor acht. Vermutlich war ich ein wenig früh dran. Allerdings möchte ich lieber nur einen Tag meiner Zeit verschwenden, anstatt zwei. Während ich der Bedienung einen freundlichen Blick zuwerfe, scrolle ich auf meinem Handy durch die Seite der Klinik. Mit einem kurzen Wischen nach links wechsle ich zu den Informationen, die ich über Stella Hardin habe. Auf dem Flug habe ich mich mit ihrer Kindheit beschäftigt. Im Auto mit ihrer Reise und die letzten zwei Stunden im Café mit ihrer aktuellen Wohnsituation.

Sie lebt derzeit in einer kleinen Wohnung in einem laut dem Internet weniger beliebten Viertel. Es ist von den Quadratmetern her eher ein Wohnklo als eine Wohnung aber was interessiert es mich?

Lange würde sie sich diese nicht mehr leisten können. Nicht, nachdem sie ihren Job verloren hat. Ich weiß sowieso nicht, was die Menschen in die Stadt zieht. Ironischerweise verbringe ich selbst einen Großteil meiner Zeit unter vielen Leuten. Umso wichtiger finde ich es, ein Zuhause zu haben, in welchem ich mich zurückziehen kann.

Zwölf Meilen in jede Richtung keine Menschen sind dabei das Minimum.

»Darf es noch etwas sein?« Ich hebe den Blick zu der jungen Frau. Sie hat mir auf meinen Wunsch hin bereits zum zweiten Mal einen neuen Kaffee und ein Stück Kuchen gebracht. Kuchen zum Frühstück? Kaffee, der nicht von selbst nachgeschenkt wird? Merkwürdig. Aber was soll's.

»Nein, danke meine Liebe.« Sie errötet, zieht an ihrem kurzen Poloshirt und verschwindet schließlich. Ich schätze sie auf circa 20. Vermutlich eine Studentin, die auf das Geld angewiesen ist. Früher Feierabend, in der Nähe der Universität und die Arbeit ist nicht unmöglich. Kein schlechter Job.

Wieder sehe ich auf meine Uhr. Es ist inzwischen nach acht.

Während ich warte, lese ich ein paar Mails. Mit gerunzelter Stirn blicke ich immer wieder in Richtung des Eingangs der Tagesklinik. Als viertel nach acht eine Dunkelhaarige angehetzt kommt, verziehe ich missmutig die Lippen. Ich hasse Unpünktlichkeit. Es ist ein Zeichen dessen, sein Leben nicht im Griff zu haben. Nachdem ich mein Handy in die Jackentasche gesteckt habe, leere ich meinen Kaffee. Anschließend nehme ich Teller und Tasse, bringe sie an den Tresen und stelle sie gemeinsam mit einem 50 Dollar Schein ab. Dabei ist es mir egal, welche Währung dieses Lang hat, Dollar sind für mich ein Universalzahlungsmittel – in jeder Branche. Die Bedienung starrt mich an. »Ich wünsche Ihnen noch einen angenehmen Tag.« Mit diesen Worten verabschiede ich mich. Ihren Blick spüre ich bis zum Ausgang des kleinen Ladens auf mir.

In die Tagesklinik hineinzukommen ist leicht. Schließlich bin ich angemeldet und es handelt sich nicht um ein Gefängnis.

Und so beobachte ich wenige Minuten später die Frau, die einem meiner besten Männer Albträume bereitet.

Sie ist nichts Besonderes. Durchschnittlich groß. Durchschnittliche Figur. Dunkle, lange Haare. In einer Gruppe würde sie kaum auffallen.

Ich hingegen scheine eine andere Wirkung auf sie zu haben. Seit einer Stunde langweile ich mich. Hin und wieder werfe ich Stella Hardin einen knappen Blick zu. Bedauerlicherweise ist bisher noch nicht mehr daraus geworden.

Nicht einmal ist sie von ihrem Platz in der Gruppe aufgestanden und zu mir herübergekommen. Dabei gebe es genug Gründe dafür.

Frauen wie sie erwarten immer, dass der Mann die Arbeit erledigt. Er spricht sie an. Er macht den ersten Schritt. Er entscheidet.

Das ist erschreckend eintönig. Wie schwer kann es für eine Frau sein, aus diesen Mustern auszubrechen?

Unmöglich, wenn ich mir die Tatsachen ansehe.

Langsam werde ich ungeduldig. Was auch immer diese Bastelrunde bringen soll, für mich ist sie Zeitverschwendung. Das war nicht, was ich mir vorgestellt habe, als ich mich für die Resozialisierung eingetragen habe.

Stella Hardin scheint es ähnlich zu gehen. Als sie sich erhebt, verdreht sie die Augen. Dann nickt sie ihrer Sitznachbarin zuckersüß zu und geht in Richtung der Toiletten.

Mit einem leichten Grinsen auf den Lippen stehe ich ebenfalls von meinem Platz auf. Ich lasse mir Zeit, während ich ihr folge. Den Gang entlang, an der Ecke nach links und bis zu den Türen. Zu meiner Überraschung befindet sich Stella Hardin nicht in den Toiletten. Sie steht im Gang an einem Handlauf und lehnt den Kopf gegen die Wand. Zwar bemerkt sie mich, macht aber keine Anstalten, mich anzusprechen. Deshalb gehe ich wie zufällig durch den Gang und lehne mich neben sie an die Wand. Wie zwei Idioten starren wir nebeneinander geradeaus. Sie spannt ihren Körper an, richtet den Kopf auf und drückt den Rücken durch. Trotzdem schaut sie mich nicht an.

Wie ein perfektes Opfer. Ein scheues Reh, das dem Licht des Scheinwerfers nicht entgehen kann. Auch wenn es versucht, nicht hineinzusehen. Letzten Endes wird es davon angezogen und bevor es überhaupt bemerkt, was passiert, wird es hart aus der Realität katapultiert.

Den Gedanken kann ich nicht verdrängen.

Sie ist biegbar, leicht zu manipulieren und unsicher. Das spüre ich sofort.

»Was ist die schönste Erinnerung an deinen Urlaub?«

»Meinen Urlaub?« Bei dieser Frage sieht sie mich überrascht an. Ihre braunen Augen weiten sich, während sie versucht mich unauffällig zu betrachten. Spoiler: es ist nicht unauffällig. Und so wie sich ihre Wangen röten, gefällt ihr, was sie sieht.

»Du wirst mit Sicherheit einen gehabt haben, oder nicht? Irgendwann einmal?«, fahre ich fort. Meine Stimme ist ruhig. Ich sehe sie freundlich an, blicke hin und wieder weg, um sie nicht zu bedrängen. Außerdem halte ich einen gewissen Abstand zu ihr.

»Ich weiß nicht …« Unsicherheit. Wie ich befürchtet habe.

»Du wirkst nicht wie eine Frau, die nicht weiß, was sie will. So schwach und unsicher bist du nicht. Versuchen wir es nochmal.« Ich schenke ihr ein aufmerksames Lächeln.

»Erzähl mir von deiner schlechtesten Erinnerung.« Bei diesen Worten sehe ich ihr durchgängig in die Augen.

Sie schnappt hörbar nach Luft. Ich lächle. Ihr Blick geht zu meinen Lippen. Scheinbar nervös leckt sie über ihre eigenen. Erst dann antwortet sie. »Meiner schlechtesten?«

Ich schnalze mit der Zunge. Mich interessiert es, wie weit ich mit meinem kleinen Reh gehen kann. Schon allein bei unserer ersten Begegnung. »Schwache und unsichere Menschen wiederholen das, was man ihnen sagt. Um Zeit zu schinden. Vielleicht auch, um darüber nachzudenken. Aber du, mein hübsches, kleines Reh, wirkst viel zu schlau dafür. Du wirkst wie eine Frau, die auch zu ihren schlechten Erinnerungen steht. Wie jemand, der stärker ist als das.« Bei meinen Worten hebe ich die Hand gelassen an ihren Oberarm. Dort lasse ich sie liegen und spüre, wie Stella Hardin erschaudert. Wachsam sehe ich sie an. Keine Sekunde wende ich den Blick ab. Ich schmeichle ihr. Wie eine Schlange im Paradis. Und wenn sie mir verfallen ist und den ersten Biss nimmt, dann wird es bereits zu spät sein.

»Ja.« Ein zufriedenes Gefühl breitet sich in mir aus. Dass sie so auf meine Worte reagiert, macht es mir umso leichter. Jede vernünftige Frau hätte mir gehörig die Meinung gesagt. Oder sich zumindest zurückgezogen. Sie hat nicht einmal meine Hand zurückgestoßen.

Wenn ich so mit ihr sprechen kann.

Wenn sie sich danach noch immer von mir berühren lässt, ist das alles, was ich wissen muss.

»Also?«, hake ich nach. Was ich von ihr will, ist klar.

Antworten. Was hat sie wann und wo getan? Was weiß sie und wieso sucht sie nach Diabolo? Einfache Fragen. Einfache Antworten. Wenn wir diesen Teil abgehakt haben, wer weiß. Vielleicht spiele ich noch ein wenig mit ihr.

»Ich habe es vergessen«, stammelt sie wortkarg.

Endlich sieht sie mich direkt an. Wie zur Belohnung streiche ich über ihren Arm. Sie verspannt sich merklich. Auch ihre Atmung wird schneller. Trotzdem missfällt mir ihre Antwort. Sie scheint zu stimmen. Schließlich kenne ich ihre Akte. Gedächtnisverlust infolge eines traumatischen Ereignisses.

Das Problem bei Gedächtnisverlust: Die Erinnerungen können jederzeit zurückkommen. »Du hast deine Antwort vergessen? Bin ich so einnehmend?«, frage ich mit spaßhaftem Unterton. Sie fährt sich erneut mit der Zunge über die Lippen. Deshalb beschließe ich, einen kleinen Schritt auf sie zuzugehen. Wortwörtlich. Ich trete vor sie, nehme die Hand von ihrer Schulter und stütze sie stattdessen gegen die Wand. Zu meiner Zufriedenheit starrt Stella für einen kleinen Moment zur Seite. Zu meiner Hand, die ich von ihr genommen habe.

»Oder bist du abgeschreckt von mir? Von meinem plötzlichen Auftauchen?«, setze ich nach. Beinah entschuldigend ziehe ich mich ein Stück zurück.

Wie erwartet schüttelt Stella Hardin den Kopf. Ihre Hand zuckt. Bedauerlicherweise berührt sie mich nicht. Aber das wird sie noch. *Freiwillig.* Und irgendwann wird sie sich nicht mehr an den Punkt erinnern können, an dem sie mir nicht nur verfallen ist, sondern sich mir auch vollständig ausgeliefert haben wird.

Aber im Moment ist sie noch nicht so weit. »Das kannst du mir nicht verübeln. Eine Frau wie du wird mit Sicherheit nicht selten von Fremden angesprochen. Ich bin mir sicher, dass du es mit einem Lächeln schaffst, jeden um den kleinen Finger zu wickeln.«

Meine Worte lösen etwas in ihr. Sie fängt an zu kichern. »Klar. Aber nur von Montag bis Freitag.«

»Und an den Wochenenden?«, gehe ich auf ihren vermutlichen Spaß ein.

»Da nehme ich einen anderen Finger. Für die Abwechslung.« Sie zwinkert mir übertrieben zu.

Sie hat Interesse. Vermutlich auch, weil sie es nicht gewohnt ist, dass ihr jemand Aufmerksamkeit entgegenbringt. Sie weiß nicht, wie sie damit umgehen soll. Deshalb reagiert sie mit Ablehnung oder Spott. Solche Frauen sind nichts für mich. Ich will Frauen, die wissen, was sie wollen. Sie sollen stark sein. Unerschrocken und verführerisch. Was soll ich mit einer Frau, der ich alles beibringen muss? Wie einem kleinen Welpen?

Aber hier geht es nicht darum, was ich von ihr will. Es geht darum, was sie für mich tun wird.

In einem plötzlichen Impuls strecke ich die Hand aus und streiche sanft über ihre Finger. »Und was muss ich tun, um die ganze Frau und nicht nur den Finger zu bekommen?«

Ihre Hand zuckt. Aber sie rührt sich nicht. Sie bleibt einfach starr stehen. »Puh. Da wird die Aufsicht wohl nicht mitmachen. Nur ein Finger pro Person.« Stella zuckt auf ihr unnötiges Gebrabbel die Schultern.

»Dann werde ich wohl die Regeln brechen müssen«, raune ich leise. Ich streiche mit leichten Bewegungen an ihrem Arm nach oben.

Dabei nähere ich mich ein Stück und sehe ihr tief in die scheuen, kleinen Augen. Diese huschen wie wild hin und her. »Schließlich ist es das, was den Reiz des Lebens ausmacht. Findest du nicht?«

Ich bewege meine Hand zu ihrem Ausschnitt und gleite wie selbstverständlich unter ihr Shirt. Prüfend sehe ich sie an. »Es gibt so viel zu erleben. So viel zu sehen und zu tun. Wahrhaftige Schönheit, mitreißende Abenteuer und Momente, die man nicht vergisst.« Mit einem Funkeln in den Augen lächle ich sie an. Etwas Verbotenem. Ein Reiz, dem sie nicht widerstehen kann.

Und das will sie auch nicht.

Wie von allein beginnt auch sie zu lächeln.

»Willst du das, Stella?« Ihren Namen hauche ich leise in ihr Ohr. Sie erschaudert und hebt die Hand an meine Brust. Mit den Lippen formt sie ein stummes ›ja‹.

Zufrieden nicke ich ihr zu. Dann schiebe ich die Hand an ihrem BH nach hinten, packe sie am Rücken und dränge sie wenige Meter den Gang entlang. Ich öffne die Toilettentür und dirigiere sie ins Innere. Stellas Schritte sind aufgrund meiner Nähe ein wenig unbeholfen. Sie stolpert mehrmals, nimmt den Blick aber nicht einmal von mir.

Herausfordernd streckt sie mir ihr Kinn entgegen. Sie wirkt zufrieden als ich sie gegen die Tür dränge. »Sag mir, was du willst, Stella?« Ihr scheint es zu gefallen, wenn ich ihren Namen nenne. Jedes Mal erschaudert sie leicht, wirkt aber nicht abgeneigt. Interessant, dass sie sich nicht einmal darüber Gedanken macht, woher ich ihn kenne.

»Ich will …« Sie zögert.

Mit gerunzelter Stirn ziehe ich mich zurück. Mein begieriger Gesichtsausdruck fällt scheinbar in sich zusammen. Stella reagiert beinah sofort. Ich bemerke, wie sie für wenige Sekunden mit sich kämpft. Dann hebt sie die Hand an meine Brust und krallt die Finger in mein Shirt. »Ich will das hier.« Sie klingt atemlos. Diese Aussage scheint ihr eine Menge Überwindung abverlangt zu haben.

Um sie dafür zu belohnen, sehe ich sie gierig an.

Gespielt lecke ich mir über die Lippen. Dann packe ich ihre Hand. Ein kurzes Aufflammen von Unsicherheit. Dann presse ich ihren Arm an die Tür in ihrem Rücken. Mit der anderen schiebe ich ihr Oberteil nach oben.

Stella windet sich in meinem Griff. Dabei versucht sie sich nicht von mir zu entfernen. Nein, das kleine Reh nähert sich mir.

»Weißt du, was du wollen solltest?« Ich bringe mein Gesicht dicht vor ihres. Mit den Fingern fahre ich unter ihren BH. »Du sollest leben, lieben, zerbrechen und aufs Neue deinen Zielen nacheifern. Du solltest das wollen, was kaum einer bekommt. Nein, was sich kaum einer traut zu nehmen.

Du solltest die kitzelnde Gefahr spüren. Eine schneidende Klinge, die auf deiner Haut ruht. Du solltest verletzt werden und wieder heilen.

Und du solltest es in vollen Zügen genießen.« Bei diesen Worten will ich mich abwenden. Ich will sie zappeln lassen und warten, dass sie von allein zu mir kommt.

Etwas hält mich zurück. Etwas, das ich selbst nicht verstehe.

Die Kleine starrt mich aus großen Augen an. Sie verschränkt die Finger ihrer Hand mit meinen und ich lasse es geschehen. Noch immer rührt sie sich nicht. Sie kommt nicht auf mich zu, unternimmt keinen Versuch mich zu küssen.

Stella steht dicht vor mir und sieht mich an, als wäre ich eine gottverdammte Erscheinung. Und dann liegen meine Lippen mit einem Mal auf ihren. Ich weiß nicht, wie es passiert ist. Ob ich mich bewegt habe oder sie.

Meine Zunge drängt in ihren Mund. Ihre Hand presse ich hart gegen die Tür. Sie seufzt leise und sorgt damit für einen Rausch in meinem Inneren.

Stella drückt sich mir entgegen. Ihr Körper bebt. Sie streckt sich auf die Zehenspitzen, kommt mir weiter entgegen und drängt ihre Hüfte dicht an mich heran.

Ich sollte gehen. Das hier sollte nicht so weit kommen. Nicht heute.

Sie sollte sich nach mir sehnen. Sich verzehren und wahnsinnig bei dem Gedanken daran werden, wer der fremde Mann war.

Trotzdem bleibe ich.

Eine weitere Sekunde und noch viele mehr.

Ihre Nägel graben sich in meinen Handrücken.

Das geht zu weit.

Ich packe sie an der Hüfte und hebe sie hoch.

Gleich werde ich gehen.

Knapp befreie ich meine Hand aus ihrem Griff und ziehe ihren schwarzen Tennisrock nach oben. Stella schnappt nach Luft, als ich die Finger unter ihr Höschen schiebe.

Das endet jetzt.

Als ich ihre Feuchte auf meiner Haut spüre, stoße ich ein leises Knurren aus.

Ich kann charmant sein. Allerdings bin ich mindestens genauso reizbar. Zum Beispiel, wenn ich auf eine kleine Prinzessin treffe. Sie stiehlt mir lediglich Zeit. Wären die Umstände anders, hätte ich bereits mein Messer über ihre Kehle gezogen. Dort entlang, wo die Narbe einladend um einen weiteren Schnitt bettelt. Stattdessen mache ich etwas anderes.

Hart lasse ich sie auf die Füße sinken, packe sie an den Schultern und drehe sie herum. »Wir …« weiter kommt sie nicht. Ich presse die Hand auf ihre weichen Lippen, und drücke ihren Körper mit der anderen Hand gegen die Wand. Sie streckt mir den Arsch einladend entgegen.

Mit einer schnellen Bewegung schiebe ich den Rock

nach oben. Während ich meine Hose öffne, beuge ich mich über sie. Dann kralle ich die Finger in ihre dunklen Haare und ziehe sie zu mir heran. »Das hier wird für uns beide eine Premiere, Stella. Also sei schön brav«, füge ich mit einem Schmunzeln hinzu.

Ich befreie meinen Schwanz aus der Hose und packe ihre einladende Hüfte, die für meine Hände wie gemacht zu sein scheint. Nur leicht dringe ich in ihre Feuchte ein.

»Dieses eine Mal. Ein zweites wird es nicht geben. Denn das würdest du nicht überleben.« Ich bin mir nicht sicher, ob die letzten Worte überhaupt meine Lippen verlassen. Dann versenke ich mich mit einem tiefen Stoß in ihr. Sie keucht, drückt mir ihren Arsch entgegen und beginnt diesen kreisend zu bewegen. Mit beiden Händen packe ich ihr Fleisch und drücke sie in meinen Schoß.

Immer wieder stoße ich mich in sie hinein.

Stella gibt einen spitzen Schrei von sich, als ich auf ihren prallen Arsch schlage. Der Laut bringt meinen Schwanz zusätzlich zum Zucken.

Ich drücke die Finger wieder auf ihre Lippen. Stella reißt ihren Kopf zurück, wirft einen panischen Blick zur Seite und erwidert dennoch meine Bewegungen. Sie keucht an meiner Hand. Dann beißt sie zu meiner eigenen Überraschung hinein.

Lachend lege ich den Kopf in den Nacken. Als Reaktion darauf lege ich die Hand um ihre Kehle. »Wolltest du nicht brav sein?«, hauche ich leise.

»Premieren laufen selten wie geplant«, stöhnt sie atemlos.

Ich knurre zufrieden. Packe ihre Arme und zerre sie auf ihren Rücken. »Dieses eine Mal.« Dann schließe ich die Augen und ficke sie mit schnellen Stößen gegen die Wand.

Als sie sich um meine Erektion zusammenzieht, reiße

ich sie nach oben. Ich presse die Finger auf ihre Perle und reibe ihre Klit. Immer wieder stöhnt sie und sackt schließlich zitternd zusammen. Zufrieden stoße ich mich ein letztes Mal in ihre Enge. Dann lasse ich los.

»Fuck«, flucht sie leise.

Ich schnaufe, ziehe mich aus ihr zurück und packe meinen Schwanz zurück in meine Hose. »Tun wir so, als hätte ich das nicht gehört.« Mit diesen Worten drehe ich Stella an den Schultern zu mir herum. Ihre Haare sind zerzaust und ihre Wangen gerötet.

Sie sieht wundervoll aus.

Prüfend betrachte ich sie einen Moment. In dem Moment ist aus dem scheuen Reh eine stolze Blume geworden, wie ich zufrieden feststelle.

Dann gebe ich ihr einen Kuss auf den Scheitel und drehe mich herum. »Bis bald, meine schöne Rose.«

KAPITEL 9

Stella

»Fuck!« Verzweifelt trete ich mit dem Fuß gegen meine noch immer nicht ausgepackten Taschen. »Verdammte Scheiße«, fluche ich laut. Zum ersten Mal an diesem Tag beginnen Tränen an meinen Wangen herabzulaufen. Impulsiv werfe ich die kleine Packung, die ich kurz zuvor geholt habe, gegen die Wand im Flur. Ich stöhne, jammere und trampele dann zu meinem Sofa. Dort lasse ich mich wimmernd fallen.

»Wieso? Wieso zur Hölle bin ich so unfassbar dämlich?« Diese Frage kann mir weder meine leere Wohnung noch das angelaufene Glas Gurken in meinem Kühlschrank beantworten. Dafür kann ich es. Weil ich ein verdammter Idiot bin. Ich bin dumm, naiv und sobald mir ein Mann auch nur ein wenig Aufmerksamkeit schenkt, renne ich ihm sabbernd hinterher.

Ich stoße einen lauten Fluch aus.

Was habe ich mir nur dabei gedacht? Absolut nichts.

Er hat mich eingelullt. Mir schöne Dinge in die Ohren gehaucht und mir das Gefühl gegeben, etwas Besonderes zu sein. Scheiße, ich kenne nicht einmal seinen Namen und habe mich von einem völlig Fremden ... Selbst in Gedanken will ich den Satz nicht fortführen. Es ist erniedrigend.

Verdammt, vermutlich gibt es einen guten Grund, warum ich den Tag in einer Psychiatrie verbracht habe.

Und die waren der Meinung, dass man mich wieder auf die Gesellschaft loslassen kann? Was mache ich als nächstes? Lasse ich mich von einem düsteren Typen mit Gummibärchen in eine Gasse locken? Oder direkt auf dem Markplatz durchnehmen?

Mir steigt das Blut in den Kopf.

Ich drehe mich schwer atmend auf den Rücken, lasse die Beine über die Armlehne meines Sofas baumeln und starre an die Decke. Unbewusst kommen die Gedanken an Aiden in mir hoch. An unsere gemeinsame Zeit. Daran, wie wir gemeinsam auf dem Sofa lagen. Eben diesem Sofa. Wie er meine Beine genommen hat ...

»Scheiße«, fluche ich erneut.

Es kommt mir so vor, als hätte ich ihn betrogen. Erneut fluche ich und komme nicht umhin, die Ironie darin festzustellen.

Die Ironie meiner eigenen gottverdammten Dummheit.

Drei Jahre hat sich kein Mensch für mich interessiert und kaum, dass mich einer nett anlächelt, steige ich mit ihm ins Bett. Ich gebe ein hysterisches Lachen von mir. »Nicht einmal das«, murmle ich leise. Absolut billig habe ich mich, kaum dass wir drei Worte miteinander gewechselt haben, von ihm auf einer Toilette durchvögeln lassen. Auf einer Toilette! In der Psychiatrie!

Ich bin wirklich nicht ganz sauber.

Schließlich weiß ich nicht einmal, wer der schräge Typ war. Ein Patient? Ein Betreuer? Ein Arzt? Scheiße, keine Ahnung. Alles, was ich weiß, ist, dass er einen merkwürdigen Akzent hatte.

Er könnte ein mieser Vergewaltiger sein, der völlig geisteskrank ist. Und ich habe mich von ihm ficken lassen.

Ohne Kondom.

Weinend stöhne ich. Inzwischen fühlt sich mein Gesicht verquollen und dick an. Mir ist übel, allein bei dem Gedanken. Er könnte alles Mögliche haben! Von einer Schwangerschaft einmal ganz abgesehen. Vor Verzweiflung über meine eigene Dummheit beginne ich zu schluchzen.

Das Klingeln an meiner Wohnungstür lässt mich aufsehen. In der Absicht es nach bestem Wissen zu ignorieren, rolle ich mich auf den Bauch. Es klingelt en zweites und ein drittes Mal.

Schließlich erhebe ich mich stöhnend und schleppe mich in den Flur. Ich hoffe darauf, dass wer auch immer verschwindet, bis ich an der Tür bin.

Mit klopfendem Herzen sehe ich durch den Spion und atme erleichtert auf. Zügig öffne ich die Tür. Ich gebe der alten Dame keine Zeit, um mich zu begrüßen. Stattdessen werfe ich mich in ihre Arme. »Hey«, murmelt sie leise in meinen Haaren. Als sie mich fest umarmt, fange ich regelrecht an zu heulen. Nur bruchstückhaft kommen einzelne Wortfetzen über meine Lippen.

»Lass uns erst einmal reingehen. Du holst dir hier draußen mit diesem dünnen Rock noch den Tod.« Schluchzend kommen die nächsten Tränen über meine Wangen gerollt.

Der verdammte Rock, den man so schnell hochschieben kann. Nicht, dass eine Hose dafür gesorgt hätte, dass ich standhafter gewesen wäre.

Lisa – die ältere Dame von gegenüber – führt mich in mein Wohnzimmer. Im Gang merke ich, wie sie kurz innehält und folge ihrem Blick zu der weggeworfenen Packung. Die Packung, deren Inhalt dafür sorgen soll, dass aus meiner Dummheit nicht noch eine größere Dummheit entsteht. Und das in Form von einer Dummheit, die ich über locker 16 Jahre an der Backe habe. Wie sollte ich ein Kind durchbekommen? Ich kann nicht einmal für mein Leben sorgen.

Gemeinsam lassen wir uns kurz darauf auf mein Sofa fallen. Ich werfe dem sonst so geliebten Stück einen verachtenden Blick zu. In letzter Zeit habe ich das Gefühl, mein ganzes Leben würde sich nur auf diesem Sofa abspielen. *Von meinem gewaltigen Fehler einmal ganz abgesehen. Der passierte zwischen alten gekachelten Fliesen und tropfenden Wasserhähnen.*

»Wie mir scheint, hat mich mein altes Gehör nicht getäuscht und hier gab es einen Notfall.«

Ich schnaube, bette den Kopf an ihre Schulter und sehe auf ihre kurzen weißen Haare.

Jammernd drücke ich das Gesicht in ihren weichen Pullover. Sie streicht mir über den Kopf und gibt mir ein paar Momente.

Ich liebe sie. Ganz im Ernst. Diese Frau ist ein Engel. In den drei Jahren, seit ich hier wohne, ist sie mehr Familie und Freunde für mich gewesen als irgendwer sonst.

»Ich hatte etwas mit jemandem«, jammere ich schließlich.

Lisa streicht liebevoll über meine Haare. »Wäre ich noch einmal in deinem Alter, dann hätte ich jeden Tag etwas mit jemandem, Süße. Und zwar nicht mit dem gleichen Jemanden.«

Zwischen meinen Tränen rutscht mir ein sprachloses Lachen heraus.

Sie stößt mich mit der Schulter an. »Nicht etwa der charmant aussehende, junge Mann, der dich zuletzt besucht hat?« Ihre Worte lösen einen erneuten Heulkrampf aus. Vielleicht bin ich dramatisch. Aber in ihren Armen kann ich nicht anders, als mich wie ein Kind zu fühlen. Eines, bei dem es völlig in Ordnung ist, sich fallen zu lassen.

»Du meinst den gutaussenden, netten Typen? Mit den wuscheligen Haaren, den Grübchen und dem freundlichen Gesichtsausdruck?«

Lisa gibt ein leises, zustimmendes Brummen von sich. Sie befürchtet bereits, dass das, was ich zu sagen habe, nichts Gutes ist.

»Nein«, stöhne ich unzufrieden. »Ich habe nichts mit dem netten Typen angefangen, der sich um mich gekümmert hat. Stattdessen mit einem völlig fremden, super schrägen Typen mit einer riesigen Narbe im Gesicht, weißen Haaren und Tattoos von Kopf bis Fuß. Und du willst nicht einmal wissen wo.« Der letzte Satz trieft vor Verbitterung.

Lisa stöhnt leise. Trotzdem liegt ein gewisses Lächeln darin. »Oh, Süße, ich weiß nicht, ob ich lachen, weinen oder dir gratulieren soll.« Sie tätschelt meinen Kopf, was sich mit einem Mal merkwürdig anfühlt.

Deshalb lehne ich mich ein Stück zur Seite und starre mit großen Augen zu ihr hoch.

»Ich hätte Wein mitbringen sollen«, sagt Lisa mit einem kurzen Blick zu mir.

»Wein hilft nicht«, maule ich.

»Schnaps?«, fragt sie weiter und entlockt mir damit ein Lachen.

»Verträgt sich nicht mit meinen Tabletten.«

»Tragisch.«

»Da sagst du was«, antworte ich leise.

»Ja …«, gebe ich unzusammenhängend von mir. »Ach, ich weiß auch nicht.«

»Sehr unzufrieden siehst du nicht aus.« Lisa sieht viel zu

begeistert aus. »War es wenigstens gut?« Sie wackelt verschwörerisch mit den Augenbrauen.

»Solltest du dich in deinem Alter nicht ein wenig anders verhalten?«

»Wie denn?« Sie kichert leise. »Stricken und Tee trinken? Mein Leben ist ohnehin langweilig genug. Lass mich wenigstens durch dich meine Jugend nachholen.«

»Wenn in deiner Jugend dumme Entscheidungen eine Rolle spielen sollen, dann bist du herzlich zu der Show eingeladen.«

»Apropos schlechte Entscheidungen. Hast du dich schon darum gekümmert?« Sie deutet mit dem Kopf in Richtung Flur.

»Gleich«, antworte ich leise. Irgendwie habe ich Angst davor, die kleine Pille zu nehmen. In der Zeit meines Studiums habe ich eine Horrorgeschichte nach der anderen gehört.

»Du weißt, dass du es durchziehen musst?«

»Ja«, antworte ich gedehnt. Natürlich weiß ich das.

»Gut, dann kannst du mir jetzt von dem mysteriösen Typen erzählen.«

»Da gibt es nichts zu erzählen. Es war ein Fehler. Ein einmaliger.«

Lisa legt die Hand auf meinen Arm. »Aus Fehlern lernt man. Und bereuen tust du eher die Dinge, die du nicht erlebt hast. Also, da das Kind inzwischen in den Brunnen gefallen ist, kannst du mich genauso gut mit Details versorgen.«

»Was willst du denn wissen?«, frage ich seufzend. »Das ist unangenehm und demütigend. Du könntest meine Mum sein, der ich nun von meiner verpatzten Nacht erzähle.«

»Es gibt Leute, die erzählen ihren Eltern so etwas«, erwidert sie.

»Schräge Leute.«

»Keine Frage. Aber zum Glück bin ich nicht deine Mutter.« Für einige Momente ist es ruhig, dann wird sie wieder ernst. »Und nun? Wie stehen die Dinge zwischen euch? Ein netter Quickie zwischendurch? Freundschaft Plus? Oder wird etwas Festes daraus?«

Bei der letzten Frage klingt sie ironischerweise abweisend. Nicht erst einmal hat sie mir gesagt: Kind, hab deinen Spaß. Nur heirate sie nicht sofort alle. Genau genommen frage ich mich in der Zwischenzeit, woher sie alle diese Begriffe wie *Quickie* kennt. Ihre Worte bereiten mir mehr Bauchschmerzen, als ich zugeben will. »Ich kenne nicht einmal seinen Namen. Ich weiß nicht, woher er kommt, wie alt er ist oder was er macht.«

Lisa seufzt leise. »Wie romantisch.«

Irritiert sehe ich zu der alten Dame. »Nimm es mir nicht übel, aber ganz normal bist du auch nicht, oder?« Ich lache verlegen.

Sie winkt lediglich ab. »Mit uns allen stimmt etwas nicht. Aber das macht schließlich den Reiz des Lebens aus.«

Ich bin tief in Gedanken versunken, als das schrille Geräusch der Klingel mich aufschrecken lässt. Begeisterung liegt in Lisas Gesicht. »Kein Ton«, weise ich sie an und springe beinah gleichzeitig mit der alten Dame auf die Beine.

Sie grinst lediglich. »Ach, mir fällt ein, ich muss ganz dringend irgendwohin.«

Mit einem »Tz«, laufe ich zügig zur Tür. Lisa ist mir dabei erstaunlich flott dicht auf den Fersen. »Wer klingelt denn schon wieder«, murmle ich leise und mehr zu mir selbst.

»Vielleicht einer deiner Verflossenen?«

Lisa wirkt begeistert.

»Vielleicht auch das Altenheim, dass dich abholen will«, erwidere ich angespannt.

Sie lässt sich von meiner Aussage nicht entmutigen. »Die bekommen mich niemals. Was deine Schnuckelchen angeht, kannst du den ein oder anderen gern immer wieder einladen. In diesem Haus lassen sich viel zu selten ein paar hübsche Augenschmäuse sehen.«

»Du solltest mein Leben führen«, sage ich über die Schulter und öffne dann die Tür. Ein genervter Paketbote reicht mir ein Paket, gemeinsam mit dem Gerät für die Unterschrift. Mit gerunzelter Stirn nehme ich es entgegen und verabschiede mich dann knapp.

Lisa wirkt enttäuscht, als ich mit dem Päckchen unter den Arm geklemmt zurücklaufe. Augenrollend gehe ich zurück zum Sofa und werfe einen knappen Blick darauf. Meine Adresse ist ausgedruckt. Keine Zeile von einem Lieferanten oder Versender.

Ich ziehe den Schlüssel aus der Hosentasche.

Die alte Dame hat sich inzwischen auf den niedrigen Tisch gesetzt. Sie ist zu jung für ihr Alter, so viel steht fest.

Nachdem ich das Paket geöffnet habe, starre ich sprachlos auf den Inhalt. Lisa gibt ein leises »uh« von sich. Mit fragender Miene sehe ich auf die einzelne schwarze Rose, die in einer hübschen Verpackung liegt. Darauf befindet sich ein schwarzer Umschlag.

»Mach ihn auf«, ruft Lisa begeistert. Schön, dass sie den Spaß ihres Lebens hat.

»Und wenn nicht?«, frage ich schmunzelnd. Natürlich werde ich ihn öffnen. Ich bin selbst absolut nervös und will wissen, was in dem Brief steht.

»Dann reiß ich ihn dir aus den Händen und öffne ihn selbst«, sagt Lisa achselzuckend. Gespielt ergeben nehme ich ihn heraus und fahre über die spitzen Kanten.

»Stella, ich bin 63 Jahre alt. Ich werde nicht jünger.« Lisa sieht mich über den Rand ihrer modernen Brille an.

Grinsend öffne ich den Umschlag.

Innerhalb weniger Sekunden überfliege ich die Zeilen. Auf ein Räuspern von Lisa hin, beginne ich laut zu lesen. »Damit du mich nicht so schnell vergisst, meine kleine Rose. Bis bald. S.«

»Awh!« Lisa gibt einen begeisterten Ausruf von sich, während ich zunehmend erröte. »Das ist so romantisch.«

Ich deute mit dem Brief auf sie. »Deine Vorstellung von romantisch müssen wir dringend besprechen.«

»Er schickt dir einen Brief und eine Rose. Beides in schwarz. Seine Vorstellung von Romantik klingt verlockend und gleichzeitig finster. Ich bin begeistert.«

Seufzend lasse ich mich auf das Sofa nach hinten fallen.

»Und ich völlig überfordert.«

»Von dem geheimnisvollen S?«

»Und mit seinem grübchenhaften Konkurrenten.«

»Wir bezeichnen ihn also schon als Konkurrent? Sag, wie weit ist es mit ihm gegangen.«

Beschämt halte ich die Hände vors Gesicht. »Mit Aiden?«

»Oh, er hat einen Namen.«

Ich bin versucht etwas Spitzes zu antworten. Da ich aber nicht einmal den Namen des Typen kenne, mit dem ich heute Sex hatte, lasse ich es lieber. »Es ist nichts passiert.«

»Nichts?«, fragt sie beinah enttäuscht.

»Nichts«, bestätige ich. Zumindest mit Aiden. »Wir sind nur ... Freunde.« Irgendwie fühlt es sich falsch an, das zu sagen.

Lisa macht eine wegwerfende Geste. »Worüber machst du dir dann Gedanken?« Sie erhebt sich. »Wir alten

Menschen trauern dem hinterher, was wir in unserer Jugend nicht erlebt haben. Also lass mich dir eines sagen, Süße. Du bist zu klug, um nicht ein wenig zu leben. Und zu hübsch, um dich vor der Welt zu verstecken. Also vernasch ein paar Männer für mich mit. Solang du nicht gleich jeden heiratest und dich schwängern lässt, solltest du die Jahre, in denen deine Brust noch auf der richtigen Höhe hängt und dein Po nicht vor Falten strotzt, nutzen.«

Mit sich selbst zufrieden geht sie nach draußen. Ich sehe ihr nach, bis sie wieder in der Tür auftaucht und mir die Packung mit der Pille danach in die Hand drückt. »Und benutzt Kondome, Kinder.«

Völlig perplex lässt sie mich stehen. Ich starre ihr nach, bis die Wohnungstür zu hören ist. Erst dann rutscht mir ein irres Lachen heraus.

Verrückt.

Das alles hier ist einfach verrückt.

Auch Stunden später ist mein Puls rasend schnell. Mit gesenkten Lidern bewege ich meinen Körper im Rhythmus der Musik. Zumindest versuche ich es. Ich bin nicht die beste Tänzerin. Trotzdem fühle ich mich eigenartig gelöst. Beinah, als hätte ich an der Garderobe nicht nur meine Jacke, sondern auch meine Probleme abgegeben. Mit jedem Lied, das vergeht, fühle ich mich freier. Die Spannung fällt langsam von mir ab und die Gedanken, die mich beinah unentwegt beschäftigt haben, verblassen. Ich stehe auf der Tanzfläche, wiege von einer Seite zur anderen und lasse sogar hin und wieder meine Hüfte kreisen.

Entgegen meiner Erwartung entspannen mich die vielen Menschen. Vielleicht, weil ich ein Teil der Masse bin. Keiner nimmt mich wahr. Niemand interessiert sich für mich. Okay, vielleicht nicht niemand.

Während ich mich um mich selbst drehe, lasse ich den Blick schweifen. Über die entspannt wirkenden Sitzgruppen und die blau beleuchtete Bar in der Mitte davon. Zuletzt bleibt mein Blick an den Grübchen meines Tanzpartners hängen.

Aiden sieht mich an.

Nicht einmal hat er die Augen von mir gelöst. Es ist beinah ein wenig unangenehm. Erst recht, weil die Schuldgefühle immer wieder in mir hochkommen wollen. Andererseits hat Lisa recht. Was soll´s? Wir sind kein Paar. Noch nicht einmal am Daten. Er ist ein Freund. Ich zucke mit den Schultern. *Genau*, stimme ich mir selbst zu. Ein Freund. Einer, mit dem man Zeit verbringt. Spaß hat. Also normalen, freundschaftlichen Spaß. Keinen Sex-Spaß.

Mein Herz beginnt bei diesem Gedanken schneller zu schlagen. Und wie, als würde er meine Überlegungen spüren, kommt Aiden ein Stück näher zu mir. »Ich würde zu gern sagen, einen Penny für deine Gedanken, aber ich befürchte, du würdest sie mir auch nicht für eine Million verraten.« Aiden legt seine Hand bei diesen Worten an meinen unteren Rücken und sieht mir tief in die Augen.

Verlegen kratze ich über meinen Arm und fahre über die Narbe daran. »Dann wirst du dir wohl etwas anderes überlegen müssen.« Nach meiner Antwort halte ich die Luft an. *Verdammt*. Ich habe mit ihm geflirtet. Mit voller Absicht. *Hat das jemand gemerkt?*

»Was muss ich mir denn dafür überlegen, meine Schöne?« Ich bin nicht sicher, ob Aidens Worte ernst gemeint sind. Vielleicht spielt er nur mit mir. Oder es ist eine freundschaftliche Erwiderung. Ich habe verdammte Angst, mich zu blamieren.

Deshalb fahre ich mir mit der Zunge abwartend über die Lippen. Schließlich strecke ich mich auf die Zehnspitzen, damit er mich besser versteht. »Das wirst du wohl selbst entscheiden müssen. Schließlich wäre das sonst etwas zu leicht, findest du nicht?«

Es dauert ein paar Sekunden, bis er nachdenklich nickt. Gerade als ich mich wieder zurücklehnen und Abstand zwischen uns bringen will, packt er mich bestimmt am Rücken, wirbelt mich herum und drängt sein Bein dann zwischen meine. »Wie immer eine Herausforderung, Stella.« Ich erschaudere, als er meinen Namen nennt. Eigentlich hasse ich es. Noch nie konnte ich diesen besonders leiden. Aber von seinen Lippen klingt er wie ein Gebet. So etwas habe ich noch nie erlebt.

Das flaue Gefühl in meinem Magen straft mich Lügen. *Bis vor wenigen Tagen habe ich so etwas nicht erlebt gehabt.* Aber es gibt noch einen anderen Mann, bei dessen Worten ich schwach werde.

Um mich selbst aus der Erinnerung zu lösen, beginne ich erneut meine Hüfte zu bewegen. Die Hände lege ich stützend an Aidens Oberkörper. Er ist hier. Nett, für mich da und wirklich heiß. Ich wäre eine Idiotin, einem Fremden hinterher zu trauern, wenn sich jemand wie er für mich interessiert.

Interessieren könnte, korrigiere ich mich selbst.

Immer wieder streifen mich die Berührungen anderer Menschen. Ich blende sie aus und konzentriere mich stattdessen auf Aiden. Auf seinen muskulösen Oberkörper, unter dem dunkelblauen Oberteil und seinen Bart, der immer wieder meine Haare berührt. Auf sein verdammtes

Bein, das mir hart entgegendrängt und ein Feuer in meinem Körper entzündet.

»Wer hätte gedacht, dass du gern tanzt?«, frage ich irgendwann nach oben.

»Danke«, raunt er leise.

»Das war nicht unbedingt ein Kompliment«, weise ich ihn amüsiert darauf hin.

Aiden nutzt die Chance und packt mein Kinn. Er dreht es leicht zur Seite, sodass er die Lippen dicht an mein Ohr heranbringt. »Natürlich war es das. Du wolltest mir schließlich sagen, dass ich gut tanze. Was das gerne angeht, dass kommt auf meine Tanzpartnerin an.«

Ich verdrehe die Augen, während ein beflügelndes Gefühl mich befällt. Mit geöffneten Lippen suche ich nach der passenden Antwort.

Bis ich mit einem Mal erstarre.

Mein Blick fällt auf einen Mann. Stechend blaue Augen. Grau-weißliche Haare und ein schwarzer Anzug. Beinah wäre ich über meine eigenen Füße gestolpert. Lediglich Aidens starker Griff hält mich aufrecht.

Er wirkt so unfassbar fehl am Platz und scheint gleichzeitig überall hinzugehören.

Sprachlos räuspere ich mich. Aiden bewegt sich weiter und schiebt sich somit für einen kurzen Moment in mein Blickfeld. Er schenkt mir einen fragenden Blick, den ich mit einem kurzen Seufzen abtue. »Wollen wir etwas trinken?«

»Zu viel Nähe? Oder noch nicht genug?« Seine spielerischen Worte bringen mich dazu, die Luft anzuhalten.

Für wenige Stunden konnte ich mir einreden, dass alles gut wäre. Wir gehen nur feiern. Das mit dem komischen Typen war eine einmalige Sache. Die Rose und den Umstand, dass er meine Adresse hatte, ignoriere ich.

Für eine kurze Zeit habe ich mir ein wunderschönes Glashaus gebaut. Eines, in dem die Sonne auf mich scheint und ich gleichzeitig geschützt vor dem Regen bin.

Und jetzt ist der merkwürdige Typ wie ein Steinschlag durch die Scheiben gekracht.

Ich werfe einen schnellen Blick über Aidens Schulter. Zu meiner Überraschung sehe ich ihn nirgends.

Mit gepresster Atmung drehe ich mich um.

»Suchst du nach einer ruhigen Ecke für uns oder ist jemand hinter dir her?« Verschwörerisch neigt sich Aiden herab. »Soll ich dir bei der Flucht helfen?«

»Träum weiter«, murmle ich halbstark. »Trinken«, erwidere ich zusammenhangslos und löse mich dann endgültig aus seinem Griff.

Auf dem Weg zur Bar blicke ich mich immer wieder um. Die wummernde Musik verblasst im Hintergrund. Die lila und pinken Lichter versuche ich auszublenden. Mein Blick führt suchend über die feiernden Menschen. Nirgends erkenne ich den auffallend großen Mann mit den eigenartig weiß-grauen Haaren und dieser Narbe im Gesicht.

»Was darf es sein?«, fragt Aiden, während er sich neben mich an den Tresen stellt. Irritiert sehe ich ihn an. Ich habe die Frage zwar gehört, brauche aber ein Stück, um mich darauf zu konzentrieren. Dabei fühle ich mich wie das Allerletzte. Falsch und verlogen. Er schenkt mir Aufmerksamkeit, seine Zeit und Zuneigung und ich?

Aiden deutet mit der Hand in Richtung der Bar und dann eine Trink-Geste an. »Ein Wasser«, antworte ich viel zu leise.

In dem Moment fällt mir etwas ein. Meine Wangen werden heiß. »Mist«, fluche ich leise. Ich drücke mich auf die Zehenspitzen und ziehe Aiden zu mir heran. »Es tut mir so leid!«

Irritiert sieht er mich an. Ausladend hebe ich die Hände. »In der Bar, bei dir, ich habe völlig vergessen zu zahlen.« Durch diese Einsicht fühle ich mich doppelt beschissen. Wieso gibt er sich überhaupt noch mit mir ab? Ich lasse ihn stehen, bezahle nicht, ignoriere ihn und sehe mich, während wir gemeinsam feiern sind, nach einem anderen um.

Aiden scheint sich sichtlich zu entspannen. Er macht eine wegwerfende Handbewegung, die ich mit einem Kopfschütteln kommentiere. »Dann lass mich dir wenigstens etwas ausgeben.« Mit diesen Worten ziehe ich bereits meine kleine Handtasche in die Höhe.

Aiden wirkt wenig begeistert. Er winkt den Barkeeper mit einer Handbewegung zu uns und brüllt ihm etwas entgegen. Aufgrund der Lautstärke verstehe ich kein Wort. Sofort dränge ich mich nach vorn und lege mein Portemonnaie auf den Tresen.

»Mit Sicherheit werde ich dich nicht bezahlen lassen«, raunt mir Aiden entgegen.

»Sieh zu, wie es passiert«, schreie ich über die Schulter. Dann drücke ich dem wartenden Barkeeper einen Schein in die Hand. Er schenkt mir und dem alles andere als zufrieden wirkenden Aiden einen kurzen Blick und kümmert sich dann um unsere Getränke. Währenddessen drehe ich mich zufrieden zu Aiden um. Kaum, dass ich ihn ansehe, packt er mein Gesicht und beugt sich zu mir herunter. »Mir gefällt es, wie selbstständig zu bist. Aber wer die Hosen anhat, werden wir wohl noch klären müssen.«

Seine Worte sorgen für ein beflügeltes Gefühl in meinem Magen. Und für einen winzig kleinen Moment vergesse ich den silberhaarigen Mann. »Brauchen wir nicht. Du hast die Hosen an.« Ich deute grinsend auf ihn. »Aber ich habe das Sagen.« Bei diesen Worten wird mir schlecht.

Noch dazu fühle ich mich falsch und einfach niederträchtig.

»Du hast Recht«, erwidert er. Ich versuche währenddessen mein Grinsen aufrecht zu halten, so mies es sich auch anfühlt. »Das werden wir noch klären müssen«, fügt er hinzu.

Nickend senke ich den Blick. Dann erinnere ich mich wieder an die Bestellung und drehe mich innerlich fluchend um.

Scheiße. Ich habe diesen Typen nicht verdient.

Und da rede ich nicht einmal davon, eine Beziehung zu führen, sondern davon, dass er sich überhaupt mit mir befasst.

»Ein Bier, ein Wasser und einen black Rosé.«

Verlegen sehe ich auf die Bestellung. Dann nehme ich das Bier und den Cocktail und reiche beides in Richtung Aiden. Dieser nimmt lediglich das Bier und sieht mich auffordernd an. »Brauchst du einen Vorkoster oder hast du dich mit deiner Bestellung verkalkuliert?« Bei diesen Worten stutzt er. »Wann hast du den überhaupt bestellt?«

»Habe ich nicht«, antworte ich irritiert. Bei jedem Wort wird mir heißer. Nachdenklich beiße ich mir auf die Lippe und drehe mich zu der Bar um. Es dauert ein paar Momente, bis ich den Barkeeper erwische. Gehetzt sieht er mich an. »Sorry, den haben wir nicht bestellt«, sage ich entschuldigend.

Er zuckt lediglich mit den Schultern und mischt dabei einen weiteren Cocktail. »Irgendwer scheint ihn bestellt zu haben.«

Suchend geht mein Blick durch den Club. Über die tanzenden Köpfe hinweg und zu den Sitzecken. Ich fühle mich beinah fiebrig. Immer wieder höre ich die Worte des Barkeepers. *Black Rosé. Black Rosé ...*

Das kann kein Zufall sein.

»Was ist los?« Aiden legt die Hand erneut an meine Hüfte. Die Berührung wird mir mit einem Mal zu viel. Zischend atme ich ein, stelle den Cocktail zur Seite und stürze stattdessen mein Wasser in wenigen Schlucken herunter.

»War falsch bestellt«, erwidere ich schließlich an Aiden gewandt hinzu. Er betrachtet mich mit skeptischer Miene. Im Augenwinkel habe ich das Gefühl, stechend blaue Augen zu sehen. Mein Atem geht rasselnd. Hektisch drehe ich den Kopf zur Seite.

»Alles in Ordnung?«

Mein Herzschlag wird schneller. Ich drehe mich fiebrig zur anderen Seite. Sehe eine Rothaarige zwischen zwei Blondinen. Eine Männergruppe in meinem Alter. Zwei ältere Männer. Keinen von ihnen umgibt diese düstere Aura. Nicht diese brennenden Augen und dieser Geruch ...

Es ist, als würde ein Schalter in meinem Kopf umgelegt werden. Ich drücke Aiden mein leeres Glas in die Hand und schiebe ihn zur Seite. Alles ist zu viel. Zu viele Menschen. Zu viel Druck. Zu laut. Die Musik. Der Rauch. Die Gerüche. Es ist zu viel.

Tränen treten mir in die Augen. Ich werde am Arm zurückgerissen. Aiden packt mein Gesicht. Er sagt etwas. Seine Lippen bewegen sich. Er schüttelt mich.

Ich starre ihn nur an. Mit offenem Mund und geweiteten Augen. Der Puls klopft in meinem Hals. Dröhnende Kopfschmerzen setzen begleitet von einem dumpfen Nebel in meinem Schädel ein.

Ein paar Mal muss ich schlucken. Bittere Galle steigt in meiner Kehle auf. Lisas Worte tauchen immer wieder in meinem Kopf auf. *Hab Spaß.*

Dumpf versuche ich mich von Aiden loszumachen.

Genieß dein Leben.

Wild schlage ich seinen Arm von mir. Unbeholfen stolpere ich nach vorn und werde wieder aufgefangen.

Vernasche ein paar Männer für mich mit.

Mir wird schwarz vor Augen.

Das alles hier war eine blanke Illusion. Ich dachte, dass ein paar Wochen Therapie aus mir einen gesunden Menschen machen. Ich dachte, dass ich es geschafft habe. Dass ich alles hinter mir gelassen habe.

Die Wahrheit ist, dass ich nicht so weit bin.

Ein kleines Ereignis reicht aus, um mich völlig aus der Bahn zu werfen.

Panik befällt mich. Die alten Erinnerungen tauchen erneut vor meinen Augen auf. Die Narbe an meinem Hals beginnt zu jucken. »Nein«, wimmere ich leise. Es ist an niemand bestimmten gerichtet. Ich zapple in einem Griff. Jemand reißt mich los und geht zwischen uns. Stimmen werden immer lauter. Es gelingt mir freizukommen, ohne zu wissen wie. Unbeholfen setze ich einen Schritt vor den anderen.

»Stella.« Die aufgebrachte Stimme lässt mich kurz innehalten. Wie in Zeitlupe sehe ich mich um. Aiden starrt mich über die Menschen hinweg an. Er wird von zwei Männern festgehalten und steht wie erstarrt da.

Es tut mir leid. Die Worte liegen auf meinen Lippen. Vielleicht verlassen sie diese sogar. Wut flackert in Aidens Augen. Dann drehe ich mich um und schwanke davon. Brüllende Stimmen begleiten mich. Ich habe das Gefühl, als würde mich jemand anschreien. Die Erinnerungen und dunklen Gedanken vereinnahmen mich. Sie scheinen mich zu erdrücken, bis ich keine Luft mehr bekomme.

Benommen stolpere ich vorwärts.

Ich gelange in einen dunklen Gang. Stoße eine Tür auf

und stolpere ins Innere der Toiletten. Für einige Sekunden atme ich rasselnd ein. Ich keuche, schluchze und schlinge die Arme um meinen Körper.

»Interessante Reaktion.«

Panisch schrecke ich zurück und sehe mich suchend um. Ein Schatten tritt aus einer der Kabinen. »Und so wird aus meiner schönen Rose wieder ein kleines Reh. Ganz aufgeschreckt und mit rasend schnell schlagendem Herzen.« Der Fremde kommt näher und schnalzt leise mit der Zunge. Er hat Unrecht. Mein Herz schlägt nicht wie verrückt. Es hat aufgehört zu arbeiten.

Ich will wegrennen, als er in den beleuchteten Vorraum tritt. Seine starren Augen verziehen sich zu schmalen Schlitzen. Er lächelt, als er näherkommt.

»So berechenbar.« Unfähig mich zu bewegen, stehe ich da. Ihn zu sehen, hat alle Vernunft in meinem Gehirn gelöscht. Eine einzelne matte Stimme in meinem Hirn brüllt mich an, zu verschwinden.

Sie wird mit jedem Schritt, den er auf mich zugeht, immer leiser.

»Und so verletzlich«, schnurrt er leise. Inzwischen steht er dicht vor mir. Ich lege den Kopf in den Nacken und sehe mit panisch geweiteten Augen nach oben. Die Kopfschmerzen werden zu einem Dröhnen und mein Magen überschlägt sich mehrmals.

»Sag, hast du mich vermisst?«

Alles in mir brüllt danach, endlich zu gehen. Raus. Weg. Frische Luft. Klarkommen. Mein Leben in den Griff bekommen. Meine Panikanfälle besiegen. Ich muss ... »Ja«, stammle ich leise.

Sein heißer Atem streift meinen Nacken, als er um mich herumgeht.

Wie ein Jäger.

Es ist dumm. Schwachsinnig und vor allem übertrieben. Er ist ein normaler Mann. Ein Mensch. Nichts Besonderes.

Scheiße. Jeder Teil meines Körpers weiß, dass ich lüge.

Er ist etwas Besonderes.

Der Fremde wirkt zufrieden. »Ich habe dich auch vermisst, mein kleines Reh.« Sprachlos sehe ich auf und treffe den Blick seiner himmelblauen Augen. Mit einem Mal habe ich das Gefühl darin zu ertrinken. Als könnte ich ihn stundenlang nur anstarren.

»Ich habe gehofft, dass meine Anwesenheit dir den Abend versüßen würde.«

»Ja«, stammle ich beinah sofort.

Ein verheißungsvolles Lächeln erscheint auf seinen Lippen. »Gutes Mädchen.«

»Fuck«, murmle ich leise. Meine Mitte zieht sich bei diesen Worten begierig zusammen. Ein eigenartiges Kribbeln setzt in meinem ganzen Körper ein. Ich atme tief ein.

Das wäre der Moment, in dem ich gehen sollte. Oder ihn anschreien. Beleidigen, verfluchen und beschimpfen. Dafür, dass er mich überrumpelt hat. Dass er mich einfach in dieser Toilette genommen hat. *Und dafür, dass er mich verlassen hat.*

Der letzte Gedanke schmerzt am meisten.

»Sag mir, was geht in deinem hübschen Kopf vor sich?«, fragt er leise. Dabei legt er die Hand an meine Wange. Mit dem Daumen streicht er über meine Schläfe.

Ich lecke mir über die Lippen und atme ein paar Mal tief ein und aus. Dann sehe ich mit klopfendem Herzen zu ihm auf. »Was wird das?«

»Was wird was?«, gibt er fragend zurück.

»Das hier«, stottere ich. »Du überfällst mich einfach?«

»Wir unterhalten uns nur, kleines Reh. Ein Überfall sieht ganz anders aus.« Wie aus dem Nichts packt er meinen Oberarm. Ich gebe einen spitzen Schrei von mir, als er mich zurück gegen die Tür drängt. Hart schlage ich mit dem Kopf dagegen und stöhne schmerzhaft.

Der Schlag scheint meine Gedanken endlich wieder in die richtige Bahn zu lenken. »Spinnst du?«

Seine Augen verengen sich. Das Grinsen weicht aus seinem Gesicht. Sein Griff verstärkt sich schmerzhaft um meinen Arm. Fluchend schlage ich nach ihm. Der Fremde beachtet mich kaum. Er öffnet die Tür und schleift mich in den dunklen Gang. Mehrere Frauen begegnen uns. Sie sehen uns an, tuscheln und springen zur Seite.

Keiner von ihnen nähert sich uns. Er zerrt mich weiter in Richtung einer schwarzen Tür mit einem leuchtenden Notausgangsschild.

»Was …« stottere ich. Im Gehen drehe ich mich hilfesuchend um. Mit einem Mal packt mich der Fremde und presst mich gegen die Wand.

»Ich habe dir gleich gesagt, dass du ein weiteres Mal nicht überleben wirst. Und trotzdem konntest du dich mir nicht entziehen.« Er presst seinen Mund auf meinen. Meine Lippen beginnen zu prickeln. Ich schnappe nach Luft. Den Moment nutzt er, um mir seine Zunge zwischen die Lippen zu schieben. Neckend fährt er damit durch meinen Mund. Sein Griff verstärkt sich. Die Finger schiebt er unter mein Kleid.

Keuchend lehne ich den Kopf an die Wand.

Er raubt mir den Atem. Und den Verstand.

Mir ist schwindlig.

Als mich sein Mund freigibt, bringt er seine Lippen sofort an meine Kehle. Er leckt über die Narbe daran. »Wunderschön«, schnurrt er leise. Fiebrig werfe ich einen Blick zur Seite. Mein Herz bleibt beinah stehen, als ich Aidens Blick treffe.

Er steht wie erstarrt da. Nur wenige Meter entfernt. Sein Blick liegt auf uns. Blanke Enttäuschung liegt darin. Den Kiefer hat er fest aufeinandergepresst.

Ein heftiger Ruck geht durch mich.

Ich werde zur Seite gezerrt.

Ich will mich wehren, aber mein Körper folgt meinen Befehlen nicht.

Wie eine willenlose Puppe folge ich der Bewegung.

Frische, kühle Luft füllt meine Lungen.

Im nächsten Moment wird etwas auf mein Gesicht gepresst.

Ich schaffe es kaum, panisch zu werden. Dann erlahmen meine Bewegungen bereits.

Mir wird schwarz vor Augen und die Realität kippt.

Das Letzte, was ich sehe, ist der Blick stechender Augen und ein grübchenreiches Lächeln.

Sag, wie gut spielst du Schach, kleines Reh?
Wirst du deine Züge weise wählen?
Oder dich nur hinter einem Baum verbergen und darauf
hoffen, dass der Jäger dich nicht erwischt?

KAPITEL 10

Silver

Routiniert hole ich die Toastscheiben aus dem Sandwichmaker. Mit einem zufriedenen Lächeln betrachte ich die goldbraune Kruste und den Käse, der an der Seite herausquillt. Ohne auf die Temperatur zu achten, lege ich sie auf einen Teller und schneide beide in der Mitte durch.

Dann gehe ich zurück zu meinem Schlafzimmer. Meine Schritte sind das einzige Geräusch im ganzen Haus. *Noch,* füge ich in Gedanken hinzu. Bedauerlicherweise hatte ich dabei wenig Mitspracherecht.

Ich öffne die Tür und werfe einen knappen Blick auf die dunkelhaarige Frau in meinem Bett. Sie liegt so ruhig da, schläft brav ihren Rausch aus. Unbewusst hat sie sich zu einer kleinen Kugel zusammengerollt und inzwischen aus der Decke herausgestrampelt. Ihr kurzes Kleid ist nach oben gerutscht, was in mir ein gewisses Missfallen auslöst. Natürlich mag ich nackte Frauen. Aber wenn sie denn bekleidet sind, dann bitte richtig.

Ich verdränge den Gedanken.

Sie wird nicht lange mein Gast sein und in der Zeit

werden wir sehen, was aus uns wird. Es wird sich noch zeigen, wie ich mit ihr umgehen muss, damit sie mir ihre süßen Geheimnisse offenbart.

Entgegen den meisten Therapieansätzen bin ich der Meinung, dass sie sich durchaus erinnern kann. Wenn sie denn will.

Die Kleine regt sich. Ihr Bein zuckt und sie krallt sich in die Decke. Trotzdem bleibt sie mit geschlossenen Augen und einem gequälten Gesichtsausdruck liegen.

Snake ist der Meinung, dass wir erfahren müssen, was in ihrem hübschen Köpfchen vor sich geht. Meine Wahl wäre es gewesen, dieses hübsche Köpfchen vom Rest des Körpers zu trennen.

Aber ausnahmsweise geht es nicht nach mir. Snake soll ein gutes Gefühl haben und wissen, dass er sich auf mich verlassen kann. Er soll sich mir verpflichtet fühlen, weil er weiß, dass ich seine Interessen vertrete.

Im Augenwinkel nehme ich eine Bewegung wahr. Binnen weniger Sekunden ist mein kleines Reh auf die Füße gesprungen und versucht an mir vorbeizustürzen. Mit einem Schmunzeln drehe ich mich herum, packe sie am Arm und presse ihr meine Hand auf die Lippen. Sie gibt ein Röcheln von sich und funkelt mich wütend an. »Da ist sie, meine dunkle Rose. Hast du deine Blütenblätter entfaltet und bist bereit deine Stacheln zu zeigen?« Ich schnurre ihr die Worte leise entgegen. Natürlich versucht sie sich zu wehren. Aber genauso selbstverständlich hat sie keine Chance gegen mich.

»Hättest du das ängstliche Reh schon zuvor hinter dir gelassen, wärst du nun vermutlich nicht in dieser Situation.« Die Worte hätte ich mir durchaus verkneifen können. Wollte ich allerdings nicht. Sie soll sich dessen bewusst sein, dass nur ihre Naivität sie in diese Lage gebracht hat.

Als sie mir in die Hand beißt, seufze ich leise. »Nicht doch, meine Liebe. Wir hatten so eine schöne Zeit miteinander.«

Stella dreht ihren Kopf ruckartig zur Seite. Ich gebe ihr ein Stück Raum, den sie bedauerlicherweise direkt nutzt, um zu zetern. »Schöne Zeit?« Ihre Stimme klingt spitz. »Du!« Sie sieht sich um. Vermutlich um ihre Gedanken zu sortieren. Ihr Atem geht schnell. Die Pupillen sind geweitet. Vermutlich eine leichte Verwirrtheit aufgrund der Dosis an Schlafmitteln, die ihr Körper noch nicht vollständig abgebaut hat.

Wie bedauerlich und gleichermaßen interessant, zu welch Leistung unser Körper in der Lage ist.

»Ich habe dir Frühstück mitgebracht. Kohlenhydrate und Fett sind wichtig, damit du die k.o.-Tropfen gut verträgst.«

»Du willst mir K.O.-Tropfen geben?«, fragt sie fassungslos. Ihre Fragen nerven mich.

Damit habe ich gerechnet. Nur hatte ich gehofft, dass dieser Umstand erst nach einer Weile eintritt. Nicht bereits nach wenigen Minuten.

»Ich habe dir welche verabreicht. Vergangenheitsform. Deshalb das Essen.« Wobei zuvor zu essen ebenfalls dienlich gewesen wäre. Allerdings kann ich mich nicht um alles kümmern, weshalb sie mit den Kopfschmerzen und der Übelkeit selbst zurechtkommen muss.

Stella sieht mich mit zusammengepressten Lippen an. Sie verschränkt die Arme vor der Brust und bringt mich mit dieser trotzigen Haltung beinah zum Lachen. Ihr Körper bebt. Vermutlich denkt sie, dass das alles hier nur ein Scherz ist und ich sie gehen lasse.

Früher oder später. Oder sie befindet sich in einer völlig

anderen Welt. Möglich wär´s. Immerhin habe ich sie in einer Psychiatrie kennengelernt.

Vielleicht hat sie auch noch nicht verstanden, was passiert ist.

Wie auch immer.

Für gewöhnlich bevorzuge ich klare Menschen, keine Verwirrten. Bei ihr ist es in Ordnung. Ihre geistige Gesundheit würde mir lediglich im Weg stehen.

Stella kommt einen Schritt auf mich zu. Sie ballt die Hände zur Faust. Scheinbar muss sie sich beherrschen, nicht auf mich loszugehen. Ich schreibe es ihr positiv zu, dass sie es nicht versucht. Es würde mich lediglich verärgern und keinesfalls ihre Situation verbessern.

»Du wirst mir jetzt sagen, was um Gottes Willen ich hier mache.«

Ich verkneife mir einen Kommentar dazu. Was würde es mir nützen? Oder ihr? Sie kann nicht ernsthaft glauben, dass ich sie allein dieser Aussage wegen, über meine Motive aufklären würde.

Stella sieht mich derweilen weiterhin starr an. Dafür muss sie den Kopf in den Nacken legen. Sie ist ein Zwerg. 1,65m, wenn man ihrem Ausweis glauben darf.

Mir gefällt die Symbolik dahinter, dass sie zu mir aufsieht.

»Ich warte auf eine Antwort. Was soll das hier?«, verlangt sie stur.

Ein wenig amüsiert mich ihr Verhalten. »Du meckerst. Warum, kann ich dir auch nicht sagen.« Sie atmet tief ein. Innerlich bereite ich mich auf einen wütenden Schimpfanfall vor. Zu meiner Überraschung kommt er nicht. Stattdessen setzt sie sich auf das Bett, verschränkt die Beine und sieht mich erneut an.

»Gut. Erklär mir gern, wie das hier laufen wird.«

Interessiert lege ich den Kopf schief. Endlich eine Aussage, mit der ich etwas anfangen kann. »Du und ich, wir werden ein Stück unserer Zeit gemeinsam verbringen. Bisher waren unsere Treffen recht kurzlebig. Wenn du brav bist und dich gut benimmst, wirst du belohnt.«

Sie gibt ein Schnauben von sich. »Läuft das so üblicherweise ab? Du gibst einer Frau einen Cocktail aus, verabreichst ihr k.o.-Tropfen, entführst sie und erwartest dann, dass sie brav gehorcht?«

Abwägend sehe ich sie an. »Nein«, sage ich schließlich. »Entweder kommen sie freiwillig zu mir oder sie überleben die Anreise nicht.« Ich gehe einen Schritt auf sie zu und beuge mich zu ihr herunter. »Du bist also auf allen Ebenen eine Premiere.«

Sie lacht spöttisch. »Du bist krank.«

»Dann passen wir ganz wunderbar zusammen«, erinnere ich sie daran, wo wir uns das erste Mal gesehen haben.

»Mit Sicherheit nicht.« Stella verschränkt erneut die Arme vor der Brust. Was sie damit erreichen will, ist mir immer noch ein Rätsel. Es zeugt von schlechten Manieren, einer unzureichenden Impulskontrolle und noch dazu lässt es sie schwach und angreifbar wirken.

Freundlicherweise übergehe ich ihren Einwurf. Im Moment gibt sie sich noch kratzbürstig, aber ich weiß, dass sie nicht abgeneigt ist, mit mir Zeit zu verbringen. Und ich habe das Gefühl, dass selbst die aktuellen Umstände sie nicht sonderlich abschrecken. Sie will sich geliebt und geschätzt fühlen. Scheinbar braucht sie die Aufmerksamkeit so sehr, dass sie diese selbst von mir annimmt.

Natürlich gesteht sie sich das noch nicht ein. Aber das ist okay.

Das wird sie noch. »Wieso frühstücken wir nicht gemeinsam? Jetzt, nachdem du deinen kläglichen Versuch zu fliehen überwunden hast?« Ein Zucken geht durch ihren Körper. Zufrieden senke ich den Blick. »Ist dir bewusst geworden, dass du völlig vergessen hast, dich zu wehren?«

»Ich bin einfach schlau genug auf den richtigen Moment zu warten«, schießt sie zurück.

»Das bezweifle ich stark.« Meine Antwort sorgt dafür, dass sie nach Luft schnappt. Interessiert beobachte ich, wie ihr Gesichtsausdruck wütend wird. Sobald ich ihr ein wenig Zuwendung schenke, scheint sie mir aus der Hand zu fressen. Sie wehrt sich nicht. Hinterfragt nicht einmal, wo wir sind, wer ich bin oder was ich mit ihr vorhabe. Sie ist absolut hörig, auch wenn sie es hinter einer ironischen und sturen Fassade zu verbergen versucht.

Scheinbar erreiche ich bei dir mehr, wenn ich nett zu dir bin. Deshalb werde ich dir, den goldenen Arsch pudern, Prinzessin. Darin bin ich verdammt gut. Und wenn ich habe, was ich brauche, wirst du in keinem Verlies und keinem Keller landen. Wenn ich mit dir fertig bin, werden keine Fesseln mehr nötig sein. Du wirst mich auf Knien anflehen, bleiben zu dürfen. Wenn es so weit ist, dann wird dir nichts und niemand mehr helfen können.

Mit dem Teller in der Hand setze ich mich neben sie auf das Bett. Dann reiche ich ihr den ersten Toast. »Du bist mir aufgefallen, weißt du?« Ich lege eine gewisse Unsicherheit in meine Stimme.

»Bevor oder nachdem du mich unter Drogen gesetzt hast?«

»Davor«, antworte ich schlicht. Ihr ironischer Unterton entgeht mir nicht. *Es ist deine Art, mit Problemen umzugehen, oder nicht? Was würde passieren, wenn du es nicht machst? Würdest du den Verstand verlieren? Dieses Mal endgültig? Das, meine Liebe, würde ich zu gern sehen,* »Du hattest etwas Besonderes an dir, das dafür gesorgt hat, dass ich dich kennenlernen wollte.«

Sie wirkt amüsiert, nimmt den Toast und beißt hinein. Ich schließe die Augen, als mehrere Krümel auf meinem Bett landen. Schließlich atme ich tief ein und öffne sie wieder.

»Und da ist dir nichts anderes eingefallen? Ein Date vielleicht? Oh«, fügt sie mit vollem Mund hinzu. »Ein freiwilliges Date. Eins, um das man bittet. Dann bekommt man üblicherweise eine Antwort und wenn man Glück hat, sogar ein ja.« Mit jeder Sekunde scheint sie sich mehr in Sicherheit zu fühlen. Genug, um mich zu verspotten. So naiv.

Ich lasse es ihr durchgehen. »Hm und was würde in diesem Szenario anschließend passieren?«

Sie wirft mir einen knappen Seitenblick zu. »Man geht auf ein Date. Essen, vielleicht ins Kino ...«

»Ins Kino? Ist das nicht etwas klischeehaft?«

»Vielleicht ein wenig. Und man kann sich nicht unterhalten, also streich das lieber von der Liste.«

Ich nicke gnädig. »Siehst du, niemand ist perfekt. Jeder kann einmal den falschen Ansatz haben.« Mit diesen Worten spiele ich die Umstände, in denen sie sich befindet, bewusst herunter. Sie verdrängt, in welcher Lage sie sich aktuell befindet. Vermutlich ist es eine Schutzreaktion ihres Körpers, damit sie nicht durchdreht.

Interessant, worauf wir uns alles konzentrieren können.

»Jemanden unter Drogen zu setzen, ist etwas mehr als ein falscher Ansatz.« Stella klingt ein wenig atemlos. Trotzdem nicht ansatzweise panisch. Gut, das ist gut.

»Okay, dann hast du wohl etwas gut bei mir. Wo fange ich nur an, meine Schuld zu begleichen?«, frage ich geradeheraus. Dabei lege ich die Hand an ihr Kinn und streiche ein paar Krümel weg.

Sie zögert.

Aufmerksam betrachte ich sie. Schließlich schluckt sie herunter und sieht zu mir. »Das Frühstück ist ein guter Anfang«, antwortet sie schließlich. *Ein Frühstück. So leicht bist du zu überzeugen, Stella?*

Damit zaubert sie mir automatisch ein zufriedenes Lächeln auf die Lippen. »Ich bin froh, dass du nicht sofort vor mir davonläufst«, raune ich ihr leise entgegen. Eine leichte Gänsehaut entsteht auf ihren Armen.

»Das muss ich erst noch entscheiden«, antwortet sie schließlich.

Genau an diesen Moment wird sie sich noch lange erinnern können. Es war der Moment, in dem sie hätte gehen können, aber geblieben ist. Freiwillig. Weil sie es will.

Und genau diese Entscheidung wird sie in nicht allzu ferner Zukunft bitterlich bereuen. Denn auch wenn sie es später abstreiten wird, war es jetzt und genau hier ihre freie Entscheidung.

»Was?«, fragt sie schließlich in meine Gedanken hinein. »Habe ich dich sprachlos gemacht?«

Wenn ihr bewusst wird, was ich aus ihr gemacht habe, wird sie mir die Schuld geben wollen. Aber tief in ihrem Inneren wird sie wissen, dass es nicht stimmt.

»Ein wenig schon«, gebe ich ihr Recht.

»Gut so. Denk inzwischen gern über deine Fehler nach«, weist sie frei heraus an. Dabei wirkt sie äußerst zufrieden.

Ihr ist nicht einmal bewusst, dass wir uns duzende Kilometer von ihrer Heimat entfernt befinden. Sie weiß nicht, wer ich bin und was ich mache. Und trotzdem denkt sie, die Sache im Griff zu haben. Ich lasse sie in dem Glauben.

»Vielleicht denke ich lieber über dich nach«, verkünde ich.

»Über mich? Worüber genau denkst du denn nach?«

Sie kann nicht wirklich so naiv sein.

Das sage ich mir immer wieder. Schließlich hat sie einen akademischen Abschluss. Irgendwie muss sie diesen geschafft haben. Trotzdem zeigt mir jede einzelne Sekunde mit ihr, dass sie es doch ist.

»Über dein hübsches Lächeln?«, frage ich zurückhaltend, um keinen bedrohlichen Eindruck zu vermitteln. »Deinen Körper? Deine Worte?« Völlig von mir eingenommen scheint sie dahin zu schmelzen. Sie macht sich nicht einmal darüber Gedanken, dass ich nur mit ihr spielen könnte. Was denkt sie? Dass ich so besessen von ihr bin, dass ich nicht ohne sie sein wollte? Und dann? Wie sieht sie sich selbst in diesem Szenario? Und ihre Zukunft?

»Du übertreibst.« Sie errötet und wendet den Kopf von mir weg. Mit der Hand fährt sie sich in Gedanken am Hals entlang. Über ihre zarte Kehle und die Narbe, die daran so verlockend auf mich wartet.

Kontrolliert stelle ich den Teller zur Seite, steige wie selbstverständlich über sie und drücke ihren Rücken auf das Bett. »Stört sie dich?«, frage ich. Meine Hand lege ich auf ihre.

Überrascht sieht sie auf. Ein paar Mal öffnet sie die Lippen. Schließlich befeuchtet sie diese mit der Zunge und verzieht das Gesicht zu einer Grimasse. »Das ist deine erste Frage? Nicht, woher ich sie habe?«

»Möchtest du mir denn erzählen, wem du sie verdankst?«

Stella scheint einige Sekunden mit sich zu ringen. Ich gebe ihr die Zeit. Das scheint ein bedeutender Moment für sie zu sein. »Mir, wenn man den Ärzten glauben darf.«

Diese Narbe ist nicht von dir, Stella. Das wissen wir beide. Für so einen Schnitt am eigenen Körper braucht es mehr Mut als du aufzubringen vermagst. Abwartend hebe ich den Blick und sehe ihr tief in die Augen. Schließlich lehne ich mich leicht zur Seite und nehme ein schwarzes Messer von meinem Nachttisch. Stella versteift sich beinah sofort unter mir.

Mit dem Daumen streiche ich knapp über die flache Seite der glänzenden Klinge. Dann hebe ich das Messer an Stellas Kehle. Sie atmet heftig ein und hebt die Hände abwehrend an meine Brust. Mahnend sehe ich sie an. »Vertrau mir, kleines Reh.«

»Nenn mich nicht so«, erwidert sie zittrig. Den Blick hält sie auf das Messer gerichtet.

»Gut, *meine dunkle Rose* passt so viel besser zu dir.« Sie will etwas erwidern, doch ich gebe ein kurzes »sch«, von mir. »Du bist stark und stolz. Das kann dir niemand nehmen. Auch nicht der, der dir diese Narbe zugefügt hat.« Stella schnappt nach Luft, als ich das Messer über ihre Kehle ziehe. Ich übe keinen Druck darauf aus und fahre sanft an der Narbe entlang. »Du hast Dornen, mit denen du dich verteidigen kannst. Du musst sie nur zeigen.«

»Also willst du, dass ich mich wehre? Während du mir ein Messer an die Kehle hältst?« Ihre Worte sind so leise, dass ich sie kaum verstehe. Blanke Panik steht ihr ins Gesicht geschrieben. Aber das ist okay. Es ist ein Teil von dem, was ich für sie vorgesehen habe.

»Nicht gegen mich sollst du dich wehren.« Bei diesen Worten werfe ich das Messer leicht in die Luft und fange es an der Klinge wieder auf. Ich strecke es ihr entgegen. »Wehr dich gegen das, was dir Angst macht.« Das angenehme Brennen des Schnittes an meinen Fingern ignoriere ich.

»Also auch du«, stammelt sie leicht. Mit dem Blick auf den Griff geheftet scheint sie zunehmend sicherer zu werden. Ich greife nach ihrer Hand und lege sie gemeinsam mit meiner um den Messergriff. Im ersten Moment zuckt sie zusammen. Vermutlich aufgrund der dünnen Blutlinie an meinen Fingern.

Aber ich finde es gut, dass du nicht davon nicht abschrecken lässt Stella. Wenn du bei den wenigen Tropfen bereits gezuckt hättest, wäre der Rest des Tages weit weniger amüsant geworden. Oder umso mehr …

»Nur du allein hast es in der Hand, wovor du dich fürchtest. Und nur du allein kannst deine Dämonen besiegen. Also sag mir, meine Schöne, was ist mit deiner hübschen Kehle geschehen?«

Stellas Hand beginnt unter meiner zu zitternd. Sie starrt weiterhin auf das Messer zwischen uns. »Ich kann mich nicht erinnern.«

Ungehalten schnalze ich mit der Zunge und schiebe die Klinge ein Stück weiter an ihren Hals. »Funktioniert es?«

»Was?«, fragt sie stockend.

»Dir das einzureden?«

»Ich weiß es wirklich nicht.« Sie wirkt beinah verzweifelt.

Um sie nicht zu überfordern, beschließe ich einen Schritt zurückzugehen. Auch wenn es mich verärgert, nicht weiterzukommen.

»Der Schnitt scheint tief gewesen zu sein. Allerdings geht er sehr gerade über deine Kehle. Dein Schluckreflex, genauso die Schmerzen, hätten dafür gesorgt, dass du mittig in einen kleinen Bogen abrutschst.« Ich zeichne den Schnitt an der Stelle mit der Spitze des Messers nach. »Meiner Einschätzung nach warst du bewusstlos, als du diesen Schnitt bekommen hast.« Stella schnappt hörbar nach Luft.

»Ich bin kein Arzt«, fahre ich fort. »Aber das wäre meine Beurteilung als jemand, der schon viele Kehlen durchtrennt hat.« Mein durchaus ernst gemeinter Satz sorgt ironischerweise dafür, dass sie sich entspannt.

»Über so etwas macht man keine Witze. Können wir über ein weniger hässliches Thema reden?«

Sie löst die Hand von dem Messer. Sehr naiv, wenn ich das anmerken darf. Schließlich halten nur meine Finger die Klinge davon ab, auf ihr zartes Gesicht zu fallen. Trotzdem wird mir etwas bewusst. »Dich stört die Narbe. Nicht, woher sie kommt.«

»Mich stört durchaus, woher sie kommt«, betont Stella schwach.

»Ich finde, sie macht dich zu etwas Besonderem.«

Stella schnaubt. »Besonders entstellt.«

»Also findest du mich ebenfalls entstellt?«, drehe ich den Spieß um. Stella stockt. Sie sieht zu mir auf. Ihr Blick bleibt an der Narbe in meinem Gesicht hängen. Bevor sie mich danach fragen kann, beuge ich mich ein Stück weit zu ihr herab.

»Narben sind ein Zeichen von Stärke. Sie stehen für das, was du erlebt hast und nicht für das, woran du gescheitert bist.« Ich lege das Messer zur Seite und fahre stattdessen mit dem Daumen darüber. »Weißt du, was traurig ist?« Irritiert sieht sie zu mir auf. Ihre braunen Augen werden erneut groß genug, um Bambi Konkurrenz zu machen. »Dass du dir deiner Schönheit nicht bewusst bist. Du weist mich ab, weil du es nicht gewohnt bist, dass jemand dir ein Kompliment macht. Aber weißt du, warum sie das nicht machen? Warum dich keiner anspricht oder um dich kämpft?«

Stumm schüttelt sie den Kopf. Sie liegt wie erstarrt da. Die Hände hat sie verkrampft auf ihrem Bauch liegen. Ich streiche ihr die Haare aus dem Gesicht. »Weil sich keiner an dich herantraut.«

Sie verdreht mit geröteten Wangen die Augen. »Mit Sicherheit.«

»Ja, mit Sicherheit«, gebe ich ihr recht. »Die meisten Männer sind schwach und unsicher. Niemals würden sie die schönste Frau im Raum ansprechen. Sie wollen eine, die nicht schlecht aussieht, aber ihnen mit Sicherheit keinen Korb gibt. Das wäre nicht gut für ihr Ego«, füge ich mit einem Schmunzeln hinzu.

Stella scheint immer röter zu werden. Während sie sich durch die Haare fährt und den Kopf immer wieder zur Seite dreht, sehe ich sie durchgängig an. Sie soll keine Sekunde an meiner Aufrichtigkeit zweifeln.

»Okay, genug der schnulzigen Worte«, sagt sie ausweichend.

»Du hast recht.« Bei meiner Zustimmung sackt ihr Grinsen für einen Moment in sich zusammen. »Schließlich habe ich dir alles gesagt, was ich zu sagen habe. Jetzt musst du es mich dir nur noch beweisen lassen«, raune ich leise. Um meine Worte zu untermalen, schnappe ich mit den Zähnen spaßhaft nach ihrer Wange. Sie schiebt mich kichernd von sich weg. Ich lasse es geschehen, auch wenn sie ihre Hüfte gleichzeitig nach oben drückt. Ein letztes Mal pinne ich sie mit meinem Körper kurz gegen das Bett. Dann rolle ich mich zur Seite.

Binnen weniger Sekunden sitzt sie auf mir.

Lachend. Unbekümmert.

Naiv.

Sie hat scheinbar die komplette Realität ausgeblendet. Genauso wie jedes Fünkchen Vernunft.

»Und was machst du jetzt?« Sie drückt ihre lächerlich dünnen Arme durch und presst mich gegen das Bett.

»Was willst du denn, dass ich mache?«, frage ich provozierend.

»Vielleicht überdenkst du dein Handeln?« Sie schwenkt den Kopf zur Seite, sodass ihre Haare mich kitzeln.

»Wie könnte ich das? Wenn es darin endete, dass eine wunderschöne Frau auf mir sitzt? Noch dazu in diesem verboten kurzen Kleid?« Beinah gleichzeitig senken wir den Blick. Das Kleid bauscht sich um ihr Hüfte und legt ihre schwarze Unterhose frei. Unbeholfen rollt sich Stella von mir herunter, zieht das Kleid zurecht und runzelt die Stirn. Scheinbar will sie etwas sagen, überlegt es sich dann aber anders.

Ich springe auf die Beine, packe sie an der Hüfte und bringe sie direkt vor mich.

»Lass mich dir einen Moment geben. Denk darüber nach, ob du mir die Chance gibst, ein wenig Zeit mit dir zu verbringen. Wenn du dann noch immer gehen willst, bringe ich dich nach Hause.« Bei jedem meiner Worte schmilzt sie mehr davon. Und als ich mich von ihr losmache und zur Tür gehe, scheint sie mich beinah nicht freigeben zu wollen.

KAPITEL 11

Stella

Kaum dass die Tür hinter ihm ins Schloss fällt, sacke ich in mich zusammen. Mit einem Mal scheint das Adrenalin in meinem Körper verraucht zu sein und ich lande hart auf dem Allerwertesten.

Ich lasse mich wie benommen auf das Bett fallen, schiebe den Teller mit dem verbliebenen Sandwich zur Seite und starre auf die weinrote Wand. Einige Minuten vergehen, in denen ich mich nicht rühre. Dann irgendwann schüttle ich den Kopf.

»Das ist verrückt«, murmle ich leise.

In den letzten Wochen und Monaten ist mein Leben zu einer einzigen Achterbahnfahrt geworden. Ich habe das Gefühl, noch mitten im freien Fall zu sein, als der Wagon bereits wieder stoppt und ich aussteigen soll.

Gerade eben habe ich versucht mein Leben in den Griff zu bekommen. Und binnen weniger Stunden ist es völlig aus dem Ruder gelaufen.

Wie kann es sein, dass ich diesem Typen immer wieder nachgebe?

Bei diesem Gedanken fällt mir auf, dass ich noch immer

nicht seinen Namen kenne. Leise fluchend sehe ich mich um. Ich bin in einem Schlafzimmer. Das ist offensichtlich. Inzwischen zittere ich am ganzen Körper. Mir ist übel und ich habe einen ekligen Geschmack auf der Zunge. Nicht zum ersten Mal ziehe ich mein knappes Kleid zurecht.

Ein Überbleibsel aus meiner Studienzeit.

Ich bin unsicher, ob es schon immer so kurz war oder beim Waschen eingegangen ist.

Mit wackligen Beinen erhebe ich mich und laufe auf die gardinenverhangenen Fenster zu. Diese ziehe ich langsam zur Seite. Das Erste, was mir auffällt, ist, dass sie keinen Griff besitzen. Es sind dunkel getönte Scheiben. Groß und fest verbaut.

Das mulmige Gefühl in meinem Magen wird stärker. Schwer atmend blicke ich nach draußen. Aufgrund der dunklen Scheiben kann ich nicht einmal einschätzen, wie spät es ist. Währenddessen frage ich mich zum ersten Mal, wo genau ich mich befinde. So wie es aussieht, sind wir nicht mehr in der Stadt.

Ich stutze.

Schwer atmend reibe ich mir über die Augen. *Wie hat er es geschafft, mich aus dem Club zu bringen? Ohne, dass es jemand merkt?*

In dem Moment erinnere ich mich mit flauem Gefühl an Aiden. Besser gesagt seinen enttäuschten Gesichtsausdruck.

Darin lag so viel Enttäuschung.

Ich presse meine bebenden Lippen aufeinander und fahre mir nervös durch die Haare. Hat er gesehen, dass dieser Typ mich einfach mitgenommen hat? Muss er wohl. Aber was hat er sich dabei gedacht? Hat er versucht mir zu helfen? Oder war er so enttäuscht von mir, dass es ihm egal war? Verübeln könnte ich es ihm nicht.

Verdammt, ich habe ihn einfach stehen gelassen.

Das hat er nicht verdient. Nicht, nachdem er sich so um mich gekümmert hat.

Vielleicht hat er meinetwegen sogar Probleme bekommen. Als ich mich auf der Tanzfläche von ihm losgemacht habe, dachten mit Sicherheit alle, dass er mir weh tun will.

Mir treten Tränen der Verzweiflung in die Augen. Und als tatsächlich jemand kam, der mir etwas tun wollte, hat keiner reagiert.

Fluchend schlage ich mit der flachen Hand gegen die schwarze, gläserne Wand. Zu meiner Überraschung öffnet sich diese.

Für einen kurzen Moment vergesse ich meine Sorgen und starre sprachlos auf den Schrank dahinter. Sauber gestapelte Shirts liegen aufeinander. Ich blicke die Wand entlang und merke, dass circa jeden Meter ein Schlitz in der Verkleidung ist.

Kopfschüttelnd stehe ich für einen Moment vor den Türen. Dann lasse ich mich zu Boden sinken.

Ich bin restlos überfordert.

Gefangen im Haus eines fremden Mannes – wobei ich nicht einmal weiß, ob ich gefangen bin. Während ich an einen anderen denke, den ich für den hier sitzengelassen habe. Auch wenn das nicht meine Intention war.

Selbst ich sehe bei meinen verwirrenden Gedanken nicht durch.

Wieder starre ich aus dem Fenster.

Ich befinde mich ebenerdig. Scheinbar mitten in einem Wald. Oder einem gut bewachsenen Grundstück.

Was, wenn der Typ ein Mörder ist? Und warum habe ich das bisher nicht in Erwägung gezogen? Weil er hübsch ist?

Von der grusligen Narbe einmal ganz abgesehen.

Was mich daran erinnert, was er über mich gesagt hat. Und an das Messer.

Ich springe auf die Beine und blicke zum Bett. Genauso schnell wie ich aufgestanden bin, sacke ich wieder in mich zusammen. Kein Messer.

Fast kommt es mir so vor, als hätte ich es mir eingebildet.

Wäre das möglich?

Dass ich völlig durchgedreht bin? Vielleicht sitze ich längst in einer Gummizelle und mein Verstand bildet sich all das hier lediglich ein. Wahrscheinlich würde mich das weniger wundern, als wenn all das hier Wirklichkeit ist.

Aufgrund meiner Verwirrung weiß ich nicht einmal, was ich denken, geschweige denn planen soll. Ich könnte mich mit meinem Ausbruch beschäftigen. Nur scheine ich nicht einmal eine Gefangene zu sein. Nachdenklich betaste ich die Narbe an meinem Hals. Neben all meinen Problemen kann ich nicht vergessen, wie der Typ sie angesehen hat. *Und mich*, füge ich in Gedanken hinzu. Beinah, als wäre ich etwas Besonderes.

Genau genommen hat er das sogar gesagt.

Ich erschaudere leicht.

Ob er das ernst gemeint hat? Mit Sicherheit nicht. Andererseits hat er mich mit zu sich genommen. Niemand anderes.

In Gedanken runzle ich die Stirn. Zumindest gehe ich davon aus. *Oder ist er gegangen, um seine anderen Gefangenen zu besuchen?*

Aus einem Impuls heraus marschiere ich zur Tür und ziehe sie auf. Mir rutscht ein leiser Schrei heraus, als sie sich tatsächlich öffnen lässt. Damit habe ich nicht gerechnet. Ich zögere einen Moment. Verlegen werfe ich einen Blick über die Schulter. Das Schlafzimmer fühlt sich für mich wie ein sicherer Ort an. Nach draußen zu gehen hat etwas Unheimliches an sich. Erst recht, weil ich nicht weiß, was mich erwartet.

Andererseits hat der Typ nicht gesagt, dass ich nicht das Zimmer verlassen darf.

Ich schlucke schwer und werfe einen letzten Blick auf das geschwungene, silberne S über seinem Bett. Ziemlich eingebildet. Und völlig abgehoben. Genauso wie das riesige schwarze Bett. Aber irgendwie auch absolut heiß.

Genauso wie er.

Mit der Hand schlage ich gegen meine Stirn. »Dir kann man auch nicht mehr helfen«, murmle ich zu mir selbst.

Bevor ich weiter über meine geistige Verfassung nachdenken kann, gehe ich nach draußen.

Der Steinboden fühlt sich kalt unter meinen nackten Füßen an. Was mich dazu bringt, mich zu fragen, was aus meinen Schuhen geworden ist.

Ich werfe einen letzten Blick zurück. Dann schüttle ich den Kopf und gehe den Gang entlang. Dabei versuche ich möglichst keine Geräusche zu erzeugen. Warum auch immer.

Schließlich bin ich keine Gefangene.

Nur, wieso fühle ich mich in dem Moment wie eine Gehheimagentin? Oder wie frisch aus dem Kerker entflohen?

Auf meinem Weg komme ich an einzelnen Türen vorbei. Unbeholfen stoppe ich an der dritten und sehe zur Seite. Ich habe keine Ahnung, nach was ich suche. Dem Ausgang? Anderen Frauen? Dem schrägen, aber verdammt heißen Typen?

Ich schüttle den Kopf und reibe mir über die Augen. Zuerst sollte ich mir darüber bewusstwerden, was mein Plan ist. Vorher brauche ich weder durch das Haus schleichen noch irgendwas versuchen.

Der rationale Teil meines Körpers sagt mir, dass ich hier verschwinden sollte. Wenn der Typ es mit mir ernst meint – und an dieser Stelle übergehe ich alle Warnzeichen und den Umstand, dass er mich gegen meinen Willen hierher geschleppt hat – dann würden wir uns unter normalen Bedingungen kennenlernen können.

Ich nage an meiner Lippe herum und gehe überlegend in die Hocke. Ein flaues Gefühl beschleicht mich bei diesem Gedanken. Lisas Worte gehen mir immer wieder durch den Kopf. Ebenfalls das, was der Typ zu mir gesagt hat.

Um die Sache auf den Punkt zu bringen: Das hier ist dumm, naiv und absolut riskant. Aber vermutlich werde ich es nicht beenden. Scheiße, vielleicht werde ich am Ende des Tages mit dem Gesicht nach unten im Wald landen. Das ist mir durchaus bewusst. Aber trotzdem ist es das Aufregendste, was mir je passiert ist.

Ein mysteriöser Typ entführt mich, weil er mich so unbedingt kennenlernen will. Er ist heiß, geheimnisvoll und scheint sich wirklich für mich zu interessieren. Man kann sagen, was man will, aber das klingt für mich nach dem Beginn einer Geschichte. Nicht dem Ende.

Und wo wären alle Protagonisten aus meinen Büchern gelandet, wenn sie sich nicht ein klein wenig in Gefahr begeben hätten?

Clary hätte niemals ihre Kräfte entdeckt.

Ari wäre weiterhin ein normales Mädchen.

Feyre hätte niemals ihren Rhys kennengelernt.

Nicht einmal Tamlin, um genau zu sein.

Jeder, von ihnen hat etwas riskiert. Und ja, vielleicht sind einige von ihnen auf die Nase gefallen, haben die ein oder andere Narbe bekommen, aber letzten Endes sind sie glücklich geworden. Man findet seinen Traumprinzen nun mal nicht, wenn man auf ewig in seinem Turm versauert.

Außer Rapunzel vielleicht.

Bei meinen Gedankengängen muss ich schmunzeln. Gleichzeitig habe ich dieses berauschende Gefühl in meinem Magen. Wer weiß, vielleicht ist der mysteriöse Fremde ein unsterblicher Vampir.

Irgendwoher müssen die Geschichten schließlich kommen. Oder er entfesselt meine magische Seite.

Oder meine dunkle Seite.

Bei dem letzten Gedanken schießt mir das Blut in die Wangen.

Nein, das ist nichts für mich.

Ich räuspere mich nervös.

Gut, vielleicht bin ich nicht völlig abgeneigt. Aber so etwas kann man schließlich immer noch klären.

Ein dumpfer Schrei lässt mich aus meinen Gedanken hochschrecken. Mir wird kalt. Schweiß bildet sich in meinem Nacken. Ich springe auf die Beine und sehe mich mit klopfendem Herzen um. »Du wolltest ein Abenteuer«, rede ich mir selbst zu.

Allerdings eins, an dessen Ende ich grinsend im Bett des mysteriösen Typen lande. Nicht in den Armen eines Serienkillers.

Obwohl mir jedes bisschen Verstand davon abrät, setze ich mich erneut in Bewegung. Dorthin, woher der Schrei gekommen ist. Oder zumindest, woher ich ihn vermute. Zu sagen, ich sei nervös, wäre die Untertreibung des Jahrtausends. Mir schlottern die Knie bei jedem Schritt. Mein Herz pocht mir bis zum Hals und mit jedem Zentimeter, den ich mich fortbewege, wird mir übler. Ich bin befinde mich in einem eigenartigen Zustand der Schockstarre.

Einerseits will ich wissen was dort ist. Das Abenteuer,

die Gefahr, ja, vielleicht entdecke ich auch meine dunkle Seite.

Gleichzeitig möchte ich in dem Moment nichts lieber, als mich unter meiner Bettdecke zu verkriechen. Allein. Im Hellen. Und ohne die entfernten Schreie eines Fremden.

Als ich am Ende des Ganges an eine Gabelung komme, vernehme ich ein leichtes Röcheln von links. Ich schlucke das Gefühl bitterer Galle herunter. Inzwischen hat ein monotones Pfeifen in meinen Ohren eingesetzt.

Mein Kopf will sich nicht einmal vorstellen, was hinter der so normal wirkenden, schwarzen Zimmertür vor sich geht. Nach Luft schnappend werfe ich einen schnellen Blick zurück. Der Gang ist schlicht und weiß. Kein Schnickschnack, keine Deko und keine Lampen. Zumindest sehe ich keine. Davon einmal abgesehen, dass der Teil des Hauses wie frisch eingezogen aussieht, kann ich nichts Eigenartiges feststellen.

Ein dumpfes Geräusch lässt mich schlagartig den Kopf drehen. Meine Hand bewegt sich zu der Türklinke. Ich drücke diese herab, trete ins Innere des Zimmers und bleibe angespannt in der Tür stehen.

Der Fremde kniet am Boden. Er hat mir den Rücken zugewandt. Etwas an seiner Haltung ist eigenartig. Nur am Rande nehme ich das spärlich eingerichtete Zimmer wahr. Kamin. Sessel. Teppich. Keine Fenster.

Als der Fremde sich aufrichtet, starre ich ihn mit geöffneten Lippen an. Er steht auf. Ohne mich anzusehen, geht er in Richtung des Sessels. Scheinbar gelassen lässt er sich darauf nieder. Ich fahre mir mit der Zunge über die Lippen und mit der Hand nervös durch die Haare. *Hat er mich gesehen? Gehört haben muss er mich. Oder?*

Ein Stöhnen lässt mir das Blut beinah in den Adern gefrieren. Wie in Zeitlupe spielen sich die nächsten

Sekunden vor meinen Augen ab. Mühsam wende ich meinen Blick von der seitlichen Silhouette des Fremden auf dem Sessel ab.

Da liegt ein älterer Mann auf dem Boden. Sein Oberkörper ist nackt. Er trägt eine moderne, zerrissene Jeans. Seine hellen Haare kleben ihm im Gesicht. Den kompletten Körper oder zumindest den Teil, den ich sehen kann, bedecken merkwürdige Tätowierungen.

Er wirkt eigenartig regungslos.

Sein verkrampft wirkender Körper liegt auf dem dunklen Teppich. Ein dunkler Tropfen läuft an seinem Tattoo herab. Ich folge diesem an der Seite seines Körpers entlang. Er tropft vor meinen Augen auf den Teppich.

Einige Sekunden starre ich auf den feuchten Fleck auf dem Boden. Langsam hebe ich den Kopf und starre auf die Brust des Mannes.

Auf die Brust, das Tattoo und das Messer, welches in seiner Schulter steckt.

Der Schrei des Entsetzens bleibt mir in der Kehle stecken. In dem Moment scheint der Schleier vor meinen Augen endgültig zu fallen. Beinah, als wäre zuvor alles in einer rosa flauschigen Wolke gehüllt gewesen, sehe ich jetzt endlich der Realität ins Auge.

Dieser Mann stirbt.

Er liegt verkrampft am Boden. Sein Gesichtsausdruck ist vor Schmerzen verzerrt. Immer wieder öffnet er die Lippen, ohne einen Laut hervorzubringen. Das, was ich zunächst für ein Tattoo gehalten habe, sind grauenhaft entstellende Linien. Sie sind in seinen Körper eingeritzt worden.

Brutal, gewaltsam und einfach fürchterlich.

Mir dreht sich der Magen um.

Ein panischer Schrecken packt meinen Körper. Ich will rennen, schreien oder einfach irgendetwas tun.

Es gelingt mir nicht.

Meine Beine gehorchen nicht. Meine Stimmbänder sind wie eingefroren. Mir ist kalt, heiß und übel.

Das einzige, zu dem ich in der Lage bin, ist, wie besessen auf den leidenden Mann zu starren.

KAPITEL 12

Stella

»Gefällt es dir, meine Schöne?« Er dreht sich nicht einmal um. Während meine Welt zusammenzubrechen scheint, sitzt der Fremde in seinem Sessel, starrt auf das knisternde Feuer und schwenkt ein Messer zwischen den Fingern.

Mein Blick verharrt für einige Sekunden auf der glänzenden Klinge. Sie ist von Blut benetzt.

»Wie bedauerlich. Nicht zu reagieren, zeugt von schlechtem Benehmen.«

»Schlechtem Benehmen?« Die Worte rutschen mir beinah von selbst heraus. Schlechtes Benehmen? Er redet mit mir über schlechtes Benehmen, während er ... während er ein verdammter Mörder ist!

Er reagiert mit einem Seufzen. Ohne darüber nachzudenken, stürme ich auf ihn zu. Ich weiß nicht einmal, was meine Intention war. *Vielleicht auf ihn einschlagen?*

Als meine nackten Füße ein eigenartiges schmatzendes Geräusch von sich geben, bleibe ich entsetzt stehen. Langsam senke ich den Blick, hebe den Fuß und erschaudere. Ich stoße einen spitzen Schrei aus, als ich sehe, dass meine Füße blutverschmiert sind. Panisch taumle ich zurück. Weg von dem Mann am Boden. Für einen kurzen Moment war ich so fokussiert, dass ich ihn beinah vergessen habe.

In dem Moment werde ich an den Schultern gepackt. Der Fremde versperrt mir den Weg zur Tür, gräbt seine Finger fest in meine Arme und sieht mich wissend an. »Wo willst du hin, meine Schöne?« Mit einem irren Lächeln blickt er auf mich herab.

Ich bin völlig panisch. Meine Augen sind schreckhaft geweitet.

Vielleicht schreie ich.

Keine Ahnung.

Alles, was ich hören kann, ist ein eigenartiges Rauschen.

Ich bin wie benommen.

Mein Blickfeld ist verschwommen.

Wie in einem Wahn trete ich um mich und versuche mich aus dem bestimmten Griff zu lösen.

»Du bist völlig geisteskrank! Das ist falsch und grauenhaft und ...« Das sind die ersten Worte, die ich klar herausbringe. Während dieser Sätze starre ich wie besessen auf meine blutverschmierten Füße. Ich reibe sie an dem Teppich, doch die Bewegung verschlimmert es noch.

Da ist dieses ekelerregende, kalte Gefühl. Es ist übler, als wenn man in trüben Gewässern schwimmt und von etwas gestreift wird.

Hier weiß ich, was es ist. Keine Alge. Kein Fisch.

Es ist das verdammte Blut eines Mannes.

Eines Menschen. Eines Toten.

»Krank?«, führt er meinen Satz fort.

»Ja, genau!«, schreie ich hysterisch. Ich raufe mir die Haare. Panisch sehe ich mich um. Nach Luft ringend greife ich an meine Kehle.

»Du scheinst zu hyperventilieren. Wie wäre es, wenn du dich für einen Moment hinsetzt?«, frage er ruhig. Er klingt distanziert. Als würde er mich fragen, ob ich gern noch ein Wasser hätte.

»Hinsetzen?«, kreische ich.

Mir rutscht ein weiterer spitzer Schrei heraus, als er mich schnalzend am Nacken packt. Instinktiv versteife ich mich. Zahllose Gedanken schießen durch meinen Schädel.

Was wird er tun? Mich ebenfalls töten? Aufschlitzen, wie einen verdammten Sonntagsbraten?

Er zerrt mich mit sich in die Mitte des Raumes. Nur wimmernde Laute kommen zögerlich über meine Lippen. Ich schaffe es nicht, hinzusehen. Panisch stemme ich mich gegen ihn. *Das will ich nicht. Es ist falsch. Er ist … böse.*

Mein Hirn scheint seine Funktion mehr und mehr einzustellen.

»Wieso denkst du, dass er es nicht verdient hat?«

Seine Worte erreichen mich kaum. Der Mann packt meinen Kopf und zerrt ihn zur Seite. Mein Blick streift den Körper am Boden. Benommen starre ich ihn an. Den Schmerz in seinem Gesicht. Das Blut. Das ganze verdammte Blut. Es ist so viel …

Aus einem Impuls heraus befreie ich mich aus seinem Griff, bücke mich, packe das Messer und ziehe es aus seiner Schulter. Mit einem spitzen Schrei drehe ich mich herum und richte die Klinge zitternd in Richtung des Mannes.

Des Mannes, mit dem ich zuletzt Sex hatte.

Zu dem Mann, der soeben jemanden umgebracht hat.

Der, der mich in aller Seelenruhe ansieht und langsam den Kopf schüttelt. »Du wirst dich nur selbst verletzen.«

»Verschwinde«, fauche ich völlig fertig.

»Du bist in meinem Haus, meine Schöne.« Er lächelt kalt. Bei seinen Worten werfe ich einen schnellen Blick nach unten. Dann stoße ich einen hysterischen Laut aus. Währenddessen spüre ich seinen Blick ununterbrochen auf mir. »Sieh nur, was du angerichtet hast. Er wird verbluten. Deinetwegen.« Ich sehe auf den Mann am Boden. Blut fließt aus der Wunde an seiner Schulter herab. Meine eigenen Hände beginnen zu zittern.

»Du …« beginne ich stotternd. Er nutzt meinen Moment des Zögerns und nähert sich mir.

Zu nah.

Es ist zu viel.

Zu viel Nähe, zu viel Blut, zu viel von ihm.

Es überfordert mich und scheint einen Schalter in meinem Kopf umzulegen. »Du bist ein Monster«, brülle ich ihm entgegen. Erneut hebe ich den Arm, ohne zu wissen, wann ich ihn gesenkt habe.

»Danke«, sagt er lächelnd. »Wie ist es, mit einem Monster das Bett zu teilen?«

Ich schnappe nach Luft. »Du hast mich entführt!«

»Verführt wäre der richtige Begriff. Immerhin bist du beim ersten Mal freiwillig in meine Arme gelaufen.«

»Da wusste ich noch nicht, dass du völlig geisteskrank bist!« Meine Stimme bebt. Ich starre ihn völlig entgeistert an.

»Eine mutige Aussage für jemanden, den ich in der Psychiatrie kennengelernt habe. Aber gut. Wie denkst du, wird das Szenario hier enden? Willst du fliehen?« Er geht einen Schritt auf mich zu. »Mich erstechen?« Einen weiteren Schritt. »Mir die Kehle aufschneiden?« Inzwischen trennen uns nur noch wenige Zentimeter.

Meine Schultern heben und senken sich hektisch. Schweiß steht auf meiner Stirn. Ich bin fassungslos. Wie eine reglose Puppe, die in die Ecke gelegt wurde. Seine Worte wiederholen sich immer wieder in meinem Kopf.

Immer wieder sehe ich den Mann am Boden vor meinen Augen. Ohne überhaupt hinsehen zu müssen.

Irgendwann scheint etwas in meinem Magen zu explodieren. Mein Kopf schaltet sich aus und ich springe schreiend auf ihn zu.

Er packt meinen Oberarm, bringt mich ins Straucheln. Ich pralle gegen seinen Körper. Panisch versuche ich mich aufzufangen und ihn gleichzeitig von mir zu stoßen. Mein Arm wird herumgerissen. Ich stoße auf einen Widerstand.

Panisch starre ich auf seinen Arm. Auf das Messer, das ein paar Zentimeter zwischen einem Schnitt in seinem Hemd verschwindet.

Mit einem Kreischen öffne ich die Finger. Klappernd fällt das Metall aus meiner Hand. Mit gesenkten Lidern starre ich für einen Moment auf seinen Arm. Das dunkle Hemd verfärbt sich leicht. Als wäre es nass.

Fuck. Ich habe ihm ein Messer in den Arm gerammt.

Aber es ist nicht nass.

Sollte ich nicht erleichtert sein? Er ist der Böse.

Es ist kein Wasser.

Aber ich bin nicht erleichtert.

Und das hier ist kein Spiel.

Noch vor wenigen Tagen war mein Leben normal. Vielleicht ein wenig einsam. Aber es gab weder Messer noch Blut darin. Mein Atem wird hektischer. »Scheiße«, fluche ich leise. Ich löse meine schwitzigen Finger von seinem Arm und betrachte die dunkelroten Flecken daran. Mein Körper beginnt unkontrolliert zu zucken. Erinnerungen, an die finsteren Träume, die mich seit einigen Monaten plagen, tauchen immer wieder vor meinen Augen auf.

Auch dort gab es Blut. So viel Blut. Es war überall. An meinen Händen. An meinem Hals.

Mein Hals, der brannte, als stünde er in Flammen.

Feuer. Da war dieses Knistern.

Hektisch drehe ich mich um. Ein Feuer. Flammen. Auch in meinen Albträumen gab es sie. Sie waren heiß, während mir gleichzeitig immer kälter wurde.

Am Rande bekomme ich mit, wie mich jemand fest packt. Ich schaffe es nicht, mich zu wehren. Das Einzige, woran ich denken kann, ist das Blut. Mein Blut. Seins. Egal. Ihm folgte Schmerz. So viel Schmerz. Beim Schlucken, beim Essen. Bei jeder kleinen Bewegung. Auch jetzt spüre ich die Narbe an meinem Hals brennen.

»Ganz ruhig«, murmelt eine Stimme. »Es ist nur ein wenig Blut.«

Ich stoße zusammenhangslose Wortfetzen aus. In dem Versuch mich zu erklären, kommt nichts Sinnvolles aus mir heraus. Schluchzend schlinge ich die Arme um meinen Körper. Es fühlt sich an, als wäre ich mitten in einen meiner Träume geworfen worden. Einem, aus dem es kein Entkommen gibt. Mein Kopf wird gepackt. Mein Genick verdreht, sodass ich zur Seite sehe. Starr folge ich den Bewegungen. Währenddessen kann ich nichts sehen. Alles ist verschwommen. Ein Zittern erfasst meinen Körper. Verkrampft versuche ich mich aus dem Griff zu befreien. Aus dem Griff und den Träumen. Den Fantasien, Wahnvorstellungen oder wie immer man sie nennen will. Sie sollen aufhören. Ich kann das nicht. Ich will raus. Brauche frische Luft. Raus aus diesem Zimmer. Stockend beginne ich mich zu wehren.

»Sieh hin, kleine Rose.«

Seine Worte befördern mich hart in die Realität. Schnappend atme ich ein.

»Was soll ich sehen?«, fauche ich leise. »Dass du ein Mörder bist?« Meine Stimme bricht bei den wenigen Worten mehrmals. Ein Monster. So ein Monster wie das, was mir all das angetan hat. Die Narben, die Erinnerungen. All das verdanke ich jemandem wie ihm. Jemandem, der Menschen rücksichtslos verletzt.

Beinah sanft streicht er mit dem Daumen über meine Wange. »Du bist zu schlau, um derart panisch zu reagieren. Ein Verlust ist immer schlimm.«

»Verlust?«, kreische ich schrill.

»Natürlich. Jedes Menschenleben, das endet, ist ein Verlust. Das ist nie schön und nichts, was man sich wünscht. Oder hast du es dir etwa gewünscht?« Die letzten Worte raunt er mir leise entgegen.

»Du bist völlig krank!« Meine Reaktion kommt verzögert.

Mit einem sorgenvollen Blick betrachtet er mich. »Könntest du es dir vorstellen? Das Leben eines anderen zu beenden?«

Stoisch schüttle ich den Kopf. Inzwischen habe ich das Gefühl, jeden Moment ohnmächtig werden zu können.

»Auch nicht, wenn es ein grauenhafter Mensch ist?« Mit dem Daumen fährt er weiter über meine Haut. Dumpf versuche ich ihn wegzudrängen, doch meine Glieder fühlen sich schwer und taub an. »In dieser Geschichte bin nicht ich der Bösewicht. Aber das weißt du bereits, meine Schöne.«

Er drückt seitlich unter mein Kinn. Ein paar Mal schlucke ich gegen den Widerstand seiner Berührung. »Wenn er schlimme Dinge getan hat? Würde das seinen Tod nicht rechtfertigen?« Wie von selbst schüttle ich den Kopf. Ich weiß nicht, warum er das hier macht. Warum er mit mir auf diese Art spricht. Das hier ist falsch und keines seiner Worte wird etwas daran ändern.

»Und wenn er dir etwas angetan hätte? Würde er dann Bestrafung verdienen?« Ein leises Wimmern rutscht mir zwischen den Lippen heraus. Ich will, dass er aufhört. Er soll still sein. Und vor allem soll er mich nicht an das erinnern, was ich so dringend zu verdrängen versuche.

Dieser … dieser kranke Typ legt den Kopf schräg und betrachtet mich einen Moment. »Denk darüber nach. Schau dir sein Gesicht an. Erinnert er dich an jemanden? Jemanden, der dir Leid zugefügt hat?« Beinah gleichzeitig drehen wir den Kopf zurück zu dem Mann.

Er ist bereits älter. Möglicherweise um die 60 Jahre. Im Gesicht hat er einen zotteligen, grauen Bart. Bilder davon, wie eben dieser Bart sauber gestutzt und gut in Form gehalten ist, tauchen vor meinem inneren Auge auf.

Ich halte die Luft an, während ich zu seinen geöffneten Lidern sehe. Er starrt geradewegs an die Decke. *Hat gestarrt,* korrigiere ich mich selbst.

Diese Augen.

Mein Herz setzt aus.

Sie sind leicht verengt. Ein paar Falten an den Seiten. Dafür ist seine Stirn glatt. Als hätte er sie nie gerunzelt. »Gibt es etwas, dass dir bekannt vorkommt? Vielleicht seine Augen? Sein silber blondes Haar? Vielleicht, wenn er ein boshaftes Lächeln auf den Lippen trägt?«

Bei jedem seiner Worte erstarre ich ein Stück mehr. Ich stoße ein Krächzen aus. Mein Körper bebt. Mehrmals sacke ich beinah in mich zusammen. Währenddessen klammere ich mich immer stärker an den fremden Mann in meinem Rücken. Und mit jeder Sekunde, die vergeht, scheint er mir ein Stück mehr Halt zu geben.

So sehr ich es auch versuche, ich bin in einem meiner Albträume gefangen. Einer, in dem der Schleier vor meinen Augen verschwindet und ich endlich deutlich sehen kann.

Ich bin zurück in meinem Urlaub. Gehe über einen Kiesweg inmitten des Parks. Da ist dieser Mann. Er fragt mich, welche Ziele ich in meinem Leben habe. Ich unterhalte mich mit ihm. Er ist nett. Ein wenig eigenartig. Dann packt er mich mit einem Mal. Zwar versuche ich zu schreien, doch er zerrt mich mit sich und rammt etwas in meinen Arm.

Mit jeder Sekunde werde ich benommener.

»Er«, stoße ich rau aus.

»Ja, meine Schöne?« Der Fremde steht noch immer hinter mir. Er dreht mich an den Schultern vollständig zu dem Mann. Ich spüre zwar, wie er meine Hand von seiner Brust löst, dabei weiß ich nicht einmal, wann ich diese dahin gelegt habe.

Während ich mich haltsuchend an ihn lehne, bin ich wieder in der Vergangenheit.

Drei Monate zuvor, als ich mit stechenden Schmerzen erwachte.

Es gelingt mir kaum die Augen zu öffnen. Nur müde kann ich blinzeln. Mein Hals brennt höllisch. Meine Arme sind nach hinten verdreht. Ich muss gegen den Würgereiz ankämpfen.

Da ist dieser Mann. Der Mann mit dem Bart. Mit dem stechenden Blick und diesem charmanten Lächeln.

Er spricht.

Mit mir kämpfend öffnete ich für einen Moment die Augen.

Ich sah eine Frau.

Jung. Klein. Verletzt. Ihr Gesicht ist das Letzte, woran ich mich erinnern kann. Danach wurde alles um mich herum schwarz.

Es ist perfekt.
Genau an diesem Punkt wollte ich dich haben. Ich danke dir, dass du dich so gut an mein Drehbuch hältst.
Schon bald lassen wir das süße Reh hinter uns und machen aus dir die verdorbenste aller Rosen.
Eine, die mit ihrem betörenden Aussehen den Verstand vergiftet und dann ihre dunklen Stacheln in meine Feinde schlägt.

KAPITEL 13

Silver

Meine Lippen bringe ich an ihren Hals. Als mein Atem ihre Haut trifft, bildet sich an der Stelle sofort Gänsehaut. »Du bist stärker als das. Stark genug, um es zu sagen.«

Stellas Schultern heben sich hektisch. Beinah zufällig streife ich die zarte Haut an ihrem Hals.

Während die ersten Tränen an ihren Wangen herablaufen, presst sie sich krampfhaft an mich heran. »Wer?«, stottert sie.

»Wer er ist?«, frage ich abwartend.

Sie nickt einige Sekunden später.

»Du erkennst ihn, oder nicht? Den Mann, der dir das hier zugefügt hat?« Bei diesen Worten fahre ich mit den Fingern an ihrem Hals entlang. Sie stößt ein Schluchzen aus und krallt die Nägel in meinen Arm.

»Es ist okay, wenn du Angst vor mir hast«, flüstere ich weiter. Nachdenklich befreie ich mich aus ihrem Griff. »Auch wenn ich dachte, dass du mehr wie ich wärst. Dass du Gerechtigkeit möchtest. Ich war mir sicher, dass du nicht willst, dass er anderen Menschen weiterhin schlimme Dinge antun kann. Dass du willst, dass er aus dieser Welt verschwindet, sodass er niemandem mehr weh tun kann. Dass du Unschuldige vor ihm beschützen willst.«

»Das will ich auch«, antwortet sie wie von selbst.

Ich komme nicht umhin, sie dafür zu belohnen. Sanft streiche ich über ihre Wange. Lobend nicke ich ihr zu und hauche einen Kuss auf ihre nackte Schulter. »Das ist nichts anderes als das, was ich will.

Ich will nur das Beste für dich. Für dich und andere Frauen.

Um die Unschuld vieler zu bewahren, muss es Leute wie dich und mich geben, die sich die Finger dreckig machen.« Bei meinen Worten fährt sie schreckhaft zusammen. Sie ballt die Hände zur Faust und schiebt diese vermutlich unabsichtlich unter ihre Arme.

»Nicht doch«, korrigiere ich sie. Mit bestimmtem Griff ziehe ich ihre Arme auseinander. Ich schiebe sie an ihrem Körper herunter, sodass sie gerade dasteht. »Du wurdest nicht nur von einer namenlosen Person überfallen. Von irgendeinem Fremden auf einer Party angemacht.

Er war es.« Jedes einzelne Wort betone ich. »Dieser Mann hat dir das angetan. Er hat deine Haut verletzt.« Ein weiteres Mal fahre ich mit den Fingern über ihre Narben. »Er hat dich entführt und misshandelt.« Bei diesen Worten zuckt sie zusammen. »Er war gewaltsam. Körperlich und emotional. Und warum? Weil du ihm etwas getan hast?«

Sie schüttelt impulsiv den Kopf. »Warum dann?«, dränge ich dicht an ihren Nacken. Die Härchen darauf beginnen sich aufzustellen. Stella schüttelt erneut den Kopf. Sie gibt ein leises Wimmern von sich. Es zeichnet mir ein Lächeln auf die Lippen.

Wie gern würde ich dieses Wimmern hören, wenn ich sie gegen die Wand ficke.

»Weil …« Stella stockt in den Worten.

Ermutigend reibe ich über ihre Arme. »Sag es«, fordere ich sie auf.

»Weil er böse ist.« Sie zittert unkontrolliert. Bei ihren Worten presst sie sich trotz der Abneigung in ihrer Stimme näher an meinen Körper heran.

»Das ist er. Und deshalb ist es okay, wenn sein Blut an deinen Händen klebt.« Sie verkrampft sich und senkt den Blick auf ihre Finger. »Das ist nichts, wofür du dich schämen musst.«

»Ich will stark sein«, wispert sie leise.

Mit einem zufriedenen Lächeln drehe ich sie ein Stück zur Seite. Unmittelbar vor die dunkle Wand neben uns. Durch die glänzende Oberfläche spiegeln wir uns darin. Stella hält den Blick gesenkt.

Sie sieht nur knapp auf und beißt sich dann auf die Lippe.

»Du bist stark.« Um meine Worte zu untermalen, nehme ich ihre Hand und verschränke ihre Finger für einen Moment mit meinen. »Stark genug, um deine Angst und die Zwänge der Gesellschaft hinter dir zu lassen. Denn in Wahrheit ist niemand gut. Alle Menschen sind verdorben. Die meisten versuchen es zu verbergen, machen sich selbst etwas vor und schaden damit letztendlich nur sich selbst.«

Ich löse meine rechte Hand aus ihrer und lege sie sanft auf ihr Schlüsselbein. Dieses hebt und senkt sich hektisch unter meiner Berührung. »Aber bei dir hatte ich sofort das Gefühl, dass du anders bist.«

»Weil ich mich von dir auf einer Toilette habe nehmen lassen?« Ich merke, wie sie bei den Worten zögert. Vermutlich wollte sie zuerst etwas anders sagen.

Weit gröbere Worte. Mir gefällt es, dass sie beinah dazu bereit gewesen wäre. Deshalb ermutige ich sie weiter: »Nein, weil du dir genommen hast, was du wolltest. Du warst so stolz und stark. Witzig und charmant. Ich konnte nicht widerstehen.«

Als müsste ich mit mir kämpfen, zögere ich einen Moment. Erst dann spreche ich weiter. »Es war eine Premiere, das habe ich dir schon damals gesagt.«

Stella erschaudert, als ich die Hand seitlich an ihrem Oberkörper herabführe. »Du willst mir sagen, dass es dein erstes Mal war?« Sie klingt skeptisch. Ein nervöses Lachen folgt ihren Worten. Während sie von dem, was ich zuvor gesagt habe, und dem, was geschehen ist, ablenken will, schielt sie immer wieder zu dem Mann am Boden.

»Nein«, antworte ich schmunzelnd. »Was ich damit sagen will, ist, dass ich unfassbar wählerisch bin. Noch nie bin ich einer Frau bei der ersten Begegnung derart nahe gekommen. Und noch nie habe ich so etwas für jemanden getan.« Mit dem Kinn nicke ich in Richtung des Mannes. Sie folgt meinem Blick. Genau in dem Moment schiebe ich meine Hand unter ihr Kleid.

Ich verharre einen kurzen Moment und betrachte sie von der Seite. Sie räuspert sich leise. »Ich auch nicht«, antwortet sie mit einem nervösen Grinsen.

»Dann war es für uns beide unser erstes Mal?«, frage ich provozierend.

Ihre Wangen röten sich. Ein wenig unbeholfen fährt sie sich mit den Fingern durch die Haare. Währenddessen ignoriert sie meine Berührungen großzügig. Deshalb gehe ich ein Stück weiter. Ich schiebe meine Hand unter die Körbchen ihres BHs und umkreise ihre harten Nippel.

Stellas Augen weiten sich. Sie öffnet die Lippen. Kein Laut dringt daraus hervor.

»Hast du noch immer Angst vor mir?«, raune ich ihr leise entgegen. Mit ihren Bambiaugen starrt sie mich für ein paar Sekunden an. Schließlich schüttelt sie langsam den Kopf.

»Was denkst du dann über mich, meine Rose?«

Sie fährt sich über die Lippen. Währenddessen drücke ich meine auf ihren Hals und lecke über die Haut.

»Was denkst du denn über mich?«, gibt sie die Frage zurück. Ein wenig enttäuschend. Ich hatte gedacht, sie wäre bereit, zu dem zu stehen, was sie will. Trotzdem tue ich ihr den Gefallen.

»Über dich?«

Sie nickt verkrampft und streift dabei meine Wange. »Dass ich nach deinem hübschen Körper verrückt bin, weißt du bereits.« Ich ziehe meine Hand aus ihrem Ausschnitt heraus. Ein kurzes Aufflackern von Enttäuschung liegt in ihrer Miene. Zufrieden fasse ich nach dem Saum ihres Kleides.

Diesen schiebe ich immer weiter nach oben. »Du hast ein Lächeln, dass Männer schwach macht. Du scheinst witzig zu sein. Vielleicht ein wenig frecher, als dir guttut.« Bei diesen Worten gebe ich ihr einen kleinen Klaps auf den Oberschenkel.

Stella schnappt nach Luft. Gleichzeitig rührt sie sich keinen Millimeter. Sie braucht diese Aufmerksamkeit. Sie braucht sie jetzt und hier. Und ich bin bereit, sie ihr zu geben.

»Du wirkst schlau, als könnte man sich stundenlang mit dir unterhalten, ohne gelangweilt zu sein. Wild und unberechenbar. Auch wenn ich glaube, dass das deinen Charme ausmacht.« Inzwischen bin ich am Stoff ihrer Unterhose angekommen. Ich fahre mit den Fingern darüber und spüre die Feuchte, die sich mir entgegendrängt.

»Und du bist verdorben. Du hast eine dunkle Seele, die bereit ist, von mir entfesselt zu werden. Sie lauert darauf, sich das zu nehmen, was ihr zusteht.« Bei jedem Wort werde ich leiser. Stella beugt sich mir entgegen. Ihr Körper zuckt unter meinen Berührungen.

»Bist du dafür bereit?«, raune ich ihr nach einer kurzen Pause zu. Mit den Fingern verharre ich am Saum ihrer Unterhose.

Stella schluckt mehrmals. »Wofür?«, fragt sie zögerlich.

»Dich mir hinzugeben«, antworte ich sofort. »Mir und deinen dunklen Fantasien.

Bist du bereit mir zu vertrauen?«

»Was hätte ich davon?« Sie läuft beinah aus. Ihre Beine zucken und alles in ihrem Gesicht brüllt mir ein *Ja* entgegen. Und trotzdem hat sie die Nerven, mich hinzuhalten.

Das ist beinah beeindruckend.

»Entfesselte Lust. Wahrhaftige Freiheit. Ich könnte dutzende Floskeln aufzählen. Letzten Endes ist es das, was du dir wünschst, wenn du dich abends in dein Bett kuschelst. Es ist das, was sich viele wünschen. Keiner von ihnen wird es bekommen. Nicht nur, weil sie es sich nicht nehmen. Sondern weil die meisten Menschen nichts Besonderes sind. Nicht so wie du.«

Glaubst du mir, Stella? Das solltest du nicht. Jedes einzelne Wort, welches über meine Lippen kommt, ist eine gewaltige Lüge.

Und trotzdem machst du es, oder? Du verfällst mir. Mit jeder Sekunde ein Stück mehr.

Bei diesen Worten schiebe ich meine Hand in ihre Unterhose. Sie stößt ein begieriges Wimmern aus. Es wird zu einem lauten Keuchen, als ich die Finger in ihre heiße Pussy schiebe. Dann verharre ich.

Meine andere Hand ist weiterhin mit ihrer verschränkt. Ich hebe beide gemeinsam an und lege sie an ihre Kehle.

Stella schluckt ein paar Mal schnell. Währenddessen ziehen sich ihre Wände um meine Finger zusammen. »Ich brauche eine Antwort von dir, meine hübsche Rose. Das hier soll deine Entscheidung sein. Du hast die Macht. Mit Sicherheit werde ich dich zu nichts zwingen. Ich kann dir lediglich zeigen, was du mir nach unserer kurzen, gemeinsamen Zeit bedeutest.« Zögernd bewege ich meine Finger in ihr. »Und was einmal aus uns werden könnte.«

Wieder spannen sich ihre Muskeln an. Sie öffnet ein paar Mal die Lippen. Kein Ton kommt heraus.

»Steh dazu. Auch wenn es eine Zurückweisung wäre. Eine so starke Frau wie du kann alles erreichen, wenn sie es sich nur nimmt.«

»Ja«, haucht sie leise. Das Blut schießt in ihre Wangen. Trotzdem hält sie den Kopf erhoben und starrt mich in der spiegelnden Wand an. »Fuck, ja«, sagt sie schließlich. Sie dreht den Kopf zur Seite und sieht mich über die Schulter hinweg hitzig an.

»Das wollte ich hören«, schnurre ich leise. Ich drücke ihr einen festen Kuss auf die Schläfe. Kichernd dreht sie sich weg. Gleichzeitig drückt sie ihren süßen Arsch zwischen meine Beine. Sofort beginne ich meine Finger in ihr zu bewegen. Sie kommt mir entgegen, stöhnt und lässt die Lippen geöffnet. Mit der anderen Hand packe ich ihre Kehle. Stella seufzt leise, als ich diese zudrücke. Ich merke, wie sich die Spannung in ihrem Körper aufbaut. Immer schneller bewege ich meine Finger und reibe mit dem Handballen über ihre Perle.

Kurz bevor sich der Höhepunkt in ihr aufbaut, bringe ich meine Lippen an ihr Ohr. »Wenn du kommst, will ich, dass du meinen Namen auf den Lippen hast.« Ich zögere einen kurzen Moment. Stella stöhnt und öffnet die Augen. Ihr Blick ist fragend und gleichzeitig von Lust erfüllt.

Während ich sie weiter in Richtung Höhepunkt treibe, beuge ich mich nach vorn und keile sie zwischen der Wand und mir ein. Meine Hand lege ich neben ihr an das Glas. »Silver«, raune ich ihr leise zu.

Stella zieht sich um meine Hand zusammen. Sie schließt die Augen, öffnet die Lippen und stöhnt meinen Namen.

Ein letztes Mal bewege ich meine Finger, dann betätige ich mit der anderen Hand einen Schalter an der Wand. Während sie um meine Hand herum kommt, blicke ich auf die jetzt durchsichtige Wand und geradewegs in die Augen eines anderen Mannes.

Sein Blick ist hasserfüllt. Er hat den Kiefer fest aufeinandergepresst und die Faust gegen die Scheibe gedrückt. Vermutlich hat er ein paar Mal dagegen geschlagen.

Ein zufriedenes Lächeln liegt auf meinen Lippen.

Stella stößt ein verzweifeltes Keuchen aus. Es bringt meinen Schwanz zum ersten Mal an diesem Abend zum Zucken. Sie windet sich in meinem Griff. Ich gebe sie frei, halte den Blick weiter auf den Mann gerichtet und lecke dann zufrieden ihre Feuchte von meinen Fingern.

»Aiden«, stammelt Stella ungläubig. Sie starrt in Richtung der Scheibe. Ihr kleiner Freund hat sich nicht bewegt. Er steht wie versteinert dicht vor dem Glas, hat die Faust dagegen gepresst und sieht uns verurteilend an.

Immer wieder rauft sie sich die Haare. Aufgelöst und fluchend geht sie wenige Schritte zur Seite, nur um dann zurückzulaufen. Gelassen lehne ich mich zurück und betätige den Schalter an der Wand. Die Glasscheibe verdunkelt sich und anstatt einer durchsichtigen Scheibe, stehen wir nun wieder der verspiegelten dunklen Fläche gegenüber. »Gönnen wir ihm ein wenig Privatsphäre.«

Bedacht lasse ich mich auf dem Sessel nieder und beobachte Stella. »Mist«, flucht sie leise. Stella scheint meine

Worte kaum wahrzunehmen. »Er. Aiden. Ich ...« Die Worte, die aus ihrem Mund kommen, sind unzusammenhängend. Sie scheint mit jeder Sekunde mehr aus dem Nebel der Lust zu kommen, in welchem ich sie eingelullt habe.

Interessiert beobachte ich, wie sie erstarrt. Hektisch atmend sieht sie weiterhin auf die Scheibe. Auch wenn Ihr kleiner Freund nicht mehr zu sehen ist. Dann dreht sie sich langsam zu mir. »Was«, murmelt sie. Mit stockenden Bewegungen kommt sie auf mich zu. »Was macht er hier? Wie kommt er hierher?« Ich sehe die Einsicht in ihrem Blick. »Du hast ihn entführt.« Sie schüttelt den Kopf. »Du hast ihn entführt, genauso, wie du mich entführt hast.«

Mit der Zunge schnalzend deute ich auf mein Knie. »Setz dich, meine Rose. Lass uns dort weitermachen, wo wir aufgehört haben.«

Sie stößt ein irres Lachen aus. »Weitermachen? Bist du völlig verrückt?«

»Nicht verrückter als du«, erwidere ich gelassen.

Du versuchst auszuweichen, Stella.

Sieh nur, wie schnell sich die Dinge ändern können und das, obwohl nichts anderes passiert ist.

Alles blieb gleich. Nur dass er davon wusste.

Es ist interessant, wie schnell wir unsere Maßstäbe an die der anderen anpassen, findest du nicht?

Stella rauft sich die Haare. Nervös beginnt sie an ihren Nägeln zu knabbern. Voll Missfallen betrachte ich sie dabei. Schließlich reibt sie sich mit den Fingern über die Augen. »Scheiße, du hast Recht. Ich bin völlig verrückt.« Sie stolpert ein paar weitere Schritte auf mich zu. »Völlig verrückt!«, wiederholt sie laut. »Weil ich dir vertraut habe.« Dann drückt sie ihren Finger in meine Brust. »Ich habe mich von dir bequatschen lassen. Oh, Stella, lass es geschehen«, äfft sie mich spöttisch nach.

Nach einigen Sekunden nimmt sie den Finger von mir. Ihr Körper beginnt zu zittern. Sie schlingt die Arme um sich selbst und sieht sich mit panischer Miene um.

In diesem Moment ist sie völlig überfordert.

Das ist gut.

Genau das wollte ich.

Ich muss an den Spruch ›Zuckerbrot und Peitsche‹ denken. Diesen würde ich ein Stück weit korrigieren. Schließlich nehme ich die Peitsche gern mit ins Bett. Auch wenn ich bereit bin, sie dafür mit zuckersüßem Honig zu belohnen. Das wird sie schon noch lernen.

Aber für heute habe ich das Interesse an beidem verloren. Es wird Zeit die Peitsche wegzupacken, den Honig zu verschließen und sie stattdessen in die Realität ihrer Entscheidungen zu werfen. Wenn ich richtig liege, wird sie anschließend umso dringender um beides betteln.

Es geht nicht darum, dass ich hier das Problem bin.

Du bist es, Stella.

Weil du mit etwas in deinem Inneren unzufrieden bist. Du brauchst die Anerkennung von anderen. Meine Worte, ein paar lose Versprechen und liebevolle Berührungen reichen aus, damit du dich mir vollständig hingibt.

Es reicht, um deine ganze Persönlichkeit zu kippen.

Was zuvor noch falsch war, ist mit einem Mal richtig.

So wenig reicht aus, um deine Grenzen verschwinden zu lassen. Und aus diesem Grund wirst du mit den Folgen deines Handelns nicht umgehen können. Um diesen zu entkommen, wirst du dich mir umso begieriger ausliefern.

Auch wenn du mich dafür hasst, doch selbst nach der Peitsche wirst du sich sehnen. Nicht nur nach dem klebrig süßen Honig.

»Sag etwas!«, brüllt sie mir entgegen. Ihre Hand trifft klatschend auf meine Wange. Ich spüre den Schlag nicht einmal. Auch der Schnitt an meinem Arm ist lediglich eine schwache Erinnerung. Schon früh habe ich gelernt, dass Schmerz irrational und unnötig ist. Stattdessen konzentriere ich mich auf das Wesentliche. Auf das, was mich voranbringt.

Was sie zuvor gesagt hat, habe ich ignoriert. Dafür sehe ich jetzt auf. »Dein Freund ist ein Gast in meinem Haus.« Ich übergehe ihr wütendes Schnaufen. »Und um meine Gäste kümmere ich mich. Vor allem, wenn sie denn willkommen sind.

Ich dachte, dir ginge es ähnlich? Dass du ihn gemeinsam mit mir begrüßen wolltest.

Ihn gut behandelst«, setze ich nach.

Für einen Moment zögere ich. »Oder ist er nicht willkommen? In diesem Fall wäre meine Gastfreundschaft nicht mehr angemessen.« Aufmerksam sehe ich sie an. Die Hand hält sie gerade an den Körper gepresst. Sie zittert. Beinah sieht man ihr an, wie die Gedanken durch ihren Schädel geistern.

Interessant. Wenn es um ihn geht, gelingt es dir sogar, einen Moment nachzudenken. Das ist wirklich interessant.

»Lass ihn gehen«, knurrt sie schließlich.

Mir gefällt es, wenn sie ein Ziel hat. Für andere scheint sie so viel mehr zu kämpfen als für sich selbst. »Das wäre nicht sonderlich gastfreundlich. Es würde bedeuten, er wäre nicht willkommen.« Abwägend hebe ich die Hand an mein Kinn. »Meinst du nicht, dass du mich davon überzeugen könntest, ihn mit offenen Armen zu empfangen?« Bei diesen Worten schiebe ich meine Beine provozierend auseinander. Was ich damit bezwecken will, ist einfach.

Einfach genug, dass auch sie es versteht.

Stella schnappt nach Luft. Zum ersten Mal treten ihr Tränen in die Augen. Sie zaubert mir damit ein Lächeln auf die Lippen. Ich liebe es zu sehen, wie sie weint.

Stella soll weinen.

Schreien, flehen und zucken, wenn ich die Hand um ihre Kehle schließe. Auch wenn diese Tränen nicht aus Traurigkeit entstehen.

Wohl eher aus Frustration, wenn ich mich nicht täusche.

Du wirst bockig, Stella. Bist du es gewohnt zu bekommen, was du dir wünschst? Das wirst du nicht. Viel eher möchte ich, dass du meine Ziele und Wünsche als deine annimmst und deren Erreichung nacheiferst. Was sagst du dazu?

»Scheiße, was willst du eigentlich von mir?« Sie spuckt mir die Worte entgegen. Ihre Hand zuckt. Vermutlich muss sie sich zusammenreißen, mich nicht erneut zu schlagen. Beinah hoffe ich darauf, sie würde es versuchen. Dieses Mal würde ich es ihr nicht durchgehen lassen.

»Da ist sie, meine kleine Kratzbürste. Ich habe mich schon gefragt, wo sie sich versteckt hat.«

»In deinem Arsch. Da sollte ich dir schließlich reinkriechen, damit du meinen Freund nicht tötest.«

Es gelingt mir nicht, mein Lachen zu verbergen. »Interessant.«

»Was?«, faucht sie wütend.

Für einen kurzen Moment beobachte ich sie. In den wenigen Minuten unserer gemeinsamen Zeit hat sie so einige Höhen und Tiefen durchlebt. Genau diese Achterbahn wird dafür sorgen, dass sie süchtig wird. Es mag banal klingen, aber man sollte nie den Reiz der Gefahr unterschätzen. Er lässt so manch intelligenten Menschen verdammt dumme Fehler begehen.

»Du bist interessant«, hauche ich ihr deshalb entgegen. Sie ahnt nicht, wo sie hier gelandet ist. Denn nichts von dem, was ich ihr zeige, entspricht der Wirklichkeit. Es ist eher meine Realität, die ich für sie erschaffen habe.

»Spar es dir«, erwidert sie halbstark. Mit den Händen zieht sie ihr Kleid zurecht. Aufmerksam betrachte ich sie dabei.

Sie schämt sich. Weil sie es genossen hat, sich mir hinzugeben.

Das ist perfekt.

Ihr süßer Verstand soll nicht einmal wissen, wo oben und unten ist. Wenn ich mit ihr fertig bin, dann wird sie sich nicht einmal mehr an ihren Namen erinnern. Ich mache sie zu einem leeren Buch. Eines, in das ich meine eigene Geschichte schreiben werde.

»Ich bin an dir interessiert, meine kleine Rose.« Mit Absicht reize ich sie. Die letzten Minuten haben sie überfordert. Sie wacht an einem fremden Ort auf. Findet mich, wie ich sie räche. Zuerst war sie verängstigt, dann dankbar. Jetzt fühlt sie sich schuldig.

»Deine Rose kannst du dir gepflegt in den Allerwertesten schieben. Ist soeben ein Platz freigeworden.«

Grinsend verziehe ich das Gesicht. *Perfekt*. Absolut perfekt. Sie beschäftigt sich keine Sekunde mit ihren eigentlichen Problemen. Stattdessen konzentriert sie sich immer wieder auf den nächsten Brocken, den ich ihr vor die Füße werfe. Wie ein Kätzchen, dass immer nach dem Leckerli sucht, welches man ihr vor die Tatzen legt. Und wenn sie aufsieht, wird sie realisieren, wie weit sie sich von zu Hause entfernt hat.

»Und falls das nicht klar geworden sein sollte: Ich bin nicht an dir interessiert«, faucht sie schließlich. Ihre Pose ist süß. Sie hat die Arme in die Seiten gestemmt und sieht mich verurteilend an. Die Lippe schiebt sie nach vorn.

Die Augen hat sie zusammengekniffen. Wie gern würde ich ihr diesen Gesichtsausdruck vom Leib ficken.

»Wie bedauerlich. Dann hätte dein kleiner Freund eine

bessere Lebenserwartung gehabt«, gebe ich ihr das, was sie so dringend braucht.

»Traurig«, schnauft sie wütend. Wie herrlich sie sich in unser Gespräch hineinsteigert. Diese Emotionen, diese Lust. Ich seufze genießend. »Du erpresst mich mit seinem Leben? Hast du keine anderen Möglichkeiten, um an Sex zu kommen? Ich würde dir Tinder empfehlen, aber was soll ich sagen. Männer haben es dort nicht unbedingt leicht.«

Abwägend bewege ich die Lippen. Langsam erhebe ich mich. Stellas Brust beginnt sich schneller zu heben. Trotzdem bleibt sie stehen. Auch wenn ihr Blick beinah panisch in jede Richtung flüchtet.

Ich trete vor, fahre mit dem Daumen über ihre kirschroten Wangen, die ihre Aufregung zeigen. »Dann muss ich mich wohl umso dringender an dich halten, meine Schöne.«

KAPITEL 14
Stella

F*assungslos*. Das beschreibt meine aktuelle Situation wohl am besten. Ich bin völlig fassungslos. Ein wenig überrumpelt. Auf jeden Fall überfordert und entsetzt. Wegen absolut allem! In meinem Schädel rauscht es lediglich. Kein einziger vernünftiger Gedanke ist übriggeblieben.

Mir rutscht ein wütender Schrei heraus. Es gelingt mir nicht, meine Situation in Gedanken zu fassen.

Bei diesem Gedanken wird mir übel. Ich werfe einen schnellen Blick zur Seite. Hin zu der blutenden Leiche am Boden.

»Da liegt eine verdammte Leiche«, murmle ich leise.

Fassungslos schüttle ich den Kopf. »Eine verdammte Leiche«, wiederhole ich meine eigenen Worte.

»Das sollte dir nicht erst jetzt aufgefallen sein.« Bei Silvers Worten drehe ich den Kopf zurück und stoße dabei beinah gegen seine Brust. Hektisch atme ich ein und taumle einen Schritt zurück. »Schließlich hast du ihn umgebracht.« Er haucht mir die Worte wie ein süßes Versprechen entgegen. Wie so ziemlich alles, was er sagt.

Silver …

Nein, entscheide ich. Ich werde nicht weiter an diesen Typen denken. Ich werde mich nicht mit ihm befassen und ganz sicher werde ich mir nicht einreden lassen, dass seine Taten meine Schuld sind.

»Spar es dir«, wiederhole ich deshalb. »Spar dir die gehauchten Worte, die schrägen Berührungen und die sinnlosen Versprechungen. Spar dir einfach die Luft, ganz ehrlich.« Am liebsten würde ich mir die Hände auf die Ohren pressen, mich in einer Ecke zusammenrollen und einschlafen. In der Hoffnung, dass ich in der echten Welt wieder aufwache. In meinem Bett. In meinem Leben. Nicht in diesem Wirrwarr, in welches er mich hineingezerrt hat.

»Gut«, antwortet er zu meiner Überraschung. »Dann lass uns über deinen kleinen Freund sprechen.«

Ich halte die Luft an. Dass er Aiden erwähnt, sorgt für einen kurzen geistigen Aussetzer in meinem Kopf. Da ich nicht weiß, worauf er hinauswill, werde ich ungeduldig. Weder will ich danach fragen, noch spricht er von allein weiter.

Es ist zum Verrücktwerden.

Schließlich wird die Nervosität zu groß. Ich kann nicht ... wenn ich darüber nachdenke, was er getan hat. Was ich getan habe. Was Aiden gesehen hat.

Es geht einfach nicht.

Ich kann mich nicht damit beschäftigen und es nicht ... zulassen. Diese Gefühle, die in mir toben, muss ich loswerden. Ich muss sie distanziert betrachten. Kalt, von oben herab.

Das hier betrifft mich nicht.

Ich wimmere leise.

Ich muss es mir nur stark genug einreden.

Deshalb verziehe ich spitz und funkle ihn hoffentlich

eindrucksvoll an. »Wie süß, dass du nach ihm fragst. Ich habe gleich den Vibe zwischen euch gespürt.«

Mir fällt auf, wie sein Kiefer kurz zuckt. Den minimalen Kontrollverlust verbuche ich als Triumph.

Für ganze fünf Sekunden.

Silver dreht mir den Rücken zu. Er geht zu dem Kamin, der an der anderen Seite des Raumes flackert. Für einen kurzen Moment lasse ich den Blick schweifen: Über ihn, in seinem schicken Anzug; das spärlich eingerichtete Kaminzimmer.

Es würde beinah gemütlich wirken.

Schick, elegant, vielleicht ein wenig leer.

Und dann sehe ich auf den verbluteten Mann am Boden. Ein ekelerregender Gestank geht inzwischen von ihm aus. Beinah kommt es mir wie ein weiterer Albtraum vor. Ein Albtraum, mit zwei Gesichtern.

Dem am Boden und dem narbenverzierten von Silver.

Ich habe keine Gelegenheit, um weiter über meine Situation, Silvers Worte oder allgemein die letzten Minuten nachzudenken. Ein hohles Klirren lässt mich aufsehen. Silver ist zu mir zurückgekommen. Er packt meine Arme und bevor ich reagieren kann, hat er diese mit einer metallenen Kette zusammengebunden. Das Einrasten eines Schlosses lässt mich panisch werden.

»Spinnst du?«, brülle ich heraus.

»Lass uns diesen Teil dieses Mal überspringen. Er langweilt mich inzwischen«, antwortet Silver gelassen.

Mit diesen Worten lässt er mich zurück. Geradewegs geht er zu der Tür, die in Richtung des Ganges führt. Sie steht noch immer offen und erinnert mich daran, wie ich hierher gekommen bin. Ich hatte dieses kribbelnde Gefühl der Gefahr im Magen. Ich wollte etwas erleben. Wild und frei sein.

Ich wollte Fehler begehen, Geschichten haben, die ich irgendwann einmal meinen Kindern erzählen kann.

Es kommt mir vor, als wären seitdem Jahre vergangen.

Mir treten Tränen in die Augen.

Silver klopft mit der flachen Hand gegen die Wand, nickt mir zu und lächelt schräg. Dabei zuckt die Narbe in seinem Gesicht. »Wollen wir hoffen, dass du nicht ebenfalls beginnst mich zu langweilen, meine Schöne. Wenn ich dich das nächste Mal rufe, solltest du gehorchen. Um deinetwillen und um das Leben deines Freundes willen.«

Mit diesen Worten geht er aus dem Zimmer und schließt die Tür hinter sich.

Es dauert ein paar Momente, bis ich reagiere.

Schließlich laufe ich begleitet von dem Klirren der Kette an meinen Armen zur Tür. Ich taste nach der Klinke, drücke sie herunter und laufe gegen das fest verschlossene Türblatt. Fluchend schlage ich dagegen. Die Kette verklemmt sich schmerzhaft zwischen meinen Armen.

Verzweifelt sinke ich gegen das kalte Metall der Tür. Ich zittere wie Espenlaub. Alles in mir scheint sich zu drehen. Mir ist übel. Quatsch, mir ist so schlecht, dass sich mein Magen immer wieder verkrampft zusammenzieht. Während ich schwer atme, versuche ich nicht auf diesen Mann am Boden zu starren. Er ist ein Fremder.

Ein Unschuldiger.

Das habe ich noch vor wenigen Minuten gedacht. Inzwischen habe ich keine Ahnung mehr, was ich eigentlich glauben soll.

Kann das, was Silver gesagt hat, stimmen? Ist er der Mann, der mir wehgetan hat?

In Gedanken hebe ich die Hand an meine Kehle. Das Klirren der Kette lässt mich erschaudern.

Und selbst wenn es stimmt.

Würde es das rechtfertigen, was er getan hat?

Bei diesem Gedanken wird mir noch eine Spur übler.

Und was würde das für mich bedeuten?

Dem einen entflohen, nur um bei dem nächsten Psychopaten zu landen? Denn dass dieser Silver nicht ganz sauber im Schädel ist, ist wohl klar.

Wieder muss ich daran denken, wie ich vorhin aufgewacht bin.

Er war so anders.

Nett, aufmerksam und heiß.

Fluchend schlage ich den Kopf gegen die Tür. Das war möglicherweise meine Chance gewesen, um zu entkommen. Er hat mich allein gelassen. Und ich Idiotin bin ihm hinterhergeschlichen. »Weil ich ein verdammtes Abenteuer wollte«, murmle ich triefend vor Selbstverachtung.

»Dann hast du bekommen, was du wolltest.« Die trockene Stimme lässt mich mit einem panischen Schrei aufschrecken. Ich drehe mich um und sehe in Aidens ausdruckslose Miene. Er steht mit verschränkten Armen in einer Wandöffnung. Direkt neben der verspiegelten Fläche.

»Aiden«, rutscht es mir wie von selbst heraus.

Er gibt ein dumpfes Schnauben von sich. Dann dreht er sich um und verschwindet zurück in das andere Zimmer. Eine Zeit lang bleibt es still. Seine Schritte verklingen und enden schließlich. Zurück bleibe ich allein.

Ich atme mehrmals tief ein. Es ist ein innerer Kampf, ihm langsam zu folgen. Mit nackten, blutverschmierten und kalten Füßen. Einem kurzen und inzwischen in meinen Augen schäbig wirkenden Kleid. Strubbeligen Haaren und zusammengeketteten Armen. Kurz werfe ich mir selbst einen Blick im Spiegel zu und erschaudere.

Dann gehe ich durch die Türöffnung.

Mein Herz schlägt mir bis zum Hals. Schuld, Scham und

unzählige weitere frustrierende Gefühle toben in meinem Inneren. Ich versuche sie herunterzuschlucken, während ich auf Aiden zugehe.

Er sitzt auf einem Bett. Noch immer trägt er die gleiche Kleidung, wie in dem Club.

Mir rutscht ein dumpfes Lachen heraus.

Aiden hebt den Kopf. Beinah hasserfüllt starrt er mich an. »Sag mir gern, was dich amüsiert. Vielleicht kann ich ebenfalls lachen.«

Mein Gesichtsausdruck friert ein und ich schlucke ein paar Mal. Schließlich senke ich den Kopf. Meine Wangen fühlen sich heiß an. Meine Füße kalt. Nervös trete ich von einem auf den anderen, ohne zu wissen, was ich sagen soll.

»Aiden«, versuche ich es schließlich schwach.

Er hat sich nicht bewegt. Starrt mich kalt an.

»Er war nett und ich ...«

Langsam schüttelt er den Kopf. »Nett? Werde erwachsen, Stella. Er ist nicht nett.«

»Du verstehst das nicht«, stoße ich verzweifelt aus. In dem Moment wird es dunkel in dem Zimmer. Die Tür, durch welche ich eben gekommen bin, ist geschlossen. Ich blinzle benommen. Kein Licht erhellt den Raum.

»Was verstehe ich nicht?« Aidens Stimme ist klar und deutlich zu hören. In der Dunkelheit verpasst sie mir eine ordentliche Gänsehaut. »Dass du dich von diesem Typen manipulieren lässt? Dass er mit dir spielen kann, wie ein Hund mit einem Knochen?« Ich schnappe nach Luft, doch er spricht weiter. »Du hast recht, Stella. Das verstehe ich nicht.«

»Was kann ich dafür, dass er mich entführt hat?«, schreie ich überfordert in die Dunkelheit. Während meiner Worte schwanke ich leicht und presse meine gefesselten Hände an meine Brust.

Etwas streift meine Seite. Hektisch drehe ich mich um. »Alles.« Aidens Stimme ist unmittelbar vor mir. Sein warmer Atem streift meine Nase. »Aber ich hasse dich nicht, weil du mich auf der Tanzfläche zurückgelassen hast. Ich mache dir keine Vorwürfe, weil du auf einen Irren hereingefallen bist. Ich gebe dir nicht die Schuld, weil du entführt wurdest und auch nicht, weil ich diesem Wichser ebenfalls ins Netz gegangen bin. Ich werfe dir nicht vor, dass ich ihm hinterhergerannt bin, als ich gesehen habe, wie er dich mitgenommen hat. Auch nicht, dass er mich betäubt und eingesperrt hat.« Für eine kurze Sekunde ist er ruhig. Inzwischen halte ich den Atem an.

Dann spricht er weiter. »Ich verurteile dich dafür, dass du nach alldem, nachdem ich mein verfluchtes Leben für dich riskiert habe, so dumm bist, und ihm weiterhin wie ein Hündchen aus der Hand frisst. Ich werfe dir vor, dass du gesehen hast, was er ist. Er hat es dir deutlich gezeigt, aber statt auf die Handlungen und die Beweise, das, was du mit deinen eigenen Augen siehst, zu hören, ihm weiterhin vertraust.«

Aidens Nase streift meine. Starr vor Schreck stehe ich da, ohne mich auch nur einen Moment zu rühren. »Und ich hasse dich dafür, dass du dich trotz alledem von ihm ficken lässt.«

Hektisch atme ich ein. Mein Körper beginnt zu zittern. Seine Worte sind zu viel für mich. Es gelingt mir nicht, sie zu begreifen. Auch kann ich sie nicht zulassen. Er ist mir zu nah. Nicht nur körperlich. Emotional.

Dieser Gedanke versetzt mich in einen panischen Zustand.

Deshalb stoße ich einen fassungslosen Laut aus. »Es ist mein Körper. Mein Leben. Damit kann ich machen, was auch immer ich will. Also sorry, dass ich selbstständig entschieden habe, von wem ich mich berühren lasse. Und sorry, dass nicht du es warst.«

Als würde das eine Rolle spielen.

Aiden bleibt einen Moment still. Ich weiß, wie unpassend meine Aussage ist. Mir ist bewusst, dass es dumm ist und keine sinnvolle Reaktion auf seine Worte. Aber es ist mir egal. In dem Augenblick will ich nicht darüber nachdenken.

Wenn ich es tue, dann werde ich in ein Loch fallen, aus dem ich nicht mehr herauskommen kann.

»Darum geht es hier?«, antwortet er schlicht. Die Enttäuschung ist in jedem seiner Worte zu spüren. »Dass ich dich nicht packe und gegen die Wand presse? Wie ein verdammter Vergewaltiger?«

»Nein«, erwidere ich trotzig. Genau genommen ging es bisher nicht darum. Es ging um unsere gesamte verwirrende und aussichtlose Situation, die mich restlos überfordert.

»Nein? Sicher? Sicher, dass es nicht ausreicht, wenn ich dir mein Interesse zeige? Mädchen, du bist nicht ganz sauber.«

Seine Worte sind wie ein rotes Tuch vor meinen Augen. »Ja, wie gut, dass das nicht dein Problem ist. Also verpiss dich einfach.«

»Kein Problem. Ach halt. Dein krankes Bedürfnis nach Aufmerksamkeit hat dafür gesorgt, dass dein neuester Stecher mich in einem verdammten Kerker eingesperrt hat.«

»Und? Was erwartest du von mir?«

»Was ich von dir erwarte? Ich erwarte, dass du siehst, dass er völlig krank ist. Dass er ein verdammter Krimineller ist. Und dass deine Scheiße uns überhaupt erst hierhergebracht hat.«

»Meine Scheiße? Entschuldigung, dass in meinem Leben nicht alles perfekt ist.« Ich spucke ihm die Worte entgegen.

»Was ich erwarte, ist nicht perfekt. Ich erwarte einen Funken Verstand!«

Wütend will ich die Arme verschränken und spüre einen heftigen Schmerz in meinen Handgelenken. »Wie schade, dass ich offenbar nicht genug Verstand für dich habe. Wieso hast du dich dann überhaupt mit mir abgegeben? Wolltest du mich verspotten? Das dumme Ding merkt es nicht einmal, wenn es ausgelacht wird?« Impulsiv starre ich ihn an. Mein Hals fühlt sie rau vom Schreien an.

Aiden schnauft herablassend. Bevor er etwas erwidern kann, trifft mich mit einem Mal ein helles Lichtfeld. Ich blinzle unbeholfen und starre überrascht geradewegs in Aidens Gesicht.

Langsam schüttelt er den Kopf.

Das Schlimmste ist, die Enttäuschung darin zu sehen.

Dieser Anblick sorgt dafür, dass ich innehalte. Mein Magen zieht sich zusammen und ich denke für einige Sekunden nach. Etwas, das ich vielleicht schon früher hätte tun sollen.

Er hat mich aufgegeben.

Was auch immer er für einen Moment in mir gesehen habe könnte, spätestens jetzt hat er es verloren.

Beschämt senke ich den Blick. Aller Ärger verrauscht mit einem Mal. Aiden ist hier. Und das ist allein meine Schuld. Jedes seiner Worte stimmt. Ich bin krank, dumm, naiv. Was auch immer er mir vorwerfen will. Es stimmt.

»Eure Diskussion zu beobachten, langweilt mich.« Die monotone Stimme jagt mir eine Gänsehaut über den Rücken. »Komm, Stella.« Bei diesen Worten sehe ich auf.

Langsam drehe ich mich herum und starre durch die inzwischen durchsichtige Glasscheibe direkt in Silvers blaue Augen. Er hebt das Kinn an, verengt den Blick und sieht mich auffordernd an. Seine letzten Worte gehen mir immer wieder durch den Schädel. Nicht diese. Die, bevor er mich zurückgelassen hat.

Dass, wenn er mich ruft, ich gehorchen soll.

Meinetwegen. Und wegen Aidens Leben.

Wenigstens das bin ich ihm schuldig. Nachdem ich immer wieder einen Fehler nach dem anderen begehe.

Meine Atmung wird schneller. Hörbar schnappe ich nach Luft. Mit klopfendem Herzen setze ich einen Schritt in seine Richtung.

Dann werde ich an der Schulter gepackt und zurückgerissen.

»Das kann nicht dein Ernst sein.« Er klingt dumpf. Noch schlimmer, enttäuscht.

»Was?«, fahre ich ihn härter als notwendig an. Ich bin überfordert. Noch nie zuvor war ich in einer solchen Situation. Woher soll ich wissen, wie ich reagieren soll? Genau genommen versuche ich die ganze Zeit nichts anderes, als diesem Irrsinn zu entfliehen. Und jedes Mal, wenn ich mich für etwas entscheide, ist es wieder falsch.

»Willst du wieder für ihn springen? Und warum? Weil er nach dir pfeift?« Aidens wütende Worte lassen mich erstarren. In Gedanken schüttle ich den Kopf.

»Das ist nicht …« setze ich an. Dann bemerke ich Silvers warnenden Blick. Mit einem boshaften Grinsen schüttelt er den Kopf und raubt mir damit den Atem. Seine Worte wiederholen sich in meinem Schädel und lösen wummernde Kopfschmerzen aus.

Würde er Aiden schaden? Ihm wehtun?

Das letzte bisschen Verstand in mir schreit mich beinah an. Natürlich würde er das. Er hat uns hierhergebracht. Er hat jemanden getötet. Er … »Stella!« Aidens wütendes

Gesicht drängt sich in mein Blickfeld. »Ich sage dir das nicht meinetwegen. Aber wenn du jetzt mit ihm gehst, kann dir niemand mehr helfen.« Ein Flehen liegt in seiner Stimme. Es lässt mein Herz schneller schlagen.

Könnte es sein, dass er sich noch immer um mich sorgt? Trotz seiner Worte?

»Du gibst dich vollständig auf. Und wofür? Dafür, dass er dir die nächste Leiche präsentiert? Vielleicht meine?« Ich schnappe nach Luft. Hilfesuchend sehe ich zur Seite. Silver ist verschwunden. An seiner Stelle klebt ein kleiner Post-it an der Scheibe. Er scheint mich beinah zu verspotten.

20 Uhr.
Wenn du bereit dafür bist.

»Hörst du mir überhaupt zu?«

»Ja«, murmle ich in Gedanken.

»Stella, was willst du von diesem Typ?«

Am liebsten würde ich ihm meine Gedanken entgegenbrüllen. Was denkt er, wird passieren, wenn ich es nicht mache? Was wird aus ihm?

Aiden ist meinetwegen hier.

Es ist meine Schuld.

Meine Verantwortung.

Oder?

Ich höre meinen Herzschlag in meinen Ohren. Schwer atmend sehe ich in Aidens Gesicht. »Komm mit.«

Mit hochgezogener Augenbraue blickt er mich an.

Ich verdrehe die Augen und spüre, wie ich zunehmend erröte. »Komm mit zu ihm. Mit mir. Zusammen. Wir könnten ...«

»Einen flotten Dreier veranstalten und tun, als wäre das

ganz normal? Mein Kidnapper, sein Opfer und ich? Klingt nach einer beschissenen Sitcome.«

»Aiden ...«

»Was erwartest du?«

Erschöpft lasse ich mich auf das Bett nieder. Ich ziehe die Beine an meine Brust und lege das Kinn auf die Knie. Das Klirren der Ketten versuche ich auszublenden. »Es war nur eine Idee. Woher soll ich wissen, dass ...«

»Lass den Scheiß.«

»Was?« Ich traue mich nicht, den Kopf zu heben. Noch nie hat Aiden so verärgert gewirkt. Und ich habe allein in der kurzen Zeit, die wir uns kennen, eine Menge Mist gebaut.

»Du fällst auf ihn herein. Nein, noch schlimmer. Du hilfst ihm. Und das zu sehen, fuckt mich einfach ab.«

Mein Herz schlägt schneller. Nervös beiße ich mir auf die Lippe. Währenddessen rotieren meine Gedanken. »Aiden, du bist der beste Freund, den ich mir vorstellen könnte.«

Er gibt ein dumpfes Schnauben von sich.

»Komm schon. Wir haben eine Menge erlebt. Und das allein in den wenigen Stunden. Wir sitzen hier gemeinsam fest. Und ja«, werfe ich ein. »Mir ist bewusst, dass das meine Schuld ist. Aber ich mag dich. Sehr. Und ich will nicht, dass du meinetwegen verletzt wirst.« Langsam richte ich mich auf, strecke mich zu ihm und lasse meinen Kopf dann auf seinen Schoß fallen.

Wie von selbst legt er die Hand auf meinen Kopf und beginnt durch meine Haare zu streichen.

»Ich mache das hier für dich. Für uns. Hilf mir. Oder willst du mich nicht?« Ich stocke in meinen Worten. Dann endlich hebe ich den Blick und sehe zu ihm auf.

Aiden hat die Lippen fest aufeinandergepresst. Langsam schüttelt er den Kopf. »Mach das nicht.«

»Was?«, frage ich sofort.

»Du willst, dass ich dir sage, wie unwiderstehlich du bist? Das ich dich sofort ficken würde und es nicht an dir liegt? Würde ich und liegt es nicht.« Seine Kiefermuskeln spannen sich an. »Aber Stella, dir scheint die Realität komplett entglitten zu sein. Wir sind nicht auf einer Party und es geht nicht darum, wer den letzten Shot trinkt. Es geht nicht um eine kleine Fehlentscheidung. Dort drüben liegt eine verdammte Leiche.«

Aufgrund seiner Worte zucke ich zusammen. Und das, obwohl er leise spricht. »Aiden«, setze ich an, ohne zu wissen, was ich sagen will.

»Unsere Diskussion dreht sich im Kreis und dazu fehlt mir die Energie. Noch dazu haben wir weiß Gott andere Probleme, als die Frage, ob ich dich attraktiv finde.« Mit diesen Worten schiebt er mich von seinem Schoß und erhebt sich. Er reicht mir die Hand, sieht mir fest in die Augen und atmet tief ein. »Vertraust du mir?«

Ich bin völlig überrumpelt von seinen Worten und starre ihn für einige Sekunden lediglich an. Meine Kehle ist trocken und meine Fingerspitzen beginnen nervös zu kribbeln.

Aiden bückt sich, packt mich an den Armen und zerrt mich in die Höhe. Ich stoße ein dumpfes Stöhnen aufgrund der Ketten aus.

Dann fasst er mein Gesicht mit beiden Händen an. »Wir kennen uns kaum. Du bist eine Fremde, die ich beim Spazieren gehen getroffen habe. Aber dieser Mensch dort draußen ist weder gut für dich noch für mich.« Er betont jedes einzelne Wort.

»Du bist mein Freund«, antworte ich ausweichend.

Die Gedanken in meinem Schädel überschlagen sich. Mir wird warm und kalt zugleich.

»Das war keine Antwort. Vertraust du mir, dass ich das Richtige für dich mache? Mehr als ihm? Einem Entführer und Mörder? Die Entscheidung sollte leicht sein, Stella.« Seine grünen Augen sind direkt vor mir. Ich blinzle aufgeregt, während er mich anstarrt.

Mein Atem geht immer schneller. In meinem Kopf herrscht mit einem Mal schwarze Stille. Es gelingt mir nicht, ein Wort herauszubringen.

Deshalb mache ich das einzig Sinnvolle. Ich küsse ihn.

Unsere Lippen treffen schief aufeinander. Im ersten Moment erstarre ich. Dann hebe ich die gefesselten Hände an seinen Kopf. Zittrig fahre ich durch seine Haare, drücke ihn näher an mich heran. Dann beginne ich meine Lippen zu bewegen. Ich küsse ihn, fahre mit der Zunge über seinen Mund und stöhne leise.

Mit jeder Sekunde, die vergeht, werde ich unsicherer.

Sein betörender Geschmack scheint sich in Gift zu verwandeln.

Er bewegt sich nicht. Verdammt, warum macht er nichts?

Ich erstarre.

Aiden steht da wie eingefroren und erwidert meine Berührungen nicht.

Betroffen senke ich die Hände. Nervös presse ich diese an meine Seiten. Ich löse mich von ihm und gehe einige Schritte zurück. Mein Gesicht brennt heiß. *Dumm.* Ich war so unfassbar dumm. *Wieso habe ich das getan? Ihn einfach geküsst.* Als würde er es erwidern. Als wäre dann alles gut. Aber nichts ist gut. Er hat mich von sich gestoßen. Gut, dass nicht. Aber er hat es auch nicht erwidert.

Dabei müsste das so laufen. Oder? In einem Film hätte er mich jetzt an sich gepresst und nie wieder losgelassen.

Er hätte mir geschworen, dass wir das hier schaffen und gemeinsam hierherauskommen. Die ersten Tränen erscheinen in meinen Augen. Ich presse die bebenden Lippen zusammen.

Mit Sicherheit ist er angeekelt. Oder zumindest fühlt er sich bedrängt. Er ... *mist*, müsste er mich nicht wenigstens inzwischen in meinen Gedanken unterbrechen? Mir sagen, dass er unsere Freundschaft schätzt und mich nicht verlieren will?

»Sag etwas«, flehe ich leise, ohne den Blick zu heben.

Macht er aber nicht.

Es bleibt still.

So lange, dass sich sogar meine Nervosität langsam legt und in Missfallen verwandelt. Und so lange, bis ich mich sogar traue, den Kopf zu heben.

Aiden steht immer noch im Raum. Er sieht mich an. Bewegt sich nicht und gibt keinen Ton von sich.

Seufzend gehe ich einige Schritte auf ihn zu. »Aiden. Du bist mein Freund.« Ich presse die Worte hervor. *Wieso zwingt er mich dazu? Wieso muss ich reden, wenn er mich zurückgewiesen hat? Oder soll ich wie er schweigen? Und dann?*

»Jetzt bin ich also wieder dein Freund.« Er klingt verbissen. Schnauft leise und nickt nachdenklich. »Dein fucking Freund«, wiederholt er leise.

»Ja, natürlich bist du das. Und eigentlich dachte ich, du siehst mich auch als Freundin.«

Aiden sieht für einen Moment zur Tür. Dann wieder zu mir. »Und was für eine Freundschaft haben wir? Eine, in der du bestimmst? In der du mich wie ein Tier dressieren kannst?

Aiden komm her. Aiden küss mich. Aiden geh weg? Eingesperrt in dem Zimmer dieses Psychos?«

Ich öffne die Lippen.

Sprachlos starre ich ihn an.

Beinah bin ich versucht zu lachen. »Das kann nicht dein Ernst sein.«

»Keine Ahnung, ist es dein Ernst? Alle Probleme sind vergessen, weil du jetzt entschieden hast, dass du Lust auf mich hast? Und dann wird der Mann dort draußen wieder lebendig und alles ist gut?«

»Nein. So ist das nicht.«

Er nickt langsam. Mein Blick fällt auf seine verschränkten Arme, die leicht zucken. »Ja, so ist das nicht. Also sind wir nur Freunde?« Aiden spuckt mir das Wort beinah entgegen.

»Freunde, die sich küssen, wenn es ihnen passt. Nein, korrigiere. Wenn es einem von ihnen passt? Freunde, die den Freund hängen lassen, sobald ein Psycho nach ihnen pfeift? Freunde, bei denen einer das Leben für den anderen riskiert. Und der andere? Der andere muss nichts dafür machen, sondern einfach nur nehmen und zerstören?«

»Aiden ...«

Er starrt mich an und wartet. Allerdings weiß ich nicht, was ich sagen soll. Schließlich seufze ich leise. »Okay, der Kuss war dumm. Es tut mir leid. Ich bin aufgewühlt, die Situation ist auch für mich neu und alles andere als leicht.«

»Aha.«

»Mach es mir nicht so schwer.«

»Schwer?« Er lacht laut. »Ich mache es dir nicht schwer, Prinzessin.« Das letzte Wort sagt er mit so viel Nachdruck, dass es klingt, als habe er sich verschluckt. »Du hast es dir viel zu leicht gemacht. In deiner beschissenen Traumwelt denkst du, dass du mit mir spielen kannst. Du hältst mich hin und sobald du mit dem Finger wackelst, denkst du, dass dein dressiertes Haustier wieder springen wird. Nein«, korrigiert er sich selbst. »Nicht einmal das. Du machst, was auch immer dieser Typ sagt. Lass gern mit dir spielen, Stella. Aber zieh mich nicht in deine Scheiße hinein.« Aiden dreht sich herum und schlägt ohne Vorwarnung gegen die Wand. Das knackende Geräusch lässt mich nach Luft schnappen.

Er gibt mir keine Zeit, um darauf zu reagieren. Stattdessen kommt er auf mich zu, packt mich am Hals und zerrt mich zur Tür. »Aiden, du tust mir weh!«, jammere ich leise. Schmerzhaft verziehe ich das Gesicht und versuche seine Hand von meiner Kehle zu lösen.

»Tja, du hast mir auch weh getan.« Er wirft mir einen knappen Blick zu, dann schlägt er geräuschvoll gegen das Glas. »Hey, Wichser. Wenn du willst, dass die Kleine ihren Kopf behält, solltest du deinen Arsch hierher bewegen. Jetzt.« Die Worte brüllt er mir in die Ohren. Ich verziehe das Gesicht, winde mich in seinem Griff. Er gibt keinen Millimeter nach.

»Aiden. Was soll das?«

Er lacht rau, bringt mein Gesicht dicht vor seins und auch mir seinen warmen Atem entgegen. »Das wird ein Realitätscheck.«

»Was?«, krächze ich leise. Ich weiß nicht, was er meint. Geschweige denn, warum er so reagiert. »Wieso bist du so? Wegen einem einfachen Kuss? Es war ein Fehler. Es tut mir leid. Wie oft soll ich das noch sagen?«

»Das war also ein Fehler?«

»Ja, offensichtlich! Wenn du mir daraufhin den Kopf abreißen willst, scheint es fast so.«

Seine Finger beben um meine Kehle. Bedauerlicherweise würde ich darauf wetten, dass es nichts damit zu tun hat, dass seine Kraft nachlässt. Im Gegenteil. Er scheint sich beherrschen zu müssen.

»Der Fehler ist, dass ich nicht sofort verstanden habe, wie kaputt du wirklich bist.

Manches Spielzeug kann man nicht reparieren.

Du verdienst das hier. In einer Zelle zu verrotten.

Verletzt, missbraucht, allein.

Aber ohne mich.

Ich habe dir die Chance gegeben, mir zu vertrauen. Darauf, dass wir hier gemeinsam herauskommen. Aber mit jedem Wort, das aus deinem Mund kommt, merke ich, dass du in einer völlig anderen Realität lebst.« Ich versuche etwas zu sagen. Schließlich wollte ich das alles hier ebenfalls nicht. Er lässt mich nicht zu Wort kommen.

»Du lebst in einer Fantasie, in der es lediglich darum geht, wer dir heute seine Zuneigung schenkt. Spoiler: Ich bin es nicht.

Jeder normale Mensch würde durchdrehen, in Panik verfallen, schreien und versuchen zu entkommen. Ich habe dir sogar nach dem, was ich gesehen habe, die Chance gegeben, dich auf meine Seite zu stellen.

Das hast du nicht.

Ich dachte, dass du vielleicht völlig unter Schock stehst und deshalb nicht reagierst.

Offenbar lag ich falsch.

Du weißt ganz genau, was hier passiert.

Du liegst nicht weinend in einer Ecke und hoffst darauf, dass alles gut wird.

Noch nicht.

Aber was auch immer aus dir wird. Es ist nicht mehr mein Problem.«

Du, er, jeder hier scheint spielen zu wollen.
Nur bin ich nicht der Richtige dafür.
Es kommt mir allerdings so vor, als würde das niemanden interessieren.
Die Frage ist, wie ich damit umgehen werde.

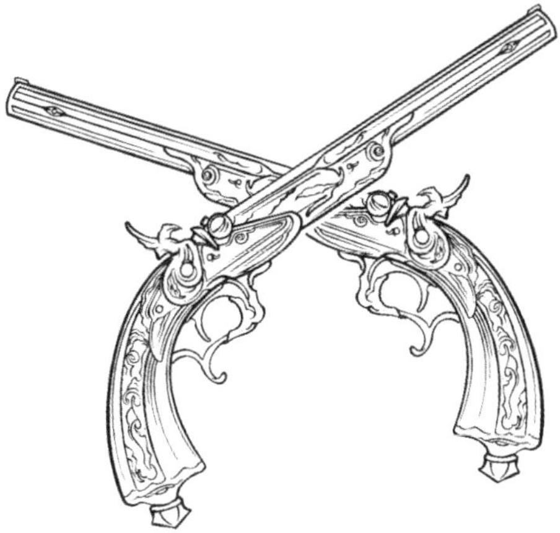

KAPITEL 15

Aiden

S*cheiße*, ich will das hier nicht tun. Aber es ist vernünftig. Nur leider bin ich niemand, der besonders vernünftig handelt. Diese Einsicht ist nichts Neues. Allerdings habe ich mich in den letzten Wochen vor Dummheiten nur so überschlagen.

»Aiden? Was soll das?« Stellas Stimme klingt weinerlich. Ich versuche sie auszublenden und mich auf meine Gedanken zu konzentrieren.

Nur ihretwegen bin ich in dieser Lage. Entführt, eingesperrt und nur wenige Meter von einer Leiche entfernt. Jede einzelne Entscheidung, die mit dieser Frau zusammenhängt, hat mich immer tiefer in die Scheiße geritten. Sie ist ständig abwesend, läuft vor mir davon und treibt es ganz offensichtlich mit diesem Typen.

Und das unmittelbar vor meinen Augen.

Dabei scheint sie sich nicht einmal schlecht zu fühlen.

Ich verstärke meinen Griff um ihren Körper. Die zusammengeketteten Hände packe ich. Sie sind klebrig vom Blut der Leiche. Bei diesem Gedanken würge ich beinah.

»Aiden!« Stella schnappt nach Luft, als ich ihr Genick packe. Sie scheint unbekümmert. Von den Schmerzen, die ich ihr aktuell zufüge, einmal abgesehen.

Das ist nicht fair, stelle ich verbittert fest. Wenn, dann sollte sie leiden, weinen und fluchen. Sie sollte sich schlecht fühlen und sich mit jeder Sekunde mehr hassen.

Stattdessen bin ich es. Ich verabscheue mich für jeden einzelnen Moment. Während ich ihre Haut unter meiner spüre, ihren rasenden Puls und den Schweiß, der sich ausbreitet, kann ich nur daran denken, wie ein anderer sie berührt hat.

Wenn man das nicht Prioritäten setzen nennt.

Stella stößt ein leises Röcheln aus. Meine Finger beginnen zu zucken. Während ihre Bewegungen langsamer werden, muss ich daran denken, in welche Situation sie uns gebracht hat. Daran, dass ich ihretwegen leide und vielleicht sterben werde. Während ich in ihre vor Schreck geweiteten Augen starre, ist allerdings nur eines wichtig.

Ich kann lediglich daran denken, wie enttäuscht meine Schwester von mir gewesen wäre. Beinah kann ich ihre Worte in meinen Ohren hören. *A, du musst ihr helfen. Außer dir hat sie niemanden.* Sie hätte gewollt, dass ich mich um das verlorene Mädchen kümmere. Erst recht, wenn ich ihr von meinen Gefühlen erzählt hätte. *Sie hat etwas. Etwas, das mich berührt. Ich kann es nicht beschreiben. Vielleicht ist es Einbildung oder wird nach kurzer Zeit verblassen, aber irgendwas an ihr lässt mich einfach nicht los.*

Ich habe nie an diesen Quatsch von Bestimmung, Schicksal oder irgendwelchen Aszendenten geglaubt. Das ist Bullshit … Aber für meine Schwester war es wichtig. Seitdem sie nicht mehr an meiner Seite ist, scheine ich überall Zeichen zu sehen. Vielleicht ist auch das Einbildung. Oder sie sitzt dort oben, wacht über mich und schlägt sich die Hand vor die Stirn, weil ich alles, was sie mir schickt, ignoriere.

Voll Verbitterung starre ich in Stellas große Augen. Eine einzelne Träne rinnt über ihre Wange.

Mit einem wütenden Aufschrei stoße ich sie von mir.

Mein Atem geht schwer. Ich konzentriere mich wieder auf dic Wirklichkeit. Eine, in der die junge Frau zu Boden taumelt und keuchend von mir wegkriecht.

Mit aufeinander gepressten Zähnen betrachte ich sie. Ich habe mich nie als Bad Boy oder dergleichen gesehen. Es fällt mir nicht schwer, meine Mitmenschen gut zu behandeln. Diese Spielchen um Aufmerksamkeit oder heiß und kalt finde ich lächerlich.

Und trotzdem starrt sie mich an, als wäre ich der letzte Wichser. Stellas Schultern heben sich zuckend. Sie hasst mich. Oder fürchtet mich. Was auch immer, aber sie sieht mich nicht ansatzweise so, wie ich es gern hätte.

Als ihren Helden.

Ja, vielleicht habe ich mich nicht immer so verhalten. Nicht in den letzten Minuten. Was nützt es, sich Stunden-, Wochen- und Jahrelang zu bemühen, um dann der zu sein, den sie verabscheut? Neben einem anderen, der Menschen ermordet, entführt und verspottet. Und trotzdem lässt sie sich bei ihm fallen.

Ist es das, was aus den guten Typen wird? Sie landen irgendwann auf dem Arsch? Lernt man auf diese Art, dass es nichts bringt, gut zu sein?

Was auch immer das überhaupt ist?

Während Stella sich in die Ecke des Zimmers zurückzieht und die Arme um ihre Beine schlingt, betrachte ich sie für einen Moment.

In ihrer Geschichte bin ich zu dem Bösewicht geworden. Obwohl ich alles dafür getan hätte, ihr Held zu sein.

Abfällig verziehe ich das Gesicht. »Was hast du erwartet?« Ich kann die Worte nicht länger zurückhalten. Es ist, als wollte ich unbedingt mit ihr in Kontakt sein. Nur, dass ich dafür vermutlich die schlimmste Art wähle.

Allerdings macht mich ihr Verhalten so unfassbar wütend. Sie sieht nicht einmal, was wirklich geschieht. Sie will nicht begreifen, was er getan hat. Und genauso wenig will sie sehen, wer ich für sie sein könnte.

Aufgrund meiner Worte hebt sie den Kopf für einen kurzen Moment. Ich sehe, dass ihr eine Erwiderung auf den Lippen liegt. Sie scheint es sich anders zu überlegen und senkt lediglich den Blick.

»Dass du ihm wichtig bist?«, frage ich weiter. »Dass er hierher kommt, dich befreit und mich, den Bösewicht, in die Flucht schlägt?« Ich kann den spöttischen Unterton nicht aus meiner Stimme verdrängen. »Bist du wirklich so dumm?«

»Ja, vielleicht bin ich das!« Stella springt auf die Beine. Kurz vor mir bleibt sie wie erstarrt stehen und knirscht mit den Zähnen.

Eingehend mustere ich sie von oben bis unten. »Ich weiß nicht einmal, was ich an dieser Aussage am meisten bedauern soll.« Mir entweicht ein verzweifeltes Lachen. »Wir sitzen hier gemeinsam fest. Der Böse bin nicht ich, Stella!« Zum wiederholten Mal frage ich mich, was genau nicht mit ihr stimmt. Realisiert sie nicht, in welcher Situation wir uns befinden? Sie hat Blut an den Händen! Nicht metaphorisch gesprochen. Tatsächlich klebriges, echtes Blut. Und das ist seine Schuld.

Will sie es nicht begreifen? Oder kann sie es nicht?

Das Blut beginnt in meinen Ohren zu rauschen.

Da ist dieses freche, unabhängige Mädchen, das mich verzaubert hat. Ein paar Mal habe ich sie gesehen. Und als hätte man eine Kerze gelöscht, ist inzwischen nur eine traurige Version davon übriggeblieben.

Am liebsten würde ich sie für alles, was sie getan hat, hassen.

»Nur hat er mich nicht gepackt und damit gedroht, mich umzubringen«, faucht sie leise. Ihre Brust hebt sich hektisch. Beinah, als würde sie sich damit selbst an etwas erinnern, geht sie ein paar schnelle Schritte zurück.

Ich folge ihrer Bewegung mit meinen Augen. Mit einem Mal verspüre ich den heftigen Drang sie in den Arm zu nehmen und zu trösten. Aber auch wenn ich mir nicht sicher bin, ob ich das könnte, weiß ich eines ganz sicher: Ich würde mich dafür hassen, wenn ich sie nach dem, was passiert ist, von mir stoße. Ich würde mich hassen, wenn ich sie in dieser Situation allein lasse. Und am allermeisten dafür, dass ich nicht versucht habe, sie zu verstehen.

Nur verflucht, warum macht sie es mir so verdammt schwer?

Stella ist inzwischen dazu übergegangen, mit wüsten Beschimpfungen um sich zu werfen.

Ich hingegen habe sie beinah vollständig ausgeblendet.

Wäre ich nicht in diesem dreckigen Loch gefangen, würde ich mir spätestens jetzt einen Doppelten einschenken. Und das Glas dann wie in einem Film mit Schwung gegen die Wand werfen.

Allerdings bin ich nur in dieser Laune, weil ich mich eben in diesem Loch befinde, was bedeutet, dass ich weder ein Glas noch Alkohol habe. Ein Teufelskreis.

»Ich schätze gepflegte Gewalt durchaus. Vor allem, wenn sie angemessen ist.« Die monotone Stimme bringt mich nicht einmal dazu, den Kopf zu heben. Weder will ich dem kranken Pisser in seine kalten Augen sehen, noch eines seiner Worte hören. Bedauerlicherweise kann ich gegen

Zweiteres nicht viel ausrichten. Zumindest nicht, wenn ich mir nicht wie ein Kind die Ohren zuhalten will.

Diese Genugtuung werde ich ihm nicht geben.

»Was ich allerdings nicht schätze, ist ein Mann, der seine Versprechen nicht hält.« Stella gibt ein leises Wimmern von sich. Warum? Keine Ahnung. Vielleicht will sie zurück in sein Bett kriechen. Mit der Hand unter ihrem Kleid. Verbissen presse ich die Lippen aufeinander. Mit Sicherheit denkt sie nicht einmal über seine Worte nach. Schließlich schreien diese danach, dass er nur darauf wartet, dass ich ihr das Genick breche.

Ich versuche alles um mich herum auszublenden und schließe die Augen.

»Zu schweigen, zeugt von schlechtem Benehmen«, weist er mich zurecht. Zu gern würde ich ihm tatsächlich schlechtes Benehmen zeigen. Und zwar dann, wenn ich ihm mit voller Wucht in die Fresse schlage. Bei diesem Gedanken hebe ich den Kopf und starre geradewegs zu ihm. Er hat die Tür erneut geöffnet und den Arm um Stellas Schulter gelegt. Und sie? Sie wehrt sich nicht. Sie starrt zu ihm, als wäre er ihr gottverdammter Retter.

»Sag, meine kleine Rose, gehört es sich, ein derartiges Verhalten an den Tag zu legen?« Es dauert ein paar Sekunden, bis Stella antwortet. Sie sieht ihn einige Sekunden an, bis sie sich schließlich leise räuspert. Beinah sieht es so aus, als würde sie den Kopf schütteln wollen. Dann presst sie die Lippen fest aufeinander und senkt den Blick.

»Er ist …« Ich schnaufe frustriert. Sie will mich verteidigen und mein Verhalten entschuldigen?

»Er ist was?«, frage ich mit beißender Stimme. »Ein Kind, dessen Dummheiten als eine Laune abgetan werden? Wo Mami das Verhalten rechtfertig, damit Papi nicht schimpft?« Mein Körper zuckt. Am liebsten würde ich auf die Beine springen und auf die beiden zustürmen. Nur würde ich meine Wut dann nicht mehr zurückhalten können.

Deshalb balle ich die Hand lediglich zur Faust. Das bin nicht ich. Daran muss ich mich immer wieder erinnern. Er ist das Monster. Nicht ich.

»Ich könnte dir sagen, dass das stimmt und Mami und Papi sich nun zurückziehen werden. Doch die Wahrheit ist, du bist weder Teil meiner Familie, noch ein wichtiger Teil meines Lebens. Dass du noch lebst, ist allein meiner Großzügigkeit zu verdanken.« Dieser Typ hebt das Kinn mit einem kontrollierten Lächeln an. Er umfasst Stellas Schultern und reibt mit den Daumen darüber. »Meiner Güte, die ich allein Stella zuliebe zeige.«

Stella starrt ihn weiterhin an. Wie verzaubert, hätte ich beinah gedacht. Besessen trifft es allerdings eher. Ich spare mir einen Kommentar, presse die Zähne aufeinander und senke lediglich schwer atmend den Blick.

Du kannst sie nicht alle töten, wiederhole ich immer wieder in meinem Kopf. Aber ich würde es verdammt gern versuchen.

Das Problem: Ich will Stella nicht verletzen, auch wenn ich mich selbst für diesen Gedanken verfluche. Davon einmal abgesehen bin ich nicht in der Position Forderungen zu stellen. Oder unüberlegt zu handeln. Nicht wenn mein Gegenüber ein Messer und eine Waffe bei sich trägt.

»Denk gern darüber nach.« Mit diesen Worten zieht er sich zurück. Und mit ihm Stella. Die beiden verschwinden durch die Tür. Friedlich. Einvernehmlich. Leise fluche ich. Sie hat jeglichen Bezug zur Realität verloren. Ich fühle mich verletzt und verraten. Da ist diese kochende Wut in meinem Inneren, die ich nicht beschreiben kann. Fluchend schlage ich gegen die Wand. Ich wollte sie schonen.

Verdammt nochmal, wegen meiner Schwester habe ich mich zurückgehalten und immer wieder gehofft, dass sich etwas ändern wird.

Doch anstatt sich auf meine Seite zu stellen, mir zu danken, geht sie mit ausgerechnet ihm mit.

Ich bin so verdammt wütend.

Am liebsten würde ich alles kurz und klein schlagen. *Oder jemanden töten.* Allerdings weiß ich schon genau, wer mit starrem Blick am Ende vor mir liegen würde. Mit verstrubbelten, blutbenetzen silbernen Haaren und blauen Augen.

Aber diese durchaus interessanten Fantasien bringen mich nicht weiter. Das Einzige, was in diesem Moment wichtig sein sollte, ist der Gedanke, hierherauszukommen. Schließlich weiß jeder, wie solche Geschichten enden.

Nicht gut. Weder für Stella noch für mich. Aber um sie sollte ich mich nicht sorgen. Nicht, wenn sie mich freiwillig zurücklässt, um mit unserem Entführer ins Bett zu steigen. Verbissen presse ich die Zähne aufeinander. *Unserem fucking Entführer.*

Das muss man sich einmal auf der Zunge zergehen lassen. So etwas gibt es für mich nicht. In Filmen, ja. Aber nicht im echten Leben. Natürlich habe ich schon von der ein oder anderen Scheiße in den Nachrichten gehört. Allerdings denkt man immer, dass es einen nicht selbst betrifft. So etwas passiert immer Fremden. Irgendwo auf der Welt. Naiven Mädchen, die zum IS fliegen. Abenteurern, die in abgelegene Krisengebiete reisen. Dummen oder unvorsichtigen Frauen, die den falschen Typen vertrauen.

Dachte ich.

Frustriert werfe ich mich der Länge nach auf das Bett. Es gibt ein Ächzen von sich. Ich sollte einen Plan machen. Nicht weiter unvorsichtig sein. Denn das würde bedeuten, dass ich selbst nicht besser bin als diese Leute, die ich soeben gedanklich aufgezählt habe. Die, die darauf hoffen, dass sie irgendwann, irgendwer befreien kommt. Die Wahrheit ist: Es wird keiner kommen. Und wenn ich mir nicht etwas einfallen lasse, dann werde ich hier versauern.

Aber es gibt zwei Dinge, die ich mir vornehme:

Zum einen werde ich nicht hier drin verenden. Und zum anderen, will ich, dass dieser Typ bezahlt.

Schwer atmend öffne ich die Augen und starre an die Decke.

Ich will hier raus. Zurück in mein Leben und weg von Stella und ihrem Scheiß. Aber noch mehr will ich Rache. Mit aufeinander gepressten Zähnen atme ich tief ein und aus.

Rache.

Nie hätte ich gedacht, dass ich so etwas jemals wollen würde. Das klingt nach einem Film. Oder einem Schwachkopf. Es ist unnötige Zeit, die ich auf das konzentrieren sollte, was mir wichtig ist. Das Problem ist nur, dass mir genau in diesem Moment, in welchem ich in einem Zimmer eingesperrt bin, in den gleichen elendigen Klamotten hocke und schon bald in die Ecke pissen werde, an nichts anderes denken kann. Deshalb korrigiere ich mich wie von selbst.

Ich will keine Rache.

Ich brauche sie, um weitermachen zu können.

Denn wenn ich ihn davonkommen lasse, dann bin ich nicht nur schwach. Dadurch würde ich mich selbst zu einem Opfer machen.

Einem, das schweigt und im Stillen jammert.

Ich könnte mir selbst nicht mehr gegenübertreten.

Dieser Typ muss bezahlen.

Er hält sich für einen Gott. Jemanden, dem niemand etwas anhaben kann. Vermutlich ist er sein Leben lang damit durchgekommen, sich zu nehmen, was auch immer er will.

Langsam richte ich mich auf. Und starre gegen die eintönig schwarze Wand.

Ab heute nicht mehr.

Auch wenn es einen Moment gedauert hat, das zu begreifen, aber ich bin niemand, der aufgibt. Ich lasse mich nicht einsperren und wie ein Tier dressieren. Selbst wenn es meine letzte Kraft kostet oder ich selbst dabei zugrunde gehe, ist es mir das wert. Am Ende dieser Geschichte will ich diesen Typen am Boden sehen.

Allein. Verraten. Zerstört.

Was wünschst du dir?
Was sind deine Hoffnungen?
Deine Träume, deine Fantasien?
Was erwartest du von mir?
Und sag, was bist du bereit dafür zu geben?

KAPITEL 16

Silver

Es wird Zeit für ein Experiment, meine Rose. Wie weit hast du deine Dornen bereits in mein Fleisch geschlagen? Und wie sehr habe ich dich in meinen Bann gezogen? Bist du mir bereits verfallen? Oder versuchst du lediglich die Oberhand zu erlangen?

Dieser Versuch ist ein großes Zugeständnis an dich. Schließlich ist mir durchaus bewusst, dass dir dein kleiner Freund nicht vollständig egal ist. Er hat einen gewissen Einfluss auf dich. Einen, den ich gern unterbinden möchte. Wenn ich die Zügel dafür lockern muss, soll es so sein.

Das Problem ist nur, dass ich kein besonders geduldiger Mensch bin. Ein Tag erscheint für viele nicht viel. Für mich ist jede Stunde kostbar. Jede Minute möchte ich nutzen.

Unsere gemeinsame Zeit ist begrenzt und das Ablaufdatum kommt immer näher. Wir sollten diese besser nutzen. Erst recht, da ich noch unschlüssig bin, wie unser Abenteuer enden wird.

Im Moment sieht es ganz danach aus, als würdest du dieses nicht überleben. Ich mag keine Veränderungen und erst recht keine Probleme. Mir ist es nur recht, wenn diese zeitnah und endgültig bereinigt werden.

Und trotzdem hast du einen gewissen Reiz an dir. Stark genug, als dass ich dir eine Chance geben werde.

Eine, meine kleine Rose.

Eine einzige.

Lass es uns versuchen. Um unser beider willen.

Ich lockere die Zügel und beobachte dabei, wie du dich verhältst. Schauen wir, was passiert.

Wirst du davonlaufen?

Oder brav an meiner Seite bleiben?

Nur zu gern würde ich sehen, wie du dich wehrst. Beinah reizt mich dieser Gedanke noch mehr als dein Gehorsam. Was soll ich sagen, Stella? Ich bin ein Wichser. Ein Arschloch. Welche Beschimpfung auch immer dir für mich einfällt, sie ist gerechtfertigt.

Aber ich will sehen, wie du kämpfst. Wie du fällst, dir die Tränen zur Seite wischst und aufs Neue auf die Beine springst. Denn du bist nicht so schwach, wie du dich zeigst. Du bist mehr als das.

Stärker. Stolzer und verdammt noch mal sturer.

Also zeig mir deine Dickköpfigkeit.

Behaupte dich.

Dann wirst du dir vielleicht auch mehr als einen Käfig verdienen.

KAPITEL 17

Stella

Zwanzig Minuten. So viel Zeit ist vergangen, bis ich endlich wieder den Kopf hebe. Ich habe jede einzelne Sekunde davon gezählt. Für einen kurzen Moment sehe ich in Silvers blaue Augen. Dann lasse ich den Kopf erneut sinken und starre auf den nassen Boden. Ich sitze mit angezogenen Beinen in der Dusche. Silvers Dusche. In seinem Haus. Unter seiner Aufsicht. Mein Herz schlägt wie wild.

Ist das etwas Gutes?

Kümmert er sich um mich?

Schwer atmend presse ich die flache Hand auf meine nackte Brust. Mich überläuft ein kalter Schauer. »Komm, Stella.« Diese Worte sagt er nicht zum ersten Mal. Bisher hat er mich noch nicht gezwungen. *Noch nicht.* Woher kommen diese Worte? *Erwarte ich, dass er mich zwingt? Will ich das möglicherweise sogar?* Ich schlucke, während mein Puls zu vibrieren scheint.

»Stella, es gibt durchaus bequemere Sitzmöglichkeiten in diesem Haus.« Verbissen presse ich die Lippen aufeinander. Was erwarte ich? Er bittet mich. Ist ... geduldig. Vielleicht sogar freundlich.

Trotzdem bin ich in einem schwarzen Loch gefangen und habe das Gefühl, nicht entkommen zu können. Mit einem Mal werde ich unter den Achseln gepackt. Mein Herz macht einen kleinen Hüpfer. Ansonsten gebe ich keine Regung von mir. Kein Laut dringt über meine Lippen. Ich atme heftig, lasse mich durch das Zimmer zerren und zu dem großen, schwarzen Bett.

Wie eine Puppe werde ich darauf platziert. Der erste Schauer läuft vor Kälte über meinen Körper. Trotzdem rühre ich mich nicht.

Vor meinen Augen spielt sich eine grausame Szene nach der anderen ab. Immer wieder erinnere ich mich an das, was in den USA passiert ist. Besser gesagt, was ich denke, was passiert ist. *Oder was Silver erzählt hat, was passiert ist.* Der letzte Gedanke bereitet mir Bauchschmerzen. Mein Magen zieht sich krampfhaft zusammen.

Kann es stimmen? War dieser Mann derjenige, der mich entführt hat? Aber warum? Und wie hat Silver ihn gefunden? Und ... wer zur Hölle ist eigentlich Silver?

Ich sehe auf. Direkt in seine hellblauen Augen. Sie sind leicht zusammengekniffen. Er wirkt ein Stück weit verärgert. Vielleicht aber auch gelangweilt.

Menschen konnte ich noch nie sonderlich gut einschätzen.

»Hier.« Silver wirft etwas neben mich auf das Bett. Während ich den kleinen Gegenständen mit meinen Augen folge, fällt mein Blick über meinen nackten Schoß. Automatisch presse ich die Beine eng zusammen. »Seratralin und Paroxetin. Nimm eine und schon in wenigen Minuten wird dein Serotonin-Spiegel steigen. Nach etwa einer halben Stunde wird das Angstnetzwerk in deinem Gehirn beruhigt, der Stress gesenkt und eine weitere Panikattacke verhindert.« Silver dreht sich leicht seitlich und zieht ein kleines Tütchen aus der Tasche seines Hemdes. Dieses wirft er mir direkt auf die nackten Beine. Ich zucke verspätet zusammen und starre die Tüte panisch an. Gleichzeitig schaffe ich es nicht, mich zu rühren oder sie zur Seite zu schieben.

»Zweite Möglichkeit: Du nimmst eine kleine Nase Kokain. In spätestens 30 Minuten hast du das Hochgefühl deines Lebens. Als kleinen Bonus wirst du all deine Sorgen vergessen und dich gehen lassen. Ein paar Stunden später kommen deine Angstzustände begleitet von unangenehmen Halluzinationen zurück. Aber keine Sorge. Von da, wo das herkommt, gibt es noch eine ganze Menge, sodass zwar der Trip immer kürzer wird, der Nachschub allerdings nicht endet.«

Langsam hebe ich den Kopf. Ich fange Silvers kalten Blick auf. Auch diesen kann ich nicht deuten. Sekundenlang starre ich ihn einfach nur an, ohne mich zu rühren. Gehört habe ich, was er gesagt hat. Trotzdem kann ich nicht darauf reagieren. Und dass, obwohl das kleine Tütchen so verlockend auf meinem Schoß liegt.

Selbst ich weiß, dass Kokain zu nehmen, eine unfassbar dumme Idee ist. Bei dieser Überlegung muss ich schwer schlucken. *Nur warum klingt es dann so verlockend?*

Weil ich nur an die positiven Wirkungen denken kann? Oder daran, dass es mehr geben wird? Dass ich es von Silver bekommen werde? Was bedeutet, dass er bei mir bleiben wird.

Ein bitteres Gefühl breitet sich in meinem Magen aus. Ich reibe mit der Zunge über das Innere meines Mundes. Das letzte bisschen Verstand in meinem Hirn schreit mich laut an, wie dumm ich bin. Eine Drogenabhängigkeit? Bin ich endgültig durchgehdreht? Und mit Sicherheit würde das nicht bedeuten, dass endlich jemand eine Konstante in meinem Leben darstellt. Im Gegenteil. Er wäre mein verdammter Dealer.

Im besten Fall.

Mit einem Mal merke ich, wie ich das Tütchen zwischen den Fingern bewege. Mir ist nicht bewusst, wann ich es angefasst habe. Zittrig fahre ich über die spitzen Ecken.

Silver geht vor mir in die Hocke. Ich blinzle schnell, um ihn wieder deutlich zu sehen. Zögerlich nimmt er mir das Tütchen aus der Hand und hält es direkt vor mein Gesicht. »Dritte Möglichkeit: Du scheißt auf diesen Mist und lässt deine Vergangenheit dort, wo sie hingehört: In der Vergangenheit.« Unbewusst lecke ich mir über die Lippe und räuspere mich leise.

»Ich ...« Verdammt. War das meine Stimme? Ich klinge, als hätte ich eine ganze Packung durchgeraucht. Außerdem weiß ich nicht einmal, was ich eigentlich sagen wollte.

»Stärke ist eine Entscheidung. Kein Talent und erst recht nichts, was einem zufällt. Du musst jeden verdammten Tag dafür arbeiten und dich immer wieder aufs Neue dafür entscheiden. Das hier ist deine erste Entscheidung. Triff sie und steh dazu.«

Irritiert sehe ich ihn an. »Meine Entscheidung«, murmle ich leise. Die zwei Worte wiederholen sich in einer Endlosschleife in meinem Kopf. Sie mischen sich in die finsteren Bilder von Blut und Schmerz, die mich erneut begleiten.

»Ja. In der Klinik wollten sie dir einreden, dass so etwas hier.« Er deutet auf die Tabletten neben mir »notwendig ist. Aber das ist nichts, was du für deine geistige Gesundheit brauchst. Tabletten geben dir den Raum, um deine Probleme zu lösen und deinen Körper nicht zu überbeanspruchen. Sie werden deine Probleme weder verschwinden lassen, noch vereinfachen.«

Bei seinen Worten presse ich die Zähne aufeinander. »Das stimmt so nicht ganz«, raune ich leise und mehr zu mir selbst.

»Kann schon sein. Aber dass sie dir helfen, ist auch nicht die ganze Wahrheit.« Silver wirft das Tütchen zur Seite. Ich folge diesem mit meinem Blick. In dem Moment nimmt er meine Hände und umfasst sie fest mit seinen Fingern. »Du solltest wissen, dass ich kein besonders geduldiger Mensch bin. Außerdem bin ich kein Freund von dergleichen Sinnesbetäubung. Weißt du auch warum, kleine Rose?«

Verbissen presse ich die Lippen aufeinander und schüttle stumm den Kopf.

Er löst eine Hand aus meiner und tippt mir mit dem Finger gegen die Stirn. »Weil dein Verstand das Wichtigste an dir ist. Ohne ihn kannst du dich gern in eine Zwangsjacke stecken lassen und die Wand ansabbern. Aber an diesem Punkt bist du noch nicht.«

»Noch«, wiederhole ich bitter.

»Ja. Noch nicht. Aber wenn du dich weiterhin gehen lässt, dann wird es nicht lange dauern.«

Ich schnaube entrüstet und richtet mich dabei automatisch auf. Mit der Hand wische ich seine Finger zur Seite. »Wenn dir etwas an mir nicht passt, dann ist das dein Problem. Und wenn du mich als verwahrlost siehst, ist auch das dein Problem.«

Silver spielt mit der Zunge in seinem Mund. Dann zeichnet sich ein Lächeln auf seinen Lippen ab. »Und genau dieses Feuer und diese rebellische Art solltest du behalten. Im Moment scheinst du sie nur zu haben, wenn du für deinen kleinen Freund kämpfst oder dich in deinem Stolz angegriffen fühlst. Gut so. Genau das will ich in dir sehen.«

Mir fehlen die Worte. Was soll ich darauf erwidern?

Dass ich mich nun mal wehren muss, wenn er mich einsperrt? »Also was? Bist du mein privater Coach, der mich einsperrt und mies behandelt? Damit was? Ich mich wehren muss?« Die widersprüchlichen Gefühle ihm Gegenüber und in Bezug auf Aiden verdränge ich an dieser Stelle großzügig.

Silver wiegt den Kopf zur Seite. »Ich wurde bereits als vieles bezeichnet, aber als Coach noch nie. Aber wieso nicht.«

Ich schnaube frustriert. »Und jetzt? Was ist der nächste Schritt? Eine Folterung? Schubsen wir kleine Kätzchen um und bewerfen glückliche Menschen mit Steinen?«

»Das wäre unnötig«, kommentiert er meine Aussagen gelassen. Währenddessen dreht er sich um, geht durch das Zimmer und öffnet mit einem Druck gegen die Wand den Kleiderschrank. Er zieht ein Kleid daraus hervor und wirft es neben mir auf das Bett. »Anziehen.«

»Und wenn nicht?«, frage ich herausfordernd.

»Dann gehst du nackt.«

Ich schnappe nach Luft. Ironisch, dass mich diese Aussage für einen kurzen Moment zum Innehalten bringt. Nicht die Tatsache, dass er mich offensichtlich entführt hat. Oder dass auch Aiden gefangen ist. Auch nicht die Frage, wer er eigentlich ist oder wie er diesen Mann gefunden hat.

Mit jeder einzelnen Frage wird mir übler. Die Magensäure steigt bitter in meiner Kehle auf. Ich bin noch nicht bereit dafür. Nicht bereit, diese Fragen zu stellen und noch weniger, die Antworten zu hören. Ja, im Moment befinde ich mich in einer Blase. Ich hoffe darauf, dass alles gut werden wird. Dass ich überlebe und hinterher die Story meines Lebens zu erzählen habe. Es ist naiv. Das ist mir bewusst. Und trotzdem kann ich die Umstände nicht voll ernst nehmen. Nicht so, wie ich es sollte.

Vielleicht liegt es daran, dass ich sonst durchdrehen würde. Oder ich bin tatsächlich verrückt. Vielleicht ist auch alles, was mir zuletzt passiert ist, so surreal, dass ich es schlichtweg nicht glauben kann. Auch wenn ich es in dem Moment erlebe.

»Abfahrt ist in 15 Minuten. Trockne deine Haare, mach dich zurecht, zieh dein Outfit an und sorge dafür, dass du vorzeigbar aussiehst.« Silver schnalzt mit der Zunge.

»Und was wird in der Zeit aus Aiden?«

»Wem?«, fragt er mit einem verbissenen Lächeln.

»Meinem Freund«, kommentiere ich seine lächerliche Frage. Als wüsste er nicht, wen ich meine. »Oder hältst du noch mehr Menschen, die mir wichtig sind, in deinem Haus als Geisel?«

»Wer weiß. Aber sollte eine Geisel nicht den Zweck erfüllen, die Wünsche des Entführers durchzusetzen?« Silver macht eine kurze Pause und sieht über meinen Körper. Ich bin versucht mich zu bedecken. Allerdings wäre das inzwischen sowieso zu spät. Deshalb erspare ich mir die peinliche Geste und starre ihn verbissen an. »Da wir inzwischen die Position und Funktion aller Beteiligten geklärt haben, lass mich dir eines ein letztes Mal sagen: Ich wiederhole mich nicht gern. Zieh dich an, mach dich fertig und sorg dafür, dass du fertig an der Treppe stehst. Du solltest dir keinerlei Hoffnung darüber machen, dass das hier gut für dich endet, wenn du mir nicht gehorchst. Dass ich freundlich zu dir bin, ist ein einmaliges Zugeständnis an dich. Nutze es und gib dich nicht dem Irrglauben hin, du hättest hier das Sagen. Du darfst gern rebellisch sein. Ich mag diese Seite an dir. Doch letzten Endes wirst du gehorchen, wenn ich dir etwas befehle. Vergiss nicht, ich bin kein Christian Grey und am Ende unserer Zeit werde ich dir keinen Ring an den Finger stecken.« Silver dreht sich um, deutet ausladend auf mich und schließlich das Kleid neben mir. »Jetzt sind es noch 14 Minuten.«

Mit geöffneten Lippen starre ich ihm hinterher. Kaum, dass er die Tür geschlossen hat, entweicht mir ein frustrierter Schrei. Gleichzeitig kann ich das nervöse Kribbeln in meinem Magen nicht verhindern. »Scheiße, was stimmt nicht mit mir?«, murmle ich leise.

»Christian Grey«, brumme ich frustriert. Mir entweicht ein irres Lachen. Schließlich ist mir selbst bewusst, dass das nicht das echte Leben ist.

Dachte ich. Gleichzeitig kann ich den Gedanken nicht vollständig hinter mir lassen.

Seufzend lege ich mich für einige kurze Sekunden nach hinten auf das Bett. Wer könnte es mir verübeln? Silver ist heiß, mysteriös und verdammt, bisher hat er mich nicht einmal unhöflich behandelt, geschweige denn, mir weh getan.

Er hat mich gefesselt, die Fesseln aber wieder gelöst.

Er hat mich eingesperrt und anschließend wieder befreit.

Er hat gesagt, dass er … Ich stocke in meinen Überlegungen. *Er hat gesagt, dass er mir am Ende keinen Ring an den Finger stecken wird.*

Aber wie soll ich diese trügerische, durchaus dumme Hoffnung hinter mir lassen, wenn er bisher alles, was er in Ansätzen Negatives getan hat, widerrufen hat?

Stöhnend starre ich für einige Momente an die schwarz gestrichene Decke. Oder ist sie tapeziert? Verspachtelt? Oder wie auch immer man das nennt?

Schließlich schüttle ich den Kopf.

Ich habe weiß Gott andere Sorgen als die Decke des Mannes, der mich entführt hat.

Schwer atmend erhebe ich mich. Wie zum Beispiel mich hübsch zu machen. *Wofür auch immer.*

Kopfschüttelnd nehme ich das Kleid in die Hand, trete das weiße Päckchen unters Bett und gehe zu dem Badezimmer, welches direkt an das Schlafzimmer grenzt. Zum ersten Mal betrachte ich die Einrichtung näher. Alles ist schwarz. »Düster, wenig einladend und langw…« Das letzte Wort bleibt mir in der Kehle stecken. Ich habe den Lichtschalter betätigt. Etwas, was ich zuvor nicht getan habe.

Daran, dass ich zuvor hier duschen war – nackt, noch dazu unter Silvers Beobachtung – erinnere ich mich nur vage. Auf der Hälfte des Weges bin ich in Panik geraten. In seinem Zimmer angekommen war ich bereits wieder in meinen Horrorszenarien gefangen. In der Dusche war ich völlig abwesend. Ich habe versucht den Bezug zur Realität zu behalten, indem ich gezählt habe.

Es hat mäßig funktioniert.

Oder auch nicht.

Ich stolpere ein paar Schritte nach vorn. Dann drehe ich mich staunend um. Die Fugen zwischen den schwarzen Fliesen werden von dunkelrotem Licht beleuchtet. Es schimmert schwach, als würde eine heiße Glut in ihnen lodern.

»Wow«, sage ich leise und schüttle den Kopf.

Dann gebe ich mir einen Ruck, gehe zu dem Waschbecken und greife nach dem Föhn. Noch ehe ich ihn einschalten kann, sehe ich an mir herab. Schlagartig wird mir meine Nacktheit aufs Neue bewusst. Und auch wenn es absolut nichts ändert, Silver mich bereits vollständig entkleidet gesehen hat und im Moment niemand da ist, zwänge ich mich zügig in das Kleid.

Wenige Sekunden kämpfe ich mit dem Reisverschluss an meinem Rücken. Währenddessen schießen mir diverse Schlagzeilen zu meinem Abend durch den Kopf. Etwa: ›Naive Frau in hübschem Kleid in Hinterhof aufgefunden.‹

Seufzend greife ich nach dem Föhn und beginne meine Haare zu trocknen. Derweil fallen mir weitere dumme Headlines ein. ›Frau wird entführt – Wenn Opfer selbst schuld sind.‹ Ich fahre mir mit den Fingern durch die Haare. ›Fifty Shades für München? – Kein Happy End in Sicht.‹ Suchend blicke ich mich um und greife nach einem bereitliegenden Kamm. Dieser lenkt für einen Moment meine Aufmerksamkeit weg von den Zeitungsartikeln, die voraussichtlich Ende nächster Woche über mich zu lesen sind.

Mein Blick fällt auf die elegant wirkenden Schränke an der Wand. Kurz zögere ich. Dann gehe ich geradewegs darauf zu und öffne die Türen. Immerhin hat er mir nicht gesagt, dass ich nicht hineinsehen darf.

Staunend sehe ich ins Innere der zwei Schränke. In einem sind ausschließlich Handtücher zu finden. Nichts Besonderes, wenn man denn nicht wie ich minutenlang in der Dusche sitzt und von allein trocknet.

Im Zweiten befindet sich dafür ein Mekka für alle Make-up-Fans. Zwischen Paletten, Pinseln und diversen Schwämmchen ist absolut alles dabei.

Staunend ziehe ich eine der goldenen Paletten hinaus. Ich drehe sie fragend zwischen den Fingern und starre auf den Aufkleber. Ohne darüber nachzudenken, ziehe ich ihn ab, öffne die Palette und starre in die frischen Liedschattenfarben.

Stumm schüttle ich den Kopf. Keine Ahnung, was ich davon halten soll. *Sind die Sachen für mich? Für jemanden anderes? Für Silver?*

Der letzte Gedanke amüsiert mich durchaus. Ich kann mir ihn nicht als jemanden vorstellen, der sich schminkt. Andererseits, wer weiß? Schließlich kenne ich ihn nicht sonderlich gut.

Trotz meiner irritierenden Gedanken ziehe ich einen Pinsel und die Foundation heraus.

Betrachten wir einmal die Fakten: Ich sehe grauenhaft aus und eine Rundumerneuerung kann nicht schaden. Davon einmal abgesehen, wenn er mich tötet, dann mit Sicherheit nicht, weil ich sein Make-up benutzt habe. Und wenn doch, dann bin ich wenigstens hübsch gestorben.

KAPITEL 18

Stella

Eine gute Stunde später habe ich das Gefühl, den Boden unter den Füßen verloren zu haben. Wirklich. Ich weiß, das habe ich in den letzten Stunden und Tagen mehrmals gedacht. Aber inzwischen weiß ich überhaupt nicht mehr, was ich glauben soll.

Tief ein- und ausatmend versuche ich das Glas in meiner Hand gerade zuhalten, zu lächeln und mir meine Gedanken nicht anmerken zu lassen.

Ich befinde mich in einem ... Club. *Schätze ich.* Erschaudernd reibe ich mit der freien Hand über meinen Arm. »Madam, noch einen Cocktail?« Es dauert mehrere Sekunden, bis ich mich angesprochen fühle. Das liegt in erster Linie daran, dass ich keine Madam bin. Als nächstes ist es dunkel und dazu noch verdammt neblig. Was mich zu der Frage bringt, warum es in dem verdammten Club neblig ist? Ist das Absicht? Brennt irgendwas? Es riecht nicht danach aber trotzdem.

»Madam?« Die erneute Frage des Barkeepers bringt mich zu dem Hauptpunkt meiner Verwirrung zurück. Ich antworte mit einem knappen: »No, thanks.« Ja, auf englisch.

Und dabei bebt mein ganzer Körper. Alle reden englisch. Einfach alle. Die Menschen in dem Asia-Schuppen, durch welchen wir in den Club gekommen sind – an dieser Stelle ignorieren wir großzügig, dass wir, wie eben erwähnt, durch die Vorratskammer eines Restaurants in einen Club gekommen sind – die Barkeeper, die Tänzerinnen ...

Stöhnend lege ich die Hand an die Stirn. Tänzerinnen ist ebenfalls optimistisch ausgedrückt. Es sind beinah nackte Frauen, die hin und wieder mit einem Mann verschwinden oder – und ich lache innerlich hysterisch – es direkt mit einem auf der Tanzfläche treiben. *Kein Scherz.*

Heftig schnappe ich nach Luft und versuche die beiden Frauen die sich aneinanderreiben zu ignorieren. Sie sind nackt. So wie viele hier. Alle sind nackt. Nackte Männer, nackte Frauen, selbst die Barkeeper sind kaum bekleidet.

Ich erschaudere. Und nicht nur das. Sie haben ... Sie berühren sich. *Überall.*

Auf dem Boden, auf den Podesten, auf den Sitzecken. Verdammt, und dabei sehe ich dank des dichten Nebels kaum etwas.

Hektisch blicke ich zwischen den verschiedenen Leuten hin und her. Von den beiden Frauen zu einer einzelnen Frau, die umgeben ist von drei Männern. *Drei.* Aber sie stehen nicht nur um sie herum. Beinah wäre mir ein nervöses Lachen herausgerutscht. Einer von ihnen ist mit ihren Lippen beschäftigt. Wohlbemerkt nicht mit seinen Lippen. Er ... versenkt sich dazwischen, zieht ihren Kopf fest in seinen Schritt, während ein anderer ihre Beine über seine Schultern legt und genaustens zusieht. Der Dritte von ihnen hat etwas in der Hand, dass mich stark an eine Reitgerte erinnert. Mich schüttelt es bei diesem Gedanken. Ich will mir nicht einmal vorstellen, was er damit beabsichtigt zu tun. Denn auch wenn es hier einiges zu sehen gibt, ein Pferd war bisher nicht dabei.

Schwer atmend schlucke ich. Natürlich bin ich keine Idiotin. Schließlich hat inzwischen jeder ›365 Tage‹ oder ›Fifty Shades‹ gesehen. Das Problem dabei ist nicht einmal, dass ich nichts damit anfangen kann. Nicht erst einmal habe ich darüber nachgedacht, wie es wohl wäre, *Anas* Platz einzunehmen.

Scheiße, nur jetzt und hier macht es mir höllisch Angst.

Wirklich ... wer schon einmal von soetwas geträumt, es aber noch nie umgesetzt hat, dem kann ich nur sagen: In Wahrheit und wenn man kurz davor ist, Teil von soetwas zu werden ... da bekommt man die Hosen voll.

Der Mann mit der Peitsche nickt mir mit einem schiefen Grinsen zu. Mir stockt der Atem. Schnell drehe ich mich weg, bevor er auf die Idee kommt, mich anzusprechen.

»Fuck«, fluche ich leise und gehe ein paar nervöse Schritte zur Seite.

»Hey.« Ich erstarre bei der freundlichen Stimme unmittelbar neben mir. Wie in Zeitlupe drehe ich mich zur Seite. Meine Brust hebt und senkt sich wie wild, als ich in die freundliche Miene einer Blondine blicke. Einer angezogenen, wohl bemerkt.

»Hey«, erwidere ich verspätet.

»Du wirkst ein wenig verloren.« Sie legt den Kopf schräg. Begleitend zu ihren englischen Worten.

»Ja«, antworte ich unbeholfen. Natürlich wirke ich verloren. Ich befinde mich in einem Club, in dem alle Menschen englisch sprechen und ein Mann sich nur wenige Meter neben mir einen blasen lässt. Noch dazu wurde ich hierher entführt. Mein Entführer ist allerdings vor einigen Minuten verschwunden und jetzt kommt es: Bisher bin ich noch nicht weggelaufen.

Aus Angst, Sorge vor Zurückweisung, vielleicht auch ein wenig wegen Aiden.

»Ich bin Blossom, freut mich, dass es noch jemandem so zu gehen scheint, wie mir.« Sie lacht glockenklar.

Wie eine süße, kleine Barbiepuppe.

»Stella«, stelle ich mich unbeholfen vor. Meine Hand zuckt für einen Moment, doch da sie lediglich neben mir steht, lasse ich sie weiterhin gesunken.

»Und was hat dich ins ›Lumiel‹ getrieben?« Es dauert ein paar Momente, bis ich ihre Worte verstanden habe. Lediglich der großen Neonbeleuchtung an der Wand verdanke ich es, dass ich überhaupt weiß, was ein ›Lumiel‹ sein soll. Offenbar der Name des Clubs. Ich persönlich finde, dass es nach einem leuchtenden Pokémon klingt.

»Hm, ich wurde von jemandem mitgebracht.« Mein Englisch ist grauenhaft. Allein diese wenigen Worte kosten mich zudem noch einiges an Überwindung.

Schließlich hasse ich es, wenn jemand merkt, wie schlecht meine Sprachkenntnisse sind.

»Ich habe dich mit Silver gesehen. Sag, woher kennst du ihn?«

Bei ihrer Frage sinke ich innerlich in mich zusammen. Für einen kurzen Moment habe ich gehofft, sie wäre meinetwegen zu mir gekommen. Weil sie mich mag – okay, das weiß sie noch nicht – aber wenigstens, um mich kennenzulernen. Wie es scheint, will sie lediglich schnüffeln.

»Ja«, antworte ich knapp.

»Ein Freund von dir?«, fragt sie weiterhin. Ein beinah fordernder Blick liegt auf ihrem Gesicht. Vermutlich soll er mich unter Druck setzen. Tja, nicht mit mir, Baby.

»Ist er denn dein Freund?«, gebe ich die Frage zurück. Wieder bekomme ich ihr helles Lachen zu hören. Spitz und falsch. Zumindest wirkt es so.

»Wir sind eher vage Bekannte«, sagt sie mit bemüht gleichgültiger Miene. »Aber wie es scheint sind unsere Männer miteinander befreundet.« Ich folge ihrem Blick ins Innere des Clubs und hin zu einer Sitzecke. Ein Stich geht durch mein Herz, als ich Silver zwischen dem dichten Dunst erkennen kann. Ihn, einen weiteren Mann und eine freizügig bekleidete Frau auf seinem Schoß. Sie räkelt sich aufreizend, drückt sich in die Höhe und schwingt mit dem Hintern.

Ich muss schlucken und versuche die aufkeimende Panik in meinem Inneren zu bekämpfen.

»Wobei dein Mann weitaus beschäftigter wirkt als meiner«, stichelt die Blondine weiter. Im Stillen frage ich mich, was sie damit bezwecken will. *Sieht sie mich als Konkurrenz? Mag sie Silver? Oder hasst sie ihn?*

Egal, was es ist, ich will nicht dazwischengeraten. Es gibt derzeit genug andere Probleme in meinem Leben. Deshalb lächle ich die Blondine übertrieben höflich an. »Er macht das schon. Aber dank deiner englischen Höflichkeit scheint es so, als müsste ich trotzdem nicht allein in der Ecke stehen.« Aufmerksam betrachte ich sie.

Eine kurze Falte taucht auf ihrer Stirn auf. »Dir ist bewusst, dass wir in Amerika sind?«

Ihre Aussage bringt mein Herz zum Innehalten. Ich versuche den Schock darüber, dass ich mich noch weiter von zu Hause befinde – noch dazu in ausgerechnet diesem Land – zu verdrängen. Ich habe es in Erwägung gezogen. Natürlich habe ich das. Deshalb auch meine Frage. Nur hätte ich eher erwartet, dass wir uns in England befinden – oder in einem englischen Club.

Aber Amerika … das kann ich nicht glauben.

Auch wenn tausend Fragen dazu, wie ich hierhergekommen bin, in meinem Kopf toben, lasse ich sie nicht zu. Überspielend sehe ich mich kurz um. »Deshalb kann es trotzdem eine englische Höflichkeit geben. Schließlich sagt man den Engländern nach, sie wären besonders freundlich. Tut mir leid, wenn ich dir zu nahe getreten bin.« Bei den letzten Worten lege ich ihr die Hand auf den Unterarm, ziehe sie aber gleich wieder zurück. Außerdem hoffe ich, dass meine Worte einigermaßen korrekt waren. Der Satzbau war es sicherlich nicht.

»Entschuldige mich für einen Moment«, füge ich hinzu. Zumindest denke ich, dass meine in schlechtem Englisch gestammelten Worte etwas Ähnliches bedeuten.

Ohne mich ein weiteres Mal umzusehen, nehme ich mein Cocktailglas und lasse Blossom an der Bar stehen. Ich folge einer seitlichen Neonbeleuchtung zu den Toiletten. Kurz zuvor nehme ich ein Cocktailglas von dem Tablett eines Kellners.

In dem geschlossenen Raum lehne ich mich an die Wand und lasse meine Hand mit dem Glas darin sinken. Stöhnend lege ich den Kopf an die kühlen Fliesen.

»Was für ein verdammter Mist«, murmle ich leise. Mir ist bewusst, dass ein Großteil von dem, was mir zuletzt passiert ist, auf meine eigenen Fehlentscheidungen zurückzuführen ist. Und genau jetzt, allein und völlig verwirrt auf dieser Toilette, stehe ich kurz davor, einen weiteren Fehler zu begehen.

In wenigen Zügen leere ich das Cocktailglas in meiner Hand. Ich schüttle mich bei dem Geschmack des Alkohols.

Grundsätzlich ist mir bewusst, dass Alkohol nicht eines meiner Probleme löst. Andererseits macht Wasser das auch nicht. Und ja, ich sollte einen klaren Kopf behalten, einen sinnvollen Plan aufstellen und zusehen, dass ich hierherauskomme.

Dabei gibt es leider direkt mehrere Probleme. Allen voran will ich endlich Antworten. Jede Minute mit Silver scheint immer neue Fragen aufzuwerfen. Und auch wenn ich jetzt, in diesem Moment, am liebsten behaupten würde, dass es mir egal ist, was er zu sagen hat, stimmt das nicht ansatzweise.

Vielleicht würde ich das Thema irgendwann vergessen.

Ich könnte entkommen und mit meinem Leben fortfahren.

Oder kaum dass ich durch die Tür geflüchtet bin, verpasst er mir eine Kugel in den Hinterkopf.

Verbissen spiele ich an den Gläsern herum. In Wahrheit drehe ich mich im Kreis. Und das schon seit einer ganzen Weile. Als erstes habe ich es mit Verdrängung versucht. Dann mit verschiedenen Psychologen. Das waren die Schritte, die logisch waren, sinnvoll oder was auch immer. Aber vielleicht wird es Zeit für einen neuen Ansatz.

Scheiß auf Therapie und Tabletten. Ich kann mich selbst heilen. Und ich werde jetzt und hier damit beginnen.

Mit diesem Gedanken setze ich das zweite Glas an. Daran befindet sich eine bräunliche, bittere Flüssigkeit.

Mir entweicht ein angewidertes Geräusch.

Ich schüttle mich aufgrund des Geschmacks.

Schließlich stelle ich die Gläser auf den Boden und betrachte mich für einen Moment im Spiegel. Verbissen presse ich die Lippen aufeinander und senke den Blick. Direkt darauf schüttle ich den Kopf. *Nein,* entscheide ich. Die Zeit, um sich zurückzuziehen ist vorbei. Stattdessen will ich mein Schicksal endlich selbst in die Hand nehmen.

Tief einatmend wende ich mich ab und gehe auf die Tür zu. Zu meiner Enttäuschung bemerke ich kaum eine

Wirkung des Alkohols. Aus diesem Grund nehme ich ein weiteres Glas auf dem Weg zurück durch den Club an mich und leere es binnen weniger Sekunden.

Es hilft mir, mich auf etwas anderes als den Club zu konzentrieren und nicht auf die Menschen um mich herum. Ich will mich weder ablenken noch verunsichern lassen. Das bin ich sowieso schon.

Schließlich sehe ich mich suchend um.

»Da ist sie wieder«, kommt die Blondine von vorhin auf mich zu. Ihren Namen habe ich längst wieder vergessen. Ungefähr genauso wenig beachte ich sie, hebe lediglich abwehrend die Hand und gehe auf Silver zu. Er sitzt weiterhin an derselben Stelle. Auf demselben verdammten Sofa. Mit derselben Frau auf dem Schoß.

»Hey«, spreche ich ihn übermütig auf deutsch an. Immerhin beherrscht er die Sprache gut genug, um mir vorzumachen, er lebe in meinem Land.

Mein Herz klopft währenddessen bis zu meinem Hals. »Könnte ich kurz?« Ohne auf eine Antwort zu warten, packe ich die Frau am Oberarm und ziehe sie von Silver herunter. Sie ist so überrascht, dass sie es geschehen lässt.

»Nein.« Silvers Antwort ist leise. Trotzdem lässt sie uns beide gleichzeitig innehalten. Mit einem Schauer auf dem Rücken drehe ich den Kopf zu ihm. Er schnalzt mit der Zunge und bewegt den Finger fordernd hin und her. »Hinstellen«, kommandiert er weiter. Überrascht runzle ich die Stirn, als ich sehe, wie die Frau sich gerade aufrichtet.

Ich schnaube vor Frust. »Was, ist sie dein Hündchen?«

»Eifersüchtig, dass ich dich nicht an die Leine lege?« Mit diesen Worten erhebt sich Silver und geht an uns vorbei. Er greift unter den Lederriemen, den die Frau um den Hals trägt und führt sie hinter sich her. Sie folgt ihm, ohne auch nur einen Ton zu erwidern.

Schnell werfe ich einen Blick auf den anderen Mann am Tisch. Er hat schwarze Haare, viele Tattoos und einen argwöhnischen Blick aufgesetzt. Ein paar Sekunden mustert er mich eingehend.

Unzufrieden fahre ich mir mit der Zunge über die Lippe. Ich werfe einen Blick über die Schulter. Silver hat sich einige Meter entfernt und verdeckt mit seinem Körper die andere Frau. Schwer atmend sehe ich zurück zu dem Fremden. »Was würdest du mir empfehlen?« Keine Ahnung, woher diese Worte kommen. Vermutlich ist es der Alkohol, der aus mir spricht.

Er bleibt einige Sekunden ruhig. Schließlich legt er den Kopf schräg und hebt den Blick zu mir. »Wenn du etwas willst, dann musst du es dir nehmen. Auch mit Gewalt und ohne Rücksicht auf jemand anderen.«

Überlegend presse ich die Lippen aufeinander. »Das rätst du mir? Ist er nicht dein Freund?«

»Ja, mein Freund«, antwortet der Fremde vage. »Aber gerade Freunde können dir ein Messer in den Rücken rammen, weil du nicht damit rechnest.«

Bei seiner Antwort halte ich die Luft an. Ich weiß nicht, was ich mit dieser Aussage anfangen soll.

Deshalb wende ich mich unschlüssig ab und sehe zurück zu Silver. Ehe ich mich versehe, bewege ich mich auf ihn zu. Durch den Nebel und zugegebenermaßen durch den Alkohol, verschwimmt mein Sichtfeld immer wieder. Zögerlich setze ich einen Fuß vor den anderen. Zunächst versuche ich auf meine Füße zu starren. Als ich dabei beinah gegen einen Balken laufe, hebe ich mit einem Luftschnappen den Kopf. Direkt vor mir befindet sich eine Art Kreuz. Es scheint aus Holz zu sein. An jedem der vier Streben gibt es Ketten, die lose herunterhängen. Ich erschaudere und bin froh, dass es in diesem Moment unbenutzt ist.

Mit leicht geöffneten Lippen gehe ich daran vorbei. Um mich zu orientieren drehe ich den Kopf und lasse den Blick suchend durch den Nebel fahren.

Mein Magen zieht sich zusammen, als ich an einem Schatten hängenbleibe. Wie von selbst gehe ich darauf zu.

Nach wenigen Schritten bin ich bei ihnen angekommen.

Die Frau steht mit dem Rücken an der Wand. Sie hat die Lippen geöffnet. Silvers Finger liegt an ihrem Kinn. Den Blick hält sie gesenkt. Lediglich ihre sich schnell hebende Brust zeigt mir, dass sie diese Situation nicht völlig kalt lässt.

»Du hast mich warten lassen«, raunt Silver. »Das wird kein zweites Mal passieren.«

Seine Worte lösen etwas in mir aus. Es ist wie eine Art Trotzreaktion. Ich schiebe die Lippe nach vorn und starre ihn an. »Mit Sicherheit. Schließlich werde ich dir kein zweites Mal hinterherlaufen. Dafür hast du deine Püppchen, mit denen du spielen kannst.«

»Du bist mein Püppchen, Stella.« Ich hasse es, wie er meinen Namen sagt. Ich hasse ihn dafür, dass er so mit mir spricht. Aber am meisten hasse ich mich selbst, weil mich seine Worte nicht kalt lassen.

»Sparen wir uns diesen Teil dieses Mal. Wie wäre es stattdessen mit ein paar Antworten?«

»Auf welche Fragen, meine kleine Rose?«

»Nicht dein Ernst«, zische ich leise.

Silver wendet den Blick von mir ab. Dafür betrachtet er die Frau, die ich für einen Moment tatsächlich vergessen habe. »Wie du ihren Platz einnehmen kannst?« Er streicht scheinbar zart über ihre Wange. Genießend schließt sie die Augen. Silver legt die andere Hand an ihre Hüfte und bewegt sie kreisend.

»Sieh sie an. Wie gefügig sie ist.« Bei diesen Worten schenkt er mir einen knappen Seitenblick.

»So brav und schön. Wie ein hübsches Accessoire.«

Am liebsten würde ich erneut fragen, ob er noch ganz richtig im Kopf ist. Ich spare es mir und starre ihn stattdessen einfach an.

»Du kennst uns noch nicht. Weder mich noch meine Brüder.

Deshalb gebe ich dir einen Welpenbonus und erkläre dir, wie die ganze Sache laufen wird.

Zum einen brauchst du keine liebevollen Worte von mir erwarten. Keine Blumen, keine hässlichen Kuscheltiere von der Tanke und erst recht keine schmalzigen Worte.

Das klingt für dich nicht nach einem süßen Freund?

Richtig erkannt.

Mich wundert es, dass diese Einsicht so lange gedauert hat. Selbst dir dürfte inzwischen aufgefallen sein, dass die Dinge bei mir ein wenig anders laufen.

Deshalb bringe ich die Sache auf den Punkt.

Ich bin, wer ich bin. Menschen ändern sich nicht.

Sie lügen, betrügen und verheimlichen, aber sie sind, was sie sind. Und genauso werde ich mir immer das nehmen, was ich will. Ich werde schonungslos sein, manipulativ und unaufrichtig.

Ich werde mit dir spielen, wenn ich es will.« Er gräbt die Hand in die Haare der Fremden. Sie schnappt nach Luft, als er die Strähnen um seine Finger wickelt.

»Ich werde dich anketten, wenn ich es will.« Silver hebt die Finger an ihre Kehle und drückt diese zu. Die Augen der Frau weiten sich. Genauso wie meine. Instinktiv greife ich an meinen Hals. Beinah spüre ich seine Berührung dort.

»Wenn ich dich auf den Knien sehen will, bettelnd, mit feuchten Tränenspuren auf den Wangen, weil du um dein

Leben flehst, dann wirst du genau in dieser Situation enden.«

Ich schlucke und schnappe heftig nach Luft, als er die Frau freigibt. Der Abstand zwischen den Beiden hält nicht lang an. Nur Sekunden später packt er ihre Hüfte und zieht sie zu sich heran. »Menschen bedeuten mir nichts. Emotionen besitze ich nicht. Mir ist es egal, wen ich verletze. Für mich zählt nur, sie zu besitzen.«

Dieser Typ sollte mir egal sein. Ist er aber nicht. Und zu hören, wie gleichgültig ich ihm bin … *Es geht nicht*.

Mit einem Schluchzen drehe ich mich weg. Völlig vertieft steuere ich durch den Club. Geradewegs zu den Toiletten. Von Tränen erschüttert heben sich meine Schultern. Ich schniefe, während ich die Tür zu den Toiletten öffne.

Wieder bin ich hier. Wieder sitze ich am Boden und weine.

Ich bin … leer.

Anders kann ich es nicht ausdrücken. Es ist, als würde mein ganzer Wille zusammenbrechen. So dramatisch es klingt, in Wahrheit fühlt es sich noch beschissener an.

Meine Schultern beginnen zu beben. Mein Körper zieht sich zusammen, als das erste Schluchzen aus meiner Kehle dringt. Mit geöffneten Lippen atme ich hektisch. So sinke ich an der Wand herunter.

Warum jetzt?

Warum hier?

Warum ich?

Ich dachte, dass ich meine Vergangenheit hinter mir lassen kann. Ich dachte, es wäre vorbei. Überwunden. Verarbeitet.

Sind das nicht die Phasen der Trauer?

Man weint, leidet und schreit. Doch irgendwann wird

man ruhiger. Die Anspannung lässt nach und die finsteren Erinnerungen sind nur noch das. *Erinnerungen*.

Ich schnappe zwischen meinem Schluchzen immer wieder nach Luft. Heftige, kalte Wellen lassen meinen Körper beben.

In diesem Moment, allein auf dem kalten Fußboden des Bades, da wünsche ich mir jemanden. Irgendwen. Irgendjemanden, der nach mir sucht. Die Blondine, der Barkeeper, eine zufällige Fremde, die ins Klo kommt. Irgendwen, der mich in den Arm nimmt.

Laut heulend wische ich die Tränen von meinen Wangen. Nur Sekunden später sind diese von den nächsten gefüllt.

Jeder wäre mir recht. Jeder Fremde, jede Frau, jeder verdammte Mensch.

Ich würde mich in deren Arme stürzen, meinen Kopf auf der Schulter ablegen und einfach nur das Gefühl der Geborgenheit haben wollen. Einfach, weil mir alles zu viel ist und ich mein eigenes Leben nicht mehr aushalte.

Wie soll ich hierherauskommen? Nicht aus der Toilette oder dem Club. Ich wüsste nicht einmal, wohin ich sollte. Wie soll ich aus dem Chaos herauskommen, dem mein Leben seit einiger Zeit gleicht?

Begleitet von einem weiteren heftigen Krampf, der meinen ganzen Körper erbeben lässt, lege ich die Hände fest auf den Boden. Ich versuche mich zu stützen, während die gefliesten Wände immer wieder vor meinen Augen verschwimmen. Bebend presse ich die Lippen aufeinander. Zwar versuche ich mich auf etwas zu fokussieren, aber es geht nicht. Mein Körper weigert sich. Und mein Verstand? Der will die immer selben Bilder in meinem Kopf abspielen.

Silver, wie er diese Frau packt.

Wimmernd fahre ich mir mit meiner eiskalten Hand über das Gesicht.

Silver, wie er diesen Mann tötet.

Verzweifelt schlage ich den Hinterkopf gegen die Wand.

Silver, wie er mich berührt und all diese Dinge sagt.

Immer nur Silver. So wenig hat ausgereicht, um mich dermaßen zu erschüttern. Man könnte meinen, dass es entgegen dem, was bereits alles passiert ist, lächerlich gering wirkt.

Aber vermutlich war das der sprichwörtliche Tropfen, der das Fass zum Überlaufen gebracht hat. Bisher habe ich ... In meinen Gedanken stockend hebe ich knapp den Kopf. *Ja, was? Ich habe gedacht, dass alles gut wird? Weil er mich liebt? Und mich so unbedingt sehen muss, dass er mich entführt? Dass das romantisch ist?*

Feuchte Tränen tropfen auf meine nackten Beine.

»Scheiße«, brülle ich in den leeren Raum.

Silver ist ein gottverdammter Mörder. Er ist ein fucking Krimineller. Einer der Bösen. Und ich kann jede verdammte Sekunde nur daran denken, wie er diese fremde Frau gegen die Wand gedrückt hat.

Mit der Hand an ihrer Kehle.

Automatisch hebe ich meine Finger an meinen Hals. Meine Brust hebt sich flatternd und ich schnappe zwischen meinem Wimmern nach Luft.

Er hat sie angesehen, wie er mich angesehen hat. Dabei dachte ich, dass ich etwas Besonderes für ihn bin.

Inmitten meiner Gedanken wird die Klotür geöffnet. Ich stoße einen spitzen Schrei aus. Vor Überraschung springe ich auf die Beine, schwanke aufgrund des Alkohols und starre dann in Silvers Augen.

»Du ... ach, weißt du was. Lass dich nicht aufhalten Mit Sicherheit hast du zu tun«, zische ich. In kaum einem

Moment war ich stolzer auf mich. Dieses Mal werfe ich mich ihm nicht an den Hals. *Dieses Mal nicht.*

»Ich habe sie nicht gefickt, wenn das deine Frage ist.«

Sprachlos und gleichzeitig entrüstet starre ich ihn an. »Wen?«, erwidere ich spitz. Eine leichte Freude erfasst mich. Gleichzeitig ist mir bewusst, dass ich durchaus andere Probleme habe. Ich bin so dumm. Jeder anderen Freundin in meiner Situation würde ich raten, die Beine in die Hand zu nehmen und zu laufen. Dieser Typ ist weder gut für mich noch mein Problem. Es kann mir egal sein, mit wem er was macht, solang er mich in Ruhe lässt.

»Die Frau, deren Kehle ich zugedrückt habe. Dort drüben im Club.« Er deutet mit dem Kopf vage über die Schulter. »Aber das weißt du ganz genau, Stella. Stell dich nicht dümmer, als du bist.«

»Dann sollte ich wohl besser still sein, damit ich nichts Dummes erwidere.«

Silver sieht langsam an mir herab. »Wir gehen.«

»Nein«, erwidere ich sofort. »Nicht dieses Mal.«

Er wirkt beinah amüsiert, doch ich unterbinde seine Worte, indem ich die Hand hebe. »Zwei Möglichkeiten: Entweder du betrachtest mich als deine Gefangene. Dann werde ich mich ab jetzt so verhalten. Kein Entgegenkommen, kein freundliches Getue und erst recht keinen Sex. Und wenn du dir nehmen willst, was auch immer dir deiner Meinung nach zusteht, dann bist du nicht mehr als ein widerlicher Vergewaltiger.« Den ersten Teil des letzten Satzes setze ich in Gänsefüßchen.

Dabei verdunkelt sich Silvers Gesichtsausdruck. Seine Kiefermuskeln zucken. Schließlich sieht er auf. »Und die Zweite?«

Für einen kurzen Moment weiß ich nicht, was er meint. Ich habe den Faden verloren und muss mich kurz sammeln.

»Die zweite Möglichkeit ist, dass du mir endlich ein paar Antworten lieferst. Denn so dumm es auch ist: Ich sehe etwas in dir. Und zwar keinen widerlichen Typen. Und erst recht keinen Vergewaltiger.« Es kostete mich einiges an Überwindung, die Worte zu sagen.

»Meinst du, dass eine Toilette der richtige Ort für dergleichen Gespräch ist?«

Ich atme schnell. Kurz bin ich überlegt ›ja‹ zu sagen. Jetzt und hier will ich eine Antwort. Aber gleichzeitig spüre ich auch, dass er recht hat.

Silver kommt einen Schritt näher. Ich will zurück gehen, kann mich aber nicht bewegen. Er beugt sich zu mir herunter und raunt in mein Ohr: »Du willst etwas von mir? Antworten? Mein Entgegenkommen? Schenk mir einen Teil deines Vertrauens und folge mir. Dann erhältst du möglicherweise mehr zurück, als du erwartet hast.«

»Ich soll dir Vertrauen schenken?« Bei diesen Worten stoße ich ihn zurück, um Abstand zu gewinnen. »Was hast du bisher getan, um mir dein Vertrauen zu beweisen?«

Silver scheint einen Moment zu überlegen.

Schließlich nickt er langsam. »Gut. Dann gebe ich dir mehr als ein bisschen. Dort ist die Tür.« Er deutet hinter sich. »Geh hinaus und du siehst mich nie wieder.

Aber wenn du wissen willst, warum du so wichtig für mich bist, dass ich mich selbst vollständig vergesse, dann folge mir und finde es heraus.«

Mit diesen Worten dreht er sich um und geht.

Sprachlos starre ich ihm hinterher.

Stumm schüttle ich den Kopf und reibe über meine Schläfen. Vermutlich wäre das die beste Gelegenheit, um zu gehen.

Aber sind wir einmal realistisch.

Ich habe keine Sekunde darüber nachgedacht, denn es

ist nicht das, was ich will. Ab sofort will ich meine eigenen Entscheidungen treffen. Oder zumindest den Versuch starten.

Als ich aus der Toilette gehe, sehe ich, wie Silver auf eine andere Tür zusteuert. Er verschwindet im Nebel des Clubs, noch ehe die Tür geöffnet ist.

Unbeholfen setze ich einen Schritt vor den anderen, während ich ihm folge.

In der Mitte des Clubs werde ich plötzlich am Oberarm gepackt. Überrascht drehe ich mich zu dem Fremden von vorhin um. Er steckt mir einen Zettel zu.

»Was ist das?«, frage ich irritiert.

»Meine Nummer.« Der Fremde presst die Zähne sichtbar aufeinander.

»Ich habe einen Freund«, antworte ich automatisch, ohne auch nur eine Sekunde darüber nachzudenken.

»Das habe ich gesehen. Genau deshalb gebe ich sie dir.« Mit diesen Worten gibt er mich frei und verschwindet kurz darauf ebenfalls im Nebel des Clubs.

Ich bleibe erneut allein zurück. Mit der Nummer und einem Namen. *Diabolo*.

Diesen habe ich bereits gehört.

Mehrere Male.

In meinen Albträumen.

Ich erschaudere, knülle den Zettel zusammen und werfe ihn schwungvoll hinter den Tresen links neben mir. Ich weiß nicht was ich denken soll und was wahr ist und was nicht. Aber dieser Name, der bedeutet nichts Gutes.

Du bist immer noch hier, wie es aussieht. Dann solltest du wissen, worauf du dich einlässt.
Meine Geschichte spielt in den Schatten. Dort, wo sich die Wenigsten hintrauen. Wo Frauen, wie du, verschwinden, und unschuldige Menschen leiden. Das Problem ist nur, dass sich etwas geändert hat, seitdem du hier bist. Wir werden sehen, was daraus wird.

KAPITEL 19

Silver

Da ist es wieder. Mein kleines, scheues Reh. Ich habe dich aufgeschreckt, wie es scheint. Aber genug von mir. Lass uns über das reden, was ich für dich tun kann, meine Schöne.

Aus diesem Grund zögere ich nicht lang.

Sobald Stella mir in das Zimmer gefolgt ist, beginne ich zu sprechen: »Ich möchte das Feuer in deinem Leben sein. Eine heiße Welle, die alles zum Einsturz bringt. Ich will dich brennen sehen und beobachten, wie jedes bisschen Vernunft verraucht.« Bei diesen Worten drehe ich mich zu ihr herum.

Gefasst sehe ich ihr in die Augen. »Du fragst dich, wie ich das erreichen will?« Stumm nickt sie. Beinah gleichzeitig lächle ich. *So naiv kannst du nicht sein, kleine Stella. Komm, kämpf ein wenig. Schließlich hast du gerade noch einen Entschluss gefasst. Du wolltest gehen. Alles, vor allem mich, hinter dir lassen. Und jetzt? Stehst du wieder vor mir.*

Beinah ein wenig enttäuschend, wie leicht du dich von mir manipulieren lässt.

»Bereits als ich dich das erste Mal gesehen habe, war ich wie verzaubert. Nicht nur von deiner Schönheit. Vor allem von dem, was du hinter dieser hübschen Fassade verbirgst.« Mit geweiteten Augen sieht sie zu mir auf. Langsam trete ich näher und betrachte sie eingehend. *Glaubst du es mir? Das tust du, oder nicht? Jedes einzelne Wort. Jede verdammte Lüge. Weil du dir so sehr wünschst, dass es stimmt.*

Weißt du, die Menschen glauben das, was sie glauben wollen.

Und du willst belogen werden, meine kleine Rose.

»Du hast etwas in mir gesehen. Mehr als den finsteren Typen, verunstaltet von einer Narbe. Jemanden, der einsam ist. Grenzen überwindet für die, die ihm etwas bedeuten.« Verbissen senke ich den Blick. *Erkennst du es? Die Gemeinsamkeiten, die uns verbinden? Ich habe sie extra für dich hervorgehoben.*

Man findet in jeder Person etwas, dass einem gleicht.

Wenn man es denn nur sehen will.

Was du allerdings nicht sehen willst – oder kannst – sind all die anderen Dinge. Das, was uns unterscheidet. Und das, was ich vor dir verberge.

»Du hast etwas in mir erweckt und so dumm es auch ist, ich konnte dich nicht gehen lassen. Ich habe zu sehr befürchtet, dass du mich von dir stoßen würdest. Erst recht, wenn du siehst, wer ich bin.« Immer schneller beginne ich meine Schultern zu heben.

»Ich wusste sofort, dass du die Richtige für mich bist. In deiner Nähe bin ich aufgeblüht und konnte endlich diese erdrückende Dunkelheit in meinem Herzen vergessen.

Dabei weiß ich nicht einmal, woher diese kommt.

Vielleicht bin ich verkorkst.

Vielleicht habe ich dich bereits verloren.

Oder aber nie besessen.

Vielleicht bin ich verrückt zu glauben, dass du etwas anderes in mir sehen kannst als alle anderen. Als jemanden, der grausam und boshaft ist.«

Das ist er. Der Punkt, an dem du reagieren muss. Mein Theaterstück ist aufgeführt, alle Teilnehmer der Show haben ihr Bestes gegeben.

Jetzt bist du an der Reihe. Was wirst du tun?

Auf deinem Stuhl sitzenbleiben und klatschen? Oder auf die Bühne stürmen und mitmachen?

Ich höre, wie sie sich räuspert. Sie schluckt schwer. Dann überbrückt sie die letzten Zentimeter zwischen uns. Ihre Schuhe tauchen in meinem Sichtfeld auf. Ein Lächeln erscheint auf meinen Lippen. Trotzdem rühre ich mich nicht.

»Ich ...«, setzt sie an. *Ja? Was willst du sagen? Dass es stimmt? Alles, was ich gesagt habe? Und gleichzeitig, dass nichts davon deinen Gefühlen entspricht? Sag es. Ich muss es hören.*

»Ich ...«, versucht sie es erneut. Und ich? Ich warte inzwischen geduldig.

Schließlich scheint sie sich einen Ruck zu geben. »Vielleicht könnte ich dich verstehen, wenn du mir mehr erzählst. Mehr über dich.« *Und über dich,* füge ich ihre unausgesprochenen Gedanken innerlich hinzu.

»Was willst du hören?« Endlich sehe ich auf. Sie zuckt bei der kleinen Bewegung zusammen. Ihre Augen fahren suchend hin und her. Beinah flüchtend. *Nicht doch. Hab keine Angst. Schließlich habe ich dir das Zepter übergeben. Du hast den ›Ich darf reden-Teddy‹, Den Würfel, den ersten Zug.*

»Wer bist du?«

Kurz hebe ich meine Hand, lasse sie jedoch sofort sinken. Zufrieden registriere ich ihren Blick, der meiner Bewegung sehnsüchtig folgt. »Komm«, mit diesem Wort gehe ich zu dem gepolsterten Sofa. Ich platziere mich seitlich darauf und gebe ihr genug Raum, um Abstand zu suchen. Sie macht es nicht. Stattdessen setzt sie sich dicht neben mich. Zwar nur auf die Kante aber immerhin.

»Ich bin in Kasachstan aufgewachsen. Unter der Herrschaft eines rachsüchtigen und kontrollsüchtigen Vaters. Blut und Gewalt sind alles, was ich mein Leben lang gelernt habe. Mit 11 Jahren bin ich mit ihm nach Amerika gezogen, damit er sein Imperium über die Landesgrenze hinweg ausbauen kann.

Er hat Familien zerstört, Menschen benutzt und ermordet, wie es ihm passte. Mit den Jahren wurde ich immer mehr wie er. Ich hätte keinen Moment gezögert, jemandem zu schaden.«

»Und jetzt?«, fragt sie in meine bewusste Pause hinein.

»Es gab etwas, das alles verändert hat.« Danach bleibe ich still. *Komm, meine kleine Rose. Du musst dafür kämpfen. Frag mich, lock es aus mir heraus. Erst dann hast du dir meine Antwort verdient.*

Anstatt etwas zu sagen, legt sie die Hand auf meine. Zart, leicht und beinah schwebend. Meine Finger zucken. Noch einige Sekunden vergehen. Dann verschränkt sie ihre mit meiner.

»Es gab eine Frau in meinem Leben. Ich kannte sie nicht lang, doch sie hat mir eine Menge bedeutet.« Aufgrund meiner Worte versteift sie sich. *Es ist beinah süß, wie sehr du auf eine andere reagierst. Stört es dich? Die Möglichkeit, dass mir jemand etwas bedeuten könnte? Jemand, neben dir? Keine Sorge, ich beruhige dich. Natürlich willst du hören, dass es niemanden außer dir gibt. Nicht einmal in der Vergangenheit.*

Glaube ruhig, was auch immer du willst.

Die Wahrheit ist, dass es keine gab, die mir etwas bedeutet.

Keine. Bis heute.

Und damit meine ich tatsächlich heute. Genauso wird es morgen keine geben und in einem Jahr auch nicht.

Du bist mir gleichgültig, auch wenn ich mich so bemühe, dir das Gegenteil zu beweisen. »Sie war die einzige Mutter, die ich je gekannt habe. Und jemand, der mir zeigte, was Liebe sein könnte.«

Hierbei geht es nicht einmal mehr um Snake, dem ich einen Gefallen erweisen will. Mir ist langweilig und ich liebe es, mit meinen Spielzeugen zu spielen.

Zumindest, bis ich ihnen überdrüssig geworden bin.

»Was ist mit ihr passiert?«

»Sie wurde mir entrissen«, antworte ich verbissen. »Von dem gleichen Monster, dass auch dich aus deinem Leben gezerrt hat.« Stella schnappt nach Luft. Langsam nicke ich.

Sag, glaubst du mir wirklich?

Ich muss erneut fragen, weil allein die Vorstellung absurd ist.

»Ja, ich kannte ihn. Ich wusste, wer er war. Und als ich dich kennengelernt habe, deine Geschichte hörte und von meinen Freunden erfuhr, dass er es war ...« Ich stoße einen wütenden Aufschrei aus.

Klang er gut? Mein Schrei? Aufrichtig genug? Hörst du ihn noch immer in deinen Ohren?

Perfekt.

»Ich dachte, dass ich es überwinden konnte. Aber nachdem er ein weiteres Leben beinah zerstört hat, da musste ich reagieren.«

Stella will etwas sagen, doch ich schüttle harsch den Kopf. So, als hätte ich mich in Rage geredet. »Verdammt, vermutlich klingt das alles wirr, aber genauso geht es mir. Er war ein Monster. Einer der engsten Freunde meines Vaters und kein Stück besser als er. Beide waren mächtig, beschützt und grausam. Ich dachte, dass ich nichts tun könnte.

Aber dann traf ich dich. Du hast etwas in mir entzündet. Ein Feuer, das noch immer brennt. Sofort wusste ich, dass ich anders werden muss als die beiden. So grauenhaft es ist, ich wusste, ich muss sie töten.«

Aufgrund meiner harten Worte zuckt sie zusammen. »Grausam«, wiederhole ich leise. »Aber notwendig.« Bei diesen wenigen Brocken sehe ich sie an.

Das ist sie. Unsere Basis. Nichts als Lügen, aber wen interessiert es, wenn es einem Zweck dient? Vor allem, wenn dies mein Zweck ist.

»Dutzende haben versucht sie zu stürzen oder ins Gefängnis zu bringen. Und noch viel mehr sind deshalb gestorben. Ich kenne dich kaum. Ich weiß nicht einmal, was deine Lieblingsfarbe ist. Ja, vielleicht kann man mich dumm, übereilt oder naiv nennen. Aber du hast mir vom ersten Moment an etwas bedeutet und ich konnte nicht zulassen, dass er dir wieder etwas antut.«

Ich atme stark. Als würden mich die wenigen Worte erschöpfen.

Ansonsten bleibe ich still. *Wir wollen es schließlich nicht übertreiben, oder?*

»Was meinst du?«

»Was meine ich?«, erwidere ich ihre Frage.

Sie scheint ein paar Sekunden mit sich zu ringen. »Was meinst du, was ich dir bedeute?«

Hm, wie enttäuschend. Ich schütte dir mein Herz aus. Und du? Du denkst lediglich an dich. An dein Ego.

Daran sollten wir arbeiten, Stella. Aber keine Sorge. Du bekommst beides. Die Zeit, um ein besserer Mensch zu werden, ein besserer Zuhörer und eine bessere Freundin. Und gleichzeitig bekommst du das von mir, nachdem du dich so sehr sehnst.

Anerkennung.

Aufmerksamkeit.

Und meine uneingeschränkte Zuneigung.

»Ich habe das Gefühl zu wissen, wer du in Wirklichkeit bist. Du bist nicht schüchtern und erst recht nicht schwach. Du bist nicht verrückt und gehörst auch nicht in eine Klinik. Du bist nicht zurückgezogen oder dumm. Du bist wie eine schwarze Rose, die in der Dunkelheit erblüht. Meine Schatten werden deine Sonne sein. Dein Kampfgeist wird Dornen wachsen lassen, die jeden außer mir in die Flucht schlagen. Aus diesem Grund kann ich mich genauso wenig von dir lösen, wie du von mir. Du hast deine Ranken um mein schwarzes Herz geschlungen.« *Und schon bald werde ich meine Krallen noch tiefer in deine Seele schlagen.*

»Das sehen die meisten wohl etwas anders«, murmelt sie leise. Stella scheint noch immer in der Negativaufzählung gefangen zu sein. Etwas, was ich nur zu gern ändern möchte.

Es zerstört die Stimmung und hindert mich an der Umsetzung meiner Ziele. Kurzum: Nichts was ich gebrauchen kann.

Ich drehe mich zur Seite, greife mit beiden Händen nach ihren Wangen und bringe ihr Gesicht dicht vor meins. »Ich sag dir jetzt etwas, was ich selbst erst lernen musste: Glaub mir, ein Mensch, der sich bei dir melden will, meldet sich bei dir. Ein Mensch, der deine Aufmerksamkeit will, wird deine Aufmerksamkeit bekommen.

Ich will dich. Sehen, kennenlernen, um mich haben. Alles. Und deshalb kämpfe ich umso härter. Koste es, was es wolle.

Also ja, ich handle impulsiv und extrem. Aber nie, um dir zu schaden, sondern immer nur, um dich nicht zu verlieren.

»Du kennst mich kaum«, antwortet sie ausweichend. »Ich bin ... deine Gefangene.« Sie zögert bei diesen Worten.

Ja, das ist er. Der Punkt, an dem du schwankst. Du willst mir so dringend glauben, dass du jedes Warnzeichen lachend am Straßenrand übersiehst. So ein Verhalten wird dich niemals zum Glück bringen, sondern immer nur in dein Verderben führen.

»Ich wurde oft enttäuscht, verlassen und betrogen. Es fällt mir schwer, anderen zu vertrauen«, erwidere ich leise. *Sieh nur, wie angreifbar ich mich bei dir mache. Sag, bedeutet es dir etwas, meine Lügen zu hören? Glaubst du sie mir?*

»Aber ich bin nicht wie die anderen.« Ihre Haut bewegt sich unter meinen Fingern. Ich sehe ihr tief in die Augen, lächle leicht und atme tief ein.

Natürlich denkst du das. Das denken sie alle.

»Das weiß ich, meine kleine Rose.

Ich weiß, dass ich mit dir viele Fehler begangen habe. Und ich würde es verstehen, wenn du mich hier und jetzt verlässt.« Kurz zögere ich. *Schließlich muss es interessant bleiben, oder nicht?*

»Trotzdem hoffe ich darauf, dass du mir eine Chance geben wirst.

Ich werde dir nicht versprechen, in Zukunft alles richtig zu machen.

Aber eines kann und werde ich dir versprechen: Ich werde versuchen, dich glücklich zu machen. Jeden verdammten Tag will ich dich lachen sehen. Oder weinen und schreien, wenn ich dich durch das Haus ficke.«

Sie schnappt nach Luft. Eine Träne rinnt ihr über die Wangen. Gleichzeitig lacht sie unbeholfen.

So zart und zerbrechlich.

»Ich bin kein Freund, der dir Blumen schenkt und dir eine Gute-Nacht-Nachricht schickt. Ich bin jemand, der dich packt, gegen die Wand drückt und dir zeigt, was du ihm bedeutest.«

»Mein Haus ist ein so viel besserer Ort zum Reden, findest du nicht?« Ich fahre mit den Fingerspitzen über den weichen Stoff von Stellas Kleid. Sie tritt einen Schritt zurück, schluckt und sieht zu mir herab.

»Reden. Wir sollten reden.«

Mit einem verschmitzten Lächeln ziehe ich sie erneut näher an mich heran. An mich und mein Bett, auf dem ich sitze. »Ist nicht bereits alles gesagt?« Man könnte meine Worte beinah als Spott wahrnehmen. Vielleicht auch als Ablehnung und als Flucht vor einem ernsten Gespräch. Das Ironische ist nur, dass wir die Dinge auf die Art wahrnehmen, wie wir es wollen. Nicht, wie sie sind.

Stella will mir verfallen. Das hat sie längst entschieden. Deshalb werden alle ihre Handlungen eben dieses Ziel verfolgen. Und da wir von anderen erwarten, was wir selbst von uns kennen, wird sie all meine Worte und alle meine Taten darauf auslegen.

Zumindest solange, bis ihr die Wahrheit eine ordentliche Ohrfeige verpasst.

Aber wer weiß, vielleicht auch nicht einmal dann.

»Nein. Es gibt immer noch so viele Dinge, die unklar sind …« Mit einer Hand packe ich ihre Kehle. Automatisch legt sie ihre Finger auf meinen Arm. Macht aber keine Anstalten, mich wegzudrücken. Sie hat den Faden verloren. Und ich dafür etwas zum Spielen gefunden. Mit einem leisen Stöhnen fahre ich mit den Fingern über ihren Oberschenkel und schließlich zu ihrem Höschen.

»Wieso lässt du dich dann so schnell ablenken?« Ich stocke in meiner Bewegung. Genau in dem Moment, als ich ihre süße Perle umkreise. Stella zuckt unter meinen Fingern und drückt mir ihre Hüfte entgegen.

Sanft schiebe ich meine anderen Finger zwischen ihre Lippen. Mit einem unzufriedenen Stöhnen schüttelt Stella den Kopf. Ihre Augen sind schreckhaft geweitet und sie hat die Hände an meine Hand gelegt. Die Hand, die noch immer an ihrer Kehle ist.

»Siehst du, wie viel besser es zwischen uns läuft, wenn ich die Führung übernehme?«

Stella beißt mir in die Finger, dreht den Kopf zur Seite und sieht mich mit geröteten Wangen mahnend an. »Du wirst nie wieder die Führung über mich haben. Und weißt du auch warum? Weil ich es nicht zulasse!« Ich würde es ihr beinah glauben, wäre da nicht diese Sehnsucht in ihrem Blick. *Wie mir scheint habe ich einen wunden Punkt getroffen, meine kleine Rose. Du bist gern bereit, dich von mir beherrschen zu lassen. Du willst, dass ich dich entführe und besinnungslos gegen die Wand ficke. Es ist okay für dich, wenn ich dich ins ›Lumiel‹ mitnehme oder eine andere Frau packe.*

Aber hier ziehst du die Grenze? Das ist wirklich interessant.

Ich lege den Kopf schräg und betrachte sie einen Moment. »Woher kommt die plötzliche Aufmüpfigkeit, kleine Stella?«

Sie schnaubt entrüstet und windet sich aus meinem Griff. »Vielleicht ist mein Augenblick der Schwäche vorbei.

Was du mir schuldest, sind Antworten. Keine weiteren Ablenkungen, keine Verführungen.«

»Aber Verführungen machen so viel mehr Spaß«, antworte ich gierig. *Komm, Stella. Ich muss wissen, dass ich dich locken kann.*

»Du denkst, dass du mir den Mund stopfen kannst, indem du mir deine Finger in den Rachen jagst?« Sie lacht entrüstet. »Du hast mich vielleicht kennengelernt, als es mir nicht gutgegangen ist. Aber wenn du denkst, dass ich noch immer dieses schüchterne Ding aus der Psychiatrie bin, dann hast du dich ordentlich getäuscht.«

Das schüchterne Ding, von dem du sprichst, habe ich vor zwei Tagen getroffen. Nicht vor zwei Jahren.

Aber es ist ein guter Punkt. Lass uns daran anknüpfen. Ich möchte schließlich nicht, dass du ein falsches Bild von mir bekommst.

»Jetzt ist kein Moment für Widerspenstigkeit. Weißt du auch warum? Weil es etwas gibt, das ich dir sagen will. Für mich ist es keine Notwenigkeit, diese Worte loszuwerden. Aber du musst sie hören. Noch mehr als all die Erklärungen, die du so bestimmt von mir forderst.«

Stella schnappt nach Luft. Dabei liegt meine Hand locker an ihrem hübschen Hals. Mit dem Daumen fahre ich über die Narbe daran und jage damit einen Schauer über meinen Rücken.

»Von Anfang an hast du etwas in mir ausgelöst, das mir gleichzeitig eine verdammte Angst bereitet, aber auch dafür sorgt, dass ich mich so fucking angekommen fühle. Ich weiß nicht, was es ist. Vermutlich bist du verrückt. Genauso wie ich.«

Merkst du es, wie dir jedes meiner Worte eine andere Frage aus deinem süßen Verstand treibt? Sie lassen sie förmlich zerplatzen. Wie schillernde Seifenblasen.

Du erinnerst dich kaum noch an das, was dir wichtig war. Immer mehr lässt du zurück, wer du eigentlich bist.

Das, meine Schöne, ist wahre Hingabe.

»Du irrst dich, wenn du denkst, dass ich dich brechen oder kleinhalten will, Stella. Ich bin mehr als zufrieden, dass das kleine schüchterne Ding sich zurückgezogen hat. Glaub mir, ich habe keine Verwendung für ein devotes Püppchen.

Zumindest meistens.

Du wirst noch lernen, wann du meinen Befehlen folgen solltest und wann nicht.« Die letzten Worte raune ich ihr leise entgegen. Sie will bereits wieder die Lippen öffnen, doch ich schüttle seufzend den Kopf.

Ich atme tief ein, sehe sie an und streiche mit dem Daumen über ihr Kinn. »Aber ich bin niemand, der über seine Gefühle spricht. Deshalb kannst du das als weitere Premiere betrachten.« *So viele Besonderheiten und das nur für dich. Sag, weißt du sie überhaupt zu schätzen?*

»Wie dann«, antwortet sie mit rauer Stimme.

»Was meinst du?«, frage ich in gespielter Unwissenheit. Schließlich darf auch ich mich ein wenig zieren, oder nicht?

Stella scheint ein paar Momente zu überlegen. Schließlich packt sie mich an den Schultern und dirigiert mich vor ihr in die Höhe. Zögernd folge ich ihrer Bewegung. *Hatten wir uns nicht darauf geeinigt, dass ich das Sagen habe? Es gefällt mir nicht, wenn du die Führung übernimmst. Aber du erwartest etwas von mir. Einen Vertrauensbonus. Vielleicht auch ein Entgegenkommen.*

Deshalb gewähre ich es dir. Ich lasse mich von dir führen, wie eine Marionette. Vermutlich sind wir beide gespannt, was dabei herauskommen wird.

»Wenn du nicht darüber reden willst ...«

»Ich kann es nicht«, nutze ich ihre Pause. »Aber für dich werde ich es vielleicht lernen.« *Werde ich das? Ist dir das wichtig? Das ist es.*

Ich sehe, wie du bei den Worten zu strahlen beginnst.

Wie schade, dass sie gelogen sind.

»Dann zeig es mir.« Sie beißt sich auf die Lippe und senkt den Blick. »Wenn du nicht darüber reden kannst, dann zeig mir, was ich dir bedeute.« Ich gebe ein Stöhnen von mir. Stella schüttelt impulsiv den Kopf und hebt die Hände. »Nein, keine Ausflüchte. Das hast du selbst gesagt. Du bist ein Typ für ganz oder gar nicht?« Sie ahmt mich nach und ich hasse es. Trotzdem bleibe ich still. »Gut.«

Stella breitet die Arme breit aus. »Ganz oder gar nicht. Nimm mich, aber wenn dann richtig.« Bei diesen Worten rutscht ihr ein nervöses Lachen heraus. »Und ja, das meine ich in jedem Sinne.

Vielleicht sind wir eines dieser Pärchen, das nicht durch Worte kommuniziert, sondern durch Taten. Und ja, mir ist bewusst, dass ich das zu jemandem sage, der bereit war, mich zu entführen.

Also wenn du willst, dass ich dir vertraue, musst du mir vertrauen.« Stella legt die Hand auf meine Brust. Ihre Hand zittert. Immer wieder senkt sie nervös den Blick nur um mich dann wieder anzusehen. »Vertrau mir.«

»Und dann?«

»Dann wirst du sehen, was passiert.« Sie zuckt mit den Schultern. »Eine Garantie wirst du nie bekommen, aber wenn du mich willst, musst du dich mir öffnen.

Vollständig.«

Eine Zeit lang ist es still zwischen uns. Stellas Hand verharrt auf meiner Brust. Sie hebt und senkt sich sanft unter meiner Atmung.

Es ist interessant zu sehen, wie du versuchst mich hervorzulocken. Sag, bist du dir darüber im Klaren, was du da versuchst zu dir zu holen? Du starrst in eine dunkle Ecke, hast eine Gänsehaut aufgrund des unbekannten Geräuschs. In der Hoffnung, dass es nur ein süßes Tierchen ist, gibst du lockende Laute von dir.

Das Problem ist, du weißt nie, was sich im Schatten verbirgt. Ich gebe dir einen Tipp, meine kleine Rose. Die Tiere, die am harmlosesten wirken, sind oftmals die giftigsten.

Mit einem Lächeln sehe ich auf sie herab. Ich schließe kurz die Augen. »Gut, dann hoffe ich, dass du damit umgehen kannst.« Danach gebe ich ihr keine Zeit zum Reagieren. »Und jetzt geh auf die Knie, Stella. Scheinbar lässt sich dein Mund nur auf eine Art stopfen.«

»Ich«, setzt sie an und leckt sich danach über die Lippe.

»Ja?«, frage ich abwartend. Währenddessen kann ich nicht widerstehen, die Hand in ihre Haare zu graben. »Wenn du willst, dass ich gehe, dann sag es. Ein klares ›nein‹ und ich werde dich in Ruhe lassen.« Ich wickle ihre Haare um meine Faust und ziehe sie daran zu mir. »Aber wenn, dann muss es schon ein überzeugendes ›nein‹ sein. Eines, was ich dir glaube, wenn du dich schon selbst belügst.«

Sie flucht leise. Ihre Lider flattern. Abwartend beißt sie sich auf die Lippe. Schließlich hebt sie den Blick. »Versprich mir, dass es das letzte Mal ist. Das letzte Mal, bevor ich meine Antworten bekomme.« Stella räuspert sich leise.

Ich sehe sie abwägend an. »Versprichst du es mir denn?« In ihren Augen spiegelt sich meine eigene Lust wider. Genauso meine Unentschlossenheit. Auch wenn sie sich nicht immer so benimmt, ist sie nicht dumm. Stella weiß, dass ich nicht gut für sie bin und ich weiß es auch.

Das hier sollte ein Abschied werden, meine kleine Rose.

Ich bin selbst noch gespannt, ob ich stark genug bin. Auch wenn ich mich frage, wieso ich es überhaupt sein muss. Und ja, diese Frage richtet sich in beide Richtungen. Wieso sollte ich widerstehen? Und wieso ist es überhaupt schwer sich dir zu entziehen?

Du löst Gedanken in mir aus, die mir nicht gefallen, Stella.

Daran müssen wir tatsächlich arbeiten. Also ja, ich stimme dir zu. Es wird kein nächstes Mal geben. Nicht, bevor ich diese lächerlichen Gedanken nicht für mich geklärt habe.

Eine letzte Ausnahme. Ein letztes Mal, um damit abschließen zu können. Einmal will ich deinen Körper in Besitz nehmen.

So, wie ich es brauche.

Dann werde ich dich ziehen lassen.

Lebend.

Vielleicht.

Bei dem letzten Gedanken kann ich nicht anders, als sie

nach unten zu drücken. Brav folgt sie meiner Ermutigung. Schwer atmend schließe ich die Augen und stütze mich mit der freien Hand an der Wand hinter ihr ab. *Ein letztes Mal,* das verspreche ich mir selbst. *Einmal, um meine Gedanken zu sortieren.*

Stella öffnet meinen Gürtel und schließlich meine Hose. Sie rutscht ein paar Mal ab, so nervös ist sie. Ich will nicht hinsehen. Es würde meinen Entschluss nur umso schneller kippen.

Aber ich muss.

Ich muss sehen, wie sie ihre zarten, rosa Lippen um meinen Schwanz legt.

Beinah im selben Moment stöhne ich. Scheiße, wie oft habe ich darüber nachgedacht. Sie in genau dieser Position gesehen.

Stellas hastiger Atem trifft meine Haut. Dann endlich nimmt sie ihn tief in sich auf. Zusätzlich führt sie ihre Hände an meinen Schwanz und reibt mit den Fingern darüber. Mein Atem geht schwer. Ein Zucken geht durch meine Leiste und trotzdem ...

Wann ist das passiert, Stella? Noch vor wenigen Minuten hatte ich die Sache im Griff und jetzt? Will ich dich am liebsten erneut ficken.

Für dich mag das unbedeutend klingen. Für mich nicht.

Weil ich keine Frau ein zweites Mal nehme.

Nur wieso will ich es dann bei dir?

»Fuck«, fluche ich leise. Ich zerre sie an den Haaren von mir weg. Ein leises schmatzendes Geräusch begleitet diese Bewegung. Stella hebt das Kinn an und sieht mit geweiteten Augen zu mir auf. Die stumme Frage liegt bereits auf ihren Lippen, als ich den Kopf schüttle. »Hast du nicht«, knurre ich leise. Unkontrolliert gebe ich ihre Haare frei, packe sie stattdessen am

Hals und ziehe sie neben mir in die Höhe. Genauso meine Hose.

»Silver?« Stella klingt bestürzt.

Das kann ich gut verstehen. Mir geht es ähnlich. Schließlich bin ich selbst genauso naiv, wie sie. Ich konnte nicht ernsthaft glauben, dass ich sie mit zu mir genommen habe, nur damit sie meinen Schwanz lutscht?

Nein, das war eine verdammte Lüge an mich selbst.

Wie auf Autopilot führe ich sie zum Bett und werfe sie förmlich auf das schwarze Laken. Sie richtet sich beinah sofort wieder auf, was mir ein Lächeln entlockt. Ich packe ihr Kinn, ziehe sie zu mir heran und schiebe meine Zunge zwischen ihre herrlichen Lippen.

Stella seufzt leise, während sie mir entgegenkommt. Dabei packe ich ihre Hüfte, ziehe sie zu mir und schiebe meine Hand in ihr Höschen. Sofort spüre ich ihre Feuchtigkeit.

Für einen kurzen Moment löse ich mich von ihr, um sie prüfend anzusehen. Sie verdreht die Augen, bevor ich überhaupt ein Wort herausbekomme. »Wenn du mich jetzt fragst, ob ich das hier wirklich will und mich zu einem lächerlichen ›o ja, gib es mir‹ zwingen willst, werde ich dich schlagen.«

Das hast du nicht gesagt …

Damit sorgt sie tatsächlich für einen Moment der Sprachlosigkeit bei mir. »Und wenn ich auf Nummer sicher gehen will, dass du mich hinterher nicht hasst?« *Scheiße, waren das meine Worte? Sie sind in Ordnung. Sogar perfekt, hätte ich sie gesagt, um dich zu manipulieren. Aber das habe ich nicht. Sie waren einfach da.*

Nur warum?

Weil deine Verrücktheit meiner Imponiert?

Weil deine Schattenseiten meine hervorlocken?

Fuck …

Ich atme tief ein und hoffe darauf, dass sie es schnell wieder vergessen wird.

Stella grinst. »Seit wann bin ich die Sexbesessene und du der Schüchterne?«

Ihre Worte sind die Ohrfeige, die ich gebraucht habe. Kopfschüttelnd presse ich die Hand auf ihren Mund und hebe sogleich warnend die andere. »Beiß mich noch einmal und ich beiße dich.« Dann schiebe ich sie zurück und drücke ihren Körper auf das Bett. Mit einem letzten prüfenden Blick gebe ich ihren Mund frei, drehe mich herum und drücke meinen Kopf zwischen ihre herrlichen Schenkel.

Ich lecke über ihre Mitte und spüre, wie ihre Beine zucken. Kurz presst sie diese zusammen, weshalb ich ihre Hüfte warnend packe. Stella gibt ein leises Wimmern von sich. »War nur ein Reflex«, sagt sie nervös.

Das lasse ich dir nur zu gern durchgehen. Wer kann schließlich etwas gegen einen Reflex tun? Nur würde ich viel lieber hören, wie du aus einem Reflex heraus meinen Namen schreist und nicht mehr in der Lage bist, ganze Sätze zu formulieren kannst.

Leider ist das Einzige, was jedem meiner Stöße folgt, ein leises Wimmern. Ich schließe die Augen und sauge sie förmlich aus. Genießend lecke ich sie, spiele mit meiner Zunge und grabe meine Finger fest in ihre Hüfte.

Immer wieder gleite ich in sie hinein, fahre dann über ihre Perle und wiederhole das Ganze.

Ihre Beine zucken, ihr Körper ist angespannt und auch wenn ich sie nur zu gern bis zum Höhepunkt lecken würde, kann ich mich nicht weiter zurückhalten.

Ich packe Stella an der Hüfte und zerre sie zu mir herunter. Während ich noch meine Hose abstreife und ihren Rock erneut hochschiebe, beginne ich sie stürmisch zu küssen. Vielleicht auch, um dieses verdammt selbstgefällige Grinsen von ihren Lippen zu wischen.

Scheiße, genau das gleiche Grinsen, das auf meinen Lippen erscheint, als sie ihre Beine um meine Hüfte schlingt. Ich fluche leise. Meine Spitze streift ihren Eingang und die Feuchte, die diesen überzieht.

Kurz verharre ich. »Willst du jetzt so etwas Lächerliches sagen wie: Fick mich bitte?«, erinnere ich sie an ihre Worte. Stella verdreht die Augen und tätschelt liebevoll meine Wange.

»Das nächste Mal schlage ich dich wirklich ...«

Ihr letztes Wort geht in einem Schnappen nach Luft unter. Bis Zur Wurzel habe ich mich in ihr versenkt, presse ihren Körper dicht gegen meinen und verharre einen kurzen Moment. »Wolltest du noch etwas sagen?«

»Nur, dass ich dich hasse.«

»Wie gut, denn ich liebe Hasssex.«

Stella stöhnt. Vielleicht vor Lust. Vielleicht auch vor Frustration. Beides wäre möglich und beides teile ich.

Als Antwort darauf ziehe ich mich zurück und stoße mich ein zweites Mal in ihren Körper. Ich schiebe meine Hand unter ihr Kleid, ziehe den BH zur Seite und zwirble ihren Nippel, der sich mir bereits entgegenstreckt.

Wie besessen nehme ich ihren Körper in Besitz, bis ich endlich merke, wie sie in meinen Armen weich wird. Sie entspannt sich, während ihr Körper gleichzeitig unter Strom zu stehen scheint.

Während meiner nächsten Stöße packe ich ihre zarte Kehle. Ihre Augen weiten sich, während sie meinen Bewegungen entgegenkommt.

Stellas Hand an meiner bringt mich zurück in die Realität. Sie starrt mich an, wird von meinen Stößen hin und her geschoben. Für einen kurzen Moment halte ich inne.

Dann drückt sie meine Finger fester um ihren Hals. Ich halte die Luft an, als sie leicht zu lächeln beginnt und die Augen schließt.

»Nein«, fahre ich sie härter an als beabsichtigt. »Sieh mich an. Ich will ...« Ich stocke in meinen Worten. »Ich will dich sehen«, fahre ich schließlich fort.

Stella öffnet ihre wundervollen Augen. Sie sieht mich an und der Satz, den ich eigentlich sagen wollte, höre ich in einer Endlosschleife. *Ich will dich nicht aus Versehen töten.*

Diese Einsicht überfordert mich, so dass ich das Einzige mache, was ich in der Situation kontrollieren kann. Immer fester schließe ich die Hand um ihren Hals, während ich sie mit festen Stößen gegen das Bett ficke.

Als sie ein paar Mal schnell blinzelt, lockere ich meinen Griff ein Stück weit, nur um sie umso schneller zu vögeln.

Ich sehe ihr tief in die Augen und nehme keine Sekunde den Blick von ihr. Still öffnet sie die Lippen. Verdammt, ich will sie schreien hören.

Plötzlich gebe ich ihre Kehle frei. Sie schnappt nach Luft. Ich ziehe mich aus ihrem zitternden Körper zurück. Stella sieht mich irritiert an.

Sie ist ... perfekt.

Und trotzdem fehlt etwas.

Mein eigener Körper beginnt zu beben, als mir bewusst wird, was es ist. Tief atme ich ein. *Es muss nicht sein. Ich brauche es nicht. Es ist ...*

»Silver?« Stella richtet sich auf. Sie zieht ihre Beine unter mir hervor und presst sie an ihre Brust.

Du denkst, dass es deine Schuld ist, richtig? Das ist es nicht. Ich bin schuld. Weil ich nicht stark genug bin zu widerstehen.

Ich höre, wie sie tief einatmet und schließlich dicht an mich herankommt. »Was immer es ist. Lass es los oder nimm es dir, aber zögere nicht.«

Langsam hebe ich den Blick. Sie kann nicht wissen, was ich denke. *Oder?*

Meine Brust hebt sich immer schneller. Ein paar letzte Gedanken schießen mir durch den Schädel.

Seit wann hast du das Sagen?

Du hast es dir genommen ohne mich um Erlaubnis gebeten zu haben.

Ich kann es nicht zulassen, Stella. Nicht, wenn es bereits das zweite Mal ist, dass ich dich ficke.

Das Problem dabei ist, dass ich ein Mann bin, der seine Versprechen hält. Und ich habe dir versprochen, dass du ein weiteres Mal mit mir nicht überleben würdest.

Dann herrscht nur noch Stille in meinem Kopf.

Ich führe Stellas Körper zurück auf das Bett. Behutsam bette ich sie nieder und schiebe mich über sie. Mit der Hand taste ich nach meiner Hose. Stella folgt keiner meiner Bewegungen. Sie sieht mich an. Nur mich. Es kommt mir vor, als würde sie bis tief in meine Seele blicken.

Und heute, dieses eine Mal bin ich bereit, sie ihr zu zeigen.

Kontrolliert ziehe ich das Messer aus meiner Tasche und stülpe die Hülle ab. Ich betrachte es einen kurzen Moment lang. Dann sehe ich zurück zu ihr. Stella. Meine Sonne, meine kleine Rose. *Du verstehst mich, oder? Du weißt, dass ich das hier machen muss? Dass ich nur so komplett bin? Du verstehst es, oder? Du wirst mich dafür nicht verlassen. Nicht endgültig. Denn das könnte ich nicht ertragen. Und mit genau dieser Einsicht werden wir beide uns später befassen.*

Wenn du dann noch am Leben bist.

Mit der Klinge trenne ich den Stoff ihrer Kleidung durch. *So leicht.* Es geht so verdammt leicht, wie Butter zu schneiden. Prüfend sehe ich zu Stella. Sie bewegt sich nicht. Scheint aber auch nicht starr vor Angst.

Erinnert es dich an ihn? Wie hat er es gemacht? Die Klinge einfach durch deine Haut gezogen? Als wärst du nichts Besonderes? Heute wird es anders laufen, kleine Stella. Du wirst mein schönstes Kunstwerk sein.

Ich setze das Messer an ihrem Schlüsselbein an. Es beginnt sich schneller zu heben. Wieder ein prüfender Blick. Keine Angst. Keine Panik. Sie ist beinah ruhig.

Willst du das hier wirklich? Letzte Chance, Stella. Ich werde keinen Rückzieher machen, wenn du das glaubst. Nicht dieses Mal. Nicht, wenn du so unter mir liegst und deine Hüfte bereits wieder nach oben streckst. Geh jetzt. Ansonsten gehörst du mir.

Ich warte.

Eine Sekunde. Zwei. Drei. Sie rührt sich nicht.

Das heißt, fast nicht.

Stella legt ihre Hand an meine Hüfte. Zögernd fährt sie mit den Fingern über meinen Oberschenkel. Dann schiebt sie mich ein Stück weiter nach unten.

»Scheiße«, fluche ich leise. Stella lässt sich davon nicht aus der Ruhe bringen und dirigiert mich zu ihrem feuchten Eingang. Dann hebt sie die Hüfte an und platziert meine Spitze direkt vor ihrer süßen Pussy.

»Ich will ...«, fängt Stella an zu sprechen, doch sie hält keuchend inne, als ich die Spitze meines Messers in ihre Haut bohre. Sie schnappt nach Luft und krallt ihre Nägel in mein Fleisch. Während ich die Klinge über ihre Haut ziehe, schiebe ich meinen Schwanz langsam in sie hinein.

Stella gibt einen spitzen Schrei von sich, der mein Herz zum Hüpfen bringt.

Ich verharre tief in ihrem Inneren und fahre mit dem Messer immer wieder über ihre Haut.

Stella schreit. Sie flucht. Dicke Tränen laufen an ihren Wangen herab, doch sie wehrt sich nicht. Sie stößt mich nicht von sich. Im Gegenteil. Sie lässt ihre Hüfte kreisen, ihre Wände ziehen sich immer wieder um mich zusammen und sie wirft den Kopf stöhnend in den Nacken. Achtsam bewege ich mich über ihren Körper, während ich sie mit meiner Hüfte fest gegen das Bett drücke.

»Halt durch, meine kleine Rose. Du bist stark genug, das zu schaffen«, raune ich ihr leise entgegen. Und dieses Mal meine ich die Worte ernst. Ich habe nicht darüber nachgedacht und sie nicht benutzt um ein Ziel zu erreichen. Stattdessen kamen sie einfach aus mir heraus.

Fast, als würde ich sie ehrlich meinen.

Stella schreit, als ich eine weitere Linie hinzufüge. Stockend schnappt sie nach Atem. Ich mache eine kurze Pause, um sie nicht zu verletzen. Besser gesagt: Damit sie sich nicht selbst verletzt.

Währenddessen betrachte ich die feine Blutspur, die über ihr Schlüsselbein läuft. Fasziniert sehe ich auf die dünnen Linien, die ohne das Blut kaum zu sehen wären. Aus einem plötzlichen Impuls heraus nehme ich die Klinge von ihrer Haut und fahre mit dem Finger über die flache Seite.

Ich werfe das Messer zur Seite, was Stella einen leisen Aufschrei entlockt. Mit einem schrägen Lächeln halte ich meine Finger über ihre Lippen. Meine Hüfte drücke ich fest nach unten.

Sie hebt den Kopf, sieht mir tief in die Augen, bevor sie ihr eigenes Blut von meinen Fingern leckt.

Fuck. In diesem Moment bricht etwas in meinem Inneren in sich zusammen. Sie sieht zu mir auf. Demütig und gleichzeitig mit einer solchen Stärke. Die Tränen laufen noch immer an ihren Wangen herab, während sie an meinem Finger leckt.

In dem Moment beginne ich mich wieder fest in sie zu stoßen. Ich packe ihre Kehle und starre auf die Rose, die ich in ihre Haut geschnitten haben. *Ich habe es getan. Ich habe mich dir geöffnet. Ich habe dir einen weiteren Teil von mir gezeigt.*

Und du hast es überlebt. Du hast mir die Kontrolle gegeben und ich habe sie genutzt. Aber nicht ausgenutzt.

Dieser Gedanke katapultiert mich förmlich in eine andere Welt hinein. Ich verliere die Beherrschung, ficke Stella immer härter begleitet von ihrem Stöhnen. Als ich spüre, dass sie so weit ist, drücke ich ihr die Luft ab und stoße mich ein letztes Mal in sie hinein.

Stellas Körper bebt, sie beginnt zu zucken, ihre Muskeln spannen sich an und werden dann wieder schlaff.

In diesem Moment pumpe ich mein Sperma in sie hinein und gebe ihre zarte Kehle frei.

Sie schnappt nach Luft und reißt die Augen auf. Gleichzeitig ziehe ich ihren Körper an mich heran und drücke ihren Kopf fest an meine Brust.

Stellas Schultern beginnen sich hektisch zu heben. Sie zittert und ein leises Schluchzen dringt aus ihr hervor.

Ich halte sie weiterhin fest in meinem Arm.

Dabei drehe ich mich zur Seite und ziehe sie an meine Brust.

Mit der Zeit wird ihr Atem ruhiger. Sie atmet gleichmäßiger und das Schluchzen verebbt.

Es wird ruhig.

So verdammt ruhig.

Irgendwann halte ich es nicht mehr aus. »Sag etwas«, bitte ich sie mit belegter Stimme.

Ich denke nicht. *Warum denke ich nicht? Wieso plane ich nicht? Wieso?*

»Was denn?«, antwortet sie dicht an meinem Körper.

Ich atme tief ein. »Was du denkst.«

Kurz ist sie still. Dann lacht sie. Schließlich flucht sie leise.

Abwartend sehe ich sie an. Ihre Haare, genauer gesagt. *Bereut sie es schon? War es ein Fehler? Mit Sicherheit sogar. Das Problem ist nur, dass der tatsächliche Punkt des Bereuens erst noch kommen wird.*

»Wir haben schon wieder kein Kondom benutzt«, stöhnt Stella.

Mit gerunzelter Stirn schiebe ich sie ein Stück von mir weg. Dann betrachte ich sie.

Sie erwidert meinen Blick. »Was?«, fragt sie. »Keine Angst, dass ich dir ein Kind anhänge?«

»Darüber habe ich um ehrlich zu sein noch nie nachgedacht«, antworte ich.

»Weil du eins willst oder weil du keine zeugen kannst?«

Mit jeder Sekunde, die vergeht und in der ich nicht antworte, starrt sie mich fordernder an. Schließlich senke ich den Blick. »Weil bisher niemand lange genug nach dem Sex mit mir gelebt hat, um auch nur Umstandskleidung tragen zu können.«

KAPITEL 20

Stella

»Ich bin verrückt«, murmle ich leise. »Völlig verrückt.« Wie besessen starre ich auf die verkrusteten Linien auf meinem Schlüsselbein. »Einfach verrückt«, wiederhole ich.

Nicht nur habe ich mich von einem Typen ritzen lassen ... Bei diesem Gedanken erschaudere ich. Nein, ich habe auch mit ihm geschlafen. Okay, ersteres klingt irgendwie schlimmer. *Trotzdem.*

Scheiße. Wie zur Hölle soll ich das Aiden erklären?

Ich beiße mir auf die Lippe und sehe mich selbst panisch im Spiegel an.

Niemals wird er das verstehen. Das ›oder‹ brauche ich nicht einmal in Gedanken hinzufügen. Er wird es nicht verstehen. Wie auch? Ich würde ihn vermutlich umbringen, wenn er mir offenbart, dass er mit einer anderen Sex hatte. Noch dazu, wenn er dann hinzufügt: Aber hey, können wir es nicht so lassen? Du und ich als Freunde. Er und ich als ... Ja, was? Mehr?

Das scheint keine schlechte Idee zu sein.

Ich würde ihn auf jeden Fall töten. Oder zumindest sehr schwer verletzen wollen.

Seufzend schüttle ich den Kopf.

Wie konnte das passieren? Wieso bin ich ihm erneut verfallen, noch ehe ich die Antworten bekommen habe, die ich so dringend wollte? Braucht er wirklich Zeit? Vielleicht.

War es dumm? Das mit Sicherheit.

Aber sollte ich ihm mehr Freiraum geben? Darauf warten, dass er von sich aus kommt?

Ich erröte bei diesem Gedanken.

Was ist so schwer daran, ein zivilisiertes Gespräch zu führen, ohne wie zwei sexbesessene Höhlenmenschen übereinander herzufallen?

»Mist«, murmle ich leise. Warum nur?

Was ist an ihm so besonders? Diesem grummeligen, kalten und boshaften Typen.

Oder liegt es vielleicht nicht an ihm? Bin ich das Problem? Würde ich mit jedem mitgehen, der mir ein paar gute Worte in die Ohren flüstert?

Oder stimmt das, was ich gesagt habe, vielleicht?

Sind unsere Taten unsere Art zu kommunizieren?

Aber was sagt das über mich aus?

Und wo steht Aiden in all dem Chaos?

Er hat mich bedroht, aber trotzdem ist er ... mein Freund? Ein Freund, besser gesagt. Oder sieht er mehr in mir? Sehe ich mehr in ihm? Genau genommen kenne ich ihn nicht einmal ... sie beide nicht.

Mir entweicht ein verzweifelter Schrei und ich bin froh, dass Silver mir einen Moment für mich gegeben hat.

Andererseits will ich am liebsten wieder bei ihm sein und die wirren Gedanken in meinem Kopf vergessen.

Wenn ich bei ihm bin, dann gibt es nur ihn.

Aber wenn ich an Aiden denke. Daran, wieder bei ihm zu sein ...

Ich seufze frustriert.

Wieso mache ich es mir auch so schwer?

Aiden und ich sind Freunde. Oder auf dem Weg dahin.

Silver und ich sind ... auf dem Weg. Wohin auch immer.

Damit ist die Sache klar.

Stöhnend vergrabe ich das Gesicht in den Kissen.

Selbst wenn Aiden mich mögen sollte – und nach den letzten Stunden steht hinter dieser Aussage ein sehr großes Fragezeichen – was denke ich, wird er zu der Situation sagen? Wobei, vollkommen egal, ob er mich mag. Also, richtig mag. Oder mögen könnte. Er wird mich allein dafür hassen, dass ich mit ihm mitgegangen bin.

Wie konnte ich ihm das nur antun?

Was habe ich mir dabei gedacht?

Nichts, wäre eine Lüge. Ich habe nachgedacht. Sogar sehr viel. Mir sind die wildesten Fantasien durch den Kopf geschossen.

Schließlich gibt es genug Beispiele für meine Situation.

Mit roten Wangen denke ich an mein eigenes Zuhause. Daran, wo sich die vielen Bücher mit dem schwarzen Cover auf meinem Couchtisch stapeln. Und daran, wo ich noch vor wenigen Tagen mit Aiden herumgealbert habe. Damals war alles noch so einfach. Gut, genau genommen kam es mir nicht so vor, aber es war leicht. Meine Probleme von damals erscheinen mir jetzt ... lächerlich.

Ich schüttle den Kopf, um mich zu konzentrieren. *Das ist gerade nicht der Punkt.* Das Problem ist vielmehr, dass ich nicht weiß, was richtig ist.

Nein, genau genommen weiß ich auch das. Menschen verlieben sich, heiraten und bekommen Kinder. Sie ziehen zusammen, treffen sich und sind glücklich. Nicht unbedingt in der Reihenfolge, aber ja. Aber die Zeiten haben sich geändert. Als Frau kann man arbeiten gehen, ja, man darf auch Spaß haben und muss sich nicht vor den Männern rechtfertigen.

Und trotzdem ist und bleibt das, was mein Leben in den letzten Tagen darstellt, falsch. Falsch, illegal und absolut schlecht. Alles daran schreit nach red flags. Und zwar jeder Menge davon.

Ich stoße ein leises Wimmern aus. Ja, ich habe Aiden betrogen. Gut, nicht betrogen – betrogen. Aber eben betrogen. Auf eine freundschaftliche – absolut nicht freundschaftliche Art.

Den süßen Typen, der sich von Anfang an nur um mich gekümmert hat, hat alle meine Launen ausgehalten. Verdammt, vermutlich hätte er mir sogar verziehen, dass er meinetwegen entführt wurde.

Fluchend sinke ich an der Wand auf den Boden und raufe mir die Haare.

Auch wenn ich naiv und vielleicht nicht ganz sauber im Kopf bin, weiß ich trotzdem, was richtig ist. Oder zumindest, was sich gehört.

Vermutlich würde an dieser Stelle jeder laut lachen, der hört, was ich getan habe.

Glaubt mir, das würde ich auch.

Ich bin nervös, angespannt und stehe unter Strom. Dieses Gefühl verschlimmert sich noch, wenn ich an Silvers Worte denke.

Schwer atmend sitze ich inzwischen auf der Kante des Bettes. Unsicher, ob sie überhaupt für mich bestimmt waren. Oder ob ich sie hören sollte.

Du bist etwas Besonderes für mich. Auch wenn ich nicht erklären kann, wieso. Du belebst mich und zeigst mir, dass es die Schatten nur gibt, weil auch Licht existiert.

Ich weiß nicht, ob du dafür schon bereit bist.

Oder es je sein wirst. Aber ich will dich in meinem Leben. So verrückt die Vorstellung auch klingt.

Soll ich dir ein Geheimnis verraten, kleine Rose?

Du wirst wieder glücklich sein. Und ich werde nicht immer der Grund dafür sein können. Dir so etwas zu versprechen wäre dumm, denn schon jetzt wüsste ich, dass es sich um eine Lüge handelt.

Deshalb will ich dir etwas anderes versprechen: Ich werde versuchen es richtig zu machen. Nicht richtig für mich oder diese ganzen Idioten, die um uns herum leben. Ich will es für dich richtig machen. So, wie es sich für dich gut anfühlt.

Und scheiße nochmal, aber wenn ich dir dafür ein Schloss baue, hundert Welpen adoptiere oder selbst diesen Idioten in deinem Bett – in meinem Bett – toleriere, ist es das wert.

Wie kann es sein, dass ich mir diese Worte so akkurat eingeprägt habe? Vermutlich ist es wie mit Serien. Das Intro von der Gummibärenbande werde ich auf ewig kennen. Alles Wichtige eher nicht.

Schwer seufze ich.

Also was sollen mir seine in den benommenen Zustand gehauchten Worte sagen? Dass es für ihn okay wäre, wenn ich mich mit Aiden treffe?

Das kann nicht funktionieren.

Ich schaffe es nicht einmal, diesen Gedanken laut zu äußern. Wie sollte ich mit einem – geschweige denn zwei Männern – darüber reden?

Wie machen all die Menschen auf Instagram oder TikTok das? Nicht selten werden mir Videos über polyamore Beziehungen vorgeschlagen. Das muss irgendwoher kommen. Oder?

Vielleicht ist es auch nur eine Phase. Oder es gibt nur wenige Menschen, die für so etwas bereit sind. Oder die

Typen, die für meinen Algorithmus sorgen, sind völlig verwirrt.

Es klingt verrückt. Ja, völlig abwegig. Zwei Männer. Noch dazu zwei, die sich hassen. Bei einem weiß ich nicht einmal, ob er mich mag. Der andere ist schlichtweg irre. Und das meine ich im wörtlichen Sinne. Er ist völlig verrückt.

Aber andererseits ... Ich stocke in meinen Gedanken. *Wieso nicht?* Diese zwei Worte lassen mein Herz so viel schneller schlagen. *Wieso nicht.* Tja, ist es vermessen?

Mit Sicherheit sogar. Ganz bestimmt ist es eine dumme Idee. Ich werde alles dabei verlieren und am Ende mit keinem von ihnen mein Glück finden.

Aber da ist diese kleine Hoffnung, tief drin in meinem Herz.

Ist es okay, sie beide zu wollen?

Ein Schauer fährt über meinen Rücken.

Nein, das ist es nicht. Aber vielleicht ... ja, vielleicht ist es trotzdem möglich.

Bestimmt schüttle ich den Kopf. *Nein,* es ist eine dumme Idee. Ich sollte an Aiden denken. Nicht an mich. Aber was ist es, dass er will?

Mich?

Nein. Und selbst wenn. Es gibt andere Prioritäten auf seiner Liste.

Er will hierheraus. Und ich werde dafür sorgen, das nehme ich mir vor. Ich werde ihn hier herausholen. Ich werde mich entschuldigen, mich mit ihm vertragen und dann ... Tja, und dann werden wir sehen, was passiert.

Stunden später sitze ich wieder auf dem klapprigen Bett in Silvers persönlichem Folterkeller. Gut, das ist vielleicht etwas übertrieben. Vor allem, wenn man bedenkt, dass ich selbst darum gebeten habe, dass er mich dorthin zurückbringt.

Und warum?

Damit ich mich mit dem anderen Typen, den ich erst seit drei Minuten kenne, versöhnen kann.

Prioritäten setzen sieht anders aus.

»Dass du verrückt bist, habe ich sofort gemerkt. Aber ich dachte wenigstens, dass du stark und stolz bist. Zu Stolz, um dich auf jemanden wie ihn einzulassen.«

»Er behandelt mich gut! Was ist das Problem?« Genau das war der Moment, in dem ich auf ihn hätte zugehen können. Ich hätte mit Aiden ruhig reden können und ihm ordentlich erklärt, was eigentlich los ist.

Ja, hätte und wäre sind miese kleine Wörter.

Aiden lacht. »Er behandelt dich gut? Er hat dich in einen Käfig gesperrt, Stella!«

»Es ist kein Käfig«, erwidere ich leise. Ich weiß, dass er recht hat. Verdammt, und wie recht er hat. Trotzdem ist es anders. Dort in dem Club, da hat er mir eine völlig andere Seite von sich gezeigt. Eine verletzliche.

Das Problem ist nur, dass ich ihn nicht gleichzeitig schützen und Aiden erklären kann, was Silver denkt. Schließlich hat er sich mir nicht anvertraut, damit ich seine privatesten Gedanken einem anderen erzähle.

»Aber es ist auch keine Freiheit.« Aiden bleibt nach dieser Aussage stumm. Ich ebenfalls.

Was soll ich auch erwidern? Dass es nicht so schlimm ist? Oder er mich nicht verstehen kann? Dass ich trotzdem erleichtert bin, mit ihm hier zu sein? Dass ich jede Sekunde mehr den Verstand verliere und kaum noch zwischen der Wirklichkeit und meinen

Träumen unterscheiden kann? Dass ich sogar daran zweifle, ob ich überhaupt mit Silver in diesem Club war? Andererseits aber so überzeugt davon bin, dass ich mein Leben darauf verwetten würde, dass Silver ... Ja, was? Gut ist? Auf seine Art?

Was würde mir das bringen?

»Frauen sind solche Heuchler.« Aiden schlägt gegen die Wand. Dieses Mal zucke ich nicht einmal zusammen. »Beschweren sich über Männer, von denen sie schlecht behandelt werden und laufen immer wieder eben diesen Wichsern hinterher.«

Ich verdrehe die Augen. »So ist das nicht.«

»Das ist es nie.« Er erhebt sich und kommt zu mir herüber. Ich weiche zurück, was er mit einem kurzen Schnauben zur Kenntnis nimmt. Trotzdem geht er bis zu mir, packt mich am Kinn und sieht mir tief in die Augen. »Weißt du, was das Schlimmste daran ist?«

Ich schüttle den Kopf. Meine Kehle ist trocken. Kurz habe ich die Hände gehoben aber statt mich zu wehren, lege ich sie lediglich auf seine Brust. »Als Mann hast du kaum eine andere Wahl. Entweder du wirst ebenfalls zu einem Arschloch oder du bleibst zurück.«

Aiden stülpt die Lippen nach innen und schüttelt den Kopf. »Du brauchst mir nicht widersprechen. Das war keine Frage.« Mit diesen Worten gibt er mich frei. Zu meiner eigenen Überraschung ziehe ich mich nicht zurück, obwohl er dicht vor mir stehen bleibt. Schwer atmend befeuchte ich meine Lippen und lasse mich zurück auf das Bett sinken.

»Männer sind Arschlöcher. Jeder. Manche verstecken es ein bisschen besser, aber in der Hölle werden sie alle landen.«

»Das stimmt nicht.«

Er übergeht meinen Einwand. »Aber Frauen, die sind die wahre Brut des Teufels.«

»Wie nett«, werfe ich ein.

»Schau uns an.« Er deutet in den Raum hinein. Wie von selbst folge ich der Bewegung mit den Augen. »Ich wollte ehrlich sein. Gut, aufmerksam und humorvoll. Sollte jede Frau darauf stehen, oder nicht? Aber hast du dich mir an den Hals geworfen? Mich begehrt?«

Eine Stimme in meinem Inneren brüllt ein eindeutiges ›Ja‹.

»Nein, das hast du nicht.« Aiden tippt mir leicht gegen das Kinn. Ich hebe den Kopf an. »Du hast mich auf Abstand gehalten.« Er kommt noch einige Millimeter näher, sodass seine Hüfte unmittelbar vor meinem Gesicht ist. Es fällt mir schwer, nicht dorthin zu starren, als seine Hose sich leicht wölbt. »Aber kaum, dass ich dich schlecht behandle, dich anschreie, anpacke und grob zu dir bin, folgst du meinen Bewegungen.« Überraschend sanft legt er die Hand an meine Wange. Ich kann nicht anders, als mich dagegen zu drücken. Inzwischen bin ich einfach durch. Alles, was ich will, ist, in seinen Armen einzuschlafen. Die Probleme von Morgen können Morgen geklärt werden. Heute will ich einfach ...

»Wie eine Puppe«, murmelt er leise. »So vorhersehbar.«

Ich gehe nicht auf seine Worte ein. Er ist verletzt und schlägt um sich. Das kann ich gut verstehen.

»Was soll ich daraus lernen, Stella?«

Bei dieser Frage sehe ich auf. Mit großen Augen sehe ich ihn an.

»Ich sag es dir«, raunt er leise. Dabei beugt er sich zu mir herunter. »Ich lerne, dass ich mir nehmen muss, was immer ich will. Dass deine Meinung nicht zählt, weil du sie sowieso ändern wirst. Ich lerne, dass du schwächer bist als ich und ich dich für meine Interessen benutzen kann.

Ich lerne, dass ich alles bekommen kann. Freiwillig oder unter Zwang. Und ich lerne, dass mir nichts passieren wird.

Weil du es zugelassen hast.«

Irritiert runzle ich die Stirn. Seine Worte klingen so ruhig und gelassen. Deshalb dauert es einige Momente, bis mir ihre Bedeutung bewusst wird.

Aiden bleibt einige Sekunden still. Dann setzt er sich neben mich. »Aber ich will nicht so werden«, sagt er schließlich kontrolliert.

Überrascht sehe ich ihn an. Er zuckt lediglich mit den Schultern. »Ich kenne genug Typen, die entweder schon so waren oder es geworden sind. Und auch wenn ich mich nicht immer voll im Griff habe, will ich vermeiden, so zu sein. Außerdem will ich dir die Chance geben, zu sprechen.

Erst dann brüll ich dich weiter an.«

Mir rutscht ein nervöses Lachen heraus. »Wirklich?«

»Übertreib es nicht. Meine Geduld ist begrenzt.« Aiden sieht mich schräg von der Seite an. Ich senke für einen Moment den Blick und seufze dann leise.

»Das ist kompliziert.«

»Wie gut, dass wir eine Menge Freizeit haben. Außer dass dein Freund mich ins Bad gelassen hat, habe ich heute noch nicht viel getan.« Aiden deutet mit dem Blick zur Tür zu dem Kaminzimmer. Der Kamin ist aus. Die Leiche verschwunden. Mich schüttelt es bei dem Gedanken leicht.

Dafür steht eine weitere Tür zu einem Bad offen. Es sieht dem ähnlich, in welchem ich mich fertig gemacht habe. Leise seufze ich. Das scheint mir eine Ewigkeit her zu sein.

»Ich kenne euch beide kaum. Dich gerade einmal ein paar Tage mehr als ihn.«

»Was mich auf ewig zu deiner Nummer eins machen wird«, unterbricht er mich trocken.

Ich öffne kurz die Lippen. Spare mir dann aber einen ablehnenden Kommentar. Schließlich funktioniert ein Kompromiss nur mit zwei Leuten. »Er scheint mich einfach zu sehen. Weißt du? So wie ich bin. Er akzeptiert es. Mich, genauer gesagt.«

»Und ich nicht?« Eine Spur Verbitterung klingt in seiner Frage mit.

»Doch«, antworte ich leise. Ich selbst kann es nicht erklären. Schließlich fühle ich mich von beiden Männern angezogen. Die beiden sollen mich wollen, gut behandeln – oder auch nicht – und mir ihre Aufmerksamkeit schenken. Allerdings wäre das ein Thema für meine nächste Therapiesitzung.

Aber die Wahrheit ist, dass Aiden recht hat. Er ist einer der Guten und wenn ich ehrlich zu mir selbst bin, dann habe ich das Gefühl, ihn nicht zu verdienen. Mit Silver ist es etwas anderes.

Er ist ... verrückt. Ich glaube, das drückt es am besten aus.

Ich versuche meine eigene Verwirrung zu verdrängen und fahre mir durch die Haare. Währenddessen sehe ich mich in dem kargen Zimmer um. Die Wände sind glatt. Eine neutrale Lampe leuchtet an der Decke. Es gibt ein Bett, auf dem wir sitzen. Sonst nichts.

»Ich«, setze ich an, halte mich dann jedoch selbst zurück. Es wäre unfair, meine Gedanken mit Aiden zu teilen. Zwar weiß ich nicht, was er über mich denkt, aber sie klingen danach, als ... Ja, was? Wollte ich mehr?

Das ist Schwachsinn.

Schließlich ignoriere ich seinen fragenden Blick und versuche es erneut. »Ich habe irgendwie das Gefühl, als würde ich endlich wieder vorankommen und könnte mit meiner Vergangenheit abschließen. Es ist anstrengend, immer und immer wieder dieselben Erinnerungen zu durchleben. Ich will wieder lachen können. Frei sein und unbeschwert. Verstehst du, was ich meine?«

Von der Seite spüre ich Aidens Blick auf mir. »Und er gibt dir dieses Gefühl?«

»Ja«, antworte ich leise. *Genau wie du*, füge ich in Gedanken hinzu.

»Und was schlägst du vor, wie die ganze Sache hier weitergehen soll? Du, dein Entführer und ich?«

Ich muss bei seinen Worten schmunzeln und an das denken, was er zuvor gesagt hat. »Klingt wirklich nach einer miesen Serie.«

»Wie schön, dass du das einsiehst«, antwortet er rau.

Ein paar Mal atme ich tief ein. Schließlich sehe ich ihn direkt an. *Fuck,* das war ein Fehler. Niemals sollte man jemandem in die tiefen und so hoffnungsvoll wirkenden Augen sehen, wenn man kurz davor steht, ihm eine beschissene Ansage zu geben.

Mich räuspernd starre ich zurück auf die Glaswand, welche das Zimmer von dem anderen trennt. »Auf die Gefahr hin, weiter nach dem Skript eines miesen Films zu spielen, aber wäre es vielleicht möglich, dass wir da weitermachen, wo wir angefangen haben?«

»Du meinst am Rand einer Klippe?«

Aufgrund seiner Worte muss ich lachen. Darüber bin ich froh, denn es nimmt den Druck von meiner Brust. Zumindest ein Stück weit. »Als Freunde.«

»Und ich dachte, dass ich ein nerviger Fremder wäre, da bin ich aber froh, dass ich einen weit besseren Eindruck vermittelt habe.«

Ich verdrehe die Augen und stoße ihn leicht mit der

Schulter an. »Wie ich sehe läufst du endlich wieder zu Hochform auf.«

»Wie schön, dass du es als ›endlich‹ bezeichnest.«

Seufzend schüttle ich den Kopf. »Genauso unausstehlich, wie ich dich kennengelernt habe. Wie konnte ich das nur vergessen?«

Aiden sieht mich achselzuckend an. »Mein gutes Aussehen scheint meinen Charme und mein Talent für Konversationen eine Zeit lang in den Hintergrund gestellt zu haben. Was soll man da machen?« Er setzt einen gequälten Blick auf. Trotzdem spüre ich, dass er nicht vollständig aufrichtig ist. Das Thema oder vielmehr meine Antwort scheint ihm mehr auszumachen, als er sich anmerken lassen will.

Oder, ruft mich eine kleine Stimme in meinem Kopf zur Ordnung. *Es liegt daran, dass er noch immer eine Geisel ist. Nur so ein Gedanke.*

Ich wische diese Überlegung mit einer zerstreuten Handbewegung zur Seite. Aber beinah, als hätte Aiden meine Gedanken gelesen wird er mit den nächsten Worten ernster. »Serie hin oder her und auch wenn du ein Stockholmsyndrom entwickelt hast, sitzen wir noch immer im Keller eines Verrückten.«

»Wohnetage«, korrigiere ich ihn.

Aiden schenkt mir dafür lediglich einen vielsagenden Blick. Leise seufze ich und ja, mir ist durchaus bewusst, dass es nicht das erste Mal war.

»Ich glaube nicht, dass er uns etwas tun möchte. Die Situation ist nur etwas aus den Fugen geraten.«

»Und wieso sind wir dann noch immer hier?«

Weil ich keine Antwort auf diese Frage habe, bleibe ich still.

Aiden atmet schwer ein. »Gut, wieso bist du dann

wieder da, wenn zumindest zwischen euch die Sache geklärt ist?«

Diese Frage kann ich zwar beantworten, zögere jedoch trotzdem kurz. Schließlich gebe ich mir einen Ruck und lege die Hand auf seinen Oberschenkel. »Ich wollte zu dir und die Situation erklären.«

»Und als der großzügige Entführer hat er dich zurück ins Verlies gesperrt?«

Ich korrigiere ihn nicht erneut. Wozu auch? »Ja, eigentlich dachte ich, dass ich dich hierheraushole, aber hey, so oft wie du es erwähnst, muss es dir ganz gut gefallen.«

»Rausholen?« Er beugt sich verschwörerisch zu mir herüber. Und ich Idiotin komme ihm sogar entgegen. »Wie bei Prison Break?«

»Nein, eher wie die Pinguine von Madagaskar, die ihren dicken, schusseligen Freund retten.«

Aiden schüttelt mit gerunzelter Stirn den Kopf. »Das geht definitiv zu weit. Alle Pinguine sind dick und schusselig. Alles andere ist diskriminierend.«

»Und du identifizierst dich als Pinguin?«, frage ich lachend.

»Wir haben 2023. Ich kann mich identifizieren, als was auch immer ich will.«

Aiden wirkt zu meiner Erleichterung ebenfalls gelöst.

Und während wir in den nächsten Minuten weiter herumalbern, verblasst die Dunkelheit in meinem Leben immer mehr.

Ja, der Start unserer Beziehung – und damit meine ich sowohl die Freundschaft zu Aiden, als auch das, was auch immer das mit Silver ist – war holprig, ungewöhnlich und ein wenig illegal.

Aber genau in diesem Moment, in dem das Lächeln auf meinen Lippen immer breiter wird, da habe ich das Gefühl endlich angekommen zu sein. Nicht nur sinnbildlich im Leben. Das ist nicht nur ein Spruch.

Vielleicht bin ich endlich kurz vor dem Happy End angekommen? Dem Punkt in einem Buch, in welchem der Hauptplot überstanden, der Bösewicht besiegt und der Hauptcharakter über sich hinausgewachsen ist.

Ja, vielleicht bin ich gerade dabei, auf mein ›und wenn sie nicht gestorben sind‹ zuzusteuern.

Wer weiß?

Viel wahrscheinlicher ist es, dass ich mit nach hinten zusammengebundenen Armen in einer Gummizelle bin und all das hier nur in meiner Fantasie stattfindet.

Wenn du etwas liebst, lass es gehen.
Wenn es wiederkommt, dann gehört es nur dir.

Welch ein dummer, naiver Gedanke.

KAPITEL 21

Silver

Wenn es nach mir geht, sollte man diesen Spruch anpassen. Daran, dass du kontrollieren solltest, was auch immer dir begegnet. Wenn du sie freigibst und sie zu dir zurückkehren, weißt du, dass sie vollends in dir aufgegangen sind.

In dir, deinen Werten und deinen Anweisungen.

Dann sind sie naiv, dumm und gut zu beherrschen.

Merke dir eins, meine kleine Rose: Nur ein loyaler Mensch ist ein gut kontrollierbarer Mensch.

Allerdings solltest du niemals davon ausgehen, dass du jemandem vertrauen kannst.

Niemals.

Es gibt die gängige Meinung, dass skeptische Menschen weniger beliebt sind. Zum einen: Fuck it. Wen interessiert es, was im Moment gesellschaftlich anerkannt ist? Eine Zeit lang war es gesellschaftlich anerkannt, einen Sklaven zu besitzen. In wieder anderen Zeiten trug man grauenhafte, bunte Schlaghosen. Die Wertvorstellungen der Menschen sind flexibel. Genau wie ihr Geschmack.

Darüber solltest du dir nicht allzu große Gedanken machen. Viel mehr solltest du dich damit beschäftigen, was dir nützt. Was dich weiterbringt und wie du es schaffst, deine Ziele zu erreichen.

Was uns zurück zu dem Anfang führt.

Denn hier geht es bedauerlicherweise nicht um dich, meine kleine Rose. Hier geht es nur um mich. Meine Ziele, meine Interessen und meinen Willen.

Beug dich oder stirb.

Das ist die einzige Regel.

Ich werfe einen knappen Blick in den Rückspiegel und sehe direkt in die Augen des Mistkerls. Er starrt mich für einen Moment an, bevor er den Arm um sie legt. *Mein Mädchen.* Am liebsten würde ich mein Messer ziehen und es tief in seinen Körper jagen. Stattdessen behalte ich meinen neutralen Gesichtsausdruck, starre zurück auf die Straße und umgreife das Lenkrad verbissen. *Ja, Stella. Das hier mache ich nur für dich. Für dich akzeptiere ich diesen Typen. Ich akzeptiere, dass er dich anfasst, mit dir spricht und über deine schlechten Witze lacht. Ich tue, als würde mir das nichts ausmachen. Und noch wichtiger: Ich tue, als würdest du nicht mir gehören.*

Aber die Sache ist die: Das hier ist mein Spiel. Und darin spielen wir nach meinen Regeln. Das solltest du dir gut merken, meine kleine Rose.

»Wow, mir fällt gerade auf, dass ihr dasselbe Auto fahrt«, kichert Stella vergnügt.

»Ist es nicht«, sage ich gleichzeitig mit ihrem kleinen Freund. Wieder treffe ich seinen Blick. Der Typ fährt einen verdammten VW. Ein billiges Auto von der Stange. Kein Vergleich zu meinem Maserati Quattroporte Trofeo mit 3799 cm^3 und einer Höchstgeschwindigkeit von 326 km/h. Nicht, dass ich diese jemals auf unseren überfüllten Straßen erreichen würde. Trotzdem ist es kein Vergleich zu dieser limousinenartigen Schrottkarre.

»Nicht?« Sie kichert. Ich hasse das Geräusch. »Aber es hat dieselbe Farbe.«

Nur knapp kann ich mir einen Kommentar dazu verkneifen. Nero-Ribelle – eine limitierte und nur bei diesem Wagen erhältliche Farbe ist nicht dasselbe wie ein einfaches Schwarz eines Standardwagens, aber okay.

»An deiner Einschätzung von Autos sollten wir dringend arbeiten«, sagt Aiden inzwischen auf dem Rücksitz.

Grundsätzlich hat er damit recht, aber es nervt mich gleichzeitig, dass er meine Meinung teilt.

»Dann sollten wir das wohl machen«, fügt Stella provozierend hinzu.

Während ich still weiterfahre, betrachte ich die beiden im Rückspiegel. Aiden nähert sich Stella, wischt einen nicht vorhandenen Krümel von ihrer Wange und albert mit ihr herum. Wie dumme Kinder.

Noch schlimmer.

Er flirtet mit dir und du merkst es nicht einmal. Du bist so gefangen in deiner eigenen Welt, dass du nicht realisierst, was um dich herum passiert.

Sag, was ist das hier für dich?

Ein Ausflug ins Disneyland?

Du, er und ich?

Welche Funktionen ordnest du uns in diesem Szenario zu?

Ich bin dein netter Freund, der dich fährt? Nachdem ich dich von den Ketten befreit habe und nach draußen lasse, ficke ich dich am Abend heimlich im Hotelzimmer?

Und er? Er ist dein bester Freund, um den man sich keine Gedanken machen muss? Mit dem du zusammen verreist, während ich mich lediglich in dein Zimmer gestohlen habe? Er wird tun, als würde er schlafen, während ich die Hand unter deine Schlafhose schiebe und dich langsam fingere?

Du wirst erröten, mich sanft wegstoßen und vielsagend zu ihm sehen. Und ich? Ich werde es trotzdem tun. Binnen weniger Sekunden wirst du mir verfallen und dir auf die Lippe beißen, um keine Geräusche zu machen. Wenn du gekommen bist, dann kuschle ich mich an dich heran, während du deinen Kopf wie selbstverständlich auf die Schulter deines Freundes legst?

Hast du es dir so vorgestellt?

Bitte, sei nicht so naiv.

Du kennst uns kaum ein paar Tage.

Ich habe dich außer Landes gebracht. Ich habe jemanden für dich ermordet. Einen Unschuldigen, nur willst du dir das noch nicht eingestehen.

»Wie lang dauert es noch?«, quengelt Stella ironisch.

»Lass dich überraschen«, erwidere ich gekünstelt.

Siehst du, wie sehr ich auf dich eingehe? Auf deine Spielchen und deine Bedürfnisse?

Du hast keine Ahnung, wer du bist und wieso ich dich ausgesucht habe. Und das Ironische daran ist, dass du es nicht einmal versuchst herauszufinden.

Wieso habe ich dich wohl aus der Menge gepickt?

Und wieso war dein Entführer ausgerechnet der Mörder meiner Ziehmutter?

Hast du dir diese Fragen wirklich nicht ein einziges Mal gestellt?

Ich werfe einen erneuten Blick in den Rückspiegel. Aiden spielt mit ihr. Auch er geht auf sie ein und hält sie bei Laune. Aber ich erkenne etwas Wachsames in seinen Augen. Mit Sicherheit hat er sich eben diese Fragen gestellt.

Und er wird sie auch bald mir stellen, da bin ich sicher.

Im Moment gibt er noch den lustigen Kumpel. Das spricht dafür, dass er schlau ist.

Schlauer als du, meine kleine Rose.

Als der Mafiaboss Stefano Diabolo gestorben ist und ich sein Imperium übernahm, da warst du eine kleine Darstellerin in seinem letzten Akt. Erinnerst du dich? An die Stühle, auf denen ihr saßt? An das Kaminzimmer, in das er euch gebracht hat?

Er hat seiner Tochter, Maria, gedroht. Doch letzten Endes hat er es nicht über sich gebracht, sich ihrer zu entledigen. Nicht einmal dich hat er beseitigen können.

Der Mann, den ich dir präsentiert habe, hatte vage Ähnlichkeiten mit ihm. Aber hast du mir wirklich geglaubt, dass er es war? Der, der dich entführt und dir ein Messer über die Kehle gezogen hat?

Nicht dass es eine Rolle spielen würde.

Weder das was dir passiert ist, noch die Aufklärung dessen.

Wie von allein geht mein Blick zu der Narbe an Stellas Kehle. Beinah juckt es mich in den Fingern, sie mit meinem eigenen Messer nachzuzeichnen. Sie wäre ein besonderes Schmuckstück. Etwas Neues etwas Altes und etwas Rotes. Nimm es als meine eigene Version eines Brauchs.

Mit einer frischen blutigen Linie würde sie umso schöner aussehen.

Nur zu gern würde ich dir die Wahrheit sagen, meine kleine Rose. Ich habe mich um dich gekümmert, damit mein Freund, Snake, mir wieder treu zur Seite steht. Er wollte weder, dass ich den Vorfall ignoriere, noch dich töte. Was hatte ich da für eine Wahl?

Aber ich gebe zu, dass die Zeit mit dir unterhaltsamer war, als ich dachte. Ich mag es, wie naiv und gleichzeitig reizbar du bist. So zart und doch mit dieser herrlich düsteren Seele. Gib es zu. Du bist nicht das liebe Mädchen von Nebenan, wie man so schön sagt. So ein Mädchen hätte sich niemals von mir verführen lassen. Sie würde nicht lachend auf dem Rücksitz sitzen, während ich das Steuer in der Hand habe. Du hast durchaus Dornen. Vor allem, wenn ich deinen kleinen Freund bedrohe. Das übt zugegebenermaßen einen zusätzlichen Reiz auf mich aus.

Sag, warst du bereits mit ihm im Bett?

Die Spannung zwischen euch beiden ist beinah köstlich.

Im Augenwinkel nehme ich wahr, wie eben dieser sich nach vorn beugt und die Hände locker über die Lehne des Beifahrersitzes legt. Er streift dabei über die roten Nähte der ›Nero Rosso‹ Kollektion und allein dafür hasse ich ihn noch mehr. Tatsächlich überrascht mich dieser Gedanke. Emotionen sind normalerweise nichts, was ich mit mir verbinde. *Aber dieser Typ, der erzeugt weit mehr davon in mir als selbst du, Stella.*

»Und, was steht als nächstes auf dem Plan? Töten wir ein paar Welpen?« Aiden hat dieses verdammte Grinsen auf den Lippen, was meine Faust zum Zucken bringt.

Das Problem ist, dass ich es nur zu gut kenne.

Genau dieses Lächeln setze ich auf, wenn ich jemanden richtig schön abfucken will.

»Vielleicht den ein oder anderen«, antworte ich vage.

»Ein paar Kinder mit Zuckerwatte in dunkle Gassen locken?«

»Nicht an einem Dienstag«, kommentiere ich seinen müden Versuch mich zu provozieren.

»Ah, also zurück zur klassischen Entführung. Oder steht diese nur an Samstagen an?« Aiden scheint ein paar Momente zu überlegen, während er mit seinen Griffeln weiterhin über das Leder der Sitze fährt. »Ich weiß nicht, ob du es schon gehört hast, aber man kann Menschen auch bitten, mit ihnen Zeit zu verbringen. Zumindest wenn man keine Angst vor Ablehnung hat.«

»Vielleicht hast du schon davon gehört, dass man auf Gastfreundschaft mit Manieren reagiert.«

»Habe ich eine Zeit lang ausprobiert, aber das hebe ich mir für Leute auf, die ich mag und mit denen ich freiwillig Zeit verbringe. Nicht für dich, um das klarzustellen.«

»Ach Jungs«, gibt Stella mit einem Augenrollen von sich.

Sie lehnt sich ebenfalls nach vorn und imitiert Aidens Körperhaltung. Mit einer Hand packe ich ihr Handgelenk, ziehe sie nach vorn und drücke ihr dann begleitet von ihrem Quieken einen Kuss auf den Handrücken.

»Silver«, meckert sie halbstark und lehnt sich dann wieder zurück. »Konzentriere dich auf die Fahrt!«

»Wie könnte ich das, wenn du im selben Wagen bist?«, rasple ich übertrieben Süßholz. Beinah meine ich das Knacken von Aidens Kiefer zu hören. Scheiße, allein das verbissene Grinsen auf seinen Lippen wäre es wert, einen Unfall zu bauen. Nicht, dass ich das Auto nicht auch mit einer Hand im Griff hätte.

»Hör auf«, haucht Stella mit geröteten Wangen. Ausweichend sieht sie zu Aiden.

Ich kann lediglich stumm den Kopf schütteln.

Was erhoffst du dir von der Aktion?

Denkst du, dann würden wir glücklich werden?

Dein bester Freund, du und ich?

Ich sage dir, wie das Ganze laufen wird. Weder glaubt er diesen ganzen Scheiß, noch habe ich vor, dir Blumen am Valentinstag zu kaufen und zu Weihnachten deine Füße zu massieren. Erst recht nicht, wenn sie in hässlichen Socken mit Motiven darauf stecken.

Wir wissen beide, dass diese Sache hier ein Ablaufdatum hat. Und dann, meine kleine Rose, dann wird mindestens einer von uns nicht mehr am Leben sein.

Zufrieden atme ich ein und blende die beginnende Unterhaltung der beiden aus.

Du ahnst nicht, welche Gefühle dieser Gedanke in mir auslöst.

Es ist nicht so, als würde ich auf Leichen stehen. Wirklich nicht. Ich liebe lebende Kunstwerke genauso sehr, wie die, die sich nicht mehr rühren.

Du hast es schon gesehen, Stella. Meine Kunst.

Sie bedeutet mir etwas.

Das ist wirklich selten bei mir.

Und du hast ihr nicht einmal besonders viel Aufmerksamkeit geschenkt. Sag, wie würdest du dich fühlen, wenn ich deine Interessen kaum achte?

Nicht gut, da bin ich mir sicher.

Dabei habe ich mir bei ihm besonders viel Mühe gegeben.

Bei ihm, dem Typen, den ich dir als deinen Entführer präsentiert habe. Ein beliebiger Mann, mit einer gewissen Ähnlichkeit zu Diabolo. Eigens für dich habe ich ihn ausgewählt und zu mir gebracht.

In mein Haus.

Auch das war eine Premiere, meine kleine Rose. Normalerweise ist dieses Recht allein mir vorbehalten. Niemand betritt mein Reich. Und allein für dich habe ich gleich drei Ausnahmen gemacht.

Für dich habe ich ihn hergerichtet. Hübsch dekoriert und auf den richtigen Moment gewartet, um ihn dir zu zeigen.

Hast du es gesehen?

Die wunderschönen Linien, die seinen Körper geschmückt haben?

Es ist so etwas wie mein Markenzeichen. Jeder, der mir gehört, erhält mein Zeichen und bei besonderen, so wie ihm, da verewige ich mich persönlich. Jede einzelne meiner Tätowierungen habe ich mit dem Messer auf seinen Körper gezeichnet. Wie ein blutiges Abbild meiner Kunst.

Schön, oder nicht?

Weißt du, ich genieße es jedes einzelne Mal, wenn ich die Spitze meines Messers ansehe. Sie über deine Haut zu führen … das war etwas ganz Besonderes.

Für uns beide.

Und es wird nicht das letzte Mal gewesen sein.

Versprochen.

Ich fange Stellas Blick im Rückspiegel auf. Eine ganze Weile hat sie versucht, meine Aufmerksamkeit unauffällig zu erregen. Und jetzt, da ich sie ihr gebe, schießt das Blut beinah zeitgleich in ihre Wangen. »Wir sind da, Stella Hardin.« Wird sie bei ihrem Namen noch eine Spur röter? Möglich wäre es. Die Menschen reagieren eigenartig, wenn man sie mit ihrem vollen Namen anspricht.

Manche sind verschreckt. Andere, so wie sie, scheinen einen gewissen Reiz darin zu finden.

»Und was sagtest du, wohin wir fahren?« Aidens Tonfall ist schneidend. Er hasst es, wenn sie mir ihre Aufmerksamkeit schenkt.

Ironisch.

Aufmerksamkeit.

Nichts, was man mit Geld bezahlen kann. Und nichts, was einen tatsächlichen Wert besitzt. Und doch scheinen es alle haben zu wollen. Wieso nur? Was ist so besonders daran?

»Ach, richtig. Sagtest du nicht. Lediglich aus diesem Zimmer hast du mich herausgelassen und wie ein Hund zum Wagen geführt.«

»Soll das ein Dankeschön sein?«

»Träum weiter«, presst er zwischen den Zähnen hervor.

Mahnend schüttle ich den Kopf. »Wie bedauerlich. Hunde bedanken sich für gewöhnlich für weniger.«

Stella schnappt nach Luft. »Das reicht.«

Das war es? Diese kleine Plänkelei soll dich zu einem ›das reicht‹ gebracht haben? Das ist bedauerlich wenig, Stella.

Du wirst dich an mehr gewöhnen müssen, wenn du dieses Spiel noch eine Weile spielen willst. Oder was hast du erwartet? Dass du zwei Hähne in einen Stall sperrst und sie sich nicht die Federn ausreißen?

»Gut«, sage ich in das Innere meines Wagens hinein. Ungefähr im gleichen Moment halte ich und stoppe den Motor. Dann drehe ich mich herum. Aiden sitzt angespannt nach vorn gelehnt. Auch Stella hat eine wenig lässige

Haltung eingenommen. Ich lege den Kopf schräg, sehe beide mit verengten Augen an und warte einen Moment.

Spannung ist wichtig, Stella. Das habe ich dir schon einmal gesagt. Nicht zu viel und nicht zu wenig. Genau das richtige bisschen, um dich zu locken.

»Wenn schon kein Dankeschön, wie wäre es dann mit einer Entschuldigung?« Herausfordernd sehe ich Aiden an. Auch seine Wangen scheinen sich zu röten. *Ich vermute, dass es aus einem anderen Grund ist als bei Stella.*

»An dich? Wofür?« Er klingt angespannt. Daran sollte er arbeiten. Es ist nicht gut, wie leicht ich seine Emotionen erahne.

»An dich«, antworte ich mit einem überzeugenden Lächeln und strecke ihm die Hand entgegen. Im Augenwinkel sehe ich, wie Stella sich nach vorn beugt.

Aiden fixiert mich mit seinem Blick. *Ja, du kleiner Wichser. Das bezeichnet man als Desperados. Wir beide hängen in der Luft. Keiner von uns steht sicher. Und trotzdem opfere ich mich.*

Kannst du dir vorstellen, warum?

Ich wäre enttäuscht, wenn nicht.

»Komm schon. Das wäre ein erster Schritt.« Stella hängt sich begeistert an Aidens Schulter. Er sieht sie an und schließlich mich. Dabei wird sein Gesichtsausdruck mit jeder Minute teuflischer. Aiden nimmt meine Hand und hält sie für einige Sekunden fest gepackt.

Denkst du, dass du gewonnen hast, weil sie an deiner Schulter hängt? Das hast du nicht, mein Freund.

Schon bald wird sie den besten Freund satthaben. Systematisch werde ich sie von dir entfernen. Ich werde sie wie eine gottverdammte Königin behandeln und dir dann vor die Füße werfen, was von ihr übriggeblieben ist.

Ich hoffe, dass du dann schlauer sein wirst als jetzt.

Ihr beide, um genau zu sein.

Ansonsten werdet ihr unsere Geschichte nicht überleben.

Ach, was sage ich da.

Das werdet ihr sowieso nicht.

Denn, wie heißt es so schön, einer muss schließlich sterben.

Nur wieso beschäftigt mich dieser Gedanke?

Wieso kann ich mich nicht fallenlassen und genießen?

Noch vor unserem nächsten Treffen werde ich mir überlegen müssen, wie es mit uns weitergeht, Stella.

Eine Entscheidung muss her.

Nur verdammt, warum fällt sie mir so schwer?

KAPITEL 22

Stella

»Wie schön, das bedeutet wohl, dass wir nun alle gute Freunde sind.« Silvers Worte klingen gleichzeitig unaufrichtig und ehrlich. Klingt nach einem Widerspruch? Ja, verdammt. Wie alles an ihm.

Wie kann er nur gleichzeitig anziehend und abstoßend sein? Wie kann ich Angst vor ihm haben und mir gleichzeitig nichts mehr als seine Nähe wünschen?

»Wie schön«, wiederholt Aiden. »Bedeutet das, dass du uns nun unsere Freiheit gibst?« Irritiert sehe ich ihn an. Vermutlich ist er noch immer sauer auf Silver. Ja, er hat uns entführt und eingesperrt. Aber mal im Ernst. Das war mehr ein Urlaub als eine Entführung. Außerdem geht es uns gut …

Mein Herz klopf bei diesen Gedanken schneller. Jeder einzelne ist ein Witz. Genauso wie meine ganze verdammte Existenz. Scheiße, ich bin einfach völlig durch. Nichts ist gut. Nichts ist normal und ich bin …

»Natürlich. Wenn Stella auf meine Anwesenheit verzichten will, werde ich mich selbstverständlich zurückziehen.« *Fuck.*

Etwas anderes fällt mir in diesem Moment nicht ein.

Zwei Männer starren mich an. Zwei wunderschöne, lustige und einfach perfekte Männer, die verdorbene Fantasien und tiefe Abgründe in mir öffnen.

»Also, ich …« setze ich an.

Hilfesuchend sehe ich zwischen ihnen hin und her. Nach einigen Sekunden nickt mir Silver kurz zu. »Ich werde mich zurückziehen und euch für den Rest eures Aufenthaltes in meiner Stadt ein Zimmer zur Verfügung stellen.« Er deutet ausladend auf das Hotel, neben welchem wir uns befinden. »Natürlich steht es euch jederzeit frei, abzureisen.« Ich halte die Luft an. Erwartet er eine Antwort von mir? Jetzt? Hier? Was soll ich sagen? Dass ich zurück muss? Aber was ist, wenn ich ihn dann nie wieder sehe?

Vermutlich wäre es ein Segen. Ich wäre zu Hause. Sicher. Zufrieden. In bekannter Umgebung. *Allein*.

Mit hitzigen Wangen hebe ich den Kopf. Silver fängt meinen Blick auf, hebt das Kinn ein Stück an und sieht mir tief in die Augen. »Aber wenn du noch bleibst, dann werde ich dich um 19 Uhr zum Abendessen abholen.« Mit diesen Worten dreht sich Silver herum, geht zurück zu seinem Wagen, in welchem ich selbst noch vor wenigen Minuten saß. Er steigt ein, hebt die Hand zum Gruß und binnen weniger Sekunden ist er davongefahren.

Ich sinke automatisch in die Hocke und schlinge die Arme um meine Beine. In den Händen halte ich mein Handy und einen Schlüssel, woran ich mich festklammere.

Die Gedanken rasen in meinem Schädel.

War es das?

Nein, er sagte, er kommt zurück. *Wenn ich denn will.* Und wenn ich dann noch hier bin. Räuspernd schiebe ich mir die Haare aus dem Gesicht. Ein Schauer fährt über meinen Körper. Den Körper, der in einem Kleid, dem vom Abend zuvor ähnlich, steckt. Ein Kleid, in welchem ich neben Silver im Auto saß. In dem ich mir gewünscht habe, er würde mich an die Wand drücken.

Keine Fremde.

In dem ...

Ich sehe plötzlich auf.

Aiden steht neben mir. Er hat sich keinen Meter bewegt. Die Hände hat er in den Hosentaschen. Ich presse die Lippen aufeinander und richte mich schwer atmend auf.

Mehrmals öffne ich den Mund. Allerdings wollen mir die richtigen Worte nicht einfallen. Was sagt man in so einer Situation? *Gibt es dafür einen Ratgeber? Eine Pinnwand auf Pinterest? Ich bezweifle es sehr stark.*

Schließlich atme ich tief ein, hebe den Blick und ziehe es einfach durch. »Du kennst mich kaum und vermutlich ist es dein gutes Recht, mich zum Teufel zu jagen. Oder zumindest die Polizei auf meine Fersen zu setzen. Nichts von dem, was dir passiert ist, ist okay. Aber alles davon ist meine Schuld. Vermutlich werde ich das niemals gutmachen können. Und selbst wenn ich es versuche, dann ist die Wahrscheinlichkeit, dass ich es damit noch schlimmer mache, ziemlich groß.

Aber ich mag dich. Sehr.

Und wenn ...« Ich stocke kurz. »Nein, ich werde jetzt nicht sagen, dass, wenn du mich auch magst, du bei mir bleibst. Weil das Schwachsinn ist. Aber ich will dir etwas anderes sagen: Ich wünsche mir, dass du an meiner Seite bleibst. Wohin uns das führt, kann ich nicht sagen. Vielleicht nirgendwo hin. Vielleicht ins Leichenhaus. Gut, das wäre weniger gut«, fahre ich in Gedanken fort. »Aber hey, es ist unser Leben. Wir sollten es nutzen. Manchmal ist es schneller vorbei, als wir ahnen können. Und wer weiß, vielleicht kommt demnächst ein Verrückter und entführt dich.

Oder ein Irrer schubbst dich von einer Klippe.« Ich beiße mir auf die Zunge und grinse Aiden verlegen an. »Naja, ich werde es jetzt nicht schwerer machen als notwendig und gehen. Du wirst mir immer wichtig sein. Immer. Und ich werde dich immer unterstützen. Also, ich würde gern damit anfangen. Bisher war eher ich der Pflegefall. Aber wenn du willst, könnte ich dich vor ein Auto stoßen und dann pflegen. Nein«, überlege ich nervös. »Das wäre etwas zu viel. Egal, ich beende diese eh schon peinliche und grauenhafte Ansprache jetzt einfach mal mit einem: Bis bald und hoffe darauf, dass aus *bald* nicht *niemals* wird.«

Ich wende mich ab, gehe ein paar Schritte. Dann fällt mir noch etwas ein. Ich drehe mich zurück zu Aiden, der genauso dasteht wie zuvor. Schließlich verziehe ich das Gesicht zu einer Grimasse, weil mir in dem Moment der Mut fehlt, noch etwas zu sagen. Deshalb gehe ich endlich mit wackligen Knien in die Lobby.

In der Hand halte ich einen altmodischen goldenen Schlüssel, an dessen Ring eine kleine Karte mit der Nummer 413 hängt. Noch im Auto hat Silver mir diesen in die Hand gedrückt.

Damit gehe ich auf den Fahrstuhl zu.

Mit jedem Schritt wird mein Herzschlag schneller und alles scheint sich vor meinen Augen zu drehen. Mir kommt es vor, als würde ich unbeholfen einen Schritt vor den anderen setzen und könnte jeden Moment fallen.

Schwer atmend komme ich vor den silbernen Türen an. Mein Schädel ist wie leergefegt. Kein Witz. Ich kann mich aufs nichts konzentrieren. Nicht einmal auf die Einrichtung des Hotels. Zittrig strecke ich den Finger zu dem Fahrstuhlknopf aus. Mir ist übel. Alles verschwimmt vor meinen Augen. Mehrmals verfehle ich ihn und beiße mir auf die Lippe.

Dann kommt mir eine andere Hand zuvor.

»Kann ich helfen?« Bei Aidens Stimme schnappe ich hörbar nach Luft.

»Ich glaube, mir kann man nicht mehr helfen«, stoße ich atemlos aus.

Aiden schmunzelt, was ich nur im Augenwinkel sehe, weil ich mich nicht traue, mich endgültig zu ihm herumzudrehen. Ich bin ein Feigling. »Das habe ich schon befürchtet.«

»Und trotzdem versuchst du es wieder?« Wie benommen starre ich auf die Fahrstuhltüren, die sich langsam öffnen.

»Ich kann dich nicht lachenden Auges in dein Unglück rennen lassen.« Er geht ins Innere des Fahrstuhls, legt den Kopf schräg, fährt sich mit der Hand durch die Haare und hält den anderen Arm zwischen die sich schließenden Türen. »In so einem Fahrstuhl kann schließlich einiges passieren.«

Er hat nicht einmal ausgesprochen, da setze ich mich endlich in Bewegung. Ungebremst werfe ich mich in seine Arme und stoße dabei polternd gegen seine Brust. Aiden fängt mich mühelos ab. Als wäre er darauf vorbereitet. Oder eben einfach stärker als ich. Dann zieht er mich fest in seine Arme und legt das Kinn auf meinen Kopf.

»Ich verspreche dir, dass ich nichts Dummes mehr anstelle«, bringe ich wimmernd hervor.

Aiden lacht, was sich eigenartig an meinem Kopf anfühlt. »Das wage ich stark zu bezweifeln«, antwortet er schließlich.

Leise seufze ich. »Vielleicht. Aber ich bin einfach froh, dass du da bist.«

»Das wiederrum glaube ich dir.« Ich höre das Schmunzeln in seiner Stimme.

Tief atmend entspannt sich mein Körper immer mehr, bis ich schließlich ruhig vor ihm stehe.

Als ich eine Bewegung hinter mir wahrnehme, löse ich mich schließlich mit einem leisen Schniefen von Aiden. Ich drehe mich herum, stolpere durch die Fahrstuhltüren und werde nur eine Sekunde später an der Hüfte gepackt und zurück ins Innere gehoben. Beinah wäre mir ein leiser Schrei herausgerutscht. Diesen kann ich mir zum Glück verdrücken.

»Siehst du. Genau aus solchen Gründen brauchst du mich. Auch wenn ich nicht damit gerechnet habe, dass es so früh passiert.«

Zunächst irritiert sehe ich zu Aiden. Zu ihm, wie er dicht vor mir steht und die Hände auf meine Hüfte gelegt hat. Dann drehe ich mich um und starre durch die Fahrstuhltüren, die sich bereits wieder schließen.

»Wir sind noch immer in der Lobby«, fügt er leise hinzu.

»Oh«, murmle ich lediglich.

Dann lehne ich mich an die Wand, während Aiden den Knopf zur richtigen Etage betätigt und wir uns endlich in Bewegung setzen.

Wie peinlich.

Zu meiner Überraschung folgt Aiden mir. Was heißt Überraschung. Ich kann es noch immer nicht glauben. Er ist hier. Bei mir. Freiwillig.

Mit dem Fahrstuhl hinauf, den Gang entlang und bis in das Zimmer. Mit jedem Schritt wird mir schlechter, während gleichzeitig diese unfassbare Welle des Glücks in mir ist. Meine Gedanken überschlagen sich beinah.

Was macht er da? Er folgt mir. Aber warum? Weil er mich nicht allein lassen will? Mein Herz klopf wie wild. Ich bin völlig verwirrt. Silver hat mich freigelassen. *Kann ich ihm wirklich vertrauen? Ist damit alles … gut? Okay, vielleicht nicht gut. Aber auf dem Weg dorthin?* Eine weitere dieser nagenden Fragen in meinem Kopf: *Ist es ein Test? Oder ein Entgegenkommen?* Er hat uns in dieses Hotel gebracht. Nicht weit von seinem Haus. Er hat uns auch nicht die Augen verbunden, sodass wir sehen, wo wir uns befinden. Und woher wir kamen. Wir könnten jederzeit zu seinem Haus zurückkommen. Mitsamt der Polizei.

Zumindest gehe ich davon aus, dass Aiden es könnte. Ich war zu aufgedreht, abgelenkt und möglicherweise ein wenig panisch aufgrund der Fahrweise. Auch wenn ich versucht habe, mir nichts davon anmerken zu lassen.

Irritiert schüttle ich den Kopf und konzentriere mich wieder auf die Grundfrage. *Was will er erreichen? Eine Falle oder Vertrauen?* Bei dem letzten Gedanken wird mir übel. *Wenn er mir vertraut, was bedeutet das für mich? Für meine Zukunft? Für Aiden?*

Diese letzte Frage fügt eine leise Stimme ganz tief in meinem Schädel hinzu. *Ja, was bedeutet es für Aiden und mich, wenn Silver uns freilässt? Und was bedeutet es für Silver und mich, dass ich mich derart um Aiden sorge? Vermutlich nur, dass ich ein Miststück bin.*

Nach Jahren der Zurückgezogenheit zeigen mir zwei Männer ihre Zuneigung. Und ich? Bin vermutlich kurz davor, mich Hals über Kopf in beide zu verlieben. Wobei ich nicht sicher bin, ob mein Therapeut mein Verhalten nicht eher als krampfhafte Besessenheit von Aufmerksamkeit beschreiben würde. Natürlich nicht offiziell. Er würde es geschickter formulieren. Nur habe ich seine Aufzeichnungen mitgelesen.

Ich hasse es, wenn die Typen ständig alles aufschreiben.

Oder, fügt eine Stimme in meinem Inneren hinzu. *Keiner von beiden will dich. Sie spielen mit dir oder warten darauf, dir ein Messer in den Rücken zu rammen. Und du, du lebst naiv in deiner Traumwelt. Einer, in der du denkst, dass sich alles nur um dich dreht und nichts Schlimmes passieren wird.*

Das wird dich irgendwann töten.

»Da sind wir also«, durchbricht Aiden schließlich die Stille.

Mein Herz klopf bis zu meinem Hals. Ich schlucke gegen den Widerstand darin und drehe mich schließlich nervös um. »Da sind wir«, gebe ich wenig einfallsreich zurück.

Sollte ich ihn fragen, wie es ihm geht? Was er will?

Das Problem ist nicht einmal die Frage als solche. Viel zu sehr fürchte ich mich vor der Antwort.

Aiden steht beinah malerisch vor dem großen Fenster. Ich schenke dem Hotelzimmer kaum einen Blick. Es interessiert mich nicht, wie es aussieht. Was mich interessiert ist er. *Und Silver*, füge ich in Gedanken hinzu. Genau das versuche ich zu verdrängen. Wie soll ich ein Chaos lösen, wenn ich mich sofort auf das nächste fokussiere?

Aiden ist hier. An meiner Seite. Warum auch immer. Aber er ist da und das bedeutet, dass ich mit ihm reden muss.

Leise räuspere ich mich.

»Wenn du gehen willst, kann ich das verstehen«, murmle ich leise. *Fuck*. Das war der völlig falsche Ansatz. Wie soll er auf so etwas reagieren? Ich wüsste es nicht. Vermutlich würde ich nach so einem Satz allein aus Prinzip verschwinden. Aiden stürmt weder auf die Tür zu, noch beschimpft er mich. Stattdessen steht er da, starrt auf die Stadt hinaus und fährt sich lediglich mit den Fingern durch die Haare. Nach einigen Sekunden dreht er sich um. Mein Blick fällt auf seine grünen Augen, die hellen Bartstoppeln und sein sexy süffisantes Lächeln.

Fuck. Habe ich eben sexy gedacht?

Innerlich verfluche ich mich.

»Im Moment bin ich da.« Ich halte die Luft an. Kein noch.

Er ist da. Das ist ... »gut«, äußere ich meinen Gedanken laut. Ein Schauer läuft dabei über meinen Rücken. Für einen Augenblick presse ich die Lippen aufeinander. Schließlich atme ich tief ein. »Es ist gut, dass du da bist.« Sechs Wörter mehr, aber der gleiche Inhalt. Das macht es nicht besser.

KAPITEL 23

Stella

Zwei Stunden und eine Meinungsverschiedenheit später ist Aiden gegangen.

Wie konnte es passieren, dass wir uns nach diesen vielversprechenden Worten derart an die Gurgel gehen wollen? Vermutlich war es eine schlechte Idee, ihm zu sagen, dass ich mich mit Silver treffen werde.

Verdammt.

Ich bin ein mieses Miststück.

Wieso habe ich das getan?

Zwischen mir und Aiden war es ... nicht gut, aber auf dem Weg dorthin. Aber ich habe es verkackt. Ordentlich.

Und jetzt? Ich sitze unentschlossen auf meinem Bett und weiß nicht so recht, wohin mit mir. Das Problem ist, dass ich in den letzten Tagen beinah durchgängig unter Strom stand. In der Zeit war ich weder allein, noch gab es einen kurzen Moment, in welchem ich meinen Gedanken nachhängen konnte. Und wenn, dann hat es nicht lang gedauert, bis die nächste Ablenkung kam. *Oder das nächste Drama.* So oder so, ich war ständig beschäftigt. Vor allem meine nervtötenden Gedanken.

Jetzt, in der plötzlichen Ruhe, ohne den Druck eines anderen und ohne, dass ich größere Probleme habe – wie zum Beispiel gefesselt gewesen zu sein – ist mir ... langweilig? Es ist nicht das richtige Wort, aber etwas anderes fällt mir nicht ein.

Da ist diese nagende Ungeduld in meinem Inneren, die ich nicht vertreiben kann. Es fühlt sich mies an. Irgendwie einsam und gleichzeitig leer.

In Gedanken greife ich zu meinem Handy.

Bisher habe ich ihm kaum einen Blick geschenkt. Ich habe nicht einmal hinterfragt, woher er es hatte oder warum er es mir abgenommen hat. Geschweige denn, wieso er uns nach Amerika gebracht hat.

Leise fluche ich.

Mein Chef erwartet mich dank meiner Krankschreibung nicht und meine Freunde und Familie ... *Ach ja, ich habe keine.*

Seufzend schüttle ich den Kopf und wähle stattdessen die Nummer der Person, die ich in der Situation als einzige sprechen möchte.

»Ja, Süße?« Ich atme erleichtert auf, als ich Lisas Stimme höre. In dem Moment fällt mir auf, dass ich meine alte Nachbarin mehr vermisst habe, als ich dachte.

»Ich bin so froh dich zu hören«, schluchze ich leise.

Beinah spüre ich, wie sie sich am anderen Ende der Leitung hinsetzt. In ihren beigen Ikea-Ohrensessel. Verdammt, ich bin immer noch neidisch auf das Ding.

»Du? Das sollte wohl eher ich sagen. Schließlich habe ich dich seit einigen Tagen nicht gesehen.« Es liegt kein Vorwurf in der Stimme. Vielleicht ein wenig Sorge. Andererseits kann ich mir auch gut vorstellen, wie sie darauf gehofft hat, dass ich mein Leben lebe. Besser gesagt: Etwas erlebe.

Das lässt sich auf jeden Fall nicht abstreiten.

»Ich hatte etwas mit dem mysteriösen Fremden. Schon wieder«, platzt es aus mir heraus.

»Und aufgrund deiner Betonung nehme ich an, dass wir uns noch nicht sicher sind, ob das etwas Gutes ist?« Scheiße, die Frau ist wie eine Hellseherin. Unfassbar. Ich hoffe, dass das ein Talent ist, was man mit dem Alter erhält. »Also ich persönlich finde ja, dass das sehr aufregend klingt. Aber egal wie scheint das eine Art Anruf zu werden, bei dem ich besser sitzen sollte.« Ich höre ein Rascheln im Hintergrund, was mich zum Schmunzeln bringt. Genauso ihre Worte. Sie hat nichts getan und auch nichts Besonderes gesagt. Trotzdem geht es mir schon nach wenigen Sekunden mit ihr besser.

»Ja ...«, gebe ich unzusammenhängend von mir. »Ach, ich weiß auch nicht.« Ich schlage mir die Hände vor das Gesicht, auch wenn ein leichtes Lächeln sich einfach nicht verdrücken lässt.

»Sag, habt ihr dieses Mal wenigstens ...«

»Ja«, unterbreche ich sie knapp. Genau genommen kam es nicht einmal dazu, dass wir richtig miteinander geschlafen haben. Er hat mich lediglich ... berührt. *Während eine Leiche blutverschmiert daneben lag und der andere Typ, mit dem ich mich getroffen habe, dabei zugesehen hat.* Naja, und beim zweiten Mal hat er mir verkündet, dass niemand lange genug lebt, um ein Umstandskleid zu tragen.

Wie zur Hölle soll ich ihr das nur erklären?

»Du wirkst nicht sonderlich unzufrieden, also scheint es nicht so schlecht gelaufen zu sein.« Lisa kichert leise in diesem zauberhaften alte-Menschen-Lachen, was mich automatisch zum Seufzen bringt.

»Wie geht's dir eigentlich? Was macht das Alter?«, schweife ich automatisch ab. Zwar will ich mit ihr reden –

wollte, besser gesagt. Doch in dem Moment ist es mir unangenehm. Außerdem überfordert es mich dezent. Ich kann nicht einmal mir selbst erklären, was in der letzten Zeit passiert ist. Wie soll ich es dann ihr erzählen?

»Du lenkst ab. Aber es geht in diesem Moment nicht um mich. Mein Leben lässt sich gut unter dem Wort: Langweilig zusammenfassen. Was dich aber angeht: Ich will Details.«

Ich muss lachen. Zumindest eine Weile. Dann atme ich seufzend ein und werfe mich der Länge nach aufs Bett. Kurzerhand stelle ich auf Lautsprecher und lege das Handy neben mich. »Du willst also die harten Fakten?«

»Waren sie denn hart?«

»O Mann. Sag so etwas nie wieder«, stöhne ich leise. »Denk dran: Mutter Tochter Gespräch.«

Beinah sehe ich vor mir, wie sie die Augen verdreht und eine wegwerfende Handbewegung macht. »Oder du stellst dir einfach vor, ich wäre 40 Jahre jünger und du würdest mir alle dreckigen Details erzählen. Außerdem«, fügt sie hinzu »ehrt es mich, dass du mich als Mutter bezeichnest. Nicht als Oma.«

Stöhnend schüttle ich den Kopf. Diese Frau ist unfassbar. »Okay. Wo fange ich nur an?« Ich überlege für eine Sekunde. Zwar will ich ihre Meinung wissen, andererseits bin ich unsicher, wo ihre Grenzen liegen. Würde sie mir die Entführung als Abenteuer verkaufen oder die Polizei rufen?

Vermutlich ersteres. Hundertprozentig sicher bin ich mir allerdings nicht.

»Gut,« sage ich schließlich. Ich presse die Augen fest zusammen und beginne dann mit wenigen Worten schnell zu sprechen. »Der mysteriöse Typ – Silver – hatte etwas mit mir. Dann war ich mit Aiden – dem süßen Typen – feiern. Der Abend endete damit, dass mich Silver ... berührt hat und Aiden dabei zugesehen hat.« Im Anschluss an die wenigen Sätze halte ich die Luft an. Es bleibt mehrere Sekunden still, weshalb ich zunehmend unsicherer blinzle und zu meinem Handy neben mir starre.

»Hach, was gäbe ich dafür, in deiner Haut zu stecken. Damit meine ich die straffe Haut ohne Falten.«

»Lisa«, jammere ich leise. »Das hilft nicht.«

»Natürlich tut es das nicht. Dann hättest du meine Haut.« Nachdem ich still bleibe, wird sie wieder ernster. »An einem kleinen Abenteuer zu dritt ist nichts Verwerfliches. Sag, war es etwas Einmaliges?«

»So ist das nicht«, korrigiere ich sie leise. »Aiden hat uns quasi erwischt.«

»Aiden war der Süße?«, fragt sie scheinbar in Gedanken.

»Ja«, erwidere ich langgezogen.

»Und wie hat er darauf reagiert?«

»Nicht so gut«, murmle ich.

»Dann weißt du immerhin, dass er Interesse an dir hatte.«

Ich überlege kurz, sie erneut darauf hinzuweisen, dass mir das nicht weiterhilft. Gleichzeitig lösen ihre Worte dieses berauschende Gefühl in meinem Inneren aus. *Kann es sein, dass sie Recht hat? Mochte er mich? Wollte er mich vielleicht sogar?*

»Was ist danach passiert? Haben sie sich um dich geprügelt?«

»Nein«, antworte ich mit verdrehten Augen. »Mein Leben ist kein Film.«

»Bist du dir dabei sicher? Im Moment verspüre ich das dringende Bedürfnis, mir Popcorn zu holen.«

»Nichts ist passiert«, sage ich schließlich. Wobei nichts es nicht ganz trifft. Wir waren gefangen, haben uns angeschrien und schließlich ist er auf mich losgegangen.

Dann war ich mit Silver in einem Club, in dem mitten auf der Tanzfläche herumgemacht wird. In allen Details. Oh, und er hat eine andere gepackt und entweder geil gemacht oder bedroht. Sicher bin ich mir da nicht.

Ja, nein. Diese Details lasse ich lieber weg.

»Okay, aber es kann nicht nichts passiert sein. Wo bist du? Wo sind sie? Was ist passiert?

Erzähl es mir von Anfang an. Ihr seid zu einer Party gegangen. Und dann?«

»Sagte ich bereits. Wir haben getanzt. Silver kam. Ich habe mich von ihm verführen lassen und Aiden hat zugesehen. Dann gab es einen kleinen Streit – bei dem sich keiner geprügelt hat – und wir haben uns ausgesprochen. Jetzt sind wir Freunde. Quasi.«

»Freunde?«, wiederholt sie fragend.

»Ja.«

»Ihr seid keine Freunde.«

»Danke«, antworte ich missmutig.

»Süße, der Typ steht auf dich. Ansonsten hätte er sich nicht mit dir getroffen. Dreimal in einer Woche. Der Süße, nur um keine Verwirrung entstehen zu lassen. Und der Andere, Silber ...«

»Silver«, korrigiere ich sie.

»Wie auch immer«, fährt sie fort. »Ist scharf auf dich. Hallo, er hatte nicht nur einmal was mit dir, sondern zweimal. Für ein einmaliges Ding war das mindestens einmal zu viel.« *Dreimal,* füge ich in Gedanken hinzu. Aber das ist ein anderes Thema.

Ich presse die Lippen aufeinander, während inzwischen die Bilder der Erinnerung in meinem Schädel auftauchen. Sobald Lisa wieder zu sprechen beginnt, versuche ich sie aus meinem Kopf zu vertreiben. »Die Frage ist nur, wen von beiden vernaschst du als nächstes? Oder etwa beide zusammen?«

»Hier vernascht niemand irgendwas! Schließlich sind sie keine Snacks.« Nur warum gehen mir ihre verdammten Worte nicht mehr aus dem Kopf? »Außerdem wäre es falsch!«

»Spaß zu haben?« Sie gibt ein mahnendes »tz« von sich. »Ist einer von ihnen minderjährig?«

»Was? Nein!«, antworte ich entrüstet.

»Steht einer von ihnen unter Drogen?«

»Ich denke nicht.« Worauf zur Hölle will sie hinaus?

»Ist einer von ihnen gefesselt und wird dazu gezwungen?«

Nicht mehr. Zumindest was das gefesselt sein angeht. »Nein«, sage ich zögernd.

»Wo liegt dann das Problem? Lad sie ein und probiere es aus. Im schlimmsten Fall bekommst du eine Ablehnung. Und dann? Es ist nicht so, als würde sich irgendwer für dich interessieren.«

»Autsch«, kommentiere ich mit einem leichten Lächeln. Ich weiß, was sie meint.

»Komm schon. Du weißt, wie sehr ich dich liebe. Aber es ist nicht so, dass nach einer Ablehnung eine Rundmail an die ganze Welt geschickt wird. Achtung, Stella Hardin wurde von einem Typen abgelehnt.«

Ich seufze amüsiert, was Lisa nicht zurückhält. »Und selbst wenn. Vermutlich bist du hinterher noch begehrter als zuvor und ich muss Eintritt zu unserem Haus verlangen.«

»Lisa!«, schimpfe ich.

»Was, dann hätte ich auch etwas davon. Und von dem Geld machen wir dann einen ordentlichen Urlaub.«

»Wenn das mal kein Plan ist.«

»Was ist der Plan?« Mir rutscht ein spitzer Schrei heraus. Instinktiv schrecke ich auf und krieche ein paar Zentimeter zurück. Beinah wäre ich dabei aus dem Bett gefallen.

»War das ein Mann?« Lisa klingt begeistert.

Ich hingegen starre eben besagten Mann an.

Silver, um genau zu sein.

»Scheiße, du siehst gut aus.«

»Danke«, kommt es synchron von Lisa und Silver zurück.

Beide klingen amüsiert. Langsam richte ich mich auf. Dabei starre ich auf Silver, der einen schwarzen Anzug mit roten Nähten trägt. Lediglich die roten und schwarzen Tätowierungen auf seinen Händen und an seiner Kehle sind unter dem dunklen Stoff zu sehen. Er sieht gut aus. Keine Frage, aber in diesem Moment, beschienen von der untergehenden Sonne und in dem perfekt sitzenden Anzug ist er einfach ... perfekt.

Silver kommt mit einem schiefen Grinsen auf mich zu. Mein erster Impuls ist es, wegzulaufen. Wieso weiß ich nicht. Aber seine Ausstrahlung, sein ganzes Auftreten und seine Aufmerksamkeit, die in diesem Moment allein mir gehört, sind fast zu viel für mich.

»Wie lange hast du mich schon belauscht?«, frage ich und versuche meine Nervosität zu verbergen. Vermutlich scheitere ich kläglich. Hätte ich etwas anderes sagen sollen? War meine Reaktion peinlich? Wieso hat er überhaupt einen Schlüssel für mein Zimmer? *Sein Zimmer,* korrigiere ich mich im Stillen und beantworte mir damit vermutlich meine letzte Frage selbst.

»Wie lang hast du schon unser Date vergessen?«, sagt er und bringt damit wie so oft alle grübelnden Gedanken in meinem Kopf zum Verstummen. Inzwischen ist er direkt vor dem Bett angekommen. Er lehnt sich nach vorn, stützt die Hände ab und beugt sich zu mir herüber. Sein unbeschreiblicher Duft lässt mich tief einatmen und mich im gleichen Moment erröten.

»Stella?«

Lisas Stimme sorgt dafür, dass sich meine Augen weiten. Überrascht sehe ich mich nach meinem Handy um. Noch ehe ich großartig reagieren kann, hat es Silver zu sich herangezogen. Dann nimmt er wieder dieselbe – verdammt heiße – Position ein. *Mal im Ernst, hat er die im Spiegel geübt?*

Damn. Sie wirkt. Sowas von.

»Bis bald«, raunt er leise.

Bevor Silver den roten Hörer antippen kann, antwortet Lisa mit zufriedener Stimme: »Es war schön deine maskuline Stimme zu hören, Stella. Denk dran, tue nichts, was ich nicht auch tun würde.« Was vermutlich kaum etwas wäre.

Dann ist das Gespräch beendet.

»War das etwa eine Aufforderung zum Benehmen?« Silver hebt den Kopf und sieht mich mit einem verschmitzten Lächeln an.

»Eher eine Aufforderung das Gegenteil zu tun«, antworte ich leise.

»Dann sollten wir dieser wohl folgen. Schließlich haben alte Menschen immer recht, oder nicht?«

»Hm«, sage ich lediglich.

»Oder lieber ein ruhiges Abendessen unter Freunden?« Diese Aussage verwirrt mich. Dann macht es klick.

Er hat gelauscht. Wesentlich länger als mir lieb ist.

Ich versuche es mir nicht anmerken zu lassen und ein genauso neutrales Gesicht aufzusetzen, wie er. Und auch dabei scheitere ich vermutlich jämmerlich. Auch wenn ich noch nie Poker gespielt habe, weiß ich, dass ich grauenhaft darin wäre.

»Ich warte auf deine Antwort, Stella.«

Da ist er nicht der Einzige. *Aber was soll ich antworten? Nimm mich hier und jetzt?* Wie ich vorhin schon zu Lisa sagte: Mein Leben ist kein Film und in Echt würde so etwas niemand über die Lippen bringen. Oder zumindest ich nicht. Das wäre peinlich. Niemals würde ich mich ihm dermaßen anbieten.

Und trotzdem wünsche ich mir nichts mehr als das.

Ich hole tief Luft. »Für ein Abendessen bin ich nicht richtig angezogen.« Vielsagend deute ich auf das Kleid, welches ich noch immer trage.

»Genau genommen schon«, erwidert Silver über mir.

Er rührt sich nicht. Nicht einmal den Blick wendet er von meinen Augen ab. *Verdammt, was soll das? Was ist aus dem Typen geworden, der mich in einer Toilette packt und gegen die Wand drückt?*

Hat er das Interesse verloren? War es wirklich nur eine einmalige Sache? Vielleicht sollte ich seine Reaktion nicht überbewerten. Oder mich nicht so sehr hineinsteigern. Aber ...

Fuck.

»Bist du dir sicher? Willst du es dir nicht etwas genauer ansehen?«, versuche ich ihn zu provozieren. Dabei fahre ich über den Saum meines Kleides und senke für einen Moment den Blick. Als ich wieder aufsehe, hat er sich keinen Millimeter bewegt.

»Du siehst hübsch aus. Das Kleid steht dir ausgezeichnet. Aber wenn es dir nicht gefällt, kann ich dir gern ein anderes besorgen.«

Silver erhebt sich und sieht mich prüfend an. Missmutig presse ich die Lippen aufeinander. *Sein Ernst?*

Das erste Mal, als wir uns gesehen haben, steckte sein Penis binnen weniger Sekunden in mir drin. Was soll das mit einem Mal?

Während ich mich ebenfalls aufrichte, pocht mein Herz wie verrückt.

»Nein«, brumme ich schließlich.

»Brauchst du noch etwas?«

Ich streiche mein Kleid glatt, fahre mir durch die Haare und sehe ausweichend aus dem Fenster. Das Zimmer ist hübsch. Es ist hell eingerichtet, besitzt ein schlichtes Schlafzimmer und ein Bad. Es gibt Zahnputzzeug, Duschsachen und eine Bürste. Alles, was man braucht.

Abgesehen von dem Typen, der die andere Bettseite füllt.

»Nein«, antworte ich erneut.

Für einen kurzen Moment ist es still zwischen uns. Als ich mich endlich wieder zu Silver umdrehe, sieht er mich weiterhin an. Wobei, nicht mich. Mein Gesicht. Er starrt weder auf meine nackten Beine noch auf meinen Ausschnitt.

Ich hasse es. Erst Aidens Zurückweisung und jetzt Silver? Noch vor wenigen Stunden habe ich in einer Blase der Zufriedenheit geschwebt. In einer, in der ich heiße Tagträume von gleich zwei Typen hatte. Nur warum will keiner diese erfüllen?

Weil ich die allerletzte Schlampe bin und ich ausrasten würde, wenn der Typ, für den ich mich interessiere, eine andere auch nur ansieht.

Ich atme tief ein und versuche die Gedanken zu verdrängen. Es ist schwer zu beschreiben, aber ich habe das Gefühl, diese Aufmerksamkeit beinah schmerzhaft zu brauchen. Deshalb begehe ich den nächsten dummen Fehler und drehe ihm den Rücken zu. »Sag, habe ich meinen Reisverschluss richtig geschlossen?«

Mit angehaltener Luft spüre ich, wie er näherkommt. »Das hast du«, erwidert er dicht hinter meinem Körper.

Seine Worte sorgen für eine Gänsehaut auf meinem Rücken. Ich spanne den Körper an und warte darauf, dass er mich berührt.

Er macht es nicht.

Deshalb drehe ich mich zurück zu ihm und räuspere mich leise. »Danke. Dann können wir wohl gehen.« Der letzte Satz klingt eher nach einer Frage. Zumindest hört man mir meine Enttäuschung nicht an, was ich definitiv als Erfolg verbuche. Und trotzdem ist sie da. Verbitterte Enttäuschung.

Wieso reagiert er nicht? Habe ich es zu weit getrieben? Was hat sich in den wenigen Stunden seit unserem letzten Treffen geändert?

»Silver?«, frage ich schließlich nach einigen Sekunden der Stille.

»Das sollten wir.« Bei diesen Worten dreht sich Silver herum und verlässt das Hotelzimmer.

Zu sagen, dass ich nach dem Abendessen frustriert bin, wäre eine Untertreibung. Das, was eigentlich ein heißes Date werden sollte, glich einem Geschäftsmeeting. Scheiße, selbst da kommen sich die Leute näher.

Deshalb laufe ich dementsprechend missmutig zurück zu seinem Auto.

»Ah, da ist er wieder: Aidens Auto-Zwilling.« Ich kann mir die spitze Aussage nicht verkneifen. Natürlich ist mir klar, dass es einen Unterschied gibt. Schließlich bin ich nicht blind. Vorhin wollte ich die beiden Männer damit in ein Gespräch verwickeln. Dieses Mal will ich Silver reizen.

»Einsteigen«, knurrt dieser lediglich. Scheinbar ist das

Auto-Thema für ihn recht ernst. Und scheinbar löst es mehr Emotionen in ihm aus als die Zeit mit mir. Etwas, was mich zusätzlich frustriert.

»Okay«, erwidere ich gelassen. Dann gehe ich an der Tür, welche er mir geöffnet hat, vorbei, laufe um das Auto herum und greife nach dem Griff der Fahrertür.

»Wow«, unterbricht Silver meine Bewegung, indem er die Hand auf die Tür legt. »Was wird das?«

»Ich fahre«, verkünde ich achselzuckend.

»Ich fahre«, betont er.

»Sagt wer?«, fordere ich ihn heraus.

»Ich. Einsteigen.« Bei jeder Silbe scheint seine Stimme ernster zu werden. Wenn er mich damit beeindrucken will, verfehlt es seine Wirkung.

»Komm schon. Du hast mich entführt und willst jetzt, dass ich in deinen Wagen steige? Wer weiß, was du dieses Mal mit mir vorhast.«

»Ich würde sagen, das richtet sich ganz danach, wie schnell du auf dem Beifahrersitz platz nimmst und wie stark du mir bis dahin auf die Nerven gehst.« Silver beugt sich zu mir herunter. Seine Nase ist so dicht vor meinem Gesicht, dass sie mich beinah streift. Allerdings nur beinah. Und verdammt, in diesem Moment sehne ich mich so sehr nach ihm. Aber er wirkt nicht wie der düstere Typ, der mich gleich packt und auf die Motorhaube schmeißt. Er wirkt nur düster. Ohne das sexy Feuer und die spannungsgeladenen Emotionen.

Nur warum?

Ist er letzten Endes genauso wie die anderen Typen? Sobald er bekommen hat, was er wollte, serviert er mich ab?

Oder nein, er serviert mich nicht ab. Das machen die Typen nie. Sie distanzieren sich, ziehen sich zurück und beginnen damit, einen auf gelesen zu lassen. Wie ich so etwas hasse. Er soll mich nach all dem Chaos in den Arm nehmen und mir versprechen, dass alles gut wird. Oder mir zumindest den Mund zuhalten, mich packen, herumdrehen und nehmen. Nichts davon macht er. Deshalb hebe ich das Kinn und sehe ihn herausfordernd an. »Du drohst mir? Womit? Mich zu bestrafen?«

»Spiel besser nicht mit mir«, rät er.

Ich erschaudere, als sein Atem meine Wange trifft. »Wieso? Ich dachte, du spielst gern.«

»Das tue ich. Nur wird dir der Einsatz nicht gefallen.« Seine Worte bescheren mir eine leichte Gänsehaut. Trotzdem räuspere ich mich leise und versuche meinen Mut nicht zu verlieren.

»Solang es nicht mein Leben ist«, sage ich frei hin.

Er starrt mich an. Er starrt mich einfach an und erwidert keinen Ton. Ich lache nervös, schlucke und muss mich bemühen, den Augenkontakt zu halten. Schließlich senkt er den Blick. »Steig ein.« Er betont jede Silbe davon.

Ich öffne die Lippen.

Silver schüttelt mahnend den Kopf und legt den Finger auf meinen Mund. Seine Hand bebt. Die Muskeln in seinem Gesicht zucken, als müsste er sich beherrschen. »Hör genau hin, Stella. Denn das sage ich zum letzten Mal: Steig in den verdammten Wagen. Jetzt. Du willst mit mir spielen? Mich um den Finger wickeln? Gut. Versuch es. Eine Zeit lang spiele ich mit. Aber in meiner Welt gibt es nur alles oder nichts. Jemand wie du ist dem nicht gewachsen. Deshalb steigst du jetzt ein, ich bringe dich zurück zu deinem kleinen Freund und ihr kehrt zurück in euer normales Leben. Dein Ausflug zu mir war nett. Aber inzwischen langweilst du mich. Also gibt es für dich nur zwei Möglichkeiten: Du verlässt das Land in einem Flugzeug oder einem Leichensack. Deine Entscheidung.«

Ich musste eine Entscheidung treffen.
Vermutlich hasst du mich jetzt,
doch irgendwann wirst du es verstehen.
Das hier ist nur zu deinem Besten. Und zu meinem.

KAPITEL 24

Silver

Das ist er. Der Punkt, an dem ich dir endlich die Wahrheit sage. Du willst sie nicht hören, dabei war sie dir von Anfang an klar.

Das mit uns hätte nie etwas Dauerhaftes werden können.

Sei froh, dass es auf diese Art endet.

Es überrascht mich selbst, dass ich dir diese Option einräume. Aber sind wir einmal ehrlich, wir spielen in völlig verschiedenen Welten.

Du sortierst deinen Nagellack. Ich meine Messer.

Wenn du sagst, dass du etwas Falsches getan hast, dann meinst du damit, dass du den Müll nicht richtig sortiert oder die Kassiererin nicht darauf hingewiesen hast, dass sie sich verrechnet hat. Bei mir geht es darum, dass sich die Leichen in meinem Keller stapeln. Sinnbildlich gesehen. Schließlich besitze ich keinen Keller.

Und keine Emotionen.

Nur wieso macht das alles hier mir dann so viel aus?

Wieso habe ich mich überhaupt mit dir beschäftigt, Stella?

Ging es dabei nur um Snake? Um den Gefallen, den ich ihm getan habe?

Aber sag mir, warum habe ich bisher nichts dafür eingefordert? Ich habe dich ihm nicht einmal besonders präsentiert. Der Auftritt im Club war eine schwache Enttäuschung und im entscheidenden Moment habe ich einen Rückzieher gemacht.

Wieso nur?

Eigentlich ist es egal. Es spielt keine Rolle. Du bist weg und es ist besser so. Es war gut, unsere Reise zu beenden.

Scheiße, wie oft habe ich mich bei diesem Essen gefragt, was dagegen spricht.

Ein letztes Mal.

Eine kleine Nummer auf der Toilette.

Scheint, als wäre das unser Ding.

Aber es ist gut, dass ich es mir verboten habe.

Mit einer Sucht sollte man nicht spielen. Und dass ich süchtig bin, ist mir spätestens heute klar geworden. Nur zwei Stunden warst du weg und ich habe jede Sekunde davon gezählt. Ich habe mich gefragt, was dich so besonders macht. Was du gerade denkst, was du willst und wie du mich siehst.

Lächerlich, oder nicht?

Ich weiß, ich merke es schließlich selbst.

Natürlich liegt es nicht an dir. Es liegt an mir. Die Umstände unseres Kennenlernens sind verlockend für mich. Die Narben an deinem Körper betteln beinah um meine Aufmerksamkeit. Deine ganze Existenz scheint lediglich zu meiner Verurteilung erschaffen.

Du merkst es inzwischen selbst, oder nicht?

Wie besessen ich bin.

Und wie viel besser es ist, dass ich dich fortgeschickt habe.

Noch ehe du an meiner Obsession stirbst.

Denn das ist die Wahrheit.

Machen wir uns nichts vor, Stella. Ich bin kein guter Mensch. Vielleicht denkst du inzwischen, dass du mich kennst. Das ist eine Lüge. Alles, was ich dir erzählt habe, ist eine Lüge. Einfach alles.

Ich hatte nie eine Ziehmutter.

Und die, die ich dir als solche verkauft habe, ist zwar gestorben, doch hat es mich nicht interessiert. Sie war mir egal. Diabolo war mir egal. Mein Vater war mir egal.

Du merkst, es gibt einen roten Faden.

Weißt du, die Wahrheit ist, dass mir nicht alles gleichgültig ist. Im Lauf der Zeit hat es hin und wieder jemanden gegeben, der oder die meine Aufmerksamkeit erregt hat. Vermutlich wäre das ein Grund, um aufzuatmen. Weil ich menschlich bin. Weil ich fühlen kann.

Ja, du bist noch naiver als ich erwartet habe, wenn du das denkst.

Denn an diesem Punkt solltest du dir die Frage stellen, was aus ihnen geworden ist.

Ich verrate es dir.

Sie sind tot.

Jeder einzelne von ihnen.

Und warum?

Weil sie mir wichtig waren.

Ich habe die Beherrschung verloren. Jedes einzelne Mal. Es endete immer gleich. Sie lagen unter mir. So zart und friedlich. Die Augen geschlossen, die Lippen zu einem Lächeln verzogen. Sie trugen meine Zeichen auf ihren Körpern. Wundervolle Linien, die mich glücklich machten.

Alles war perfekt.

Nur haben sie die Augen nie mehr geöffnet.

Ich habe mich in ihnen verloren, verstehst du?

Und jedes Mal habe ich mir geschworen, dass es das letzte Mal war. Versteh mich nicht falsch, ich habe kein Problem damit, zu töten. Doch mit Vorsatz und einem Grund. Nicht aus Leidenschaft. Denn Leidenschaft ist gefährlich. Sie sorgt dafür, dass ich mich gehen lasse und nach etwas verzehre, dass mir nicht gehört.

Du ahnst bereits, was dann folgte.

Mit jedem, der mich verlassen hat, habe ich mich selbst ein Stück weit aufgegeben. Zurück blieb eine kalte, trostlose Hülle, die überzeugt war, nie wieder etwas empfinden zu wollen.

So lange, bis das nächste strahlende Licht in mein Leben kam.

Und ich dafür gesorgt habe, dass es erloschen ist.

KAPITEL 25

Stella

Ich lächle den Leuten, die ich in der Lobby treffe, freundlich zu. Währenddessen versuche ich nicht zu heulen. Das wäre peinlich. Und unnötig. Schließlich ist er nur irgendein Typ. Nicht mal besonders freundlich. Schon gar nicht ... hübsch.

Innerlich fluche ich. Natürlich ist er heiß. Er ist so verdammt anziehend, dass ich beinah jede Sekunde nur an ihn denken kann.

In Gedanken bin ich zurück in dem Wagen. Neben Silver.

Am liebsten hätte ich ihn angeschrien. *Was willst du eigentlich von mir? Du verschleppst mich nach Amerika ... Halt nein, lass uns am Anfang beginnen. Du fickst mich auf einer beschissenen Toilette. Du lauerst mir in einer Bar auf, aber nicht um mir zu erklären, wie du dich in die Psychiatrie geschummelt hast. Nein, um mich sprichwörtlich über die Schulter zu werfen und in deine Höhle zu schleppen. Aber okay, kein Ding. Ich verzeihe dir und spiele die Freundin an deiner Seite.*

Du lässt mich frei, schaffst mich in dieses Hotel und bittest mich um ein Date.

Scheiße, was soll das?

Wieso das alles, wenn du mich dann von dir stößt? Ging es darum mich zu demütigen? War das alles ein Witz?

»Guten Abend, Madam.« Die Begrüßung des Portiers reißt mich für einen kurzen Moment aus meinen Gedanken. »Guten Morgen«, stammle ich vor Verwirrung und aus mangelnden Englischkenntnissen. Denn falls es mir entgangen ist: Ich befinde mich noch immer in Amerika. Was mir dank Silvers beinah perfektem Deutsch nicht einmal aufgefallen ist.

Fluchend gehe ich ins Innere des Hotels und bleibe beinah zeitgleich stehen.

»Ist der Typ immer noch oder schon wieder da?« Aidens missmutige Miene kann ich in dem Moment am allerwenigsten gebrauchen.

»Du bist auf jeden Fall wieder da«, brumme ich.

»Immer noch. Ich war schließlich nicht weg«, erwidert er neben mir herlaufend.

»Was willst du?«, fahre ich ihn gröber an als beabsichtigt. Er kann nichts für meine Laune. Und trotzdem wird er sie abbekommen. Selbst schuld, wenn er hier ist. Inzwischen könnte er bereits halb über den Ozean sein.

»Dich in den Arm nehmen.« Überrascht halte ich inne und starre Aiden an. Er zuckt die Achseln, deutet auf den Fahrstuhl und legt die Hand an meinen Rücken. »Komm, lass uns nach oben gehen. Ich will nicht dafür verantwortlich gemacht werden, dass du in aller Öffentlichkeit heulst.«

»Na danke«, antworte ich bereits mit Tränen in den Augen.

»Gern geschehen. Komm.« Aiden führt mich in den Fahrstuhl, den Gang entlang und bis in mein Zimmer. Ich habe ein eigenartiges Déjà-vu, als er die Tür öffnet. Nur dass ich vor einigen Stunden noch voll Hoffnung war.

Hoffnung darauf, sauber, glücklich und mit einem süßen Freund aus dieser schrägen Nummer herauszukommen. Offenbar ein Irrtum.

»Wir wussten alle, dass es so enden wird«, schluchze ich leise.

»Mit gebrochenem Herzen, Schlafanzügen und einer großen Portion Eis?«

»Ich habe keinen Schlafanzug und kein Eis«, jammere ich. Dann gehe ich zu dem Bett und schmeiße mich der Länge nach darauf.

»Noch nicht«, übergeht er meinen Einwand. »Ich persönlich hätte eher auf ein gebrochenes Genick, eine Schaufel und Blut an den Fingern getippt.« Aiden lässt sich neben mich auf das Bett fallen und zieht mich an den Armen auf seinen Schoß.

»Hör auf«, brumme ich. Wie um eine Fliege zu verscheuchen, hebe ich die Hand.

Er verdreht die Augen, ignoriert meine Versuche und zieht meinen Kopf auf seinen Schoß. »Erwarte kein Mitleid von mir. Ich mag den Typen nicht und werde dir mit Sicherheit keine Tipps geben, wie du ihn zurückgewinnst.«

»Wollte ich auch nicht haben«, maule ich leise. Irgendwie fühlt es sich eigenartig an, auf seinem Schoß zu liegen. Fast zu vertraut.

»Wunderbar, dann decken sich unsere Interessen ausnahmsweise.«

»Aber warum«, frage ich mit geschlossenen Augen in Richtung der Decke.

»Nein.« Aiden schüttelt vermutlich den Kopf. Oder lächelt, mit seinen verdammten Grübchen. »Auch darauf werde ich mich nicht einlassen. Willst du heulen oder Ablenkung: Bitte. Ich bin dein Mann. Wenn du Tipps und eine Erklärung willst, frag wen anders.«

Ich gebe ein unzufriedenes Stöhnen von mir. Er hat recht. Er hat so recht. Mit so vielen Dingen. Zuallererst sollte ich meinen Liebeskummer wegen Typ B nicht an Typ A auslassen. Zum anderen hat Aiden das alles hier nicht verdient. Weder, dass ich ihm die Hose vollheule, noch dass ich ihn weiterhin in Gefahr bringe, indem wir bleiben. Schwer atmend treffe ich einen Entschluss: Wir müssen hier weg. Und zwar, bevor alles noch viel schlimmer wird.

Immer wieder sehe ich mich um. Im Hotel, während ich sage, dass ich schauen will, ob wir alles haben.

Welch ein Irrsinn, schließlich besitzt keiner von uns Gepäck.

Im Taxi, während ich mich jedes Mal umdrehe, wenn ein dunkler Wagen vorbeifährt. Am Flughafen, während Aiden unsere Pässe und die Tickets, die nach meiner Rückkehr auf dem Bett lagen, abgibt. Sogar in dem verdammten Flugzeug drehe ich mich ständig um, wenn sich jemand räuspert oder ein ungewöhnliches Geräusch zu hören ist. Auch noch vor meiner Haustür drehe ich mich um, als ein fremder Mann an uns vorbei geht.

»Das wird vorrübergehen«, sagt Aiden mitten in meine Gedanken hinein.

»Was?«, frage atemlos und eine Spur zu schnell.

Aiden seufzt leise, packt mich an den Schultern und dreht mich zu sich herum. »Ich werde dir mit Sicherheit nicht einreden, dass du ihn zurückgewinnen sollst. Das Beste, was dir passieren konnte, war, dass wir dort weggekommen sind. Stella, im Ernst. Das hätte wirklich schlimm enden können. Für uns beide.«

»Ich weiß«, murmle ich leise. »Kannst du das glauben?«

»Was?« Dieses Mal ist er es, der fragt.

»Diese vier Tage.« Ich lache frustriert. »Vier Tage. Es kommt mir länger vor. Als wäre ein halbes Leben vorbeigezogen.«

Aiden drückt meine Schultern. »Du hast recht. Es ist wie ein neues Leben. Aber wir sind keine Katzen, also haben wir nicht unendlich viele davon. Wir haben eins. Vielleicht bekommen wir eine zweite Chance, aber keiner sagt, dass es eine dritte geben wird.

Also lass uns das Beste daraus machen.

Okay?« Er reicht mir die Hand. Mit einem Augenrollen ergreife ich sie zögernd. Kurz drückt er diese, dann will er sich von mir lösen.

Ich halte ihn noch für einige Sekunden fest. Es dauert noch etwas länger, bis ich mich dazu durchringen kann, die Worte auszusprechen, die mir auf der Zunge liegen: »Versprichst du mir etwas?«

»Dass ich mich von niemand anderem als dir entführen lasse?«

»Das ist auf so vielen Ebenen falsch«, seufze ich.

»Also?«

»Also«, wiederhole ich. »Versprichst du mir, dass wir in Kontakt bleiben?«

Aiden sieht mich ein paar Sekunden zweifelnd an. Schließlich fährt er sich durch die Haare und senkt den Blick. »Um ehrlich zu sein, denke ich, dass es besser wäre, wenn wir es nicht bleiben.« Ich halte die Luft an. Mein Herz hämmert und in meinen Ohren beginnt es zu rauschen. Schließlich lacht er trocken. »Das war ein Scherz, Stella. Dass du das überhaupt noch fragen musst.

Ich komm morgen Abend zu dir und dann will ich endlich alles wissen, was in deinem zuckersüßen und völlig verwirrten Kopf vor sich gegangen ist, als du dem Typ in die Falle gerannt bist.« Er zwinkert mir zu. »Pack inzwischen deine Tasche aus.«

»Ich habe keine.« Das *du Arsch*, füge ich nur in Gedanken hinzu. Ich bin zu erleichtert, dass er überhaupt noch mit mir reden will.

Scheiße, ich bin nicht nur erleichtert. Mir scheinen förmlich Regenbögen aus dem Allerwertesten.

Zwei Wochen später kann ich nicht glauben, wie sehr mein Leben sich verändert hat. Das Jahr ist beinah vorüber, nur noch wenige Tage sind übriggeblieben. Und ich? Ich bin da, wo ich begonnen habe.

Nicht ganz. Vielleicht ist es der Ort, an dem meine Geschichte sich entwickelt hat, aber ich bin inzwischen eine völlig andere geworden.

»Die Klippe«, sage ich mit einem leichten Lachen in die Stille der Nacht hinein.

»Die Klippe«, erwidert er meine Aussage. »Irgendwie hat es sich richtig angefühlt hierher zu kommen. Keine Ahnung, ob es dir genauso geht, aber ich finde, dass man hier sehr gut nachdenken kann.«

»Darüber zu springen?« Meinen Worten folgt ein leichtes Lachen, dass irgendwie nicht richtig fröhlich klingt.

»Auch. Oder jemanden herunterzustoßen.«

Bei seinen Worten hebe ich schlagartig den Kopf und sehe ihn warnend an. Aiden ist ... *ein Freund? Nett? Für mich da? Jemand Besonderes?*

Irgendwie ist er alles und gleichzeitig nichts davon. Diese Begriffe erscheinen mir irgendwelche Floskeln zu sein, die ich nicht richtig zulassen kann.

Aber das ist okay, weil es nun mal so ist, wie es ist. Mein Leben ist kein Film, in dem ich mich innerhalb von zwei Stunden entscheiden und die Liebe meines Lebens finden muss. Es ist okay, wenn ich mir Zeit nehme.

Jetzt ist es Aiden, der trocken lacht. »Keine Sorge. Darüber bin ich hinweg.«

»Sicher? Wenn du noch sauer auf mich bist, dann sag es mir besser. Ich werde zwar nichts daran ändern, es dir aber gern versprechen, wenn du mich dann nicht über den Rand stößt«, albere ich herum. Irgendwie ist es angenehm mit ihm. Die Spannung lässt langsam nach und es wird beinah alltäglich, mit ihm Zeit zu verbringen.

Das ist etwas Gutes. *Oder?*

»Wow, was für ein großartiges Versprechen.«

»Ist an deine Maßstäbe angepasst.« Ich schmunzle leicht bei der Erinnerung an unser erstes Treffen. »Du wolltest mich einfach nicht in Ruhe lassen.«

»Das war wohl meine größte Sünde.«

»Tz, das war der Start in dein bestes Abenteuer.« Und ich bin so froh, dass er dabei war, denn es wurde ebenfalls zu meinem Abenteuer.

»Stimmt«, erwidert er, während er langsam auf mich zukommt. »Wer will schließlich nicht im Kofferraum verschleppt werden?«

»Wer sagt, dass du im Kofferraum gelegen bist?«

»Und wer hat dir gesagt, dass dieser Satz grammatikalisch korrekt ist?« Ich verdrehe die Augen und gehe nervös einen Schritt zurück. Die Erinnerung an das, was passiert ist, lässt mein Herz schneller schlagen. Silver. Amerika. Das alles kommt mir inzwischen nur noch wie ein entfernter

Traum vor. Ja, nicht erst einmal habe ich mich gefragt, ob es wirklich passiert ist.

Aiden steht knapp vor mir und folgt dieser Bewegung mit den Augen. »Hast du Angst vor mir?« Er hat meine Reaktion falsch interpretiert. Nicht vor ihm habe ich Angst. Sondern vor der Vergangenheit. Oder besser gesagt: Wie sie sich auf meine Zukunft auswirkt.

Wer bin ich? Und wer werde ich sein?

Ich hatte diesen Plan im Leben. Den klassischen. Aber für eine Weile scheint er in unerreichbare Ferne gerückt zu sein. Nur hat sich in den letzten Wochen alles ... besser angefühlt. Als könnten die Eigentumswohnung und ein strahlender Mann an meiner Seite möglich sein.

Aber ist es das, was ich will? Könnte ich so glücklich werden? Und vor allem: Würde Aiden es wollen? Mich? Mit all meinen Macken?

Fragen, die mich in letzter Zeit immer mehr beschäftigen.

Ich schüttle den Kopf, um sie zu verdrängen und versuche mich auf Aiden zu konzentrieren. Er hat es nicht verdient, dass ich unaufmerksam bin. *Schon wieder.*

»Klar, die Klippe ist immer noch da drüben.« Ich deute mit dem Kopf hinter mich. »Wieso stehe ich eigentlich immer mit dem Rücken zum Abgrund?«

Aiden macht einen schnellen Schritt nach vorn. Mir rutscht ein Fluch heraus, als er mich am Rücken packt. Für einen kurzen Moment macht mein Herz einen gewaltigen Sprung. Dann drückt er mich fest mit den Händen an seinen Körper. »Weil du weißt, dass ich dir immer einen Halt bieten werde.«

»Immer?«

»Immer«, wiederholt er. Mein Herz beginnt schneller zu schlagen.

»Was für ein Versprechen. Noch dazu hier. Mitten in der Nacht.«

»Und?«

»Es ist, ungewöhnlich.«

»Und«, wiederholt er.

»Es ist kalt«, rede ich weiter. Inzwischen nur noch aus Nervosität. Er ist nah. So verdammt nah. Er ist noch immer hier. Nach allem, was ich verbockt habe. Sogar, nachdem ich mit jemand anderem ...

»Was ist los, Stella? Sind dir die Fragen ausgegangen?«

Ich räuspere mich leise. Meine Arme baumeln eigenartig an meinen Seiten herunter. In diesem Moment fühle ich mich völlig fehl am Platz. »Damit du mit einem ›und‹ antworten kannst?«

»Wie wäre es stattdessen mit einem ›ja‹?«

»Ja?«, frage ich mit rauer Stimme. Mein Magen setzt inzwischen zu den gleichen Purzelbäumen an, die gefühlt auch mein Herz durchlebt.

»Ein ›ja‹ auf deine Frage.«

»Welche davon?«

»Fuck«, flucht er leise.

»Was«, frage ich beinah gleichzeitig. Mit starken Bauschmerzen starre hinauf in seine Augen. Er zwinkert nicht einmal. Ich dafür umso häufiger.

Aiden legt die Hand an meine Wange. Mehrmals räuspert er sich. »Ich kann das nicht, Stella.« Seine Stimme hat einen quälenden Unterton. Beinah verzweifelt hebt er den Kopf und starrt in die Nacht. Gerade als ich die Lippen öffne, schüttelt er den Kopf. »Es geht nicht. Scheiße, ich dachte, dass es möglich wäre. Ich wollte der Typ sein, dem dein Glück wichtiger ist als sein eigenes.«

Bei diesen Worten schlucke ich heftig. Kein Ton kommt über meine Lippen. Mein ganzer Körper spannt sich an.

»Mir ist dein Glück wichtig«, fügt er leise hinzu. »Aber meins auch.« Seine Stimme klingt rau. Langsam lässt er den Kopf sinken. Er legt das Kinn auf meinem Kopf ab. Jedes seiner folgenden Worte spüre ich auf meiner Haut. »Und deshalb kann ich das nicht mehr. Ich kann nicht der beste Freund sein, der daneben steht und zusieht, wie du ihm hinterher weinst. Ich kann euch nicht unterstützen, bejubeln oder deine Tränen trocknen, wenn er dich verletzt. Ich kann nicht einmal dabei zusehen, wenn du bei ihm glücklich wärst.

Nicht, wenn ich es sein will, der dir ein Lächeln auf die Lippen zaubert.«

Ich halte die Luft an. Meine Kehle fühlt sich schlagartig wie ausgetrocknet an. »Was?«, frage ich leise.

Aiden bleibt für einige Sekunden still. Schließlich packt er mich an den Oberarmen, drückt mich von sich weg und betrachtet mich eingehend. »Ich habe mich in dich verliebt, Stella Hardin. In deine verrückte Art, deine Abwesenheit und die Dummheit, mit der du dich regelmäßig in die Scheiße reitest. Ich liebe es, dass du mich belebst, mich verzauberst und völlig in deinen Bann schlägst. Ich ...« Weiter kommt er nicht. In dem Moment drücke ich mich auf die Zehenspitzen, packe seinen Kopf und drücke meine Lippen auf seine. Wir prallen hart aufeinander. Seine Zähne streifen meine Lippe, doch das ist mir egal. Ich schlinge die Beine um seinen Oberkörper und versinke in dem Kuss, den er endlich erwidert.

Eine Wolke. So fühlt es sich an. Ich fühle mich, als läge ich auf einer glitzernden Wolke am Himmel, starre in Richtung der funkelnden Sterne und blinzle müde.

Mir fährt ein Schauer über den Körper.

Fast bin ich zu glücklich. Alles läuft zu gut.

Aber das ist Schwachsinn. Ich sollte es genießen und nicht bereits zweifeln.

Nur leider kann ich eben diese Bedenken nicht abschütteln. Beinah ist es, als wüsste ich, dass niemand lange Zeit glücklich ist. Und ich zweifle ebenfalls daran, ob ich dieses Glück verdient habe.

Habe ich nicht.

Ich weiß es. Und das ist das Problem dabei.

Denn ich weiß, dass ich etwas Schlimmes getan habe. Einen gewaltigen Fehler, der mich mit Sicherheit bald einholen wird. Trotzdem konnte ich es nicht lassen.

Sag mir, kleine Rose.
Wieso bin ich hier?

KAPITEL 26

Silver

»Einen Kaffee bitte. Schwarz mit Zucker.« Ich sage die Worte mit einem gewissen Lächeln in der Stimme. Es wird noch größer, als ich sehe, wie die kleine, dunkelhaarige Bedienung zu Stein erstarrt. »Und vielleicht wollen Sie mir dabei Gesellschaft leisten?«, füge ich hinzu, während sie sich langsam zu mir herumdreht.

Alle Farbe scheint ihr aus dem Gesicht gewichen zu sein. Mir fällt auf, wie sie schluckt und sich dann mit der Zunge über die Lippen fährt. »Nein.« Sie spricht das Wort kaum laut aus. Trotzdem lese ich es von ihren Lippen.

»Es gibt keinen Kaffee mehr? In einem Café? Wie bedauerlich. Dann wird es wohl auf das Gespräch und den Zucker hinauslaufen.«

Stella schüttelt impulsiv den Kopf. Scheinbar braucht sie einen Moment, bis sie sich fängt. »Sie können sich gern setzen. Den Kaffee bringe ich sofort.« Sind ihre Worte spitzer, als ich es in Erinnerung habe? Vielleicht ein wenig.

»Natürlich gern«, antworte ich höflich. Dann schlendere ich betont langsam zu einem der freien Plätze hinüber. Ich nicke einem fremden Mann mittleren Alters freundlich zu und lasse mich dann auf dem Stuhl nieder. Während der ganzen Zeit, in der ich warte, beobachte ich Stella bei ihrer Arbeit.

Weißt du, ich hätte dich nie für eine Barista gehalten. Und wenn ich mir ansehe, wie du die Tasse hältst, scheint es dir ähnlich zu gehen. Sag, hast du dir bereits einen anderen Job gesucht?

Ist das hier etwas dauerhaftes?

Oder nur vorübergehend? Ich wette darum, dass es eine schnelle Lösung war, aber auf lange Zeit wird es dir nicht reichen, irgendwelchen Idioten den Kaffee zu servieren. Genauso wenig wie es dir reichen wird, das süße Schoßhündchen zu kraulen. Du willst mit dem Feuer spielen.

»Ein Kaffee. Schwarz mit Zucker«, rattert sie gepresst herunter und stellt die Tasse vor mir ab. Sie will sich sofort wieder umdrehen, da packe ich sie am Handgelenk. »Setzen Sie sich einen Moment.«

Ich sehe, wie es in ihrem Inneren brodelt. Ja, das kann ich ihr nicht verübeln. Unser letzter Abschied war recht kurz.

»Wie Sie sehen, bin ich beschäftigt«, erwidert sie mit spitzer Stimme.

»Das sehe ich nicht«, antworte ich und sehe mich suchend um. Das Café ist bis auf zwei andere Gäste leer. Ihre Kollegin steht bereits an den Tresen gelehnt da und tippt unter der Theke vermutlich auf ihrem Handy herum.

»Dann sollten Sie vielleicht die Augen öffnen«, faucht sie leise.

»Das habe ich. Dabei bist du mir aufgefallen, meine Schöne ...«

»Spar es dir«, fährt sie mich an. Schnell wirft sie einen Blick über die Schulter. Keiner beachtet uns. Gut, das ist gut so. »Pass mal gut auf«, sagt sie schließlich und beugt sich dabei bemüht freundlich lächelnd zu mir herunter. »Ich bin durch mit dir. Mit dir, deinem Drama und dem ganzen Scheiß, den du abziehst. Ich bin auf dem Weg zu dem, was ich eigentlich möchte.«

»Und was ist es, das du willst, Stella?«

Meine Frage scheint sie kurz aus dem Konzept zu bringen. Schließlich fängt sie sich und sieht mich mit verengten Augen an. »Nicht dich«, antwortet sie schließlich nach einer kurzen Pause.

»Gibt es hier ein Problem?« Der Mann von vorhin hat sich umgedreht und uns angesprochen. Ich folge seinem Blick auf meine Hand, die noch immer Stellas Handgelenk umklammert.

Zu meiner Überraschung kommt sie mir mit ihrer Antwort zuvor. »Nein. Dieser Herr hat lediglich festgestellt, dass mein Armband sich gelöst hat.« Vielsagend sieht sie mich an. »Lieben Dank. Ich werde es direkt im Anschluss an meine Schicht reparieren.« Für ein paar Sekunden sieht sie mir direkt in die Augen. Schließlich gebe ich nach und lasse ihren Arm frei. Dadurch zeichnet sich ein beschissen zufriedenes Grinsen auf ihren Lippen ab.

»Natürlich gern. Es scheint wertvoll zu sein. Nicht, dass Sie es noch verlieren«, sage ich schließlich.

Stella richtet sich auf, fährt selbst mit der Hand über ihr Handgelenk, an welchem tatsächlich ein Armband hängt. »Das ist es. Mein Verlobter hat es mir geschenkt.«

Wohlwollend nicke ich und verziehe beachtend die Lippen. »Sie sind verlobt? In diesem jungen Alter?« Sie lügt. Es ist eine verdammte Lüge und das sehe ich an ihren Augen.

»Wenn man weiß, dass es der Richtige ist, spielt das Alter keine Rolle.«

»Dann hoffe ich, dass sie die richtige Wahl getroffen haben. Reue soll ein grauenhaftes Gefühl sein.«

»Keine Sorge, das habe ich.« Stella lächelt übertrieben. Dann scheint sie sich an unsere Umgebung zu erinnern, nickt dem Mann zu und verschwindet im Hinterzimmer des Cafés.

»Hey«, erregt der Fremde meine Aufmerksamkeit. »Lassen Sie die Frau in Ruhe.«

Ich lege den Kopf schräg und betrachte ihn kurz. Er trägt einen billigen Anzug von der Stange, Turnschuhe und hat eine Mappe neben sich liegen. Vermutlich bereitet er sich auf einen Geschäftstermin vor. Vielleicht ist er Vater. Möglicherweise hat er eine Tochter in ihrem Alter.

»Das werde ich«, versichere ich ihm.

Ich werde dich in Ruhe lassen, Stella. Aber erst, nachdem wir uns ein letztes Mal gesehen haben. Weißt du, die Tage ohne dich waren hart. Jede verdammte Stunde musste ich an dich denken. Du hast keine Ahnung, was du mit deinem Weggang angerichtet hast.

Sag, warum hast du mich verlassen?

Nur weil ich dich davongeschickt habe?

Hast du nicht erkannt, dass das zu deinem Besten war? Wieso hast du mir nicht widersprochen? Nicht einmal.

Wir hätten es beenden können. Für uns beide wäre ein richtiger Schlussstrich das Beste gewesen. Aber das, was wir hatten, das war kein Ende. Es war ein ›bis gleich‹ oder ein ›geh nicht.‹

Ich habe es in deinen Augen gesehen. Du wolltest nicht gehen. Und ich wollte dich nicht gehen lassen.

Sieh nur, wohin es uns gebracht hat. Zurück an den Anfang?

Nein, nein. Das hier ist kein Anfang.

Höchstens der Anfang vom Ende.

»Drei Stunden. So lange habe ich auf dich gewartet. Das ist eine lange Zeit für jemanden wie mich. Aber deine Wohnung ist ein so viel besserer Ort zum Reden, findest du nicht?«

»Was zur Hölle machst du in meiner Wohnung«, faucht sie mich an.

»Auf dich warten, das erwähnte ich bereits.« Ich lege den Kopf schräg. »Die Intention hinter meinem Besuch zu erraten, sollte dir nicht schwerfallen. Du bist eine schlaue Frau, Stella.«

»Offenbar nicht schlau genug, um abzusperren.«

»Es war abgesperrt«, korrigiere ich sie. »Das war sehr aufmerksam von dir. Man weiß schließlich nie, wer sich in der Gegend herumtreibt.«

Stella stößt ein frustriertes Knurren aus, was mich zum Schmunzeln bringt. Zum fucking Schmunzeln. Das muss man sich einmal auf der Zunge zergehen lassen. »Ja, da ist das kleine Kätzchen, was ich vermisst habe. Ich dachte schon, dir wären in der Zeit meiner Abwesenheit deine Krallen verloren gegangen.«

»Ich buchstabiere es dir gern«, sagt sie aufgebracht. »Aber wenn du nicht auf der Stelle verschwindest, dann rufe ich die Polizei.«

»Das solltest du besser nicht tun, Stella.« Ich erhebe mich von ihrem kleinen Sofa, das ein Ächzen von sich gibt.

»Ach ja? Weil du mich sonst vielleicht tötest?«

Töten. Scheiße, ja. Das wäre eine Idee.

Warum bin ich nicht selbst darauf gekommen?

Wobei, genau genommen bin ich das. Ich habe den Plan nur wieder und wieder verworfen.

Und warum? Wegen ihrer hübschen Lippen? Den großen Rehäuglein? »Weil ich mir nicht weiterhin ansehe, wie du dich mir gegenüber aufmüpfig verhältst.«

Stella stößt ein frustriertes Lachen aus. »Aufmüpfig? Brauchst du einen Realitätscheck oder gleich einen Klinikaufenthalt?«

Welch nette Frage. Könnte man meinen. Nur glaube ich, einen Hauch Ironie darin zu spüren. »Danke, aber meine geistige Verfassung ist absolut intakt.« Mit diesen Worten drehe ich mich zu ihr. Nach zwei Schritten bin ich an der Tür und habe sie an der Kehle gepackt.

»Lass mich los«, bringt sie stockend hervor.

»Versuch es gern nochmal mit etwas Nachdruck.« Ich beuge mich zu ihr herunter und presse sie gleichzeitig mit meinem Körper gegen die Wand in ihrem Rücken. »Aber nur so als Tipp: Wenn man etwas nicht will, dann wehrt man sich für gewöhnlich.« Und sie wehrt sich nicht. Stella will mich. Sie will das hier genauso sehr wie ich. Auch wenn ich sie überrumpelt habe. Sie … *oder*? Stella schlägt mir mit der Hand gegen das Kinn. Ein schlechter Treffer. Noch schlechter ist die Position gewählt. *Was wollte sie damit erreichen? Dass ich geil werde?*

»Ich will nicht, dass du mich anfasst.«

»Die Antwort hat ein wenig zu lang gedauert, kleine Stella.« *Lalle ich? Scheiße, keine Ahnung.* Vor meinen Augen dreht sich alles.

»Nenn mich nicht so«, faucht sie bezaubernd zurück und lenkt meine Aufmerksamkeit damit wieder auf sich.

»Lass mich dir erklären, wie dieses Aufeinandertreffen laufen würde, wenn ich jemand anderes wäre.« Ich hebe eine Hand, verziehe das Gesicht, als sich alles dreht und stütze mich an ihrer süßen Kehle ab. Die sich dafür ganz ausgezeichnet eignet, nebenbei erwähnt. Wie ein hübscher kleiner Griff. Quasi ein drunken-sailor-Nothalt. Nur dass ich kein Seemann bin.

Dafür aber betrunken.

Mit einem wohlwollenden »Hm«, fahre ich schließlich fort: »Schritt eins: Wenn jemand in deine Wohnung einbricht, den du dort nicht haben willst, solltest du rennen, solang er dich nicht gepackt hat.« Betont deute ich mit den Augen zur Tür. Sie folgt meinem Blick. Als sie den Kopf zurück zu mir dreht, ist mein Gesicht so dicht vor ihrem, dass ich ihren hektischen Atem spüre.

»Schritt zwei: Wenn er dich gepackt haben sollte, dann trittst du um dich. Du kratzt, schreist und beißt.« Ich lecke ihr zart über die Wange und beiße dann sanft in ihre Haut. Grinsend lehne ich mich zurück. Dem konnte ich schlichtweg nicht widerstehen.

Viel zu spät schüttelt sie den Kopf. »Vielleicht befinde ich mich in einer Schockstarre«, sagt sie schließlich holprig.

Starre? Nein. In einer Trance vielleicht.

»In diesem Fall sollten wir schnell zu Schritt drei kommen.« Auffordernd sehe ich sie an. Ihre Augen weiten sich. *Das sind nicht die Blicke von jemandem, der mich fürchtet, Stella. Das, was ich in dir sehe, ist wahre Hingabe. Dafür danke ich dir.*

Mit der freien Hand schiebe ich den schrecklich gelben Rock ihrer Uniform zur Seite. Stella stößt ein Wimmern aus, als ich mit den Fingern über ihren triefenden Slip fahre. »Schritt Nummer drei: Du bist trocken.« Prüfend hebe ich die Finger neben unsere Gesichter. Meine Finger glänzen feucht und sorgen somit für ein Gefühl der Zufriedenheit in mir. »Bist du aber nicht«, knurre ich leise.

Stella öffnet die Lippen, aber ich schüttle schnalzend den Zeigefinger. »Du wirst dich nur weiter in die Scheiße reiten, meine kleine Rose. Tun wir dir einen Gefallen und stopfen deinen hübschen Mund, damit er keine scheußlichen Dinge sagt.«

Ein paar Sekunden vergehen. Dann schüttelt sie

impulsiv den Kopf. Zu meiner Überraschung drückt sie die Arme zwischen uns und windet sich aus meinem Griff. »Nein. Ein entschiedenes Nein.«

»Wozu?«, frage ich irritiert. *Ich habe mir unser Aufeinandertreffen vorgestellt. Wieder und wieder. Scheiße, dass sie mich ernsthaft wegdrückt, kam in keiner Version davon vor.*

»Zu dir, zu deinem Gegrabsche, zu einfach allem.« Stella dreht sich von mir weg und bringt einige Meter zwischen uns. »Du brauchst nicht reden. Du brauchst nichts versuchen. Du kannst direkt wieder gehen.« Sie deutet auf die Tür. Ich folge ihrer Bewegung mit den Augen und gerunzelter Stirn.

»Wohin denn?«

Sie stößt ein Lachen aus. Es klingt beinah frustriert. *Warum nur?* Sie sollte sich freuen. Immerhin bin ich extra zu ihr gekommen.

»In die Hölle? Mir egal. Aus meiner Wohnung würde reichen.«

Kopfschüttelnd gehe ich auf sie zu. »Hups«, murmle ich leise, als ich der Wand gefährlich nahekomme. »Ich gehe, wenn du mitkommst.« Bei diesen Worten will ich meinen Arm um ihre Schultern legen, verfehle sie allerdings.

»Das würde den Sinn des von dir Wegkommens verfehlen.« Leise stöhnt sie, als ich meinen Arm endlich um ihren Körper lege. »Aber was diskutiere ich überhaupt mit dir. Du bist rotze-voll.«

Jetzt bin ich es, der lacht. »Ich bin bitte was?«

»Betrunken«, gibt sie nüchtern zurück. *Nüchtern.* Ich grinse bei dem Gedanken. Die deutsche Sprache ist tatsächlich unterhaltsam. Ein wenig stumpf, aber unterhaltsam.

»Und schickt man betrunkene Freunde einfach nach draußen?«, frage ich.

»Wir sind keine Freunde.«

Achselzuckend sinke ich an der Wand herunter, strecke die Beine aus und lehne den Kopf gegen die Raufasertapete. Allein bei dem Gedanken schüttelt es mich. *Wer sucht sich so etwas freiwillig aus?*

»Vermieter«, antwortet Stella zu meiner Überraschung. Sie deutet auf die Wand hinter mir. »Vermieter suchen sich sowas aus. Da hatte ich leider kein Mitspracherecht.«

Ich brauche ein paar Minuten, um die Überlegung, dass sie meine Gedanken lesen kann, über Bord zu werfen.

»Es ist das erste Mal, weißt du?«, sage ich schließlich in die Stille hinein.

Stella steht noch immer ein paar Schritte entfernt. Sie hat die Arme um den Körper geschlungen und betrachtet mich ... *angewidert*? Verübeln könnte ich es ihr nicht. »Was?«, fragt sie nach einigen Sekunden.

»Das hier.« Ich deute auf sie und dann auf mich. »Es ist das erste Mal, dass ich mehr als ein Glas getrunken habe.« Verbittert presse ich die Lippen aufeinander. »In dieser Stadt bekommt man überall Alkohol. Zu jeder Zeit. Verrückt, oder? Ich wurde nicht einmal nach meinem Ausweis gefragt.«

»Vermutlich, weil du aussiehst, als wärst du 100 Jahre alt.« Überrascht von ihrer verbissenen Antwort sehe ich auf. Sie sieht angespannt aus. Gleichzeitig liegt etwas Eigenartiges in ihrem Blick.

»Bin ich denn wenigstens ein gutaussehender 100-Jähriger?«, frage ich matt. *Scheiße, Stella. Du hast mich überrumpelt. Mit einer einzigen lächerlichen Frage. So weit ist es schon gekommen.*

»Für das Alter hast du dich ganz gut gehalten.« Sie setzt einen Schritt in meine Richtung, scheint es sich dann aber anders zu überlegen und wippt auf der Stelle hin und her. »Graue Haare, ein paar Falten und die ein oder andere …«

»Narbe?«, führe ich den Satz, den sie mitten im Sprechen abgebrochen hat, fort.

»Ja«, raunt sie und räuspert sich im Anschluss.

Stöhnend rapple ich mich auf. Kurz dreht sich die Welt vor meinen Augen. Dann gehe ich auf sie zu. Stella bleibt stehen. Sie rührt sich nicht. Sieht mich einfach an. »Stören sie dich?«

»Wieso sollten sie?« Ihre Antwort kommt schnell.

Ich wiege den Kopf langsam hin und her. »Nicht meine. Deine.«

»Wieso sollten sie?«, wiederholt sie ihre Frage. Dieses Mal mit einer Spur Verunsicherung in der Stimme.

»Stimmt.« Langsam nicke ich. Mein Blick fällt wie von allein auf ihre rechte Brust. Die Bluse, die sie trägt, ist hochgeschlossen. Kein bisschen Haut ist darunter zu sehen. Nicht unterhalb ihres hübschen Halses.

»Man sieht es noch«, sagt sie und räuspert sich erneut.

Ihre Worte lösen ein berauschendes Gefühl in meinem Inneren aus. Ich erschaudere förmlich. »Das ist …« gut? Das beschreibt es nicht ansatzweise.

Es ist perfekt.

Sie ist perfekt.

Ich bin … scheiße, ich bin ein Wichser.

Wie der letzte Trottel bin ich ihr hinterhergerannt. Ich bin ihr über den halben Planeten gefolgt. Ohne darüber nachzudenken. Nicht ein einziges Mal. Klingt lächerlich, ich weiß. Aber genau so war es. Einfach so bin ich in das Flugzeug gestiegen. Wie auf Autopilot saß ich da, habe gewartet, geatmet, gegessen. Ich habe geredet, wenn mich jemand angesprochen hat. Aber mein Hirn, das war … aus.

»Man sagt, dass das Herz auf der linken Seite ist. Das ist

anatomisch nicht vollständig korrekt, aber belassen wir es dabei. Aber weißt du, was sich hier befindet?« Ich deute auf ihre rechte Brust. Dorthin, wo ich sie gezeichnet habe.

Fuck, wie gern würde ich die Schnitte in diesem Moment sehen. Ich will sie nachzeichnen, mit den Fingern darüber fahren und in ihre geweiteten Augen sehen, wenn sie vor Schmerz und Lust nach Luft schnappt.

»Meine Lunge?«, fragt sie mit ironischer Stimme.

»Vermutlich. Zumindest hofft man es. Aber für mich hat sich dort immer das Tor zur Seele befunden.« Ich bin ein Trottel. Ein riesiger, peinlicher Trottel. Noch dazu mache ich mich völlig zum Gespött. Nur warum kann ich dann nicht aufhören zu sprechen? Ist das die Wirkung von Alkohol? Wenn ja, sollte jemand eine Warnung auf die beschissene Flasche kleben. Scheiße, das Zeug ist schlimmer als jeder Tropfen ›Veritaserum‹. »Viele sagen, dass es die Augen sind.« Ich hebe den Blick und starre geradewegs in ihre braunen, geweiteten Augen. »Du hast wirklich hübsche Augen, kleine Rose.« Auf meinen Lippen erscheint ein schräges Lächeln. »Aber als Kind habe ich immer daran geglaubt, dass es einen Platz im Körper geben muss. Schließlich malt man auf Bildern das Herz auch an eine bestimmte Stelle. Und deshalb gab es auf meinen Bildern immer einen kleinen Stern am rechten Schlüsselbein.«

Stella starrt mich mit offenem Mund an. Ja, vermutlich denkt sie, dass ich völlig durchgedreht bin. Bin ich vielleicht auch. Ich bin hier. Trotz allem. Trotz dessen, dass ich es besser wissen müsste.

»Du solltest dich hinlegen und ausnüchtern«, stammelt sie schließlich. Sie dreht sich mit sich heftig hebenden Schultern von mir weg, reibt mit den Fingern über ihr Gesicht und flucht leise. Nur zu gern würde ich sie in den

Arm nehmen. *Scheiße, in den Arm nehmen? Wer bin ich? Ihr Freund? Ihr Vater?*

Ich erschaudere.

»Werd ich noch«, nuschle ich zusammenhangslos.

Stella dreht sich zu mir herum. Sie sieht fertig aus. Verdammt, nein. Sie sieht gut aus. Ich bin fertig. »Leg dich hin. Ich bring dir ein Wasser.« Mit der Hand deutet sie in Richtung des Ganges. Zu ihrem Schlafzimmer. Das weiß ich, weil ich es mir angesehen habe. Direkt, nachdem ich mir die Tür vom Schlüsseldienst habe öffnen lassen. Und direkt bevor ich es eine gute Idee fand, die Schnapsflasche auf ihrem Nachttisch zu köpfen.

Eben dieser werfe ich einen knappen Blick zu, schlurfe auf das Bett zu und lasse mich darauf fallen. Man könnte behaupten, ich hätte eine Lebenskrise. Oder eine Identitätskrise. Vielleicht bin ich auch in der so oft thematisierten ›Midlife crisis‹. Ab wann hat Mann die? Mit 40? Vielleicht 50? Wäre ein wenig verfrüht, aber hey, jeder Mensch ist anders.

Stöhnend schließe ich die Augen.

»Nein.« Stellas aufgebrachtes Lachen lenkt mich von meinem eigenen Drama ab. Dem, das in meinem Kopf stattfindet. Scheiße, da sollte es kein Drama geben. Nur Gleichgültigkeit. Berechnung - ja. Aber dieser Müll? Gefühle? Emotionen? Was soll der Dreck?

Am Rande nehme ich wahr, wie Stella mich am Arm packt und wieder in die Höhe zieht. »No way. Du kotzt mir nicht mein neues Bett voll.«

Ich erwidere irgendetwas Unverständliches und folge ihr schließlich bis ins Wohnzimmer. Sie gibt einen überraschten Laut von sich, als ich der Länge nach auf ihr beschissenes Sofa falle. Mein Kopf schlägt auf die

Armstütze und meine Knie hängen auf der anderen Seite drüber. Aber es juckt mich nicht.

Meine aktuelle Situation interessiert mich dafür umso mehr.

Ich bin ein Weichei.

Jemand, dem ich höchstpersönlich die Kugel gegeben hätte. In meinem Zustand bin ich nicht zu gebrauchen. Ich kann kein Unternehmen führen und erst recht keine Dynastie. Ich kann mich nicht auf das konzentrieren, was wichtig ist. Ich bin ... ein Versager.

Ich bin schlimmer geworden als mein Vater. Ich bin schwach und angreifbar. Jedes Kind könnte mich im Moment überwältigen.

Wenn jemand davon erfährt, dass ich auf einer rosa Tagesdecke in Deutschland liege, während sich das eintönige Zimmer einer unbedeutenden Frau vor meinen Augen dreht, würde er oder sie lachen. Nein, mir lachend eine Kugel in den Kopf jagen.

Stöhnend öffne ich die Augen.

Was zur Hölle soll nur aus mir werden?

KAPITEL 27

Stella

»Das kann nicht dein Ernst sein?«

»Sei leise«, raune ich und verdrehe die Augen.

»Warum? Damit er nicht hört, dass ich hier bin?« Aidens Hand zuckt. Aber er lässt sie an seiner Seite. Für einen kurzen Moment denke ich, dass Silver mich in diesem Moment gepackt und …

»Weil er betrunken ist«, antworte ich, um meinen eigenen Gedanken zu entkommen. Ich schließe die Tür hinter Aiden und deute mit dem Kopf in Richtung Wohnzimmer.

»Und das juckt mich, weil?« Aiden verschränkt die Arme vor der Brust und rührt sich keinen Millimeter.

Stöhnend drehe ich mich zu ihm herum. »Muss es nicht. Ich habe dich schließlich nicht eingeladen.« Und er liegt nicht in deinem Bett und kotzt vielleicht alles voll.

»Warum hast du mir dann geschrieben?« Er schiebt das Kinn leicht nach vorn. Mein Herz schlägt schneller. Wie ich es hasse, wenn er so reagiert. Es sorgt dafür, dass ich mich schwach und angreifbar fühle. Noch dazu muss ich mich rechtfertigen, ohne sagen zu können, was ich will.

Was da wäre? Etwas in Richtung: Weil du mir wichtig bist. Und mir das mit uns wichtig ist. Ich will es nicht vergeigen. Nicht schon wieder. Und ja, deshalb habe ich dich darüber informiert, dass mein Irgendwie-Ex aufgetaucht ist und jetzt in meiner Wohnung ausnüchtert. Ich hoffe sehr, dass das unserer Beziehung – die wir haben, sobald du mich fragst, ob ich deine Freundin sein will – nicht im Wege steht. Aber hey, vielleicht war die ganze Mondschein-Ich-liebe-dich-Sache auch nicht ernst gemeint. Immerhin ist der sicherste Weg, einen Typen loszuwerden, mit ihm zu schlafen.

Also nein, ich weiß auch nicht, was ich mir dabei gedacht habe, dir zu schreiben.

»Ist doch egal«, antworte ich statt dem Chaos in meinem Kopf.

»Aha«, sagt er schlicht.

Nervös wippe ich mit dem Fuß. Aha. Ich hasse dieses Wort. Wobei, ist es überhaupt ein Wort? Wenn, dann kann man es nur in die Kategorie: Nervige Antworten, die lediglich mehr Fragen aufwerfen, einteilen.

»Ich komme hierher«, knurrt er und zieht zitternd etwas aus der Jackentasche. »Ich dachte, dass es dir möglicherweise nicht gut geht und wollte dir wenigstens eine Kleine Freude machen.« Irritiert starre ich auf die Capri Sonne in seiner Hand. »Und was mich erwartet bist nicht du, mit Bauchkrämpfen wegen irgendwelchen Frauenbeschwerden. Nein, stattdessen wartet dieser Psycho auf mich?

Also sag mir Stella, wenn du ihn erneut in deine Wohnung und dein Leben lässt, was hast du dir dabei gedacht, mich ebenfalls hineinzuziehen?«

Im Anschluss an seine Worte ist es still. Mir ist bewusst, dass ich etwas sagen sollte. Aber ich kann nicht. Mir fehlen die Worte.

Am liebsten würde ich ihn von mir stoßen. War es ein Fehler, ihm Bescheid zu geben? »Was?«, frage ich schließlich aus dem Gedanken heraus. »Irgendwie dachte ich, dass es dir vielleicht wichtig ist, zu wissen, dass er aufgetaucht ist.« *Wichtig* ist das falsche Wort, aber etwas Besseres fällt mir in diesem Moment nicht ein.

»Wichtig wäre es mir, dass der Typ überhaupt nicht mehr auftaucht«, sagt Aiden bissig.

Für einen kurzen Augenblick will ich etwas Biestig-Abweisendes erwidern. Dann atme ich tief durch. »Okay, pass auf. Ich kann mir vorstellen, dass es nicht deine Wunschvorstellung ist, dass ausgerechnet er uns nochmal begegnet. Glaub mir, das geht mir ähnlich. Aber ihm geht es nicht gut, also was soll ich machen?«

»Ihn vor die Tür setzen? Die Polizei holen? Ich hätte eine Menge Vorschläge für dich.

Stella, es ist ein Wunder, dass wir aus seinem Haus entkommen sind! Bereits in dem Hotel hätte unser erster Weg der zur Polizei sein sollen.«

»Ach ja? Und warum bist du dann nicht gegangen? Zur Polizei«, schiebe ich stockend hinterher.

»Weil ich nicht weiß, wie weit die Verbindungen des Typen reichen. Und ich hatte mit Sicherheit nicht die Absicht, erneut in seinem Bunker zu landen.

Ich werde es nicht erneut versäumen, ihn dorthin zu bringen, wo er hingehört.«

Ich verdrehe die Augen. »Lass mich die Sache einfach aussitzen. Er schläft, wird nüchtern und dann setzen wir ihn vor die Tür.«

»Nein«, erwidert Aiden schlicht.

Er dreht sich um, geht an mir vorbei und öffnet die Tür zu meinem Wohnzimmer.

»Aiden!«, rufe ich leise.

»Nicht dein Ernst«, knurrt er. Dabei bleibt er in der Schwelle stehen. Mein Puls schießt in die Höhe. Sämtliche Szenarien spielen sich vor meinem inneren Auge ab. Jedes ist verrückter als das andere.

Andererseits, es ist Silver.

Schnell laufe ich zu Aiden.

»Du gehst jetzt«, sagt Aiden in dem Moment, als ich neben ihn trete. Ich starre mit rasendem Herzschlag an ihm vorbei in das Zimmer. Silver sitzt auf dem Sofa. Er hat die Beine übereinandergeschlagen, sich aufgerichtet und sieht mich geradewegs an.

»Ich gehe, wenn Stella will, dass ich gehe.« Bei seinen Worten öffne ich die Lippen. Allerdings kommt kein Wort aus mir heraus. Silvers Blick ist freundlich. Beinah flehend. Auch wenn er vermutlich versucht neutral zu wirken.

»Und inzwischen musst du was tun? Fertig spielen? Wie ein Kind?«

Aiden deutet mit dem Kinn auf Silver. Erst in dem Moment fällt mir auf, dass er tatsächlich meinen Kontroller in den Händen hält. *Lag der auf dem Sofa?* Mein Blick geht wie von selbst zu dem Schrank unter meinem Fernseher. Ich erröte bei dem Gedanken, was er darin gefunden haben könnte, wenn er ihn denn durchsucht hat.

Ich habe ihn wie lange allein gelassen? Eine Stunde?

Stöhnend ziehe ich den Strohhalm aus der Capri Sonne und nehme einen tiefen Schluck. Insgeheim wünschte ich, es wäre Alkohol. Erst dann antworte ich. »Verdammt, ich dachte du schläfst?«

Meinen Einwand scheint keiner der beiden Männer groß zu beachten.

Silver zuckt lediglich mit den Schultern, pausiert die Runde Super Mario und wirft den Kontroller neben sich. Mein Herz macht einen kleinen Sprung, als dieser hüpfend an der Kante zum Liegen kommt. »Natürlich. Spiele können ... interessant sein. Mit den richtigen Spielsachen.« Er wirft mir einen vielsagenden Blick zu. Seine Stimme klingt leicht verwaschen, allerdings inzwischen deutlich besser. Ob das ein Gewinn ist, kann ich allerdings noch nicht sagen. Dieses Mal antworte ich nicht und trinke stattdessen. Es ist cin wenig kindisch, passt allerdings ausgezeichnet zu der Situation. Absurd und albern.

»Und die wären?« Aiden verschränkt die Arme vor der Brust.

»Ich zum Beispiel«, erwidert Silver grinsend.

Aiden schnaubt neben mir. »Und als nächstes lesen wir alle zusammen ein Buch und falten Servietten, oder was?«

Silver greift nach dem Buch auf dem Sofatisch und lässt sich damit nach hinten fallen. Ich erröte, als mein Blick auf das schwarze Cover fällt.

Mein Herz macht einen kurzen Sprung als er das Buch mit einer Hand in die Höhe hält. *Scheiße, die armen Seiten. Und das Cover erst ...*

»Das hier«, durchbricht er meine bedauernden Gedanken. »Sind keine Bücher, die der Unterhaltung von Frauen dienen.« Er wirft uns einen vielsagenden Blick zu. »Es sind fucking Anleitungen. Befolge sie und du wirst jede Frau zum Schreien bringen.«

Ich verdrehe mit hitzigen Wangen die Augen. »Du meinst zum Seufzen. Meinetwegen auch Stöhnen.«

»Nein.« Silver grinst mich breit an. »Frauen zum Stöhnen zu bringen, schafft vermutlich selbst er.« Dabei deutet er auf Aiden, der sich automatisch anspannt. »Ich will, dass du meinen Namen schreist, wenn du kommst, kleine Rose.«

Aiden knirscht mit den Zähnen und schlägt zu meiner Überraschung gegen die Türzarge. Ich schnappe nach Luft.

»Okay, das reicht.« Er geht mit großen Schritten in das Wohnzimmer und greift nach dem Buch.

Mein Herz setzt in dem Moment aus mindestens drei Gründen aus.

»Zweiter Tipp:«, sagt Silver erstaunlich klar, während er das Buch von Aiden weghält. »Frauen, die ihre Bücher mit dem Cover nach vorn aufreihen, stehen nicht darauf, wenn man die Dinger durch die Gegend wirft.« Er deutet vielsagend zu meinem kleinen, aber gut gefüllten Bücherregal. Eines, in welchem meine Lieblingsbücher säuberlich aufgereiht und nach Titel sortiert stehen.

»Verpiss dich«, ist Aidens einzige Antwort.

Endlich scheint mein Körper sich aus der Starre zu lösen. Ich schüttle den Kopf, gehe zu den beiden Männern, stelle mein Trinken auf den Tisch und nehme Silver das Buch ab. »Genau genommen stehen Frauen auch nicht darauf, wenn man ihre Bücher mit schwitzigen Fingern betatscht, die Seiten umknickt oder den Buchrücken durchbiegt.« Ich erschaudere. Meine volle Konzentration liegt auf dem Buch. Zumindest versuche ich es. *Ja, befassen wir uns mit dem Buch.* Nicht mit den zwei Alpha-Typen, die sich hassen und beide in meinem Wohnzimmer stehen. *Oder liegen.*

»Mein Fehler«, sagt Silver. Dabei klingt er meiner Meinung nach viel zu unbekümmert. Ich hatte gehofft, er würde schlafen. Oder sich die Seele aus dem Leib kotzen. Scheinbar geht es ihm erstaunlich gut …

Das Buch, rufe ich mich selbst zur Ordnung. *Konzentriere dich auf das Buch.* Schwer atmend gehe ich zu meinem Regal und suche bewusst lange nach seinem Platz. Genau genommen nach einem neuen. Es hat noch keinen, da ich es noch nicht gelesen habe. Aber auch das hat im Moment keine Priorität.

»Dein Fehler war es, wiederzukommen.« Bei Aidens Worten drehe ich mich um. Er hat die Hände zur Faust geballt. Die Vene auf seiner Stirn zuckt. Ich setze einen Schritt in seine Richtung, weiß allerdings nicht, was ich sagen soll.

»Fehler passieren.« Silver verschränkt die Arme unter dem Kopf und schließt die Augen. Das schlichte weiße Shirt, welches er trägt, spannt sich an seinen Armen. An seinen verdammt muskulösen Armen, die selbst durch die vielen Tätowierungen gut zur Geltung kommen. Ach, was denke ich da. Gerade deshalb wirkt er umso verlockender.

Ich erröte. *Verbotener*. Das war es, was ich denken wollte. Nein, *abstoßender*. Das ist das richtige Wort.

Beinah friedlich liegt er da. Verdammt, das hat er nicht verdient. Nicht, wenn er damit meine Welt dermaßen in Aufregung versetzt.

»Wenn du nicht sofort verschwindest, passieren eine Menge weiterer Fehler«, droht Aiden.

»Aiden«, sage ich automatisch. Er wirft mir einen knappen Blick zu, der mich verstummen lässt.

Silver richtet sich auf. Kurz sieht er von mir zu ihm. Schließlich wieder zu mir. Mit einer Hand greift er nach der Wasserflasche, die ich ihm bereitgestellt habe. Ich senke den Kopf, weil es mir unangenehm ist, von ihm angestarrt zu werden.

»Fehler? Welche Art von Fehlern? Die, die dich den Kopf kosten? Oder die, bei denen sie lediglich am Ende unbefriedigt unter dir liegt?« Er hebt abwehrend die Hand und lehnt sich an. Mit der Flasche deutet er auf mich. »Nein, warte, lass mich das korrigieren. Das Zweite ist schlimmer. Beim Ersten würdest du immerhin die Erwartungen von irgendjemandem erfüllen. Nämlich meine.

Wobei, so gesehen beim Zweiten auch.« Er schiebt ein kurzes, zufriedenes »Hm« hinterher.

Beinah im selben Moment in dem Aiden sich bewegt greife ich nach seinem Arm. Ich schüttle den Kopf, als er mich ansieht. Schwer schluckend sehe ich zu Silver. »Du scheinst nicht im Koma zu liegen. Also bist du auch in der Lage zu gehen.«

»Bin ich«, antwortet er gelassen. »Sicher, dass ich ihm nicht vorher noch ein paar Tipps geben soll? Ich kann euch auch ein bisschen was vorlesen, während er versucht dich zufriedenzustellen.«

»Silver ...« Was ist los mit dem Typen? Alles, was er sagt, ist super schräg und verwirrend. Gleichzeitig kann ich es nicht vor mir selbst verleugnen, dass mich seine Worte beschäftigen. *Scheiße, sagte ich, er wäre schräg? Ich bin es. Mit Sicherheit ich. Wen macht der Gedanke an, etwas mit seinem Freund zu machen, während ein anderer dabei zusieht? Das ist schräg. Wirklich schräg.*

Aiden reißt sich von mir los, packt Silver am Shirt und zieht ihn zu sich heran. Beziehungsweise, er beugt sich zu ihm herunter. »Letzte Warnung.«

»Bevor was? Du mich nach draußen bringst? Und dann? Kommst du zurück zu Stella und was? Kuschelst sie friedlich in den Schlaf?«

»Vielleicht«, hake ich ein. »Ist es genau das, was ich möchte.« Ein kurzes Lächeln erscheint auf Aidens Gesicht. Ich erschaudere. Meinen Herzschlag spüre ich inzwischen in meinem ganzen Körper wummern.

»Willst du nicht. Du willst hart gegen die Wand gefickt werden, bis du nicht mehr stehen kannst.«

»Das reicht«, kommentiert Aiden und zerrt an Silvers Shirt. Dieser richtet sich auf, hebt die Arme fragend in die Höhe und lässt sich von Aiden aus dem Bett ziehen.

Ein eigenartiges Pfeifen setzt in meinen Ohren ein. Silver geht an mir vorbei, besser gesagt: Wird von Aiden an mir vorbeigezerrt. Ich folge ihm mit dem Blick, erschaudere, als er meinen Körper streift. Überrascht schnappe ich nach Luft und senke die Lider. In dem Moment greift er mich an den Schultern, dreht mich herum und presst mich gegen die Wand. Ich stoße einen überraschten Laut aus und starre mit großen Augen zu ihm auf. Silver öffnet die Lippen. »Du ...« Genau in dem Moment wird er gepackt und zur Seite gerissen. Mit einem Lachen lässt er sich von Aiden zur Seite ziehen. »Und genau so solltest du sie anfassen.« Silver wiegt den Kopf. »Vielleicht ein wenig kontrollierter.«

Aiden schlägt mit der flachen Hand, begleitet von einem wütenden Aufschrei gegen die Wand. Ich zucke zusammen. »Ja, guter Ansatz«, kommentiert Silver gelassen. Aiden dreht sich herum, schwer atmend packt er Silver erneut am Shirt.

»Ich an deiner Stelle wäre jetzt ruhig. Ich bin freundlich, aber weder dumm noch so ein kleiner Wichser, der sich alles gefallen lässt.«

»Wie gut. Sie steht nicht auf kleine Wichser.« Grinsend hebt Silver die Augenbraue. Aiden öffnet den Mund, aber Silver schüttelt mahnend den Finger. »Aha. Warte einen Moment, bevor du etwas Dummes tust oder einen Fehler begehst.« Vielsagend sieht er ihn an. Ich stehe währenddessen wie erstarrt an der Wand. Meine Hand liegt auf meiner Brust. Ich habe die Luft angehalten, ohne dass es mir bewusst war. Schnappend atme ich ein. »Betrachten wir die Sache einmal aus einer nicht egoistischen Sicht.« Er zwinkert mir zu. »Vielleicht bin ich hier, um Stella endlich die Antworten zu geben, die sie verdient hat.«

»Sie verdient es, dass du dich verpisst.«

Silver macht eine wegwerfende Handbewegung. »Ein Vorschlag: Wir spielen. Wie Kinder«, fügt er an Aiden gewandt hinzu. »Und für jede Runde, in der du gewinnst, beantworte ich eine deiner Fragen.« Bei diesen Worten sieht er mich direkt an. »Jede Frage, Stella. Auch die, die dich so brennend interessieren. Die, die dich nachts wachhalten und dich nicht schlafen lassen. Die, die dafür sorgen, dass du mich nicht endgültig aus deinen Gedanken verdrängen kannst und die, die dich langsam von innen heraus auffressen.« Bei seinen Worten wird mir übel. Ich kralle die Hand zur Faust zusammen und atme schwer.

»Wer wärst du, ihr diese Antworten vorzuenthalten?«, raunt er Aiden leise entgegen.

Beide Männer starren mich still an. Und ich? Starre zurück. Währenddessen verschwimmen sie immer mehr vor meinem Sichtfeld. Mir wird übel. Ich muss mehrmals schlucken und komme mir vor, als wäre ich in einem Film.

Zwei Männer.

Sie sind da. Hier. Bei mir. *Meinetwegen?* Scheiße, das ist verrückt.

Ich sollte ihn rausschmeißen. Vielleicht sogar beide. Meine Gedanken sortieren und wieder klarkommen. Es war ein langer Weg bis hierhin und ein einziger Moment mit den beiden reicht, um mich völlig zu verunsichern. Ich spüre die altbekannte Panik in mir aufsteigen. Dabei dachte ich, dass ich es überwunden hätte. Mir ging es besser. Ich war stabil. Ich war in der Wirklichkeit. Keine Albträume, keine Fantasien, kein Realitätsverlust. Ich ...

»Stella?« Bei Aidens geknurrte Anrede schnappe ich hektisch nach Luft. Ich blinzle aufgeregt. Mit weit aufgerissenen Augen starre ich zu ihm auf und ringe verzweifelt nach Atem. Ich habe Angst. Tatsächliche Panik. *Wovor?* Vor allem. Vor den Antworten, die mir Silver verspricht.

Gleichzeitig auch davor, dass ich sie nie bekommen kann. Ich habe Angst, Aiden könnte gehen. Gleichzeitig fürchte ich, er würde bleiben.

Es fühlt sich an, als wäre sämtliche Luft aus meinen Lungen gewichen. Wie nach einem heftigen Aufprall.

Meine Ängste sind zurück. Meine lang verdrängte Unsicherheit hat mich mit einem Mal eingeholt. Ich kann nicht denken. Mein Körper reagiert von allein.

Luft holen. Mit einem schnappenden Geräusch öffne ich die Lippen. »Ich …«, stammle ich unsicher. *Ich was? Ich will, dass ihr geht? Ich will in den Arm genommen werden? Ich will mich wieder sicher fühlen? Das Gefühl, die Illusion von Sicherheit haben?*

»Ich bringe ihn raus.«

»Nein!« Hektisch blinzle ich. Ich kann nicht klar denken. *Silver muss gehen. Aber er darf nicht gehen. Nicht, nachdem er wiedergekommen ist.*

Aiden presst die Zähne fest aufeinander.

Mit einem Mal ist es, als würde ich neben mir stehen. Als gäbe es mich zweimal. Eine Version, die schreit, tobt und kreischt. Sie wirft alle heraus, weint und flucht. Und eine Version, die sich ihnen in die Arme wirft.

In Wirklichkeit mache ich nichts von beidem. Ich stehe da, starre Aiden an und durch ihn hindurch.

»Atme.« Silver taucht dicht neben mir auf. Aiden verspannt sich, aber ich hebe Halt suchend die Hand.

»Was hat sie?«, murmelt er leise und vermutlich mehr zu sich selbst.

Ja, was hat sie? Ist sie übergeschnappt? Dreht sie durch? Ja! Ja, zu allem. Ich habe das Gefühl den Verstand zu verlieren. Dabei war ich auf einem guten Weg. Oder nicht?

War ich nicht.

Es war eine Lüge.

Eine, die ich mir selbst ausgesucht und zusammengesponnen habe. Ich wollte okay sein. Und ja, es ist ein Anfang, aber noch lange nicht das Ziel.

Am Rande bekomme ich mit, wie mich Silver in den Arm nehmen will. Mein Magen zieht sich zusammen und gleich nochmal, als Aiden ihn wegstößt.

»Setz sie auf das Sofa«, weist Silver ihn mit gleichgültiger Stimme an. Verdammt, warum macht er das? Wieso geht er nicht?

Aiden hebt mich hoch. Wie eine Puppe platziert er mich auf dem Sofa und sich selbst dicht daneben. Ich traue mich nicht zu reagieren. Ich habe panische Angst, etwas Falsches zu machen. *Wird er gehen, wenn ich etwas Falsches sage? Er ist ruhig. Aber nur, weil ich völlig neben mir stehe. Was wird als nächstes passieren? Wann wird er die Geduld verlieren und mich verlassen?*

Überrascht sehe ich auf, als mir Silver den Kontroller in die Hand drückt.

»Was auch immer sie braucht, ein dummes Computerspiel ist es nicht.« Aiden klingt verbissen. Ist das der Punkt, an dem es ihm zu viel wird?

»Was sie braucht, ist, dass du sie normal behandelst und nicht in der dritten Person über sie redest.« Silver lässt sich neben mich fallen. Ich werde zwischen den beiden Männern zusammengequetscht. Silver packt mein Kinn. Ich schnappe nach Luft und sehe ihn panisch an. »Und was du brauchst, ist, dass die Leute aufhören dich zu bemuttern. Komm klar und schluck es runter.« Er wirft einen weiteren Kontroller über mich und direkt in Aidens Schoß. »Du willst, dass es Stella gut geht? Dann sorg dafür, dass sie die Antworten bekommt, die sie braucht, um weiterzumachen.«

Für einen kurzen Moment ist es still. Dann lacht er

völlig emotionslos. »Wenn du willst, dass es ihr gut geht, warum gibst du sie ihr nicht einfach. Ohne ein beschissenes Spiel?«

»Weil ich ein Wichser bin.« Silver schaltet seinen Kontrollor an und der Bildschirm erwacht aus dem Pausemodus. »Und wer hat gesagt, dass ich will, dass es ihr gut geht? Ich wollte sie schreien hören, wenn du dich erinnerst.« Silver schenkt Aiden über mich hinweg ein herablassendes Lachen. Aiden spannt seine Muskeln an, rührt sich allerdings nicht. Und ich? Sitze da und bin völlig perplex.

Ich weiß, was Silver macht. Er gibt mir Zeit und gleichzeitig Halt. Er lenkt mich ab und sorgt dafür, dass ich mich sortieren kann. Er gibt mir ein Ziel, auf das ich mich konzentrieren kann und macht es mir gleichzeitig nicht leicht, es zu erreichen. Er weckt mich auf, rüttelt mich wach und sorgt eigenartigerweise dafür, dass ich mich besser fühle.

Oder er ist tatsächlich ein Wichser und nichts von dem, was er macht, verfolgt einen tieferen Sinn.

Ich presse die Lippen aufeinander.

»Ein Gewinn, eine Frage.«

Nach Silvers Worten ist es ruhig. Mein Herz schlägt wie verrückt. Ich traue es mich kaum, aber schließlich bringe ich die Worte stockend hervor: »Und eine Antwort?«

»Genau, Stella.« Zögernd sehe ich auf. Ein Funkeln liegt in seinen Augen und dem sonst so gleichgültigem Gesicht. »Genau«, wiederholt er leise.

»Und wenn du gewinnst?«, frage ich räuspernd.

»Wenn du gewinnst, gehöre ich dir. Es wäre nur fair, wenn es andersherum genauso ist.«

Ich sehe ihn mit gerunzelter Stirn an. Aiden schnaubt inzwischen neben mir. Er hat die Hand auf meine Schulter gelegt und packt beinah schmerzhaft zu. »Nur über meine Leiche.«

»Das ließe sich einrichten«, sagt Silver gelangweilt. »Für jede Runde bekommst du eine Frage. Für einen einzigen, gesamten Sieg bekomme ich dich. Eine Nacht, in der du nur mir gehörst.«

»Einen gesamten Sieg?«, wiederhole ich und beiße mir zeitgleich auf die Zunge. Ich erinnere mich daran, wie er sagte, dass er es hasst, wenn ich mich wiederhole.

»Vier Rennen ergeben einen großen Sieg. Gewinne ich, gewinne ich dich.«

»Sie ist kein Blumentopf und auch keine Trophäe.« Aiden schlägt neben sich auf die Lehne. Ich zucke zusammen, kann meinen Blick allerdings nicht von Silver lösen.

»Natürlich ist sie das. Die Schönste von allen. Wie das Geweih, das im Jagdzimmer über der Tür hängt und die Medaille, die du zu jedem weiteren Spiel trägst.«

»Und was ist mein Gewinn? Dir in die Fresse schlagen zu können?«

»Das wäre ein recht kurzlebiger Gewinn«, gibt Silver zurück.

Ich starre von einem zum anderen und balle dann wieder die Hände in meinem Schoß. *Ich sollte eingreifen. Ich muss eingreifen. Nur was soll ich sagen? Was kann ich tun, damit keiner von ihnen geht? Ich brauche Aiden. Und ich brauche Silvers Antworten. Ich brauche ... sie beide.*

Bei diesem Gedanken erschaudere ich.

»Wie wäre es damit, dass du in den Bau einwanderst?«, fragt Aiden herausfordernd.

Silver ist für einen Moment still. »Das erscheint mir fair.« Abwartend streckt er die Hand über mir aus. Ich starre sie an. Genauso wie Aiden im Augenwinkel. Dieser ergreift die Hand schließlich zögernd, gibt ein trockenes

Lachen von sich und sagt: »Fair? Fair wäre es, wenn du so oder so in den Bau wanderst. Aber okay, du warst dumm genug, hierher zu kommen. Nicht sonderlich gut durchdacht, aber gut. Versuch dein Glück bei einem Kinderspiel.« Er spuckt die Worte beinah aus.

»Dumm ist es, mir eine Nacht mit deiner Frau zu versprechen.«

Ich erstarre. Genau wie Aiden. »Ich habe dir nichts versprochen.«

Silver verzieht abwägend das Gesicht. Wie, als hätten sie sich verbrannt, lassen sie in dem Moment den jeweils anderen frei. »Und ich habe lediglich um eine Nacht gebeten. Nicht darum, dich in dieser zu ficken.«

»Das ist Schwachsinn!«, flucht Aiden.

»Lasst uns beginnen«, fahre ich atemlos dazwischen. »Ich will Antworten und du, dass er verschwindet. Also lass uns beginnen.« Beinah rechne ich damit, dass Silver fragt, wo er in dieser Rechnung bleibt.

Er macht es nicht.

Stattdessen schaltet er das Spiel ein und navigiert durch das Menü.

Wie immer wähle ich sofort Daisy. Mit einem knappen Blick stelle ich fest, dass Aiden Waluigi und Silver König Buu Huu genommen haben. Beinah muss ich lachen. Es ist so absurd. *Ein Kinderspiel,* damit hat Aiden nicht ganz recht, aber weit davon entfernt ist es auch nicht.

Wir sitzen auf meinem Sofa, Silver auf dem Boden, und spielen Mario Kart. Mit dem Typen, bei dem ich gehofft habe, er würde mich heute um Mitternacht, wenn das neue Jahr startet, bitten, seine Freundin zu sein. Dem grusligen Mörder, der aus heiterem Himmel aufgetaucht ist, und ich.

Das klingt ... verrückt.

Und ich will nicht einmal wissen, wie oft ich dieses

Wort in den letzten Wochen gedacht habe. Ich würde wetten, 100x öfter als zuvor.

»Bevor wir anfangen, solltest du dir vielleicht noch überlegen, wo deine Prioritäten liegen, mein Freund.« Bei Silvers Worten atme ich schwer ein.

»Mach den Rotz an, damit wir bald fertig sind.«

»Klar, dann überlassen wir die Entscheidung zwischen deinem Stolz und dem, was Stella wichtig ist, wohl dem Schicksal.« Mit diesen Worten und einem Grinsen drückt er auf Start.

Noch während die Ampel herunterzählt, konzentriere ich mich auf die Strecke.

Bergbescherung.

Ich habe meine halbe Jugend mit diesem Spiel verbracht und auch wenn diese Strecke noch recht neu ist, kenne ich sie auswendig. Ich werde gewinnen. *Und danach?* Das sehen wir, wenn es so weit ist. Ich kann nicht alle Schlachten gleichzeitig schlagen. Erst recht nicht, wenn ein Großteil davon in meinem Kopf stattfindet.

Als ich wenige Minuten später durch das Ziel fahre, atme ich schwer. Noch nie in meinem Leben habe ich einen dermaßen großen Adrenalinkick verspürt, während ich auf meinem Scheiß Sofa saß.

»Du ...«

»War der Typ derjenige, der mich entführt hat?«, unterbreche ich Silvers arroganten Anfang schlagartig. Ich drehe mich zu ihm um. Mein Herz pumpt wie verrückt. Er legt den Kopf schräg, sieht mich ein paar Sekunden an und schüttelt schließlich den Kopf. »Nein«, antwortet er schlicht.

Hektisch atme ich ein. »Was?«, stottere ich. *Es war mir klar. Ich wusste es. Nein, ich wusste es nicht, aber ich habe es vermutet.*

Fuck.

Und jetzt? Was bedeutet das? »Was?«, wiederhole ich.

»Das waren schon drei Fragen. Eine richtige und zwei Versuche. Das kann ich nicht gelten lassen.«

»Er war der Typ, der deine Mutter umgebracht hat. Er hat ... er hat mich entführt und schlimme Dinge getan. Oder?« Ich klinge verzweifelt. Ja, so fühle ich mich auch.

»Hör verdammt nochmal endlich auf, alles zu glauben, was dir dieser Typ erzählt. Es sind fucking Lügen. Alles, was aus seinem Mund kommt, sind Lügen.«

»Nicht alles«, sagt Silver vage. Er deutet auf den Bildschirm. »Nächste Runde?«, fragt er übertrieben freundlich.

»Los«, knurre ich leise. Inzwischen klopft mein Herz wie verrückt. Er ist ein Mörder. Aber das Schlimmste ist, dass ich das die ganze Zeit über wusste. Ich dachte nur, dass es okay wäre, weil er einen noch schlimmeren Menschen umgebracht hat.

Nein, korrigiere ich mich selbst.

Ich habe nicht einmal darüber nachgedacht. Stattdessen habe ich jeden Gedanken daran verdrängt und mich auf mich konzentriert. *Und auf belanglose Dinge, wie die Typen, die sich für mich interessieren könnten.*

Verbissen starte ich viel zu spät in die nächste Runde und sehe Silver dabei zu, wie er gewinnt.

Keine Sekunde warte ich darauf, dass er mich aufzieht, sondern starte sofort die nächste Runde.

Direkt im Anschluss – und damit nach meinem Gewinn – drehe ich mich schwer atmend zu Silver. Aiden blende ich in dem Moment vollständig aus. »Wer war er?«

»David Allestor. Ein Banker aus dem mittleren Osten der USA, aber ich nehme an, dass ist nicht, was du wissen willst?« Silver beugt sich zu mir herüber. Mit verengtem Blick sehe ich ihn an. Voller Abscheu würde ich am liebsten von ihm wegrutschen. Ich mache es nicht. Weil ich nicht schwach wirken will. Und weil ich darauf warte, dass er antwortet.

»Er war unschuldig.«

Mein Herz setzt aus.

»Irgendein Typ von der Straße.«

Ich kann nicht atmen. Ich kann nicht denken. Ich kann mich nicht bewegen.

»Er hatte nicht verdient, was ich ihm angetan habe.« Silver sieht mir tief in die Augen. Ich habe das Gefühl, in dem Blau zu ertrinken, während eine kalte Welle nach der anderen über meinen Körper läuft. »Wollen wir fortfahren?« Es dauert ein paar Sekunden, bevor ich mich aus der Trance befreien kann.

Irritiert schüttle ich den Kopf. Bevor ich mich auf die nächste Piste konzentrieren kann, steht Silver auf, geht in die Küche, holt zwei Gläser und eine Flasche Schnaps. Beide füllt er großzügig. Wohlgemerkt normal große Saftgläser. »Du hast genug«, sage ich tonlos. Dabei kann ich ihn kaum ansehen.

»Deshalb ist das für euch.« Er stellt die beiden Gläser vor Aiden und mich auf den Tisch. Genau wie ich betrachtet er es lediglich, rührt es allerdings nicht an. Dann sehe ich zu Silver. Verschwörerisch grinst er mich an. Keine Ahnung, warum er den Alkohol geholt hat. Ich kann nichts von dem, was er macht, einschätzen. Mir läuft ein Schauer über den Rücken. Dieser Typ ist nicht der charmante Mann, der mich um den Finger gewickelt und verführt hat. Er ist ... ich habe keine Ahnung, was er ist, aber er ist nicht er selbst.

Seine Art macht es mir leichter ihn zu hassen und als das zu sehen, was er wirklich ist. Alles zuvor war eine schöne Fassade. Mehr nicht. Er ist ein Blender. Ein Schauspieler, der ein kurzes Stück gespielt hat.

Nur fuck, *warum fühlt es sich nicht so an?*

Silver benimmt sich daneben.

Er ist kindisch und gleichzeitig grausam. Beides auf keine gute Art. Wenn es denn überhaupt eine gute Art davon gibt. Und trotzdem habe ich in diesem Moment das Gefühl, ihn so zu sehen, wie er wirklich ist.

Verletzlich.

Ich erschaudere.

Bisher habe ich vieles in ihm gesehen, aber nie eine schwache Seite. Er hat sich mir nie ausgeliefert oder ein Stück Kontrolle aufgegeben. Die Momente, in denen er sich geöffnet hat und ehrlich zu mir war, selbst die haben sich falsch und kalt angefühlt. *Wie eine Maske.*

Jetzt ist es, als hätte er diese abgelegt.

»Du solltest dich auf das Spiel konzentrieren, kleine Rose«, raunt er mir entgegen. Dabei sehe ich in seine Augen, die so leer und gleichzeitig voller Emotionen scheinen. Es ist, als würde alles was ihn ausmacht, direkt dahinter liegen und nur darauf warten, von mir befreit zu werden.

Der Gedanke überfordert mich. Ich schnappe nach Luft, werfe den Kontroller zur Seite und stehe auf. Mit den Fingern fahre ich mir durch die Haare und versuche mich für einen Moment zu sammeln.

Aiden unterbricht mich darin. »Stella?«

»Ja, Stella. Sag uns, was du willst. Vielleicht können wir dir weiterhelfen.« Ich hasse es. Seine Stimme, seine Worte, ihn. Ich hasse einfach alles an ihm. Es macht mich so wütend, dass er mich derart durcheinanderbringt. *Wieso?* Er ist irgendein Typ. Niemand, der sich besonders viel aus mir macht, geschweige denn, der mir etwas bedeutet. *Der mir etwas bedeuten sollte.*

Aufgebracht aufgrund meiner eigenen Irritation schüttle ich den Kopf. »Verdammt! Was ich will, ist einen schönen Abend – ein schönes Leben, besser gesagt – mit meinem Freund verbringen. Nicht mit dir!«

»Dein Freund? Du meinst sicher deinen Verlobten?«

Hitze steigt mir in die Wangen. Allerdings nicht vor Verlegenheit. Die kleine Lüge ist mir egal. Inzwischen ist eine gigantische Wut in meinem Inneren angestiegen. »Weißt du was? Die Spielchen enden hier. Sag, was du zu sagen hast und dann verschwinde.«

Siehst du, was wir angerichtet haben?
Es wird unser gemeinsamer Untergang sein, wenn wir
nichts dagegen unternehmen. Nur was soll ich tun?
Dich gehen lassen?
Allein der Gedanke daran schmerzt. Aber vielleicht macht
es das umso richtiger.

KAPITEL 28

Silver

Du willst wissen welches Spiel ich spiele? Ja, würfle nochmal, geh über Los und frage jemand anderen.

Ich kann es dir bedauerlicherweise selbst nicht sagen.

Vermutlich gleiche ich einem Wrack. Ich habe jegliche Kontrolle verloren. Da stellt sich mir die Frage, ob ich sie jemals besessen habe. Kann man etwas vollständig kontrollieren? Nicht nur eine Kleinigkeit, sondern sein ganzes Leben? Sein Umfeld? Die Menschen, die einem begegnen? Oder ist Kontrolle nur eine Illusion?

Wie dem auch sei.

Ich habe sie abgegeben, weißt du? Für dich habe ich jeglichen Überblick verloren und losgelassen. Vermutlich will ich sehen, was passiert.

Fühlt es sich für dich genauso an, wie für mich?

Es ist aufregend, oder? Etwas Neues.

Bei diesem Gedanken schmunzle ich, Stella. Ich schmunzle. Nicht aus Berechnung oder weil ich denke, dass es in der Situation gesellschaftlich erwartet wird. Ich schmunzle, weil ich es will. Verrückt. Aber lass mich kurz zu dem Grund dafür zurückkommen: Unsere Premiere.

Eine von vielen.

Wieso gibt es so viele neue Dinge, die wir gemeinsam erleben?

Habe ich diese zuvor ignoriert? Oder nicht wahrgenommen?

Wie kann es sein, dass so vieles mit dir neu ist?

War ich vorher emotional distanziert? Ja, mit Sicherheit. Aber wieso gerade jetzt? Wieso? Diese Frage stelle ich mir seit einer ganzen Weile. Es hat sich nichts geändert. Mein Leben ist gleichgeblieben. Bis auf dich. Du bist die einzige Variable darin.

Die Frage ist, wie ich damit umgehen soll?

Soll ich mich darauf einlassen?

Soll ich mich fernhalten?

Soll ich dich aus der Gleichung nehmen?

Oder mit mir ins Verderben reißen?

So viele Möglichkeiten, aber nur eine, die unaufhaltsam in meinem Schädel pocht und meinen ganzen Körper zum Pulsieren bringt.

Vielleicht habe ich die Entscheidung längst getroffen.

Ich werde dich mit mir ziehen. Ob hinter der Klippe ein Abgrund oder das süße Paradies wartet, kann ich dir nicht sagen.

Wir werden es wohl gemeinsam herausfinden.

Die einzige Frage, die sich mir dann noch stellt, ist, was aus deinem kleinen Freund werden wird?

Sollen wir ihn mit uns herabziehen?

Das hat er vermutlich nicht verdient.

Die Sache ist nur die: Mir ist es vollkommen gleichgültig, was aus ihm wird. Du interessierst mich. Nicht er. Für mich spielt nur eine Rolle, was gut für dich ist.

Also sag mir Stella, ist er gut für dich? Gut genug, um ihn an deiner Seite zu akzeptieren?

Vermutlich kannst du mir diese Frage nicht beantworten. Also werde ich mir selbst eine Antwort darauf geben müssen. Kopf oder Zahl. Er verliert, ich gewinne?

Vielleicht.

Vielleicht sind wir aber auch beide Narren.

»Hallo?« Auffordernd sieht mich Stella an. Ich reibe mit dem Daumen gedankenversunken über meine Lippe. Schließlich hebe ich den Blick und sehe direkt in Stellas Augen. *Keine Sorge, kleine Rose. Du hast meine Aufmerksamkeit.*

Sogar mein ungeteiltes Interesse.

Weißt du, was ich mir überlegt habe?

Lass uns reinen Tisch machen. Ich leg die Karten vor mich ausgebreitet hin und schaue, welche du nehmen wirst. Ich bin gespannt, du auch?

Was dein Freund in dem Spiel machen wird, kann ich noch nicht einschätzen.

Aber irgendwie macht genau das den Reiz aus. Nicht zu wissen, was als nächstes passieren wird, ist aufregend, findest du nicht? Vielleicht ist genau dieses neue Gefühl der Grund dafür, dass ich euch beiden noch nicht die Kehle der Länge nach aufgeschnitten habe.

Aber die Sache ist die: Das, was ich dir damals gesagt habe, stimmt. Ich bin kein Mensch für halbe Sachen und das hier zieht sich schon viel zu lange hin. Deshalb werden wir das zwischen uns heute zum Ende bringen. Welches ist mir beinah gleich. Aber ich will eine Reaktion erzwingen. Eine endgültige. Ich reiche dir die Hand für eine Lösung, mit der wir alle leben können. Die Betonung liegt dabei auf Leben.

In der anderen Lösung werde nur ich leben.

Wie es mir damit geht, werde ich hinterher wissen.

Das klingt nach einem Risiko?

Ganz genau.

Aber was soll´s?

Je höher der Einsatz, desto reizvoller das Spiel. Und ich liebe es zu spielen.

Langsam richte ich mich auf, gehe einen Schritt auf Stella zu und packe ihr Gesicht mit beiden Händen. Ich bemerke im Augenwinkel, wie sich Aiden ebenfalls erhebt. Zu meiner Zufriedenheit wirft Stella ihm einen knappen Blick zu, der tatsächlich dafür sorgt, dass er innehält.

Dadurch lässt sich das Grinsen auf meinen Lippen nicht verbergen. »Den hast du dir aber gut erzogen«, stichele ich. Stellas Puls rast unter meinen Fingern. Ihre Wangen sind gerötet und ihre Augen zucken hektisch hin und her. »Sprich oder geh.«

»Du willst die Wahrheit hören? Gut.« Bei meinen Worten will sie sich zurücklehnen, aber ich halte ihr Gesicht weiterhin fest in meinem Griff.

»Du weißt, wer ich bin.« Sie schüttelt den Kopf, weshalb ich etwas stärker zugreife. »Du weißt es, auch wenn du es verleugnest. Aber okay, beginnen wir am Anfang. Mein Name ist Sila Valerij Ivanov. Ich komme aus Kasaschtan und bin mit 11 Jahren nach Amerika gezogen.« Ich mache eine kurze Pause und lecke mir über die rauen Lippen. *Mein Name. Ich habe dir meinen Namen genannt. Eigentlich keine große Sache, oder? Für mich schon.*

Nicht nur, weil ich das schon ewig nicht mehr getan habe, sondern auch, weil ich damit eine Entscheidung über dein Leben getroffen habe. Entweder wirst du am Ende des Abends für immer an meiner Seite oder für immer still sein.

»Der Mann, der dich entführt hat, war ein Partner von meinem Vater. Ein skrupelloser Wichser, der Frauen vergewaltigt und Kinder verkauft hat.« Stella schnappt nach Luft. Vermutlich liegt ihr etwas in Richtung: Das kann nicht sein, auf der Zunge. Kann es und ist es. »Er kommt damit durch, weil er die richtigen Leute kennt. Korrigiere.

Kannte. Wie die meisten Menschen ist er am Ende zu nachlässig geworden. Hat die falschen Entscheidungen getroffen und darauf vertraut, dass seine Söhne auf seiner Seite stehen werden.« Für einen kurzen Moment stocke ich in meinen Worten. *Bin ich an demselben Punkt? Bin ich genauso naiv und nachlässig wie er und auch mein Vater zuvor? Vertraue ich dir zu viel? Mit Sicherheit sogar. Und trotzdem bin ich nicht ganz so nachlässig, wie es den Anschein macht.*

Ich habe jeden eurer Schritte überwacht. Alles, was ihr getan habt, habe ich gesehen. Ich habe nicht darauf vertraut, dass dein Freund dichthält und einen Kontakt bei der Polizei informiert. Und trotzdem höre ich nicht auf zu sprechen.

»Letzten Endes ist er in einem kleinen Spektakel gestorben. Ein letzter Akt, in dem du eine seiner Puppen warst. Warum er dich ausgesucht hat, kann ich nicht sagen. Vermutlich warst du sprichwörtlich zur falschen Zeit am falschen Ort. Er hat dich in seine Villa gebracht, an einen Stuhl gekettet und dir die Kehle aufgeschnitten. Warum du nicht gestorben bist, kann ich dir ebenfalls nicht sagen. Du bist ihm entkommen, wenn auch nicht den Bildern in deinem Kopf. Hättest du es an dieser Stelle gut sein lassen, hätten sich unsere Wege nie gekreuzt, kleine Stella. Aber das hast du nicht. Du hast nach ihm gesucht, nach dem, was dir passiert ist. Du wolltest dich so unbedingt erinnern, dass du lachend in die Gefahr hineingerannt bist. Was hast du dir gedacht? Ich suche auf eigene Faust nach einem Mörder? Du kannst froh sein, dass nicht er es war, den du gefunden hast.« Feuchte Tränen treffen meine Finger. Sie laufen an Stellas Wangen herab. Ich wische mit dem Daumen darüber und schenke ihr ein verbissenes Lächeln.

»Diese Show hat er nicht für dich veranstaltet, sondern für seine Tochter. Vermutlich sollte es eine Machtdemonstration werden, die aufgrund dessen, dass er weich geworden ist, schief ging. Das Ergebnis bleibt dasselbe. Er ist tot und du am Leben. Mit deiner Suche hast du einen meiner Verbündeten auf dich aufmerksam gemacht. Ich habe ihm versprochen, mich um dich zu kümmern. Schließlich mag niemand Schnüffler. Ist es nicht ironisch? So wenig hat ausgereicht, damit wir uns treffen.«

Für einen kurzen Moment bin ich still und hänge meinen Gedanken nach. Als ich den Blick hebe, sehe ich direkt in Aidens Gesicht. Argwöhnisch runzle ich die Stirn. Er sieht ... schuldig aus? *Wieso? Warum empfindet er Schuld? Welchen Anteil hat er an deiner Geschichte, Stella?*

»Warum«, haucht sie leise.

Natürlich weiß ich, was sie wissen will. *Warum sie? Warum ich? Wieso habe ich es nicht gut sein lassen?* Ich konzentriere mich erneut auf Stella. »Die Wahrheit ist, dass ich den Reiz liebe. Ich will keine einfache Frau, kein devotes Püppchen und erst recht keine bezahlte Nutte. Du warst reizvoll, auch wenn ich mir das nicht sofort eingestehen wollte.

Ich hätte dich kennenlernen können. Ehrlich um dich kämpfen können. Aber das ist nicht meine Art, Stella.

Ich sage dir, euch, besser gesagt, etwas ganz Wichtiges: Es ist okay anders zu sein. Und es ist auch okay, Fehler zu begehen.

Es war ein Fehler dich anzulügen. Dich mit mir zu nehmen war keiner.« Stella steht derweil wie versteinert vor mir. »Es war ein Fehler, einen Unschuldigen zu töten und es war ein Fehler, dich wegzuschicken. Vielleicht war es ein Fehler, mich dir anzuvertrauen. Das werden wir nachher wissen.

Wir alle wachsen mit einer gewissen Wertvorstellung auf. Meist geprägt durch unsere Eltern.

Lass mich raten, in deiner Vorstellung gab es einen braven Mann, einen guten Job, vielleicht ein paar Kinder?

In meiner Erziehung wurde auf andere Dinge Wert gelegt. Die Sache ist nur die, dass du selbst herausfinden musst, was dein Weg ist. Und ja, wir alle bezahlen irgendwann für unsere Sünden, bereuen unsere Entscheidungen und sühnen für unsere Fehler. Aber bis dahin leben wir.

Und zwar nur ein einziges Mal.

Daraus sollten wir das Beste machen.«

Ich räuspere mich. Weiterhin laufen die Tränen unaufhaltsam an Stellas Wangen herab. Sie gibt ein leises Schniefen von sich. Ein paar Mal atme ich tief durch.

Dann beschließe ich endlich aufs Ganze zu gehen.

Noch ehe ich ein weiteres Wort sagen kann, reißt sie sich mit einem frustrierten Schrei von mir los. Hektisch sieht sie sich um und stolpert dann aus dem Raum heraus. Ich brauche nur eine Sekunde, um mich aus meiner Starre zu lösen. Dann folge ich ihr in normalem Tempo. *Ich habe dich überfordert, Stella. Es ist meine Schuld, dass du die Fassung verlierst. Das war zu viel, zu schnell und zu durcheinander. Du musst dich sortieren, das verstehe ich. Ich will dir dabei helfen.*

Ich muss mich beherrschen und die Kontrolle zurückbekommen. *Erwachsene Männer rennen nicht. Es wirkt unbeholfen, nervös und unsicher. Nichts davon ist etwas, mit dem ich mich identifizieren will. Es ist nichts, mit dem ich mich einmal identifizieren konnte. Aber seit einer Weile weiß ich nichts mehr. Was will ich? Wer will ich sein? Scheiße, seit wann bin ich so unsicher?*

Mein Herz klopft. Auch etwas, das ich kaum glauben kann. Natürlich schlägt es immer. Aber ich kann mich nicht daran erinnern, jemals Herzrasen gehabt zu haben. Warum auch? Was nützt es mir. Es ist eine unnötige Reaktion meines Körpers auf äußere Bedingungen. Es macht mich angreifbarer und schwächer.

Wieso macht mein Körper so etwas? Wieso, Stella? Wieso diese ganzen wirren Reaktionen? Wieso bin ich so durcheinander? Was machst du nur mit mir? Ich öffne die Schlafzimmertür und laufe beinah in Stella hinein. Sie dreht sich schockiert um und steht mir unmittelbar gegenüber. Kurz bin ich überrumpelt. Dann sehe ich in Stellas geweitete und tränenverschleierte Augen. »Silver«, haucht sie überrascht.

»Geh rein«, antworte ich ruhig. Aiden ist uns nicht gefolgt. *Wieso? Weil er nicht will? Hat er genug? Oder ist er schon auf dem Weg zur Polizei? Ich weiß es nicht, aber ich werde mich später damit befassen. Zuerst muss ich dafür sorgen, dass wieder Klarheit in meinem Schädel herrscht. Wenn ich nicht denken kann, begehe ich Fehler. Ja, weitere Fehler. Vielleicht einen, der mich den Kopf kosten kann. Nicht nur mich. Es könnte alles zerstören, was ich mir aufgebaut habe. Meinen Clan, meine Familie, meine Freunde. Stella.*

Der letzte Gedanke hat den Schalter in meinem Inneren wieder umgelegt. Der unbeherrschte Teil verschwindet und die Kontrolle kehrt zurück. Ist es nicht eigenartig? Du bist eine einzelne Frau. Dein Tod sollte mir nichts bedeuten. Wir teilen nicht einmal dasselbe Blut und noch vor wenigen Stunden wollte ich selbst es tun.

Ich habe das Gefühl, alles zu verlieren, als würde mir das Leben entgleiten. Und kaum, dass ich darüber nachdenke, dass dir jemand anderes etwas antun könnte, scheint meine Welt stillzustehen. Und das, obwohl du der Grund für all das bist.

Stella schüttelt den Kopf, folgt allerdings gleichzeitig meinen Anweisungen. »Das endet hier«, fahre ich fort.

Kurz starre ich das schlichte Ding an, bevor ich mich endlich zu ihr herumdrehe. »Es ist vorbei«, flüstere ich leise.

Das muss es sein.

Wir beide brauchen diesen Abschluss, Stella.

Stella steht dicht vor mir. Ihre Wangen sind rot, ihre

Augen verquollen und ihr ganzer Körper bebt. Und trotzdem steht sie da, starrt mich an, als wäre ich eine verdammte Erscheinung.

Ich trete einen Schritt auf sie zu, schließe seufzend die Augen und lege meine Stirn an ihre.

»Ich wollte das alles nicht«, bringt sie stockend hervor und löst sich von mir. Sie geht einen knappen Meter zurück. Den Abstand betrachte ich müde.

Ich wusste es. Die ganze Zeit über habe ich es gewusst und versucht zu verdrängen. Alle meine Alarmglocken haben laut geschrillt. Und trotzdem wollte ich dir helfen. Weil ich dich als das kleine, unsichere und ängstliche Ding gesehen habe.

Derweil bist du nichts als eine Schlampe, die es verdient hat, im Dreck zu landen.

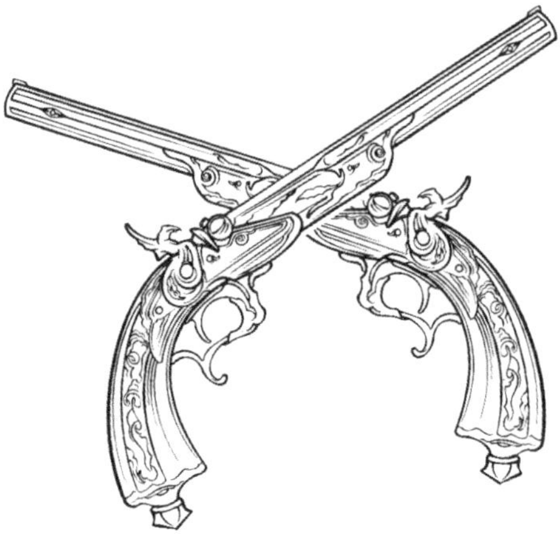

KAPITEL 29

Aiden

Langsam setze ich einen Fuß vor den anderen. *Rechts. Links. Rechts. Links.* Währenddessen atme ich schwer. Mein Herz klopft wie verrückt, während meine Hände schwitzig und kalt sind.

»Sag mir, wie wird das hier enden?«

Die Worte sind an mich gerichtet. Das spüre ich in seiner Tonlage.

Mit mir spricht er anders als mit ihr. Wenn er Stella anspricht, klingt jedes seiner Worte danach, als wolle er sie in Watte packen.

Ich verharre in der Türschwelle und starre die beiden an. »Werden wir sie uns teilen? Uns hin und wieder an die Gurgel gehen, aber für die Liebe den Hass besiegen?« Er sieht mich bei den Worten nicht einmal an. Mir rutscht ein dumpfes Lachen heraus. Gerade als ich die Lippen öffne, schnalzt er mit der Zunge. Wie ich dieses Geräusch hasse.

»Oder dachtest du, dass du sie für dich allein gewinnen kannst? Du kommst hierher, als der starke Mann, der du bist? Du erledigst mich, den Bösewicht und rennst mit einer Prinzessin über die Schulter geworfen davon?

Wenn du das wirklich glaubst, hast du vielleicht zu viel Zeit mit diesem Kinderspiel, wie du es richtig bezeichnet hast, verbracht.« Er verspottet mich. Herablassend sieht er mich an und betont jeden seiner billigen Vergleiche mit Absicht.

Ich hasse ihn. Ich verabscheue diesen Typen abgrundtief. Jedes einzelne Wort entzündet lediglich mehr Wut in meinem Inneren.

»Nein«, knurre ich leise.

»Nein? Was dann?«

Stella stößt ein Wimmern aus. Ich beachte es kaum.

Silver bleibt einen Moment ruhig, damit ich antworten kann. Allein aus diesem Grund würde ich am liebsten schweigen. Nicht er hat zu entscheiden, wann ich rede. Ich brauche weder sein Einverständnis noch, dass er darauf wartet. Obwohl mir bewusst ist, dass er lediglich mit mir spielt und er nur darauf wartet, dass ich anbeiße, kann ich die Worte nicht zurückhalten. »Denkst du wirklich, dass ich sie nach all dem Scheiß noch will? Denkst du, mir geht es um eine verfickte Hure, die sich jedem Typen an den Hals wirft? Denkst du, ich mache das hier ihretwegen? Deinetwegen?« Bei der letzten Frage sehe ich sie direkt an. Stella schüttelt stumm den Kopf.

Selbst jetzt bringt sie keinen Ton heraus.

Ich sehe, wie seine Kiefermuskeln zucken. Bewegt hat er sich nicht. Lediglich den Blick senkt er für einen kurzen Moment. »Wofür dann? Sag mir, warum bist du hier, Aiden?«

»Weil ich es satthabe, der Gute zu sein. Was bringt es mir, wenn ich trotzdem auf die Fresse fliege?«

»Also willst du dir ein Beispiel an mir nehmen und bist gekommen, um von mir zu lernen?« Der Spott trieft aus seinen Worten.

Mein Herz wummert wie verrückt. Ich balle die Hände zur Faust und versuche mich zu beherrschen.

»Mit Sicherheit nicht«, knurre ich leise.

»Was dann? Sag, ich verstehe deine Motive nicht recht. Erläutere sie mir gern, dann kann ich dir möglicherweise behilflich sein.«

»Aiden ...« Stellas Versuch ist lächerlich und eine Enttäuschung. *Aber was habe ich erwartet? Dass sie sich dieses Mal für mich entscheidet? Nicht für ihn?*

Woher kommt dieser Gedanke?

Ich will reden. Ich muss. Genau in diesem Moment muss ich die Worte loswerden, weil ich das Gefühl habe, sonst daran zu ersticken.

»Ich will Rache«, spucke ich ihm die Worte wie Gift entgegen. »In ihrer Version bin ich bereits zu dem Bösen geworden. Und das lange, bevor ich mich dazu entschieden habe, nicht länger der Version von einer Frau hinterherzurennen, die ich von ihr gehabt habe. Also was soll es?« Fragend hebe ich die Augenbrauen und zucke mit den Schultern. »Was bringt es mir, mich zurückzuziehen und mein Leben weiterzuleben? Was bringt es mir, zur Polizei zu gehen?«

»Die Frage ist eher, was bringt es dir, hierher zu kommen, mein Freund?«

Wut flackert vor meinem inneren Auge auf. Die Vene an meinem Hals beginnt beinah schmerzhaft zu pochen. »Ich will, dass du an deiner eigenen Scheiße zugrunde gehst. Ich will dir in die Augen sehen, wenn du verreckst.

Mir sollte es egal sein, was aus dir wird und ob du auf ewig im Knast verrottest.

Aber das ist es nicht.

Ich will, dass du leidest. Ich will, dass du dich wertlos

und allein fühlst. Eingesperrt, abgetrennt von der Außenwelt.«

Bei diesen Worten greife ich in die Innentasche meiner Jacke und ziehe die Waffe darin mit kalten, tauben Fingern hervor. Stella stößt einen überraschten Schrei aus. Silver, dieser Wichser, schiebt sie tatsächlich hinter sich. Beinah hätte ich gelacht.

Jetzt bin ich es, vor dem man beschützt werden muss. Ist das nicht ironisch? Er hat weit mehr getan als eine Waffe gezogen. Und trotzdem verkriechst du dich hinter ihm.

»So wie ich es mit dir getan habe?«, säuselt er. »Das ist es doch, oder nicht? Es passt dir nicht, dass du ein Ball in meinem Spiel warst.« Er hebt abwartend die Hand. »Nein, genau genommen nicht mal ein Ball. Eher das Netz, in welchem der Ball einmal gekauft wurde. Es ist noch immer da. Tief drin in der Trainingstasche. Kein Mensch braucht es. Keiner benutzt es. Aber trotzdem ist es immer dabei.« Er schnalzt leise mit der Zunge. Ich hasse ihn. Ich verabscheue ihn zutiefst. Jedes seiner Worte verursacht einen beinah unaufhaltsamen Drang, ihn sofort zu erschießen. »Das ist dein Schicksal, mein Freund.

Du bist die Person, die es in jeder Rolle versucht. Zuerst als die Hauptfigur. Aber schnell wird jedem bewusst, dass du nicht das Zeug dazu hast.

Dann probierst du es mit dem Sidekick, aber auch dem wirst du nicht gerecht.

Aus Mitleid schlägt man dir eine Nebenrolle vor und du denkst: Okay, warum nicht?« Er seufzt bedauernd. Meine Finger zittern vor Zorn, während ich die Waffe umklammert halte. Stella will etwas sagen. Sie öffnet die Lippen. Abwartend sehe ich sie an. Silver scheint es ebenfalls zu bemerken, doch er hebt die Hand und lässt sie nicht zu Wort kommen.

Und sie schweigt.

Natürlich schweigt sie, wenn er es befiehlt. Stattdessen spricht er weiter und sorgt mit jedem Wort dafür, dass ich mir vorstelle, wie er elendig vor meinen Augen verreckt.

»Aber auch dabei zeigt sich schnell, dass du nicht gut genug dafür bist.

Irgendwann, wenn alle Rollen vergeben sind, sich alle Paare gefunden haben und das Skript längst geschrieben ist, fragst du dich, wo dein Platz in dem Stück ist.

Du willst so unbedingt dabei sein, dass du alles dafür geben würdest. So sinnlos es auch erscheint.

Letzten Endes wird es nicht einmal dafür reichen, dass dein Name im Abspann erscheint. Lediglich deine Rolle als *Statist Nummer drei oder Bauarbeiter hinten links* wird angegeben.

Wenn du Glück hast.«

Seine Worte sollten mich nicht kümmern. Ich sage mir selbst, dass es keine Rolle spielt.

Natürlich ist es nicht so.

Es kotzt mich an, dass er bereits wieder das Steuer übernommen hat. Und noch mehr hasse ich es, wie recht er hat.

Seitdem ich meine Schwester verloren habe, kämpfe ich umso härter. Um absolut alles. Scheiß egal, was es ist, auch wenn es noch so unbedeutend erscheint, aber ich muss kämpfen. Weil ich sonst das Gefühl habe, erneut zu versagen.

Aber das ist nicht der Grund dafür, dass ich ihn reden lasse. Auch liegt es nicht daran, dass ich sein Geschwafel hören, oder meine eigenen Pläne in einem epischen Ende ausbreiten will. *Nein*. Ich sehe aus einem anderen Grund auf meine Armbanduhr. Mit einem Lächeln auf den Lippen und schließlich blicke ich schwer atmend zu ihm.

Er steht da. Starrt mich an, als würde er warten.

Worauf? Eine Einladung für den nächsten Spieleabend? Vermutlich eher darauf, ob ich ihm an die Gurgel gehe. Spoiler: Würde ich gern. Aber ich bin kein Idiot.

Deshalb warte ich.

So wie ich die ganze Zeit gewartet habe. Ich habe mitgespielt. In Amerika, in seinem Haus, sogar in dem Hotel. Aber ich habe mir etwas geschworen. Ich werde ihn nicht davonkommenlassen. Doch das bedeutet nicht, dass ich ein Idiot bin. Unter seiner Kontrolle stelle ich mich nicht gegen ihn. Aber hier, zu meinen Bedingungen? Da sieht die Sache anders aus.

»Bitte, können wir uns nicht einigen? Friedlich?« Stella starrt auf die Waffe. Automatisch schließe ich die Finger umso bestimmter darum. Ihr Körper bebt. Schweiß steht auf ihrer Stirn. Mein Lächeln wird noch eine Spur breiter. Ja, auch sie wird bald merken, was sie davon hat.

Erneut werfe ich einen ungeduldigen Blick auf meine Uhr.

Frustriert schnaube ich und beginne wie von selbst zu sprechen. *Noch ist Zeit.* »Ich war nie ein besonders boshafter Mensch. Geschweige denn rachsüchtig. War ich wirklich nicht. Wie oft habe ich gehört, dass ich zu gut bin für diese Welt?«, übergehe ich sie völlig.

Silver gibt ein amüsiertes Geräusch von sich. Hasserfüllt sehe ich auf. »Mit Sicherheit hast *du* das noch nie gehört.«

»Nein, weil ich mich nicht mit Lügnern umgebe.«

»Vielleicht liegt es eher daran, dass du niemand bist, dem man so etwas sagen würde.«

»Damit könntest du Recht haben«, stimmt er zu meiner Überraschung zu.

»Ja, das dachte ich mir.«

Er wiegt den Kopf abwägend hin und her. »Die Frage ist

nur, ob das noch jemand über dich behaupten würde. Was würden deine Freunde sagen, wenn sie wüssten, wie deine letzten Wochen aussahen?«

»Nachdem sie wüssten, dass ich alles für Stella getan habe, von einem perversen Schwein entführt und verschleppt wurde und trotzdem zu der Frau gehalten habe? Sie würden mich einen Dummkopf nennen. Das Problem ist nur, dass du mich einmal zu oft gefickt hast.«

»So war das nicht …«, setzt Stella an.

Der Hass brodelt in mir. Ich kann mich kaum beherrschen. Am liebsten würde ich diesem Typen den Hals umdrehen. Doch das ist nicht meine Art.

Aber was mache ich mir selbst vor?

Schließlich bin ich genau dafür hierher gekommen.

»Das ist eine interessante Perspektive.« Silver nickt gelassen. »Lass mich dir eine andere zeigen: Du bist dieser Frau nachgestiegen und hast sie schon bei eurem ersten Treffen bedrängt. Sie hat so unbedingt versucht dich loszuwerden, dass sie sogar vor dir davongelaufen ist. Aber das war nicht okay für dich, oder? Du konntest die Zurückweisung nicht ertragen.

Deshalb bist du sogar in eine psychiatrische Einrichtung eingebrochen.

Sag, ist sie nicht unmittelbar nach eurem Kennenlernen dort eingewiesen worden?«

»Sie hat definitiv eine Menge Probleme«, knurre ich leise und sehe zu ihr. Und sie? Starrt mich lediglich mit geöffneten Lippen an. Ohne einen Ton.

Tja, mit einem Mal ist sie nicht mehr so schnell dabei, jemanden zu verteidigen. Nicht, wenn es nicht um ihn geht. Ich bin nicht wie er. Daran muss ich mich immer wieder erinnern.

»Ja, aber gab es diese Probleme auch schon vor dir?

Wie auch immer.

Hat sie dir erzählt, dass dieses Treffen in dem Club nicht unser erstes war? Vermutlich nicht. Aber vielleicht hast du dir das bereits denken können.

Das hat für dich keine Rolle gespielt. Du musstest sie besitzen, auch wenn sie erneut vor dir geflohen ist.

Unmittelbar in meine Arme.

Aber das konntest du nicht akzeptieren. Schließlich hast du so hart um sie gekämpft.«

In einer kurzen Atempause fährt er sich mit den Fingerspitzen über seine widerliche Narbe im Gesicht. »Ach, und gefickt habe ich nur sie. Nicht dich, mein Freund.«

»Halt deine verlogene Fresse.« Solche Ausdrücke sind nicht meine Art. Aber für ihn fällt mir nichts anderes ein. Er ist Dreck. Widerlicher Dreck, dem ich eine Frau wie Stella gönnen würde. Die beiden sollten sich gegenseitig zerstören. Scheiße, nur zu gern würde ich dabei zusehen.

Aber was ich noch viel lieber möchte, ist, dass ich der Grund dafür bin. Ich will nicht abwarten und zusehen, wie sie es selbst erledigen. Ich will es tun. Jetzt.

»Ich könnte dir aufzählen, wer ich bin und dass der Scheiß, den du von dir gibst, nach dir klingt. Nicht nach mir. Aber jeder sieht lediglich das, was er von sich selbst kennt. Das ist es, was wir auch von anderen zuerst erwarten.

Aber es würde keine Rolle spielen. Weder ändert es etwas, noch würdest du es verstehen.

Das Problem ist nur, dass die letzten Wochen mich verändert haben. Tag um Tag habe ich mich immer mehr verloren. Beinah konnte ich dabei zusehen, wie ich meine Werte aufgegeben habe und ihr immer mehr zugestanden habe.

Okay, sie war traurig, also bin ich für sie da.

Sie war abwesend, also ziehe ich sie zurück in die Gegenwart.

Sie läuft vor mir davon, aber kein Problem. Ich verzeihe ihr. Schließlich weiß ich nicht, was sie bewegt. Vielleicht war es sogar meine Schuld? Wer weiß.

Mir geht es schlecht, weil ich entführt werde? Wie muss es ihr damit gehen? Mit Sicherheit ist sie überfordert, verletzt und verängstigt.

Scheiße, jede Ausrede dieser Welt hätte ich für sie erfunden.« Ich versuche die Verbitterung herunterzuschlucken, aber es gelingt mir nicht.

Dieser Typ schnaubt leise. Stella wimmert. Sie sackt auf dem Boden zusammen, schlingt die Arme um ihre Beine und versteckt ihr dreckiges, verlogenes Gesicht zwischen ihren Schenkeln. Gut so. Dann muss ich sie immerhin nicht weiter ansehen. Seine Gesichtszüge verändern sich dabei kaum. Weil er kalt ist. Wie ein Stein. Oder eine schmierige Schlange. Ich kann den Gedanken nicht verdrängen. Aber warum auch? Wieso soll ich meine Gefühle weiterhin zurückhalten? »Es interessiert sowieso niemanden«, sage ich aus dem Kontext gerissen in den Raum hinein.

»Sag, was hat es dir bedeutet, mit ihr zu schlafen? War sie dir wichtig? Diese eine besondere Person, für die man alles machen würde?« Wieder keine Regung. Ich beschließe mir die Antwort darauf selbst zu geben und nicke langsam. »Für mich war sie das nicht.« Trocken lache ich. »Klingt überraschend, wenn man bedenkt, was ich für sie getan habe. Besser gesagt, was ich für sie nicht getan habe. Schließlich hätte es mein erster Weg sein sollen, zu den verdammten Cops zu gehen und dich hinter Gitter zu bringen. Sie hat mich angefleht, weißt du?« Inzwischen bin ich beinah ruhig geworden. Ich bin noch weiter auf ihn zugegangen, sodass er nur wenige Meter vor mir steht. »Sie hat mich gebeten, es nicht zu tun. Für mich, so hat sie es mir verkauft. Ich würde mir damit keinen Gefallen tun, müsste mit der Sache abschließen.« Wieder lache ich. »Aber keine Sorge, für dich hat sie es ebenfalls nicht getan.

Stella interessiert sich lediglich für Stella.

Du gehst ihr genauso gepflegt am Arsch vorbei, wie ich.

Du dachtest, dass du die Fäden in der Hand hast? Du hast dich für so viel schlauer gehalten als den ganzen Rest. Dabei hast du zwei wichtige Tatsachen vergessen.« Ich sehe ihn an. Stella gibt ein dumpfes, verheult klingendes Würgen von sich, welches wir beide kaum beachten.

Sein arrogantes Grinsen, das gehobene Kinn, als könnte ihm niemand etwas anhaben. Er fühlt sich unbesiegbar. Wie ein verdammter Gott.

»Ich bin keine deiner fucking Puppen.« Die Finger meiner Hand zucken. Am liebsten würde ich zu ihm herüber gehen und ihm eine in die Fresse hauen.

»Aber für Stella bist du genauso wenig wert. Und dir das als letztes in deine verlogene Fresse sagen zu können, verschafft mir eine gewisse Befriedigung.

Also ja, eigentlich bin ich ein genauso großer Idiot wie du. Ich bin ein genauso großer Lügner. Vielleicht war ich schon so. Vielleicht auch nicht.

Vielleicht ist es das, was aus den guten Jungs wird. Sie finden eine Frau, die sie verdirbt.« Ich atme gepresst. Mein Blick auf Silver gerichtet. Jedes Detail nehme ich wahr. Seine angespannte Haltung, die in den Hosentaschen versenkten Hände. Sogar das kleine Zucken seines Mundwinkels.

Schließlich atme ich tief ein und senke für einen kurzen Moment den Blick. Ich wiege die Waffe in meiner Hand, noch immer auf ihn gerichtet. Im selben Moment verspannt sich Silvers Griff zweifelsohne um das Heft seines Messers. »Nur Idioten bringen ein Messer zu einer Schießerei mit«, murmle ich leise.

Dann hebe ich den Blick und sehe direkt in seine kalten, verlogenen Augen. »Ich habe dich von Anfang an für einen Idioten gehalten. Ich habe dich völlig richtig eingeschätzt. Du mich nicht. Das war dein einziger Fehler.« Diesen Satz betone ich besonders,

»Aiden? Was machst du da?« Mein Blick fällt auf Stella. Sie hat sich inzwischen aufgesetzt, die Hände an ihre Kehle gelegt und starrt mich mit großen Augen an.

»Ich bringe etwas in Ordnung«, sage ich leise. Ich halte die Waffe direkt auf Silver. Weder bin ich ein Anfänger noch naiv genug ihm zu vertrauen. »Als du mich eingesperrt hast und du, Stella, mich verlassen hast, um dich erneut von ihm ficken zu lassen, da habe ich mir etwas geschworen.

Ich will Rache.

Zuerst wollte ich nur dort herauskommen. Egal wohin und egal um welchen Preis. Aber irgendwann, da hatte ich ein anderes Ziel. Ich wollte, dass er ebenfalls in einer verdammten Zelle verrottet.«

Stella schnappt nach Luft. »Aiden, lass mich …«

»Erklären? Gehen? Worum auch immer du mich dieses Mal bittest, es ist mir egal.

Der einzige Grund, warum ich mich mit dir weiterhin abgegeben habe, war, weil ich wusste, dass er zu dir zurückkommen wird. Früher oder später.

Komm, sparen wir uns das Theater«, füge ich mit einem Schnauben hinzu. Stella gibt trotz meiner Worte ein Wimmern von sich. Silver hingegen bleibt still. Die Hand in seiner Tasche. »Dachtest du wirklich, dass ich dich noch will? Nachdem du dich wieder und wieder für ihn entschieden hast? Du hast mich schon lange verloren, Stella.

Dachtest du wirklich, dass dieser Abend anders endet? Wenn wir zusammen Spiele spielen und tun, als würden wir nicht über Mord und Entführung sprechen?

Ist dein Gehirn inzwischen so weich geworden, dass du nicht einmal begreifen kannst, worüber er spricht? Das ist kein Spiel, das ist kein Buch und kein Märchen. Seinetwegen sterben Menschen. Echte, gute Menschen.

Das Einzige, was sich durch diesen Abend geändert hat, ist, dass ich ihn nicht mehr in einer Zelle sehen will. Ich will, dass er stirbt. Ja, so einfach ist das. Ein Schuss. Ein Ende. Auch wenn ich ihn leiden sehen will, habe ich heute begriffen, wie krank er ist. Und wie krank du bist. Ihr beide verdient einander, aber diese Welt verdient es, dass ich sie von ihm befreie.« Sie hat sich aufgerappelt. Schwankend stützt sie sich an dem Pfosten ihres Bettes ab. Sie hat die Hand gehoben, schüttelt den Kopf. Tränen laufen an ihren Wangen herab. Ihre Schultern beben, sie schnieft und öffnet die Lippen. Ich komme ihr zuvor.

»Aber mit dir, mit dir habe ich etwas anderes vor. Wie sagt man so schön? Töte nicht den Boten? Er war mehr als der Bote. Aber du, du bist die wahre Schlange unter uns. Also ja, ich habe dich benutzt, Stella. Ich habe gewartet, bis er zu dir zurückgekommen ist. Ich hatte recht.«

Das ist es also.
Unser Endspiel.
Fühlst du die Ironie darin?

KAPITEL 30

Silver

Das kommt dabei heraus, wenn ich die Zügel lockere. Kaum, dass ich ein Stück meiner Kontrolle hergeben will, entgleitet uns die Situation. Wir sollten daraus lernen, Stella.

Ich gebe zu, dass das meine Schuld ist.

Ich bin zu weich geworden.

Nur meinetwegen konnte es so weit kommen. Du bist verletzt, verwirrt und bei Bewusstsein, während er kurz davor ist, einem von uns eine Kugel in den Schädel zu jagen. Auch das ist meine Schuld.

Früher wäre mir dieser Fehler nicht passiert.

Im Moment sieht es nicht danach aus, als würde irgendwer von uns ein Happy End bekommen, oder nicht?

Das Problem ist, dass auch das meine Schuld ist. Ich wusste, dass es darauf hinauslaufen wird, dass ich dich zerstöre. Und bis zu einem gewissen Teil hätte ich es geliebt. Ja, ich wollte es sogar. Ich wollte dabei zusehen, wie deine Welt zerbricht. Ich wollte die Tränen auf deinen hübschen Wangen sehen und das Blut auf deiner Haut.

Du wärst schöner gewesen als je zuvor, Stella.

Die Sache ist nur die: Ab einem gewissen Punkt – und ich weiß selbst nicht genau, wann dieser eingetreten ist – konnte ich es nicht mehr durchziehen.

Bis zuletzt habe ich darauf gehofft, dass du selbst die richtige Entscheidung triffst. Aber du bist hier. Bei mir. Und verdammt, dieser Umstand löst Gefühle in mir aus, die ich nicht fühlen sollte.

Sag, liegt es an mir, dass ich mich in letzter Zeit derart verkalkuliere?

Vermutlich lasse ich nach. Es ist meine Schuld und ich sehe nur ein Ende für uns. Denn sind wir einmal realistisch. Wir drei, wir haben uns in eine Situation begeben, aus der wir nicht mehr herauskommen. Jeder Zug wird einen Gegenzug auslösen und damit eine Reihe von Ereignissen lostreten.

Aber lass mich dir trotzdem eines sagen: Ich werde nicht zulassen, dass er dich tötet. Nenne es Liebe, Zuneigung oder was auch immer du willst. Ich nenne es Kontrolle. Ich habe bereits zu viel davon hergegeben. Ich habe sogar zugelassen, dass du zu ihm gehst. Mit ihm glücklich wirst.

Lächerlich, oder nicht?

Aber eines, das werde ich nicht zulassen.

Ich werde nicht zulassen, dass dich ein anderer als ich tötet.

Niemand vergreift sich an meinem Eigentum.

Niemand.

Es ist in Ordnung, wenn du stirbst. Vielleicht ist es sogar besser so. Aber wenn, dann habe ich allein die Kontrolle darüber.

KAPITEL 31

Stella

Mein Schädel dröhnt. Alles an meinem Körper fühlt sich so schwer an. Als wäre es zu viel, auch nur meine Arme zu heben. Stöhnend rapple ich mich auf und reibe über meine Schläfen. Blinzelnd öffne ich die Lider und lehne mich einen kurzen Moment zurück. Mein Nacken gibt ein ekliges Knacken von sich, was mich das Gesicht verziehen lässt.

Er hat eine Waffe in der Hand, die er erhoben hält. Der Lauf zielt direkt auf Silver.

»Aiden«, stoße ich panisch aus. Dieser dreht den Kopf knapp zu mir, verändert allerdings nichts an seiner Körperhaltung.

Aiden verzieht die Lippen. Ich stolpere ein paar Schritte nach vorn. Im Gehen fange ich Silvers warnenden Blick auf.

»Was soll ich denn tun?«

Aiden lacht trocken. Hektisch sehe ich hin und her. Dann konzentriere ich mich wieder auf ihn. »Aiden, nicht. Bitte.« Panisch hebe ich die Hände.

»Worum flehst du mich an? Sein Leben? Würdest du

das gleiche für mich tun?« Aiden dreht sich nicht vollständig zu mir herum.

»Ich mache das hier für dich! Schließlich hältst du eine Waffe in den Händen.« Meine Worte sind laut. Ich schreie, ohne dass ich es beabsichtig habe.

Aiden sieht an mir herab. Sein Blick bleibt an meinen Händen hängen. *Warum? Wieso starrt er mich an? Was denkt er?* Er nickt langsam. Vermutlich hält er mich für die letzte Heuchlerin. »Ich habe Fehler gemacht. Verdammt viele. Aber das ist kein Grund, dein ganzes Leben wegzuwerfen!«

»Du hast Fehler gemacht? Erzähl mir gern, was alles dein Fehler war.«

»Alles«, kreische ich panisch. Das Adrenalin schießt in meinen Körper. Meine Wangen scheinen beinah zu glühen.

Was hat er vor? Will er Silver erschießen?

Mich?

Oder sich selbst? Bei dem Gedanken wird mir übel.

»Woher hast du überhaupt die Waffe?« Dieser Satz kommt aus dem Nichts. Es spielt in dem Moment keine Rolle und trotzdem ist es das Einzige, was ich hervorbringe.

Aiden lacht enttäuscht. »Woher ich die Waffe habe? Das wüsstest du, wenn du dich für mich interessiert hättest. Aber in deiner Welt geht es immer nur um dich.«

Er klingt so anders. Nicht einfach nur verärgert, sondern wie ein völlig anderer Mensch. Ich erschaudere. »Du hast recht. Aber lass es mich wieder gut machen. Bitte. Das ist kein Grund ...« Ich unterbreche mich selbst. Statt weiter auf ihn einzureden, drängt eine andere Frage umso mehr hervor. »Aber wieso mit einem Mal?«

»Mit einem Mal, Stella? Hättest du einmal auf mich geachtet, anstatt nur auf dich, wäre dir längst bewusstgeworden, dass ich die Dinge etwas anders sehe.«

»Das weiß ich«, fauche ich zurück. »Aber du hast

versucht ihn rauszuschmeißen. Du wolltest ihn nie wieder sehen. Du hast ihn gepackt! Du wolltest ihn rausschmeißen! Du hast mir geholfen, als ich in Panik geraten bin! Du hast dich für mich eingesetzt, warst für mich da. Wieso das ganze Theater?« Zum Ende hin werden meine Worte immer leiser. Ich muss mich mehrmals räuspern, um überhaupt einen Ton herauszubringen.

»Weil jede gute Show von ein bisschen Drama lebt.« Silvers dumpfe Antwort auf meine Fragen überfordert mich kurzzeitig. »Was?«, frage ich irritiert.

»Siehst du Stella. Er hat es verstanden. Du noch nicht.«

»Dann erklär es mir.«

»Nein«, sagt er schlicht.

»Warum?«, frage ich mit verzweifeltem Unterton in der Stimme.

»Weil das hier kein Showdown in einem Film wird, in welchem ich dir die Chance gebe, mich aufzuhalten, während ich dir in aller Seelenruhe meinen Plan erkläre. Das hier wird ein kurzes Ding. Wobei, vielleicht nicht so kurz.

Denn jetzt bin ich es, der die Befehle erteilt.«

Aiden zieht etwas aus seiner Jackentasche, die er immer noch trägt. Irritiert starre ich auf die kleine Spritze in seiner Hand. »Was ist das?«, frage ich irritiert.

»Gift.« Aiden wiegt den Kopf. »Verzeihung, ein Gegengift.«

Ich höre, wie Silver geräuschvoll die Luft einsaugt.

Ich öffne ebenfalls nach Atem ringend die Lippen.

»Du hast dich selbst vergiftet?«, stammle ich sprachlos.

Silver stößt ein kurzes Schnauben aus.

Aiden ein dumpfes Lachen. »Du bist zu gefangen in der verdammten Prinzessinnenrolle. Es wird Zeit, dass du endlich aufwachst, Stella. Ich habe keine Ahnung, wer dich dermaßen in Watte gepackt hat oder wann du das bisschen Verstand, das du noch hattest, verloren hast.

Aber nein, mit Sicherheit bin ich nicht verzweifelt genug, um mich deinetwegen zu töten.«

Seine Worte sollten vermutlich Erleichterung in mir auslösen.

Stattdessen spüre ich das erneute Gefühl einer Zurückweisung.

Damit bestätige ich alle seine Worte. Er hat recht. Ich bin völlig verrückt und noch dazu komplett auf mich bezogen. Verbissen presse ich die Lippen aufeinander und fange Silvers Blick auf. Ein eigenartiger Ausdruck, den ich nicht definieren kann, liegt darin.

»Du hast Recht«, antworte ich deshalb erneut mit klopfendem Herzen. »Ich bereue es. Ich bereue es, wie ich mich verhalten habe und ich hasse mich selbst für die Entscheidungen, die ich getroffen habe.«

»Hör auf Stella.« Silvers überraschender Zwischenruf lässt mich den Kopf heben. »Selbst du kannst nicht so naiv sein.«

Fragend sehe ich ihn an. Was meinst du? Die Worte bleiben mir im Hals stecken. Silvers Blick ist ernst. Er sieht mich an und presst die Lippen aufeinander.

Dann blicke ich zurück zu Aiden. Er lächelt und dieses Lächeln beschert mir eine verdammte Gänsehaut. »Leg sie auf das Bett.«

Noch irritierter sehe ich ihn an. In dem Moment kommt Silver widerstrebend auf mich zu. »Hinlegen.«

»Sagte ich, du sollst ihr die Wahl überlassen?« Aidens Stimme nimmt einen boshaften Ton an. Perplex starre ich in Silvers eisige Augen. »Was …« In dem Moment packt er mich an der Hüfte und schleudert mich auf mein Bett.

»Ich sagte, du sollst dich hinlegen«, knurrt Silver leise.

»Ja, so gefällt mir das.« Aiden kommt einen Schritt auf uns zu. Ich richte mich sofort auf. Er gibt ein Schnalzen von sich und sofort presst mich Silver gegen die Matratze, indem er sich auf mich setzt.

»Was soll das?«, hauche ich ihm leise entgegen. *Was ist hier los? Aiden hat mich lediglich belogen? Er hat mich benutzt? Und Silver? Wieso ist er hier? Wieso hilft er ihm?* Ich bin völlig verwirrt und verstehe die Welt nicht mehr.

»Was willst du?«, faucht Silver.

Keiner von beiden nimmt mich wahr. Keiner geht auf meine Fragen ein. Als ich mich erneut aufrichten will, packt Silver meine Arme und drückt sie in die Bettwäsche.

»Ihr ein paar Schmerzen zufügen. Das ist es doch, was du gut kannst, oder nicht?« Aiden steht inzwischen neben uns. Nur einen guten Meter vom Bett entfernt. »Silver«, wimmere ich leise und versuche meine Hand zu befreien. Er verstärkt seinen Griff lediglich. Vor Schmerzen presse ich die Zähne zusammen.

»Was schwebt dir vor?«

Ich drehe den Kopf und fange Aidens Blick auf. Er sieht mich direkt an. Die Waffe in seinen Fingern zielt auf mein Gesicht. Mein Herz scheint in dem Moment stillzustehen. »Du willst doch, dass sich die ganze verdammte Welt nur um dich dreht. Bitte. Den Wunsch kann ich dir erfüllen.«

Verwirrt schüttle ich den Kopf. »Aiden, was soll das alles? So bist du nicht. Du bist kein ...«

»Mörder«, unterbricht er mich. »Oder Selbstmörder? Ich bin unsicher, welche Rolle du mir gerade zugestehst.

Aber eigentlich ist das auch nicht wichtig. Weil jetzt endlich ich eine Entscheidung treffe.«

Sein Finger am Abzug der Waffe zuckt und spannt sich an. Ich erstarre und schnappe hektisch nach Luft.

»Weißt du, wie oft ich mir schon vorgenommen habe, es

gut sein zu lassen? Ich wollte dich an der Klippe sitzen lassen, aber irgendwas hat mich zu dir gezogen. Als du mich in der Bar hast sitzen lassen, war es wieder mein erster Impuls, abzuschließen. Aber ich habe mich selbst dazu überredet, dir hinterherzujagen.

Weil ich das Gute in dir so unbedingt sehen wollte, auch wenn es nicht da war.

Ich habe nach dir gesucht. Jeden Tag habe ich nur an dich gedacht und sogar die Nachrichten gelesen. Nicht, weil sie mich interessiert haben, sondern weil ich jeden Tag damit gerechnet habe, dass man deine Leiche gefunden hat.

Es wäre meine Schuld gewesen.

Das alles waren Chancen, an denen ich hätte gehen können. Vielleicht ist es nicht fair, aber ich will, dass du für jede einzelne davon leidest.« Er lacht dumpf. Dann starrt er mich mit hasserfülltem Blick an. »Schneide sie. So, wie du es in der Zelle bei diesem unschuldigen Mann getan hast.«

Bevor ich erneut etwas fragen kann, löst Silver für einen kurzen Moment die Hände von mir. Er öffnet sein Jackett und zieht sein Messer hervor. Ich verkrampfe mich und reiße die Hände schützend vor mein Gesicht.

»Nicht bewegen.« Aidens Stimme ist leise und nur wenige Zentimeter entfernt. Gehetzt sehe ich zu ihm. Seine grünen Augen funkeln boshaft, als er sie leicht zusammenkneift. »Liegen bleiben. Die Arme nach oben. Und zuckst du nur ein einziges Mal, wird er dafür sorgen, dass es das letzte Mal war.« Er spielt mit dem Finger am Abzug. Ich atme gepresst ein und sehe Silver hilfesuchend an. Sein Blick ist kalt, seine Miene verschlossen. Er hat diesen Gesichtsausdruck, den ich nicht einschätzen kann.

Stoisch schüttle ich den Kopf. »Was soll das alles?«

»Rache, Stella. Für das, was ich deinetwegen durchgemacht habe. Als dieser Typ mich eingesperrt hat, habe ich es mir vorgenommen. Ich habe entschieden, dass es vorbei ist und du mir am Arsch vorbei gehst. Es war gleichgültig, ob er dich umbringt, foltert oder noch ein weiteres Mal vor meinen Augen fickt. Inzwischen haben sich die Dinge geändert.« Ein hoffnungsvolles Ziehen geht durch meinen Körper.

Aiden lacht lediglich. »Inzwischen will ich, dass er es tut. Ich will dabei zusehen. Und ich will derjenige sein, der es ihm befiehlt.«

Ich keuche, als hätte mich jemand geschlagen. »Aber du bist mein Freund.«

»Dein Freund? Stella, ich war nie dein Freund. Ich war dein Schoßhündchen, das du dir bereitgehalten hast. Dir war langweilig. Oder du warst einsam. Was auch immer. Ich war nur da, um deine Bedürfnisse zu erfüllen. Also ja, dort habe ich entschieden, dass es mir genauso egal ist, was mit dir passiert.«

»Das stimmt nicht. Du bist mir nicht egal und auch nicht mein Hund!«

Er nimmt meinen Einwand kaum wahr. »Ich will Blut sehen und ich werde langsam ungeduldig.«

Silver folgt seinen Worten ohne ein Zögern. Er beugt sich über mich, sieht mir tief in die Augen. Dann zieht er das Messer aus der Hülle und schneidet damit meine Bluse auf.

Ich schreie. Vor Schreck und vor Überraschung.

Der Schmerz wird mir erst ein paar Sekunden später bewusst.

In dem Moment, als ich panisch zurückkriechen will, mich aber aufgrund seines Gewichtes keinen Zentimeter bewegen kann und zusehe, wie er die vom Blut verklebte Bluse von meiner Brust reißt.

»Hast du dir das so vorgestellt, Stella? Damals, als du

ihm gefolgt bist? Freiwillig? Obwohl er dir von Anfang an gezeigt hat, wie weit er bereit ist zu gehen?«

»Die Frage müsste ich dir stellen«, schreie ich Aiden an.

»Ja, das habe ich, Stella. Genau so habe ich es mir vorgestellt. Nun bist du dran, meine Frage zu beantworten. Als er dich verschleppt hat, dir eine Leiche präsentierte …«

Seine Worte verschwimmen für einen Moment mit meinem erneuten Schrei, als Silver das Messer zwischen meinen Brüsten nach unten zieht. Gleißender Schmerz explodiert in meinem Körper. Ich sträube mich, schlage um mich, aber meine Arme werden gepackt. Ich drücke den Rücken durch, spüre erneut einen stechenden Schmerz, der alles um mich herum verschwimmen lässt.

»Er hat dir einen Sterbenden präsentiert. Aufgeschlitzt wie einen Sonntagsbraten, von dem sich jeder bedienen kann.«

Ich brülle meinen Schmerz heraus, bis Silver eine Hand auf meine Lippen presst. Fauchend versuche ich den Kopf zu schütteln, doch er fixiert mich mit seinem Griff. Panisch starre ich zu ihm auf. Mein Körper pulsiert. Mir ist heiß, fiebrig, kalt.

»Er hat sich Zeit gelassen, seine eigenen Tätowierungen in den Körper einzuritzen. Bei dir wird er dasselbe tun. Einfach, weil er nicht anders kann.

Er zerstört. Und du? Du leidest, so wie es sein sollte.« Aidens Stimme klingt verbissen.

Keuchend will ich eine Hand heben, als Silver sich weiter nach vorn beugt, meinen Mund freigibt und meinen Oberarm packt. Er krallt die Finger fest darum und sticht sein Messer erneut in mein Fleisch.

Ich brenne. Ich schwebe.

Ich habe das Gefühl, als wären überall Schmerzen. Als gäbe es nichts anderes.

Aiden spricht. Ich schreie. Nichts davon höre ich.

Meine Beine werden federleicht. Meine Hände beginnen schmerzhaft zu Kribbeln. Mein ganzer Körper steht unter Strom.

Es fühlt sich an, als würde ich langsam erschlaffen. Als würden meine Muskeln loslassen und ich immer tiefer in das Bett sinken.

Etwas Klebriges, Nasses läuft an meinem Körper seitlich herab.

Ironisch, dass ich es überhaupt wahrnehme. »Wieso.« Das Wort wimmere ich immer wieder. Vielleicht brülle ich es auch heraus, doch ich bezweifle es.

Mit jeder Sekunde werde ich schwächer. Mit jeder Sekunde wird mir schwindliger und mein Bewusstsein beginnt langsam zu kippen.

Gift, Stella.
Er spricht von Gift, richtet eine Waffe auf dein Gesicht und du denkst, er würde sich selbst töten?
Wenn du diesen Tag überlebst, dann müssen wir dringend an deiner Naivität arbeiten.

KAPITEL 32

Silver

Wieso? Diese Frage kannst du nicht ernst meinen, Stella. Denk nach. Ich kann mir vorstellen, wie schwer es dir in dieser Situation fällt. Aber denk ein verdammtes Mal nach.

Er besitzt ein Heilmittel. Eines, für ein Gift.

Er hat weder mich noch sich vergiftet, also wieso trägt er ein Gegengift bei sich?

Ich würde nur zu gern behaupten, dass es gelogen ist. Aber ich sehe es. Ich sehe, wie du schwitzt, wie dein Körper sich langsam erhitzt und dir immer wieder der Atem stockt.

Schon bevor ich tat, was er mir befahl.

»Da geht doch noch etwas, oder?« Aiden. Er ist ein Feigling. Schwach und widerlich, weil er mich die Drecksarbeit erledigen lässt.

Versteh mich nicht falsch, Stella. Ich habe kein Problem damit, wenn dein Blut an meinen Händen klebt. Aber es sollte auf meine Weise geschehen. So, wie ich es will. Wie ich es unter Kontrolle habe.

»Wieso erledigst du es nicht selbst?«, gebe ich mit einem

Knurren zurück. *Ich muss dich nicht mehr festhalten. Du hast aufgehört dich zu wehren. Aber nicht, weil du eingesehen hast, dass du mir vertrauen solltest, oder? Dein Körper gibt auf. Du wirst schwächer und wirst schon bald unter mir verbluten.*

Aber sag mir, was wäre geschehen, wenn ich seinen Worten nicht Folge geleistet hätte?

Es war eine rationale Entscheidung, Stella. Ein paar Schnitte sind nichts gegen den Tod.

»Wieso sollte ich?«, spuckt er zurück.

Ich drehe den Kopf, sehe ihn langsam an. Dann wische ich mir ihr Blut, dein Blut, Stella, von den Lippen.

Und du darfst erst sterben, wenn ich es dir befehle und nicht, wenn er der Meinung wäre, dass es an der Zeit dafür ist.

Es ist überall. Allein meine Finger verhindern, dass es erneut aus der Ader an deinem Arm spritzt. *Weißt du, wie viel Druck auf einer Ader sein kann, Stella?*

Ich bin kein Arzt, also kann ich es nicht genau in Zahlen beziffern. Aber ich habe bereits eine Menge Blut gesehen. Ich habe es studiert, weißt du? Mein Vater ließ mich an den Menschen üben. Ließ mich sie schneiden und die richtigen Stellen finden.

Die, die sie quälten. Die, die dafür sorgten, dass sie das Bewusstsein verloren. Und die, die dafür sorgten, dass sie mehr als ihre Klarheit verloren.

Für dich habe ich die ausgewählt, die dir eine Chance geben.

Und wieso?

»Weil nur Feiglinge die Arbeit anderen überlassen«, gebe ich schließlich von mir.

»Das sehe ich anders.« Aiden lacht. Stockend und unbeholfen. *Vermutlich ist es sein erstes Mal, Stella. Ich glaube nicht, dass er bereits jemanden verbluten sehen hat. Aber wer weiß schon, welche Abgründe die Menschen verbergen.*

»Mach weiter«, weist er mich an.

Ich werfe einen prüfenden Blick auf Stella. Ihre Augen

sind schockartig geweitet, genau wie ihre Lippen. Sie zittert am ganzen Körper, doch rührt sich keinen Millimeter.

Du bist beinah betäubt von den Schmerzen. Gut so. Mir ist es lieber, wenn du das hier nicht mitbekommst.

»Vielleicht an ihren hübschen Beinen?«, sagt Aiden stockend. Als ich ihn ansehe, fällt mir auf, wie er die Nase kräuselt.

»Du riechst es, oder?«

»Was«, knurrt er, während er einen Schritt zurücktritt. Ich folge seiner Bewegung genaustens.

»Das Blut.« Ich lege den Kopf schräg, behalte eine Hand weiterhin auf Stellas Wunde am Arm und hebe die andere mit dem Messer vor mein Gesicht.

Für einen kurzen Moment starre ich ihn an.

Ja, es ist eine Waffe.

Ein russisches Bajonettmesser.

Mein Vater schenkte es mir zu meiner Geburt. Seitdem ist es mehr als nur ein Mittel zum Zweck. Für mich ist es ein Kunstelement. Etwas, dass ich benutzt habe. Es ist mein Werkzeug. Etwas, was ich brauche, um meine Ziele zu erreichen.

Ich atme tief ein und sehe Aiden dabei mit leicht verengten Augen an. »Es ist köstlich, oder nicht?« Er rümpft erneut die Nase, während ich leicht erschaudere. *Es ist ekelhaft. Es riecht nach Eisen und Tod. Aber weißt du, Stella, ich liebe es. Denn der Geruch von Tod bedeutet, dass ich gesiegt habe. Dass ich erneut meine Ziele erreicht habe.*

Ich liebe es, ihn wahrzunehmen. Ich liebe es, in einer ähnlichen Position zu sein.

Über meinem Opfer, welches langsam immer mehr von der roten Lebensessenzs hergibt.

»Ansichtssache«, spuckt Aiden aus.

Aber was ich mehr als alles verachte, Stella, ist, wenn ich benutzt werde.

Ich kräusle leicht die Stirn. *Ich hasse es, wenn man mich zu etwas zwingen will. Ich hasse es, wenn mir jemand versucht Befehle zu erteilen. Aber am allermeisten hasse ich es, wenn jemand meine Leidenschaft gegen mich verwenden will.*

»Was ist es?«, frage ich mit pochender Wut in meinem Inneren.

»Was?«, erwidert er.

»Das Gift.« *Wenn es denn existiert.* Diese Worte spare ich mir. Mein Vater liebte die Gifte. Nicht selten nutzte er sie, um blutfrei seine Ziele zu erreichen. Etwas, das ich nie verstehen konnte.

Ich erkenne es, wenn sich jemand im Fieberkrampf windet. Und ich erkenne den Unterschied zu jemandem, der am Blutverlust langsam dahinsiecht.

»Schlangengift«, erwidert Aiden spitz. Ein boshaftes Lächeln liegt auf seinen Lippen. »Nennt ihr euch nicht so? Diabolos Schlangen? Ich habe ein wenig recherchiert.«

Er lügt, Stella. Es ist kein Schlangengift. Er will mich hinhalten.

Das Problem ist nur, dass ich nicht weiß, wie weit er bereit ist zu gehen. Wird er dich töten lassen?

Im Moment sieht es ganz danach aus.

Mit den Fingern klopfe ich nachdenklich auf die Klinge meines Messers.

Ich drehe den Kopf und sehe Stella an. Ihre Lider flattern und schließen sich langsam. Ihr Blut sickert sachte aus den Wunden, die ich ihr zugefügt habe.

Der Gedanke versetzt mir einen Stich.

Wie tut es mir weh, dich verletzt zu haben? Sollte mir das nicht gefallen? Oder wenigstens gleichgültig sein? Nein, weil er mich dazu gezwungen hat. Für mich war es ein Ritual, lange bevor ich dich kannte, Stella. Mein Vater brachte mir die, die er entbehren konnte. Kinder, Frauen, Männer. Menschen, die für ihn keine

Bedeutung hatten. Ich sollte mich an ihnen ausprobieren. Ich sollte herausfinden, wie ich sie brechen kann.

Mit jedem von ihnen hat er auch mich gebrochen und abgehärtet.

Das hier, meine Kunst, war immer mein Ausweg. Eine Flucht meiner Gedanken und Emotionen in eine andere Welt. Dann ging es nicht um Fleisch, Blut und Schmerzen. Es ging nur um die Kunst. Um eine nackte Leinwand und meine Linien, die ich darüber zog.

Für mich war es etwas Besonderes, sie zu meinem Werk zu machen.

Es hat mir etwas bedeutet.

Doch er versucht es mir zu nehmen und etwas daraus zu machen, was ich nicht will.

»Wolltest du dich nicht ihrem restlichen Körper widmen?«

Schwer atmend presse ich die Zähne aufeinander.

»Wenn ich weiter mache, wird sie sterben. Sie verblutet bereits.«

Aiden stößt einen eigenartigen Laut aus, in dem sich Wut und Verzweiflung mit Überforderung mischen. *Ja, das hast du dir leichter vorgestellt, oder?*

»Mach es«, faucht er schließlich. Er legt die Spritze mit dem Gegengift zittrig auf der Kommode ab und umklammert die Waffe mit beiden Händen.

Ich wende meinen Blick von ihm ab und sehe stattdessen erneut auf Stella herab. Auf ihr zur Fratze verzogenes Gesicht. Auf ihren von Blut besprenkelten, nackten Hals. Auf den klaffenden Schnitt in der Mitte ihres Körpers.

Er denkt, dass er mich manipulieren kann, Stella.

Er will mich dazu zwingen, seine Marionette zu sein.

Aber er ist schwach und er unterschätzt mich.

Ich habe Situationen, wie diese, schon oft erlebt.

Ich kenne sie. Genauso die Schwächen der Menschen.

Und ja, man bringt kein Messer zu einer Schießerei mit. Aber man droht auch keiner Schlange mit einem Stock.

»Wird es dann noch was?« Er brüllt. Er wird nervös. Er verliert die Kontrolle.

Und ich?

Ich hole sie mir zurück.

Ich umklammere den Griff meines Messers fester mit den Fingern. Tief einatmend streiche ich über die Rillen darin. Dann drehe ich mich herum, hole aus und schleudere ihm mein Messer entgegen.

Genießend atme ich aus, als ich das schmatzende Geräusch vernehme, als die Spitze des Messers in seinen Hals eintaucht.

Aiden stößt ein Röcheln aus.

Ich beobachte, wie die Waffe aus seinen Fingern gleitet. Wie er die Hände an seine Kehle hebt und auf die Knie sackt.

Routiniert ziehe ich den Gürtel aus meiner Hose und binde damit Stellas Arm ab. Sie zuckt lediglich kurz, bleibt aber sonst beinah reglos liegen.

Als ich mich von dem Bett erhebe und vor Aiden trete, der am Boden zu einem Häufchen Elend geworden ist, erscheint zum ersten Mal seit einer Weile ein Lächeln auf meinen Lippen.

Ich habe mir die Kontrolle zurückgeholt und das ist das beste Gefühl von allen.

Mir jagt ein Schauer über den Rücken, als ich mich zu ihm herabbeuge und nach seinen Haaren greife. Daran zerre ich ihn ein Stück in die Höhe.

Sein Brüllen, die wüsten Beschimpfungen und das schnell aus der Wunde austretende Blut ignoriere ich.

»Was hast du ihr verabreicht.«

»Du Schwein«, schreit er.

Ich schnalze mit der Zunge. Je wütender er wird, umso mehr Ruhe kehrt in mich ein. Ich habe die Sache erneut im Griff. Alles bekommt seine Richtigkeit.

»Was hast du ihr gegeben? War es Gift? War es in der Capri Sonne, die du ihr mitgebracht hast?«

»Verreck doch«, faucht er wütend und spuckt Blut. Seine Stimme zittert bei jedem Wort.

Abwägend schüttle ich den Kopf und drehe seinen leicht seitlich. Er stößt ein Würgen aus. Weiteres Blut läuft an seinen Mundwinkeln herab. Ich wische einen Tropfen davon mit meinem Daumen zur Seite und verteile es in seinem Gesicht. Aiden stöhnt und will sich mir entziehen. Gleichzeitig packt er den Griff meines Messers an.

»Das würde ich besser nicht machen, mein Freund«, sage ich mit mahnendem Unterton. »Dass die Klinge meines Messers in deiner süßen Kehle steckt, ist der einzige Grund, warum du noch lebst.«

Er wimmert. Er heult.

Wie unschön.

»Was hast du ihr gegeben?«, frage ich erneut.

Ich bringe Aidens Gesicht dicht vor meines und starre ihm in die wässrigen Augen. Er blinzelt mehrmals. Schließlich zieht er einen Mundwinkel in die Höhe. »Morphium«, spuckt er mir das Wort mit einer Menge Blut ins Gesicht.

Langsam wische ich mit dem Handrücken über meine Lippen. Dann greife ich nach dem Messer in seiner Kehle und ziehe es unter seiner Hand heraus.

Er brüllt seine Schmerzen heraus.

Das Blut spritzt aus der Wunde und läuft in dunklen Schlieren an seiner Kehle herab.

Ich presse die Lippen aufeinander, erhebe mich und

greife nach der Waffe. Ich wiege sie kurz in meiner Hand und prüfe dann die Munition.

Sie ist geladen.

Mit einem dumpfen Schnauben sichere ich sie. Dann gehe zurück zum Bett und beuge mich erneut über Stella.

Ihre Lippen sind blau angelaufen. Ihr Körper ist von Blut bedeckt. Meine Schnitte zieren ihre helle Haut.

Und trotzdem kann ich nichts Schönes in dem finden, was mir einmal mehr bedeutet hat als alles andere.

Meine Kunst.

»Vielleicht ist es an der Zeit für eine neue Obsession, meine kleine Rose.«

Schwer atmend schiebe ich die Arme unter Stellas Körper. Sie gibt ein schmerzerfülltes Stöhnen von sich, als ich sie hochhebe und an Aidens sterbendem Körper vorbeitrage.

Seinem *Gegengift* schenke ich kaum einen Blick. Mit Sicherheit ist es eine genauso große Lüge, wie alles andere an ihm.

Dabei liegt mein Blick ununterbrochen auf ihr.

Auf dir.

Schlangengift. Morphium. Zwei Lügen und keine Wahrheit.

Sag mir, Stella, was hat er dir gegeben?

Hat er dich überhaupt vergiftet oder habe ich mich dermaßen getäuscht?

Nein, das kann nicht sein.

Ich spüre, dass es dir schlecht geht. Ich spüre, dass etwas mit deinem Körper nicht stimmt. Mehr als der Blutverlust und der Schmerz.

Eine Überdosis Morphium.

Für einen winzigen Augenblick habe ich es in Erwägung gezogen.

Er arbeitet in einem Krankenhaus.

Er hätte es bekommen können.

Aber dann, meine kleine Rose, wärst du nicht ohnmächtig vor Schmerzen. Du hättest nicht geschrien, nicht gezittert, als ich deine hübsche Haut mit meinem Messer durchbrach.

Aber was dann?

Was war es?

Was hat er dir angetan?

Während ich auf ihren blutverkrusteten Körper starre, beginnen meine Hände zu zittern.

Und was habe ich dir angetan?

Stella, seit inzwischen mehr als 12 Stunden warte ich darauf, ein Lebenszeichen von dir zu bekommen.

Die Ärzte geben ihr Bestes, das weiß ich, weil ich ansonsten dafür sorgen werde, dass sie es sind, die den Tag nicht überleben.

»Grausam ...« Snakes Stimme ist dicht neben mir. Ich spüre die Sorge und das Mitgefühl darin. Aber ich spüre auch die Berechnung dahinter. Er ist erst vor wenigen Minuten angekommen. Wo er zuvor war, weiß ich nicht.

Sieh nur, wie viel meiner Kontrolle ich verloren habe.

Ich kann dir nicht einmal sagen, was in meinem eigenen Clan vor sich geht. Seit Wochen habe ich die Geschäfte vernachlässigt.

»Sie ist schon lange im Op.«

Meine Antwort ist ein dumpfes Schnauben.

Ich musste ihn kontaktieren, Stella. Ich bin in Amerika und Russland gut vernetzt, aber es gibt Dinge, die werde ich nie können.

Ich bin kein Arzt, das sagte ich dir bereits.

Er auch nicht.

Aber dafür kennt er den Besten.

Und noch wichtiger: Er kennt sie an den richtigen Orten. Dort, wo du bist. Wo ich sie brauchte. Sofort.

Er wird etwas dafür fordern, dass er dein Leben rettet. Wenn er es denn rettet. Noch immer weiß ich nicht mehr, als dass sie kämpfen. Und ich hoffe für sie, dass sie es tun.

»Wer hat ihr das angetan?«

Wieso fällt es mir so schwer, dich einfach gehen zu lassen, Stella?

Du bist niemand besonderes. Eine einfache Frau.

Aber wieso habe ich mir die Mühe gemacht? Wieso habe ich den Gefallen eingefordert? Wieso schaffe ich es nicht, mein Messer an deine Kehle zu führen?

Meine Finger verkrampfen sich um den Griff.

»Ich.«

Mit dieser Antwort erhebe ich mich und lasse Snake zurück.

Genauso dich, meine kleine Rose.

Hier gibt es nichts, was ich für dich tun kann.

Ich will zurück zu meinem Hotel fahren und finde mich einige Minuten später dennoch in Stellas Wohnung wieder.

Zögernd öffne ich die Tür, lege den Schlüssel auf dem kleinen Brett im Flur ab und gehe in ihr Schlafzimmer.

Mein Blick fällt auf Aidens Leiche am Boden. Er hat sich ein paar Zentimeter bewegt, seitdem ich ihn das letzte Mal gesehen habe. Schon bald werde ich dafür sorgen, dass er weggebracht wird.

Du kannst es nicht gebrauchen, dass er hier gefunden wird, kleine Rose.

Aber ich werde mich darum kümmern. Keine Sorge.

In Gedanken lasse ich mich auf das von Blut durchtränkte und inzwischen hart gewordene Bett nieder. Ich spüre einen eigenartigen Druck im Inneren meiner Brust und runzle die Stirn.

Abwartend lecke ich mir über die Lippen.

Aber worauf warte ich?

Darauf, dass du zur Tür hereinkommst? Mich anschreist, dass ich verschwinden soll?

Es kommt mir vor, als wäre seitdem eine Ewigkeit vergangen, Stella.

Zögernd ziehe ich mein Bajonettemesser aus der Innentasche meines Jacketts.

Es ist dasselbe wie am Abend zuvor.

Blut, kalt, erstarrt.

So wie ich.

Und doch hat sich etwas geändert.

Ich lege die Hand flach auf meinen Oberschenkel und setze die Spitze des Messers auf der Tätowierung auf meinem Knöcheln an. Ohne darüber nachzudenken, verstärke ich den Druck, bis ich den ersten sanften Schmerz spüre und sich ein immer größerer werdender Blutpunkt darum bildet.

Ich stoße ein Stöhnen aus und schließe für einen kurzen Moment die Augen.

Hat es sich so für dich angefühlt? Kalt, leer, falsch und gleichzeitig richtig? Sicher nicht. Du hast gelitten. Du hattest Schmerzen. Du hast es gehasst und mich gleichermaßen.

Ich öffne die Lider und starre auf den Bluttropfen, der an meinem Handrücken herabläuft. Dann beginne ich damit, meine Tätowierungen mit der Klinge nachzuzeichnen.

Dutzende Male habe ich es getan, Stella. Bei anderen, selbst bei dir. Aber nie bei mir.

Ich atme scharf ein, als ich das erste Brennen spüre, während ich eine blutige Linie auf meinem Arm hinterlasse.

Ich habe mich immer für stärker gehalten. Ich dachte, dass ich es genieße. Dass die Schmerzen mir nichts ausmachen.

Meine Hand beginnt zu zittern, als ich die Innenseite meines Armes erreiche und auch dort beginne, blutige Linien zu hinterlassen. *Es war eine Lüge. Ich spüre die Schmerzen. Ich spüre sie. Ich habe es lediglich verdrängt.*

Aber wenn das eine Lüge war, was noch alles?

Stimmt es, dass ich nichts empfinde?

Aber für dich habe ich etwas empfunden.

Oder war auch das eine Lüge?

Ich ringe nach Atem und öffne die Lippen, während ich damit fortfahre, die Tinte mit meinem Blut auf ewig zu verbinden.

Ich fahre fort. An meinen Armen, auf meiner Brust, an meinem Bauch.

Irgendwann breche ich zusammen.

Weinend, vor Schmerzen gekrümmt und mit der Einsicht, dass ich ein von Gott verdammter Lügner bin.

KAPITEL 33

Stella

»Stella?« blanke Sorge liegt in Silvers Blick. Er betrachtet mich einen Moment prüfend, dann gibt er mich frei, beinah, als würde er sich nicht trauen, mir nahe zu sein.

Ich räuspere mich leise und spüre dabei den langsam verheilenden Schnitt, der von meiner Kehle bis zu meinem Bauchnabel führt.

»Du bist hier.« Im ersten Moment ist mir nicht bewusst, dass ich die Worte laut ausgesprochen habe. Er ist hier.

Wochenlang habe ich auf ihn gewartet. Jedes Mal, wenn sich die Tür meines Krankenzimmers öffnete, hoffte ich darauf, dass er es ist.

Er war es nicht. Nie. Kein einziges Mal.

Es kamen eine Menge Leute.

Krankenschwestern, Ärzte, Personal.

Und Blac.

Ich erschaudere und lecke mir über die rauen Lippen. Meine Kehle fühlt sich mindestens genauso trocken an.

Er hat mir versichert, dass mir keine Gefahr mehr droht.

Und ich? Habe genickt.

Was hätte ich sonst tun sollen?

Silver kommt zurück zu mir.

Er ist hier. Bei mir.

Wochenlang habe ich auf ihn gewartet und jetzt steht er mit einem Mal in meiner Wohnung.

Er packt meine Schultern und sieht mich prüfend an. Ich räuspere mich erneut. Mein Herz schlägt wie wild.

»Stella, geht es dir gut?«

Ich schnappe nach Luft. Silver reibt mit den Daumen über meine Wangen. Es gelingt mir nicht, ihm zu antworten.

Was bedeutet gut? Was ist gut? Wann geht es mir wirklich gut?

In dem Moment weiß ich es nicht.

»Stella«, beginnt Silver und schüttelt stumm den Kopf.

Ich starre zu ihm auf. Mehrmals blinzle ich. Beinah flehend sehe ich ihn an, als er die Lippen aufeinanderpresst.

»Bitte, rede. Nur einmal. Sprich, sag mir, was du denkst. Sag mir nur einmal die Wahrheit«, flehe ich ihn an.

Ich muss es hören.

Egal ob es ein Abschied ist, eine Drohung oder eine Zurechtweisung. Ich brauche diese Wahrheit.

Silver stöhnt leise und lehnt die Stirn gegen meine. Er scheint einige Momente mit sich zu ringen. Deshalb lege ich für einen kurzen Moment die Hände an seine Wangen und sehe zu ihm auf. »Bitte. Nur ein einziges Mal«, bitte ich ihn erneut.

Er keucht. »Du bist meine tapfere Rose. Du bist mein kleines, schüchternes Reh.« Wieder scheint er mit sich zu ringen, doch dann kommen die Worte aus ihm heraus. So, als könnte er sie nicht mehr zurückhalten. »Aber gleichzeitig bist du auch meine Göttin, meine Sonne, mein Traum. Das klingt kitschig und vermutlich werde ich mir nachher selbst eine dafür reinhauen, aber das beschreibt nicht einmal ansatzweise, wie ich dich sehe. Es ist nicht nachvollziehbar, es ist dumm und übertrieben.«

Atemlos öffne ich die Lippen und schüttle dann den Kopf. »Und ich dachte, ich bin von uns die dumme und naive Kleine.« Jegliche Gedanken sind aus meinem Schädel geblasen.

»Du bist meine Kleine. Aber naiv bin ich. Weil ich dachte, dass ich dich vergessen kann. Scheiße, selbst heute habe ich mir mindestens hundertmal eingeredet, dass ein letztes Sehen reicht und ich dich gehen lassen sollte. Es wird niemals reichen.

Nichts.

Keine hundert Treffen, kein Märchen und kein verdammtes Königreich.«

»Ein Königreich«, gebe ich seine Worte wieder.

Er schüttelt den Kopf. »Ich hasse es, wenn du das machst. Wenn du meine Worte wiederholst. Aber scheiße, gleichzeitig liebe ich es. Ich will, dass du alles wiederholst, was ich sage. Ich will, dass du mich in den Wahnsinn treibst, so wie du es jedes einzelne Mal machst. Und ja, ich wäre nur zu gern der König in einem Märchen, der dir ein verdammtes Königreich zu Füßen legt. Denn weißt du was?

Nichts in dieser Welt würde mich glücklicher machen, als wenn du meine Königin wärst.«

Ich sehe mit feuchten Augen zu ihm auf. Öffne stumm die Lippen und schließe sie. Dann schließlich sage ich mit rauer Stimme: »Hast du das von einer Keksdose?«

Er lacht. Verdammt, er lacht und es klingt so ehrlich aufrichtig, dass mir erneut die Tränen kommen. Dabei sieht er mir tief in die Augen. »Nein, von Pinterest.«

Ich stoße einen überraschten Laut aus. Dann presse ich die Lippen übereilt auf seine. Gierig schiebt er seine Zunge zwischen meine Lippen. Für einen kurzen Moment zieht er sich zurück, sieht mich mit forderndem Blick an und fragt: »Und? Kann ich der Seite ein Like geben?«

Ich sehe mit gläsernem Blick zu ihm auf. »Ja«, hauche ich schließlich.

»Ja?«, fragt er fassungslos.

»Ja«, wiederhole ich. Dieses Mal lauter. Ich schreie das Wort beinah durch meine Wohnung

Der Schock und die letzten Wochen scheinen mich mit einem Mal einzuholen. Ich halluziniere. Anders kann ich es mir nicht erklären.

Und trotzdem brechen in diesem Moment weitere Tränen begleitet von unzähligen Flüchen und Beschimpfungen aus mir heraus.

Silver sieht mir in die Augen. Er blinzelt müde, während meine Fingerspitzen zu kribbeln beginnen. »Ich bin ein elender Lügner, Stella«, raunt er leise. »Ich habe mich belogen. Ich habe dich belogen. Jeden.

Ich bin ein Lügner und ein Feigling und ich habe dir das hier angetan.

Er hat mir keine Wahl gelassen«, flüstert er mit rauer Stimme.

Etwas zieht sich in meinem Inneren zusammen. Sobald ich die Augen auch nur für wenige Sekunden schließe, bin ich erneut dort. Unter ihm. Starre zu ihm auf. *Stimmt das? Hatte er keine Wahl? Was hätte ich getan?*

»Aber ich habe es getan. Es war meine Entscheidung. Meine Schuld …«

»Halt die Klappe.«

Verdutzt starrt er mich an. Ich bin völlig überrumpelt. Mir rutscht ein irres Lachen heraus. Gleichzeitig sacke ich zusammen und werde lediglich von seinen Armen gehalten. »Du bist da«, bringe ich stockend hervor. Meine Stimme klingt rau. Ich räuspere mich mehrmals und versuche den Kloß in meinem Hals herunterzuschlucken. »Silver?«, frage ich atemlos. Zum ersten Mal hebe ich den Blick und starre geradewegs in seine blauen Augen. Er legt den Kopf schräg und sieht mich an. So viele Fragen spiegeln sich in seinen Augen wider, aber mit keiner davon kann ich mich in dem Moment befassen. »Ich liebe dich.« Sofort beiße ich mir auf die Zunge und atme scharf ein. »Also, nein. Ich weiß es nicht. Aber ich weiß, dass ich dich lieben will«, bringe ich stockend hervor.

Ein Lächeln stiehlt sich auf seine Lippen und beinah gleichzeitig wird mein Körper von einer Welle der Ruhe und des Glücks erfüllt. »Schlechte Wahl, meine kleine Rose.«

Weitere Tränen rollen über meine Wangen. Ich wische sie schniefend zur Seite. »Weiß ich.«

Als ich die Hand das nächste Mal heben will, wird sie von Silver gepackt. Er hält die Finger fest zwischen seinen und küsst die Tränen dann von meinen Wangen. Die Geste sorgt dafür, dass ich erst recht zu heulen beginne. »Zum Glück haben wir ein ganzes Leben, um an deinen Entscheidungen zu arbeiten, denn ich will dich auch lieben, kleine Rose.«

»Ich weiß nicht, was das zu bedeuten hat. Vermutlich bin ich verrückt. Nein, ich bin ganz sicher verrückt. Etwas anderes zu behaupten wäre ... verrückt«, keuche ich atemlos.

»Du bist böse. Ich bin böse. Wir haben ... was wir getan haben ist schlimm. Jemand ... Aiden ...« Ich stocke. Irgendwann nimmt er mein Gesicht in seine Hände. Wärme breitet sich von seiner Berührung aus.

»Wie sollen wir damit leben? Wie soll es weitergehen? Oh, Gott ... das alles ist meine Schuld.« Ich sehe auf, merke erst jetzt, dass er meinen Namen immer und immer wieder sagt. Mit einem Mal werde ich still, starre ihn mit großen Augen und offenem Mund an. »Ja?«

»Halt den Mund«, raunt er leise. Dann drückt er seine Lippen auf meine und sorgt dafür, dass die Welt um mich herum still wird.

KAPITEL 34

Stella

Mit wild schlagendem Herzen sehe ich auf Aidens fröhliches Gesicht auf unserem einzigen gemeinsamen Bild. Es entstand kurz nachdem wir aus Amerika zurückgekommen sind. Es kommt mir so vor, als wären Jahre vergangen. Mein einem Schauer auf dem Rücken lege ich es zur Seite.

Als ich mit ihm zusammen war, damals an der Klippe um Mitternacht, da dachte ich, dass ich es geschafft hätte. Ich wollte glücklich sein und mich endlich für das Richtige entscheiden. Für den richtigen Menschen, das richtige Leben und den richtigen Weg.

Aber es war nie mein Weg.

Auch als Silver zu mir kam, habe ich noch daran festgehalten. So sehr wollte ich es richtig machen. Dabei habe ich jede einzelne Entscheidung falsch getroffen.

Die Sache ist nur die, ich kann keine davon bereuen, denn sie haben mich hierhergebracht. An diesen Punkt.

Für einen kurzen Moment schließe ich die Augen.

Ja, ich habe gedacht, dass ich alles haben kann. Mein ganzes Leben lang habe ich alles gewollt.

Ich wollte einsam sein. Allein und in Ruhe leben. Gleichzeitig wollte ich die Wildnis, ich wollte etwas erleben, feiern, rauchen, trinken. Was auch immer. Ich wollte raus.

Letzten Endes habe ich kaum etwas davon getan und noch weniger davon genossen. Ich war ständig auf der Flucht vor mir selbst. Vor mir und der Zukunft, die immer näherkam.

Aber mit Silver war es anders.

Er ist meine Ruhe, mein Stillstand, mein Abenteuer. Er ist es, der mich entspannt und gleichzeitig dafür sorgt, dass ich mich lebendig fühle.

Als Aiden mir gesagt hat, dass er fertig ist mit mir, da habe ich es für einen kurzen Moment gesehen.

Unsere gemeinsame Zukunft.

Dieses ›für immer‹, was wir gemeinsam hätten haben können.

Ich habe gesehen, wie es sein könnte. Und es hat sich richtig angefühlt. Nur eben nicht für mich. Ich hätte ihm gewünscht, dass er dieses Leben bekommt. Mit jemand anderem.

Das habe ich inzwischen verstanden.

Denn in jeder Sekunde, in der ich ihn und mich gesehen habe, gab es nur einen Mann, an den ich denken konnte.

Trotzdem habe ich an der Fantasie festgehalten, so weh sie mir auch tat.

Erst als ich mich wirklich entscheiden musste. Als ich keine Wahl mehr hatte, da habe ich es verstanden.

Und aus diesem Grund muss ich Aiden gehenlassen. Ich kann mich nicht weiter an ihn klammern, denn das hat nichts mit Liebe oder Hoffnung zu tun. Meine Gefühle und die Zeit, die ich mit ihm verbunden habe, kamen von einem völlig anderen Ort.

Besser gesagt einem Gefühl.

Ich hatte Angst davor etwas zu verlieren, was ich nicht besitze. Ich wollte ihn nicht gehenlassen, weil ich befürchtete, es könnte die falsche Wahl sein. Ich wollte eine Absicherung. Jemanden, der immer da ist. Jemand Gutes.

Zögernd öffne ich die Lider und starre geradeaus, ohne etwas zu sehen. Aiden ist gut.

Er war es zumindest, bis ich ihn getroffen habe.

Ein wehmütiges Gefühl breitet sich in meiner Brust aus.

Ich habe ihn verdorben.

Ich habe ...

Ich habe ihn getötet.

Nicht mit meinen Händen, aber es war meine Schuld, dass er gestorben ist.

Mit dieser Schuld muss ich leben, auch wenn ich noch nicht weiß, wie.

Vielleicht werde ich irgendwann darüber hinweg sein.

Auch wenn ich mich frage, ob das überhaupt geht.

Kann man über soetwas hinwegkommen?

Ich erschaudere.

Vermutlich nicht.

Aber ich will es versuchen.

Weil ich mir endlich eingestanden habe, dass es okay ist, meinen eigenen Weg zu gehen. Das hier ist mein Leben. Ich muss es nicht damit verbringen, die Erwartungen anderer zu erfüllen. Ja, vielleicht begehe ich Fehler und treffe dumme Entscheidungen. Aber es sind *meine* Entscheidungen und *meine* Fehler.

Ich schlucke bei diesem Gedanken.

Es wird hart für mich werden, der Realität ins Auge zu sehen und die Konsequenzen meines Handelns zu tragen.

Keine Ausflüchte, keine Entschuldigungen. Ich allein wähle und ich allein bin dafür verantwortlich.

Und obwohl es schlimm ist, ich jede Nacht schreiend aufwache, ich das Blut und seine Leiche vor meinen Augen sehe, sobald ich sie schließe, fühlt es sich trotzdem auf eine gewisse Art gut an, diesen Entschluss zu fassen. Er zeigt mir, was mir immer gefehlt hat.

Die Stärke, zu mir selbst zu stehen.

Ja, vermutlich sind noch einige Fragen offen. Und ja, ich habe eine ordentliche Angst davor, sie anzugehen.

Es wird mich viel Nerven und vermutlich einige Tränen kosten, herauszufinden, wer Silver wirklich ist. Auch, was mir damals passiert ist, habe ich noch nicht verarbeitet. Von Aiden und den ganzen Problemen, die uns noch um die Ohren fliegen, einmal ganz zu schweigen.

Aber wie ich schon sagte, das ist kein Ende.

Es ist der Anfang von etwas.

Und an diesem Anfang bin ich nicht Hals über Kopf in den fremden Mann mit der Narbe und den Tattoos verliebt.

Aber ich könnte ihn lieben.

Wahrhaftig.

Ich erschaudere bei diesem Gedanken. Er jagt mir eine gehörige Angst ein. Ich könnte ihn lieben. Wir könnten ein ›und wenn sie nicht gestorben sind‹ bekommen. Und ja, vielleicht ist es nur die Fantasie davon, aber dieser Gedanke ist mehr wert, als ich in meinem ganzen Leben erlebt habe.

Dieses ›könnte‹ ist verdammt machtvoll und so verlockend, dass ich einiges dafür opfern würde.

Sogar Aiden.

Er war meine Chance auf ein normales Leben. Auf ein glückliches Leben. Und bis zuletzt wollte ich diese Chance nicht einfach so ziehen lassen. Dabei war es nie ein ›einfach so‹. Schon von Anfang an habe ich für das gekämpft, was ich mit Silver hätte haben können.

Ich habe nur immer wieder einen Rückzieher gemacht.

Genau wie er.

Aber nicht mehr.

Ich werde nicht wieder davonlaufen und ich werde ihn bis in die Hölle jagen, wenn er es versucht.

Schwer atmend hebe ich die Hand an mein Schlüsselbein und streiche über die verblassten Schnitte daran. Vermutlich werden sie Narben hinterlassen. Verdammt, man kann mich verrückt nennen, aber ich hoffe es. Sie sind besser als eine Kette um den Hals oder ein Ring am Finger.

Sie sind für die Ewigkeit.

Ende

Danke

Huch, es ging überraschend schnell, dass wir diesen Punkt erreicht haben. Und hey, das Buch hat weit unter 400 Seiten, was ich als persönlichen Rekord ansehe. Immerhin wissen wir alle, dass Kürzen nicht unbedingt meine Stärke ist.

(Kurze Anmerkung nach der Korrektur des Buches: Don´t judge me)

Schon seit einer Weile wusste ich, dass Silver mein kleiner Liebling sein wird. Er ist etwas Besonderes, weshalb er seine eigene Geschichte verdient hat. Bedauerlicherweise haben die zwei Themen, weshalb ich dieses Buch unbedingt schreiben wollte, im Nachhinein nicht mehr in die Story gepasst, weshalb ich sie wieder gestrichen habe. Manchmal verfluche ich mich selbst.

Die gute Nachricht ist, dass ich dazu irgendwann einmal ein eigenes Buch schreiben werde. Und hey, vielleicht ändere ich es dieses Mal nicht ab. (Die Hoffnung stirbt zuletzt. Hups. Tot.)

Zuletzt möchte ich mich noch bei den Menschen bedanken, die auch noch in Band drei an meiner Seite sind.

Ein ganz großes Danke geht an Ally, ohne die meine Bücher nicht ansatzweise das wären, was sie sind. Danke für all deine Mühe, die Zeit und Liebe, die du in meine Geschichten steckst. Ein weiteres Danke an meine besonderen Testleserinnen Jessy, Melanie, Anna und Natalie. Keine Ahnung, wie ich meine Gedanken ohne euch sortieren würde.

Ich danke euch dreien für eure lieben Worte, die tollen Ideen und diesen mega Austausch mit euch.

Außerdem Vanessa, Sophie, Kate, und Kathi die mir in all dem Chaos geholfen haben, den roten Faden zu finden.

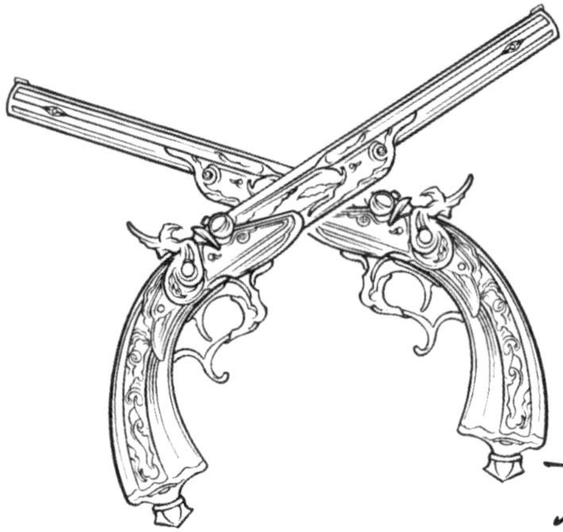

Triggerwarnung

Dieses Buch behandelt folgende potentiell triggernde Themen.

- Dark Romance
- explizite Szenen
- Gewalt
- Vergewaltigung
- sexuelle Gewalt
- Mord
- blutige Szenen
- psychische Probleme
- Für sensible Leser nicht geeignet

BIST DU BEREIT, DICH DER KÖNIGIN DER SÜNDEN ZU STELLEN?

QUEEN OF SINS

Die Königin der Sünden trifft auf den König der Lügner

Asra

In Chicago flüstern sie meinen Namen nur, weil sie Angst haben, dass ich vor ihnen stehe und ihnen jede Sehne einzeln durchtrenne. Ich bin Asra, Königin der Sünden. Ich bin nicht dein Albtraum, ich bin dein Untergang.

Dorian

Sie ist mein Untergang und die Einzige, die mir das geben kann, was ich brauche. Der letzte Schritt zur Rache. Diese Frau mit einem Blick, der nach Anarchie und Zerstörung schreit, wird mir den Weg ebnen.

DU WILLST LERNEN, DOMINIERT ZU WERDEN? DANN FOLGE MIR ZU LEV!

Tamara hätte vielleicht noch ein paar Nächte darüber schlafen sollen, bevor sie in den Privatjet steigt, der sie auf direktem Wege nach Russland in eine einsame Gegend bringt.

Dort gibt es nichts außer ihn.
Lev, der sie unterrichten soll.

Aber schon als sie ihm das erste Mal begegnet, weiß sie, dass er unfair spielen wird. Sie wollte bei ihm lernen, wie sie Männern wie ihm die dunkelsten Wünsche erfüllt.

Doch dann ist er es, der sich ihren Wünschen widmet ...

Wird er sie fallen lassen wie alle anderen Frauen vor ihr? Oder bedeutet ihr Aufenthalt bei ihm, dass auch ihr Herz in Gefahr gerät?

WILLST DU WORTWÖRTLICH DEIN HERZ AN EINEN MANN VERLIEREN?

VICIOUS DOCTOR

Bad Doc trifft auf provokante Krankenschwester

Das Interessante ist, ich sehe keine Angst in deinen Augen.
Und auch keine Wut und keinen Trotz.
Alles, was ich sehen kann, ist Faszination.
Für mich. Für die Finsternis in mir.

LESEPROBE: VICIOUS DOCTOR

JUBILEE

»Und das ist das Dienstzimmer der Allgemeinchirurgie.«

Ich unterdrücke ein Gähnen und verstecke mich dabei hinter der blonden Tussi mit der künstlichen Wimpernverlängerung, den blutrot geschminkten Lippen und der babyblauen Dienstkleidung, die ihr wie angegossen zu passen scheint. Gemeinsam mit drei weiteren Neulingen klebt sie förmlich an den Lippen unseres Praxisanleiters und wirkt – im Gegensatz zu mir – mit jeder Minute motivierter.

Oh Gott, hoffentlich merkt der Typ nicht, dass ich die größten Schwierigkeiten habe, mich auf seine *spannende* Führung durch das Sunrise Medical Center zu konzentrieren.

Es ist ja nicht so, dass mich mein neuer Krankenpflege-Job in Fort Lauderdale jetzt schon langweilt. Ganz gewiss nicht. Ich fürchte viel eher, dass mich die Schichten auf der allgemeinchirurgischen Station viel zu selten langweilen werden.

Mein Problem ist eher meine chronische Übermüdung durch zu wenig Schlaf. Das liegt dummerweise in der Familie. Alle Cunningham-Frauen leiden an einer mehr oder weniger ausgeprägten Schlafstörung. Meine Mom behauptet, das sei etwas Hormonelles. Oder etwas Psychosomatisches. Man weiß es nicht.

»Gemütlich, oder?«

Ich blinzle irritiert und schenke Pfleger Leonard, der mich auffordernd mustert, einen fragenden Blick, während mich schon wieder ein Gähnen übermannen will. Ätzend.

Je dringender man versucht, es zu unterdrücken, desto penetranter wird der Drang, es doch zu tun!

»Gemütlich?«, wiederhole ich, als er bloß die Augenbrauen hochzieht und mit einer auffordernden Geste auf die deckenhohen Schränke und Schubladen an beiden Seiten des Raumes weist. Unterbrochen werden die Wandschränke von Arbeitsplatten, auf denen sich massenweise aufgezogene Infusionen, Medikamentendispenser, Spritzen und sonstiges Zeugs stapeln. Zwischen zwei Beuteln mit Ringerlösung hat jemand ein Tablett abgestellt, auf dem zwei offene Butterfly-Nadeln liegen, mit denen offensichtlich bereits Blut abgenommen wurde. Der Beweis liegt anhand von blutigen Tupfern und unbeschrifteten Blutabnahmeröhrchen daneben. Zahlreiche rote Sprenkel sind auf dem gesamten Tablett verteilt.

Ich ziehe eine angewiderte Grimasse, während die Blicke sämtlicher Anwesenden dem meinen folgen. Leonard gibt ein ungehaltenes Stöhnen von sich, zupft ein Paar Einmalhandschuhe aus seiner Kasacktasche und zieht sie sich über. »Das kann ja nur wieder einer der neuen Assistenzärzte gewesen sein.« Mit spitzen Fingern greift er nach den Butterfly-Nadeln und versenkt sie im nächsten Spritzen-Abwurfbehälter, der nur eine halbe Armlänge von dem Tablett entfernt steht. »Die müssen wir noch erziehen. Sie sind irgendwie immer der Überzeugung, dass das Pflegepersonal ihnen ihren Arsch hinterherträgt, wenn sie zu faul sind, ihn mitzunehmen. Keine Ahnung, ob es an den Universitäten einen speziellen Kurs gibt, in dem den Medizinstudenten eingetrichtert wird, dass es sich bei sämtlichem Krankenhauspersonal – bis auf die Ärzte natürlich – um niedere Lebensformen handelt, denen man so oft wie möglich zeigen muss, wo sich der Dreck befindet, den sie fressen sollen.«

Ich nicke. »Ich weiß genau, was du meinst.«

Leonard schüttelt den Kopf. »Ich fürchte nein. Hier im SMC legen vor allem die Chirurgen noch eine Schippe drauf. Warte mal ab, bis du den leitenden Oberarzt kennengelernt hast. Der gibt dem Begriff *Arroganz* eine ganz neue Bedeutung.« Ein Schmunzeln huscht über seine Miene. »Heiß ist er trotzdem. Und das weiß er leider auch.«

»Richtig«, meldet sich eine dunkle Stimme in meinem Rücken zu Wort. »Und wenn die *niederen Lebensformen* in dieser Klinik nicht so inkompetent wären, würden *wir Chirurgen* sie auch nicht ständig Dreck fressen lassen.«

Zur selben Zeit, wie Leonards Miene zu Eis erstarrt und zu der Quelle dieser Aussage herumwirbelt, jagt ein Schauer der angenehmen Art von meinem Nacken in Richtung meiner Fingerspitzen.

Ja. Da ist es wieder. Mein Arschloch-Radar. Wenn der Typ, der mich gerade aufgrund meines Berufs als inkompetente, niedere Lebensform bezeichnet hat, nicht nur eine geile Stimme hat, deren melodische Vibration meinen Unterleib zielsicher zum Prickeln bringt, sondern auch noch gut aussieht, bin ich verloren.

Das mag jetzt oberflächlich klingen, aber ich kann leider nicht anders. Sobald das Universum mir die ultimative Versuchung in Form eines attraktiven, narzisstischen Egomanen liefert, laufe ich nur noch mit Herzchen in den Augen durch die Gegend.

Zumindest, wenn ich mich unbeobachtet fühle. Mein Verstand spielt da glücklicherweise nicht mit und zwingt mich zum Widerstand. Wenigstens verbal. Je zickiger und ablehnender ich mich gegenüber einem Mann verhalte, desto mehr stehe ich auf ihn. »Na, vielen Dank auch.« Scheinbar eingeschnappt schürze ich die Lippen und drehe mich in Seelenruhe zur Quelle der tiefen Stimme herum.

Okay. Sofern ich Leonards Behauptung Glauben schenken darf und die aktuelle Situation richtig interpretiere, baut sich in genau dieser Sekunde der *heiße leitende Oberarzt der Chirurgie* vor mir auf.

Ja. Sehr clever. Steht schließlich in gut leserlichen Lettern auf seinem blendendweißen Arztkittel geschrieben: *Dr. med. R. Kane – Med. Leitung Chirurgie.*

»Gerne wieder«, antwortet er unbeeindruckt und ignoriert danach gekonnt meine Existenz, indem er einfach über meinen Kopf hinwegsieht und Leonard einen tadelnden Blick zukommen lässt. Frei nach dem Motto ›*Wen hast du denn bitte angeschleppt, du Lappen?*‹

Allerdings bin ich viel zu sehr von der Erscheinung dieses Mannes abgelenkt, um mir ernsthafte Gedanken über die möglichen Konsequenzen meines verbalen Ausbruchs zu machen. Vor mir steht ein dunkelhaariger Adonis, der aus einer dieser überzogen dramatischen Krankenhausserien entsprungen sein könnte, laut denen mindestens einmal wöchentlich entweder eine schwerwiegende Naturkatastrophe die Stadt erschüttert, oder ein Terroranschlag, Flugzeugabsturz oder eine Massenkarambolage.

»Dr. Kane, darf ich Ihnen die neuen Mitarbeiterinnen in der Chirurgie vorstellen?«, höre ich Leonards plötzlich sehr förmlich klingende Stimme wie von weit her, während ich einfach nicht aufhören kann, *Dr. Hotty* ungläubig anzuglotzen.

Spontan frage ich mich, wieso dieses Prachtexemplar von einem Arzt, wohl genauso wie seine fiktiven Kollegen in den Serien, einen naturgegebenen athletischen Körperbau hat, weil sein Terminplan es eigentlich gar nicht zulassen dürfte, auch nur zehn Minuten am Tag Krafttraining zu machen. Schlafen ist übrigens auch nicht drin. Und ein schlechtes Karma hat er natürlich auch. Denn jeder einzelne der Hauptcharaktere erleidet im Laufe der Serie mindestens einen schweren Schicksalsschlag, der ihn straucheln und alles in seinem Leben hinterfragen lässt.

Egal.

Ich widerstehe dem Drang, mein wild fantasierendes Gehirn mit einem heftigen Kopfschütteln zum Schweigen zu bringen. Schließlich möchte ich nicht riskieren, dass ich bereits an meinem ersten Arbeitstag nicht nur als vorlaute Zicke, sondern auch für komplett bescheuert erklärt werde.

Genauso, wie ich Dr. Hotty unverhohlen mustere, lässt er sein desinteressiertes Augenmerk über die vier anderen Pflegerinnen schweifen, welches *natürlich* an der blonden Tussi zu meiner Linken kleben bleibt.

»... das ist Sonya. Sie wird ab morgen im Springerpool eingearbeitet«, stellt Leonard sie in diesem Moment vor.

Kurz glaube ich, Überraschung in der Miene von Dr. Hotty aufblitzen zu sehen, die aber auf Anhieb einem süffisanten Schmunzeln weicht, während sein Blick scheinbar unauffällig über ihren prallen Vorbau gleitet und dann an meinem mit bunten Tupfern versehenen Kasack hängen bleibt, den ich absichtlich in *Large* gekauft habe, damit mir eben nicht das passiert, was Blondie ja quasi zu forcieren scheint: Dass lüsterne Arschlöcher mehr oder weniger hemmungslos meine Möpse und meinen Hintern betrachten und meine Kompetenz über meine weiblichen Kurven definieren.

Sein Blick wandert an mir hinauf und streift die silber- und lavendelfarben schimmernden Drachenschuppentattoos an meinen Unterarmen, die wirken sollen, als würden sie stellenweise meine Haut durchbrechen, und bis zu meinem Hals unter meinem rechten Ohr reichen. Eben jene Stelle erreicht sein Blick nun und endet an meiner dunkelgrün-blau-lila gefärbten Haarpracht, die ich mir heute zu einem langen Zopf geflochten habe, der mir bis zur Taille reicht. »Und was stellst du dar? Eine verkappte Meerjungfrau?«

»Das ist Jubilee«, seufzt Leonard erschöpft, als würde er meine Präsenz mindestens genauso anstrengend finden wie ich seine Krankenhausführung. »Sie ergänzt den Tagdienst der Allgemeinchirurgie und wird, wie wir alle, wohl hin und wieder gezwungenermaßen im Nachtdienst einspringen.«

»Judy-was?«, wiederholt *Dr. Nicht-mehr-ganz-so-hot-findet-mein-Verstand* irritiert.

»*J-u-b-i-l-e-e*«, antworte ich wie automatisiert und *danke* im Geiste meinen Eltern, die sich für wahnsinnig kreativ hielten, als sie mir diesen Vornamen verpasst haben.

Erneut mustert er mein Haar, danach mein Gesicht und einen Wimpernschlag lang meine Lippen, bevor er sich wieder Leonard zuwendet. »Und wer hat sie eingestellt? Ich bin mir ziemlich sicher, dass es in diesem Haus eine Kleiderordnung und gewisse Richtlinien gibt, was das ... *äußere Erscheinungsbild* betrifft.«

»Das mit der Einstellung wird wohl die Personalabteilung gewesen sein. Und die gewissen Richtlinien wurden bereits vor einiger Zeit abgeschafft. Wegen Sexismus, Diskriminierung und so weiter.« Der spitze Unterton in Leonards Worten lässt mich verdutzt die Stirn runzeln, da ich noch vor wenigen Augenblicken den Eindruck hatte, dass ihn meine Gegenwart auch nicht besonders erfreut. Aber womöglich hat er einfach keine Lust auf das, was ihm heute noch bevorsteht. Das kenne ich nur zu gut. Ich musste bei meinen bisherigen Jobs auch schon mehrfach neue Mitarbeiter einarbeiten und das ist eine irgendwie belastende Angelegenheit. Man würde sich am liebsten alle Zeit der Welt nehmen, um dem neuen Kollegen alles in

Ruhe zu zeigen und zu erklären, aber der Krankenhaus-Alltag lässt das in der Regel nicht zu.

Es gibt immer wieder Situationen, in denen es schnell gehen muss, und wegen chronischen Personalmangels bleibt den Praxisanleitern häufig nichts anderes übrig, als zu versuchen, an mehreren Orten gleichzeitig diverse Flächenbrände zu löschen und dabei steht der neue Mitarbeiter im Weg, weil er noch nicht viel tun kann. Das Ende vom Lied ist, dass alle Beteiligten genervt und frustriert sind und sich schlecht fühlen.

»Und so weiter vor allem.« Die Stimme von Dr. Hotty ist nur noch ein gelangweiltes Brummen, während er sich an mir vorbeischiebt und den kreisrunden Tisch ansteuert, der in der Mitte des Raumes steht. An ihm befinden sich sechs Sitzplätze mit Bürostühlen. Im Zentrum der Tischplatte ist ein quadratischer Block von der Größe eines Toasters angebracht, mit mehreren Steckdosen und Ladestellen für Laptops und Tablets. Eben jene liegen wild verstreut auf dem Tisch und den Arbeitsplatten. »Und was wird das jetzt hier? Wieso steht ihr hier alle wie bestellt und nicht abgeholt? Bin ich etwa in ein ultrageheimes Meeting geplatzt, von dem wir Badass-Chirurgen nichts erfahren dürfen? Oder wartet ihr bloß darauf, dass etwas Spannendes passiert? Ihr von der Pflege jammert doch ständig, dass so viel zu tun sei. Davon kann ich gerade nicht so viel erkennen. Vielleicht sollte ich meinem Vater nahelegen, ein paar der Dreckfresser-Stellen zu kürzen.« Er nimmt eines der Tablets auf und tippt geschäftig auf dem Display herum.

Während Sonya und die drei anderen Neuen nervös die Hände ringen, von einem Bein auf das andere treten und wohl fieberhaft überlegen, wie sie sich möglichst konsequent in Luft auflösen können, presst Leonard lediglich die

Lippen zusammen und lässt seine Miene zu Stein erstarren. Drei Sekunden lang sagt niemand ein Wort, während alle Augen auf den Oberarzt gerichtet sind, der die Unterhaltung offensichtlich für beendet hält.

»Aha.« Ich schnaube ungehalten und stemme die Hände in die Seiten. Endlich fällt bei mir der Groschen. *Dr. med. R. Kane.* Natürlich. Bei dem Sunrise Medical Center handelt es sich schließlich um eine Privatklinik. Gegründet und geführt von Dr. med. Reginald Kane. Nur, dass *Dr. Hotty* mit seinen höchstens dreißig Jahren definitiv zu jung ist, um dieser besagte Reginald zu sein. »Wie praktisch, wenn man sich lediglich bei seinem *Daddy* über die Haarfarbe einer Angestellten zu beschweren braucht und schon wird ihr fristlos gekündigt. Aber sonst haben Sie keine Sorgen, ja? Ich habe gerade das Gefühl, dass *Sie* zu wenige Operationen auf Ihrem Plan haben, wenn Sie überhaupt die Zeit finden, um sich mit mir und meinem äußeren Erscheinungsbild zu beschäftigen.«

Auf einmal scheint es mucksmäuschenstill zu werden. Bis eben wurde unsere Unterhaltung quasi ununterbrochen von den typischen Alltagsgeräuschen eines Krankenhauses untermalt. Die Patientenklingel, Stimmengewirr, Schritte und zufallende Türen. Doch einen Atemzug lang ist es, als könnte man eine Stecknadel auf den Boden fallen hören. Ein Atemzug, in dem *Dr. med. R. Kane* erstarrt, aufschaut, seinen Kopf in meine Richtung dreht und mich mit einem gefährlichen Funkeln in den Augen fixiert.

Die Luft ist wie elektrisch aufgeladen. Ich kann ihr prickelndes Knistern förmlich an meiner Haut spüren.

Erst jetzt fällt mir die außergewöhnliche Farbe seiner Iriden auf. Ein stechendes Hellgrün. Es erinnert mich an eine gefährliche Giftschlange.

Doch obwohl ich Schlangen ganz furchtbar finde, kann

ich nicht anders, als mir einzugestehen, dass mir sein Blick unter die Haut geht. Auf eine aufwühlend angenehme Weise.

Mein verfluchter Arschloch-Radar. Das kann ja gar nicht gut ausgehen.

»Du bist ja ein richtiger *Sonnenschein.*« Ohne den Blick von mir abzuwenden, legt er das Tablet beiseite, verschränkt die Arme vor der Brust und lehnt sich an einen der Schränke. »Eine fucking Krankenschwester, die sich bereits an ihrem ersten Arbeitstag mit mir anlegt. Das ist neu.«

Mist. Ich glaube, das war's wohl mit diesem Job. Warum kann ich eigentlich meine Klappe nicht halten? Nicht, dass es sich hierbei um meinen absoluten Traumjob handelt. Wir reden hier von der Allgemeinchirurgie. Aber die Stelle wird verdammt gut bezahlt und ... Hallo? Eine Privatklinik in Fort Lauderdale. Florida. Atlantikküste. Ein Steinwurf von Miami entfernt. Allein das ist schon für manche ein Traum. Für mich natürlich genauso, obwohl ich in Florida aufgewachsen bin. Aber Miami ist nun einmal eine ganz andere Hausnummer als Fort Myers. Und dieser Job würde sich in meinem Lebenslauf echt gut machen.

»Ich ...«, beginne ich, doch der warnende Blick von Dr. fucking hot Kane lässt mich innehalten und die Lider niederschlagen.

»Das könnte interessant werden«, murmelt er und rauscht mit fliegendem Kittel an mir vorbei.

Verdammt. Er könnte recht behalten.